茅盾研究
八十年書系

錢振綱・鍾桂松◎主編

黃侯興◎著

34

茅盾
——「人生派」的大師

花木蘭文化出版社

國家圖書館出版品預行編目資料

茅盾——「人生派」的大師／黃侯興 著—初版—新北市：
花木蘭文化出版社，2014〔民103〕
目 2+226 面；19×26 公分
（茅盾研究八十年書系；第 34 冊）
ISBN：978-986-322-724-3（精裝）
1. 沈德鴻 2. 中國當代文學 3. 文學評論
820.908 103010444

中國茅盾研究會《茅盾研究八十年書系》編委會

主　編：錢振綱 鍾桂松

副主編：許建輝 王中忱 李　玲

特邀顧問：

邵伯周 孫中田 莊鍾慶 丁爾綱 萬樹玉 李　岫

王嘉良 李廣德 翟德耀 李庶長 高利克 唐金海

茅盾研究八十年書系
第三四冊

ISBN：978-986-322-724-3

茅盾——「人生派」的大師

本書據山東人民出版社 1996 年 3 月版重印

作　　者　黃侯興
主　　編　錢振綱　鍾桂松
總 編 輯　杜潔祥
副總編輯　楊嘉樂
編　　輯　許郁翎
出　　版　花木蘭文化出版社
社　　長　高小娟
聯絡地址　235 新北市中和區中安街七二號十三樓
　　　　　電話：02-2923-1455／傳真：02-2923-1452
網　　址　http://www.huamulan.tw 信箱 hml810518@gmail.com
印　　刷　普羅文化出版廣告事業
初　　版　2014 年 7 月
定　　價　60 冊（精裝）新台幣 120,000 元

茅盾——「人生派」的大師

黃侯興　著

作者簡介

黃侯興，福建泉州人，一九三四年生於印度尼西亞泗水市毛石沙里鎮。中國社會科學院研究員，中國傳媒大學兼職教授。主要學術著作有《郭沫若的文學道路》、《魯迅——「民族魂」的象徵》、《郭沫若——「青春型」的詩人》、《茅盾——「人生派」的大師》、《孔子與〈論語〉》、《中國散文史大綱》等二十餘部。散文作品有《殘破的世界》、《北大九年》。

提　　要

　　茅盾是中國現代文壇「人生派」的大師。此立論成為貫穿全書的主旨。

　　本書較全面地論述了茅盾自「五‧四」以來堅持「為人生」的文學主張及其緊密配合時事政治的文學創作理念。對其長篇小說代表作《子夜》、《腐蝕》所展示的社會背景思想內涵和藝術特色，做了確切的解析；對其散文創作的藝術成就，也給予了高度的評價。

　　本書第六章著意之處，中華人民共和國成立以後，茅盾雖然在文化部門擔任要職，卻謹言慎行，採取自我封閉的策略，不斷調整自我對時局的適應度，其文學主張與評論也出現了搖擺反覆，同時披露茅盾晚年頹唐之心緒，反映了老一代智識分子悲劇的命運。

第一章　跨進人生大門的第一步……………………… 1
　1. 早年生活的文化氛圍和民主意識的覺醒………… 1
　2.「為人生」的文學主張 ……………………………… 8
　3.「五四」期的文學評論活動 ……………………… 16
　4. 文學與政治交錯的現代文人現象 ……………… 34
第二章　大革命失敗後的文學創作……………………… 43
　1.《蝕》：悲觀幻滅的思想情緒的自白 …………… 43
　2.《野薔薇》：一幅灰色迷亂的社會生活的圖畫…… 54
　3.《虹》：心火照明的反省 ………………………… 60
第三章　「左聯」時期輝煌的文學業績 ……………… 65
　1.《路》《三人行》：表現新的意識形態的嘗試 …… 65
　2. 左翼文藝的堅定捍衛者 ………………………… 72
　3.《子夜》：殖民地化的現代中國都市的縮影……… 86
　4.《林家舖子》《春蠶》：三十年代江南村鎮的破敗
　　景象 ………………………………………………… 111
第四章　抗日戰爭時期的文學活動 …………………… 131
　1. 在抗戰烽火中奔走呼號 ………………………… 131
　2.《腐蝕》：一部拯救人類靈魂的書 ……………… 144
　3.《霜葉紅似二月花》：蘊蓄「紅樓」神韵的小說 151
　4.《清明前後》：話劇創作的得失 ………………… 162
第五章　絢麗多彩的散文世界 ………………………… 169
　1.「行文每不忘社會」的議論性散文 ……………… 169
　2. 探頤索隱的藝術結晶……………………………… 177
　3. 探索心靈的樂章 ………………………………… 189
第六章　建國後的文化心態與文學活動 ……………… 199
　1. 自我封閉與調整適應度 ………………………… 199
　2. 文藝思想與主張的搖擺反覆 …………………… 209
後　記 …………………………………………………… 223

目

次

第一章 跨進人生大門的第一步

1. 早年生活的文化氛圍和民主意識的覺醒

一八九六年七月四日（清光緒二十二年五月二十五日），茅盾生於浙江省桐鄉縣烏鎮。

傳說春秋時烏鎮是吳疆越界，吳在此駐兵以防越，故名「烏戎」。何以稱「烏」，傳說是越國諸子分封於此，有號「烏余氏」，故稱，後世因襲了這個稱謂。唐朝咸通年間，這裡正式稱爲鎮。

六朝以後，以橫貫市區的車溪（俗稱市河）爲界，河西爲烏鎮，河東爲青鎮。雖分爲兩鎮，但人們習慣地統稱爲烏鎮，青鎮人亦自稱是烏鎮人。茅盾常常懷著深厚的感情思念他的故鄉：

> 故鄉！這是五六萬人口的鎮，繁華不下於一個中等的縣城；這又是一個「歷史」的鎮，據《鎮志》，則宋朝時「漢奸」秦檜的妻王氏是這鎮的土著，鎮中有某寺乃梁昭明太子蕭統偶居讀書的地點，鎮東某處是清朝那位校刊《知不足齋叢書》的鮑廷博的故居。現在，這老鎮頗形衰落了，農村經濟破産的黑影沉重地壓在這個鎮的市塵。〔註1〕

茅盾的父親沈永錫（字伯蕃），清末秀才，年輕時隨岳父——江浙一帶名醫陳我如學習中醫。中日甲午戰爭以後，他成了維新派人物，贊成君主立憲政治，也贊成「西學爲用，中學爲體」，曾計劃到杭州進新立的高等學堂，後

〔註1〕《故鄉雜記》，《茅盾文集》第9卷，第127頁，人民文學出版社1961年版。

或赴日本留學，或去北京進京師大學堂，但都未能如願。他渴求近代西方科學知識，買了一些聲、光、化、電的書，介紹歐美各國政治、經濟的新書，以及介紹歐洲西醫西藥的書。在自然科學中，他對數學格外有興趣，自習代數、幾何、微積分。茅盾五歲發蒙時，父親不同意他進私塾，而要母親在家裡親自教育，教材是《字課圖識》，《正蒙必讀》中的《天文歌略》和《地理歌略》，以及母親根據《史鑒節要》編寫的淺近文言的歷史讀本。父親臥床三年，立下的遺囑，不是關於產權繼承等問題，而是論述「中國大勢，除非有第二次的變法維新，便要被列強瓜分，而兩者都必然要振興實業，需要理工人才；如果不願在國內做亡國奴，有了理工這個本領，國外到處可以謀生」。遺囑還提醒二兒子沈澤民「不要誤解自由、平等的意義」。他在清理書籍時，指定茅盾要讀譚嗣同的《仁學》，稱它是「一大奇書」，「你現在看不懂，將來大概能看懂的」。在病榻上，他「天天議論國家大事，常常講日本怎樣因明治維新而成強國」，還常常勉勵茅盾「大丈夫要以天下為己任」。他逝世時才三十四歲，妻子在遺像兩側恭楷寫了一幅對聯：

> 幼誦孔孟之言，長學聲光化電，憂國憂家，
>
> 　斯人斯疾，奈何長才未展，死不瞑目。
>
> 良人亦即良師，十年互勉互勵，霣碎春紅，
>
> 　百身莫贖，從今誓守遺言，管教雙雛。〔註2〕

父母親的這些教誨、格言，對於茅盾後來形成的濃厚的參政意識和強烈的社會使命感，不能不說是有著潛在的、深刻的影響。

茅盾的母親陳愛珠，出身於名門世家。她自幼好學，跟著老秀才念了四書五經，以及《唐詩三百首》、《古文觀止》、《列女傳》、《幼學瓊林》、《楚辭集注》等書，能寫會算。十九歲嫁到沈家，婚後，丈夫規定她讀屬於中國通史簡本的《史鑒節要》，以及描述世界各國史地的《瀛環志略》，還規定她負責孩子的讀書教育，除了教讀《字課圖識》、《天文歌略》、《地理歌略》以外，還常常講《西遊記》一類的故事，所以茅盾稱他母親是他的「第一個啓蒙老師」，她的開明思想對茅盾也有深遠影響。

茅盾出生時，因為是長房長曾孫，遠在廣西梧州稅關任職的曾祖父得知後，來信給他取名德鴻，字雁冰，小名燕昌。茅盾七歲時，父親代替祖

〔註2〕茅盾《我走過的道路》（上），第27、29、45、51、53頁，人民文學出版社1981年版。

父在家塾執教，他因此也進了家塾。父親病後他又轉到王彥臣辦的私塾。一九零四年，茅盾八歲，進烏鎮辦起的第一所初級小學——立志小學讀書。小學校址在鎮中心原立志書院舊址。「先立乎其大，有志者竟成」。這副門聯所蘊含的人生哲理，幼年茅盾當然還無法理解，但給他留下了難忘的印象。他被編入甲班，課程是國文（《速通虛字法》、《論說入門》）、修身（《論語》）、歷史。國文課每月考試寫一篇文章，題目不外乎是《秦始皇漢武帝合論》一類的史論，學生們似懂非懂，跟著老師的指引在文章中「評古論今」。對付這類史論，茅盾發明了一種篇篇可以套用的公式，他的作文因此在全校出名，常常能得點獎品帶回家。次年，父親病故，母親便把全部心血傾注在兩個兒子身上，管教甚嚴。冬天，茅盾轉入植材高等小學，課程有國文、英文、幾何、代數、物理、化學、音樂、圖畫、體操等八九門。第二年的一次童生會考，作文題目是《試論富國強兵之道》，茅盾把過去父親和母親議論國家大事的那些話湊成四百字，並以父親生前反覆解釋的「大丈夫當以天下為己任」結尾。文章頗得會考主持人盧鑒泉讚賞，批語是「十二歲小兒，能作此語，莫謂祖國無人也」。母親則笑著說，「你這篇論文是拾人牙慧的。盧表叔自然不知道，給你個好批語，還特地給祖父看。」茅盾那時最喜歡的是繪畫課和音樂課。教繪畫的是一位六十多歲的畫師，他教學生臨摹芥子園畫譜，說「臨完了一部芥子園畫譜，不論是梅蘭竹菊，山水，翎鳥，都有了門徑」。音樂課教唱的那首曲調悲壯的《黃河》，也使茅盾的精神為之振奮。他在課外時間愛讀小說，「小時看的第一部『閑書』也就是《西遊記》，現在我要是手頭別無他書而只有一部《西遊記》時，看上了還是放不下手的」，其他如《三國演義》、《水滸》、《聊齋誌異》、《儒林外史》，也是他在小學時「愛讀的書」〔註3〕。

　　烏鎮每年清明以後在社廟舉辦的「香市」，是茅盾幼年最感興趣的節日。從清明到穀雨這二十天內，到「香市」來的農民既是祈神賜福（蠶花廿四分），也是借佛遊春。臨時的茶棚，戲法場，弄缸弄甏，走繩索，三上吊的武技班，老虎、矮子，提線戲，髦兒戲，西洋鏡——把社廟前五六十畝地的大廣場擠得滿滿的。還有那百草梨膏糖，花紙，各式玩具，燦若繁星的「燭山」，薰得眼睛流淚的檀香煙，木拜墊上成排的磕頭者。廟裡廟外，人聲、鑼鼓聲，孩子們吹的小喇叭、哨子的聲音，混成一片騷音，三里路外都聽得見。茅盾不

〔註3〕　《愛讀的書》，《茅盾文集》第 10 卷，第 143～146 頁。

僅在這裡鑒賞了所謂「國技」，還認識了老虎，豹，猴子，穿山甲……。〔註4〕故鄉的「香市」給他留下了難忘的印象。

一九零九年夏，茅盾從植材小學畢業，考入湖州省立第三中學二年級。有一次作文，自由命題，茅盾以《志在鴻鵠》為題，寫了一篇模仿《莊子‧寓言》的約六百字的文章，大意是鴻鵠高飛，嘲笑在下邊仰臉看它的獵人。因茅盾名德鴻，也可說「借鴻鵠自訴抱負」。老師給了一個批語：「是將來能為文者」〔註5〕。

一九一一年秋，茅盾轉到嘉興省立第二中學三年級讀書。此時嘉興府已經彌漫著革命的空氣，校長方青箱是革命黨人，許多教師也是革命黨人。這裡發生過「剪辮運動」，所以在師生中頗多光頭。武昌起義的消息，偶然從東門火車碼傳來，立刻轟動全校。不久又傳來上海、杭州光復的消息，學校因經費拮据提前放假。茅盾回到家鄉，見到全鎮市民都在議論剪辮子的事，「有人主張先剪一半，有人主張四邊剪去，只留中間一把，依舊打辮子，盤起來藏在帽子裡，更有人主張等過了年看個好日子再剪，然而也有爽爽快快變成和尚頭的」〔註6〕。茅盾是屬於「爽快」中的一個。開學後，學校裡幾位老革命黨另有高就，新來的學監對學生實行專制，茅盾等人進行反抗鬥爭，結果遭到開除的處分。

辛亥革命給茅盾留下了什麼印象呢？當他回憶這帶有悲壯劇色彩的一幕時說，「雖然我們那時糊塗得可笑，只知有『革命』二字，連中國革命運動史的最起碼的常識也沒有，我們不知道在這以前，有過那些革命的黨派，有過幾次的壯烈的犧牲，甚至連三民主義這名詞也不知道，然而武昌起義的消息把我們興奮的不得了。我們無條件的擁護革命，毫無猶豫地相信革命一定會馬上成功」〔註7〕。當時這些中學生目擊了滿清政府政治的腐敗和民眾生活的痛苦，所以有著改變現狀的願望，茅盾也模模糊糊地給自己幻想乃至預許了一個廣闊自由的未來。然而，「革命」以後的中國並沒有出現一個「廣闊自由」的天地。茅盾等到了什麼呢？他說，「除了可以不必再拖辮子以及可以不必再在做國文的時候留心著『儀』字應缺末筆，此外實在什麼也沒有，於是乎我

〔註4〕茅盾《香市》，《申報月刊》第2卷第7期（1933年7月15日）。
〔註5〕茅盾《我走過的道路》（上），第77頁。
〔註6〕茅盾《回憶辛亥》，收《印象‧感想‧回憶》，文化生活出版社1936年版。
〔註7〕茅盾《回憶是辛酸的罷，然而只有激起我們的奮發之心！》，1943年10月10日桂林《大公報‧文藝》。

之不免於觖望，又是當然的事。」一場革命所得的果實，只是剪掉人們頭上的一根辮子，實在是太微不足道了，覺醒了的青年不免失望。此後，「廟是不曾動過，菩薩卻換過多次」〔註8〕。這場革命本是以推翻帝制、倡導共和爲宗旨的，然而革命以後封建政治體制與思想體系並沒有被摧毀。這說明在中國要眞正實行共和的體制和培養國民的民主意識，是要經歷幾代人的流血犧牲的，決不是一次暴力革命即可成功。

一九一二年冬，茅盾考入杭州安定中學四年級讀書，於次年夏中學畢業。茅盾後來回憶他的中學生時代，頗有感慨，說那是「灰色的，平凡的生活」，「只把人煨成了恂恂小丈夫的氣度」，在學校裡，「書不讀秦漢以下，駢文是文章之正宗，詩要學建安七子；寫信擬六朝人的小札；舉止要風流瀟灑；氣度要清華疏曠」。他先後換了三所中學，但都同樣地充斥著「畸形閉塞的空氣」，而沒有他所渴望出現的那種使人「興奮和震蕩」的政治風潮。那時也無所謂苦悶，因爲苦悶畢竟是思想矛盾的反映，而他和周圍的同學卻「只有渾噩，至多不過時或牢騷」。在辛亥年，讀上海的報紙，有些興奮，並且革去了辮子，但那興奮只是一種情緒，而無明確的意識的內容，所以很快即消失了。茅盾說，中學生時代的陳腐閉塞，「幾乎將我拖進了幾千年的古墳裡去」。他後來曾給年輕人設計了這樣一幅「中學生時代」的藍圖：

> 呵呵！尚在中學校或將出中學校的年青的朋友呀，不要以爲你是一個小小的中學生看著那龐大混雜的社會而自慚形穢，不是這麼的，正因爲你是個寒苦的中學生，你的骨頭尚未爲富貴祿利所薰軟，你有好身體，你有堅強的意志，你肯幹，你是無敵的，你剛在人世，你有年富力強的二三十年好光陰由你自己支配，你自己將來的一切，社會將來的一切，人類將來的一切，都操在你手裡，都等待你去努力創造呢！〔註9〕

不論這是幻想還是理想，茅盾少年時代都不曾得到，所以他寄希望於後來者能珍愛自己的青春。

茅盾中學畢業後，母親從訂閱的上海《申報》廣告欄上知道北京大學在上海招考預科一年級新生，因盧鑒泉表叔在北京任職，便決定讓他報考北京

〔註8〕《回憶之類》，《茅盾文集》第10卷，第37、38頁。
〔註9〕茅盾《我的中學生時代及其後》，收《印象・感想・回憶》，文化生活出版社1936年版。

大學。一九一三年夏，茅盾十七歲，考入了北京大學預科第一類（文、法、商三科），住在沙灘的譯學館。陳漢章教授本國歷史，沈尹默教授國文，沈堅士教授文字學。沈尹默教授國文，只指示研究學問的門徑，沒有講義。他教學生讀莊子《天下》篇，荀子《非十二子》篇，韓非子《顯學》，說讀此三篇就可瞭解先秦諸子各家學說的概況及其互相攻訐之大要。沈堅士要求學生讀魏文帝《典論論文》，陸機《文賦》，劉勰《文心雕龍》，以及劉知幾的《史通》，章實齋的《文史通義》。外國文學講授司各特的《艾凡赫》，狄福的《魯賓遜飄流記》，由兩位外籍教師執教。世界史採用邁爾的《世界通史》，由一位英國人講授。茅盾當時最愛聽的是由一位年輕的美籍教師講授的莎士比亞戲曲，講完後，他要求學生作英文的論文，自由選題，允許學生任意發揮。假日，他便在宿舍裡讀二十四史。

三年預科學習生活，在這座古氣沉沉的老大學裡，茅盾是埋頭讀書的。他說：「我還是我，除了多吃些北方的沙土，並沒新得些什麼，於是我也就厭倦了學校生活了。」〔註 10〕在預科讀書期間，一九一五年五月，日本脅迫北洋軍閥政府簽訂喪權辱國的二十一條，在京城盛傳；這年十二月，袁世凱復辟帝制，後因雲南、貴州等省發動護國戰爭，紛紛討袁，一九一六年三月，袁才被迫取消帝制。這些重大的政治事件，並沒有在茅盾心中激起任何浪花，沒有表現出一個文科學生應有的政治敏感性。相反，他倒是有興趣去觀賞焰火——那是準備在袁世凱登基時用以慶祝的廣東焰火，帝制取消後，就在社稷壇放掉了。「我和許多同學在這夜都翻過宿舍的矮圍牆去看放焰火，這是我第一次看到有這樣在半空中以火花組成文字的廣東焰火。那夜看到的火花組成的文字是『天下太平』。據說，本來還有個大袁字，臨時取消了」〔註 11〕。

預科三年期滿後，因家庭經濟日窘，茅盾無法繼續讀書，經一位親戚介紹，一九一六年八月，到上海商務印書館編譯所工作。那時茅盾的母親不贊成他在官場和銀行界謀差。他先是在編譯所英文部設立的「英文函授學校」修改學生們寄來的課卷，一個月後，他被調到中文部同孫毓修合作譯書。下半年，譯著《衣·食·住》（卡本脫著）出版。〔註 12〕那時茅盾的月薪三十元，他不計較，只想利用涵芬樓豐富的藏書，多讀書多研究學問。後來茅盾又編

〔註10〕 茅盾《我的中學生時代及其後》。
〔註11〕 茅盾《我走過的道路》（上），第 99 頁。
〔註12〕 據魏紹昌等說，此書初版於 1918 年 4 月，屬「新知識叢書」，署沈德鴻編纂，孫毓修作序，原作者譯名「謙本圖」。

纂了《中國寓言初編》，於一九一七年十月由商務印書館出版。這年夏秋之交，茅盾的工作有些變動，他要協助《學生雜誌》的主編朱元善審閱稿件。在主編請求下，他翻譯了一篇題為《三百年後孵化之卵》，〔註13〕這是他見諸報刊的第一篇譯作。那時在《新青年》影響下，《學生雜誌》也打算小試改革，茅盾便開始寫些帶有社會政治評論性質的論文，第一篇是《學生與社會》〔註14〕，它的要害是抨擊幾千年來因襲的奴隸道德與奴隸文章。「若夫倡一家言，於學問作科學的研究者，未見其人。豈天之不生才耶？蓋亦世風有以囿之桎之，而士亦無自主心之所致也」。作者提出，「學生在社會中也，力求自主」。這篇論文，對於傳統道德文化的批評，雖嫌膚淺，卻是適應了當時正在興起的新文化運動的思潮的需要，對當時的中學生起到了思想啟蒙的作用；同時它也表現了茅盾對於涉足政治的熱情和社會批評的能力。

　　真正議論時政並較有深度的是《一九一八年之學生》〔註15〕一文。文章結合世界第一次大戰分析中國如何「免於亡國之慘」時，呼籲學生「翻然覺悟，革心洗腸，投袂以起」，並提出了以「革新思想」、「創造文明」和「奮鬥主義」，作為學生前進目標的三項原則。茅盾要求學生擔負起改造中國的重任，學會在新世紀潮流中奮進而自立於世界。「二十世紀之國家，而猶陳舊腐敗，為文明潮流之障礙，必不能立於世界。二十世紀之人民，而猶抱殘守缺，不謀急進，是甘於劣敗而虛負此生也」。此外，《履人傳》、《縫工傳》，也都是宣揚大丈夫貴自立的思想。在《履人傳》中，他說：「夫芝草無根，醴泉無源，王侯將相無種，丈夫貴能自立，閥閱豈能限人哉。」他那時鼓吹的新思想是人我的解放──人性的覺悟和人格的獨立，雖然還沒有達到陳獨秀、魯迅、李大釗等人那樣激進與深刻，但這種追求獨立與自由的民主意識，成為他後來從政的必要的思想基礎。

　　一九一八年，茅盾署「沈雁冰」與他的弟弟沈澤民合譯科學普及讀物《兩月中之建築譚》、《理工學生在校記》，以及自譯《二十世紀後之南極》等。自一九一八年至一九二○年間，茅盾還編寫了《大槐國》、《負骨抱恩》、《千匹絹》、《獅騾訪豬》、《平和會議》、《尋快樂》、《蛙公主》、《兔娶婦》、《怪花園》、《書呆子》、《牧羊郎官》、《一段麻》、《海斯交運》、《金龜》、《飛行鞋》等。

〔註13〕載《學生雜誌》第 4 卷第 1、2、4 號（1917 年 1 月至 4 月）。
〔註14〕載《學生雜誌》第 4 卷第 12 號（1917 年 12 月 5 日）。
〔註15〕載《學生雜誌》第 5 卷第 1 號（1918 年 1 月 5 日）。

　　「五四」運動的重要意義是解放思想，是中國人民從傳統的封建文化和封建道德的思想禁錮中解放出來。茅盾那時的思想也得到了解放，他拋棄了從前的「書不讀秦漢以下，文章以駢體爲正宗」的信仰，「把從前讀過的經、史、子、集統統置之高閣，開始學習馬克思主義，瀏覽歐洲十九世紀各派的文藝思潮，並努力翻譯、介紹，確實受了『五四』時期在北京出版的《新青年》的影響。……只有這樣自己探討出來的正確東西，自己才眞正受用。當然，因此也走了彎路，付出了十分辛勤的腦力勞動，在當時的歷史條件下，這是不得不然的」〔註16〕。茅盾的譯介外國文學作品和文學評論等工作，是與「五四」同步的。

　　茅盾從一九一九年起注意介紹俄國文學，搜求這方面的書。他說「這也是讀了《新青年》給我的啓示」。載於《學生雜誌》一九一九年第六卷第四～六期的《托爾斯泰與今日之俄羅斯》，就是他「關心俄國文學之後寫的一篇評論文章」〔註17〕。他在文章中說，「俄人思想一躍而出……二十世紀後半期之局面，決將受其影響，聽其支配。今俄之 Bolshevism（布爾什維主義——引者），已彌漫於東歐，且將及於西歐，世界潮流，澎湃動蕩，正不知其伊何底也。而托爾斯泰實其最初之動力」。茅盾譯介了契訶夫的《在家裡》、《賣誹謗者》等十多篇短篇小說和劇本，此外還發表了《文學家的托爾斯泰》、《俄國近代文學雜譚》等文。茅盾對於俄國文學的關注和對於俄國革命的「動力」、「遠因」的探究，反映了「五四」前後我國知識界的重要的思想傾向。魯迅說他那時的思想也是注重譯介「被壓迫的民族中的作者的作品」，「因為所求的作品是叫喊和反抗，勢必至於傾向了東歐，因此所看的俄國，波蘭以及巴爾幹諸小國作家的東西就特別多」〔註18〕。所不同的是，茅盾後來更注重於介紹俄國革命的現狀與國際共產主義的社會思潮，更具有明確的政治功利主義的目的性。

2.「爲人生」的文學主張

　　傳播西方文學思潮和譯介西方文學作品，這項具有里程碑意義的艱巨工

〔註16〕《在「五四」時期老同志座談會上的發言》，《茅盾全集》第17卷，第622、
　　　　623頁。
〔註17〕茅盾《我走過的道路》（上），第131頁。
〔註18〕魯迅《南腔北調集・我怎麼做起小說來》。

程，從清末（即十九世紀末葉至本世紀初葉）便逐漸開始了，但那時還處在不自覺的、散漫的階段，「其中有價值的自然不少，沒價值的卻也居半」〔註19〕；而且它的指導思想是「中學爲體，西學爲用」，仍舊是以傳統的思想文化爲衣鉢的。

自「五四」新文化運動豎起科學與民主這兩大旗幟以後，翻譯介紹西方科學文化的工作，才得到應有的重視。魯迅、周作人、郭沫若、茅盾等一批參與「五四」文學革命的文學家，也都把翻譯和研究西方文學思潮及其作品，作爲建設新文學的頭等重要的工作。

應該承認，我國傳統的文藝理論和舊派的文學創作，已經落後於西方文藝迅速發展的潮流，因此急迫的任務就是要學習外國成功的、新鮮的藝術經驗。如魯迅所說，「一切事物，雖說以獨創爲貴，但中國既然是在世界上的一國，則受點別國的影響，即自然難免，似乎倒也無須如此嬌嫩，因而臉紅。單就文藝而言，我們實在知道的太少，吸收得太少。」〔註20〕周作人也強調「須得擺脫歷史的因襲思想，眞心的先去模仿別人。隨後自能從模仿中蛻化出獨創的文學來，日本就是個榜樣」；結論是「目下切要辦法，也便是提倡翻譯及研究外國著作」〔註21〕。

茅盾擔任《小說月報》的「小說新潮」欄的編輯以後，就鼓吹「要使東西洋文學舉行個結婚禮，產出一種東洋的新文藝來」〔註22〕。他認爲中國文學家有傳播新思潮的責任，「現在文學家的責任是在將西洋的東西一毫不變的介紹過來；而在介紹之前，自己先得研究他們的思想史，他們的文藝史，也要研究到社會學人生哲學，更欲曉得各大名家的身世和主義」〔註23〕。

茅盾革新《小說月報》，是「將於譯述西洋名家小說而外，兼介紹世界文學界潮流之趨向，討論中國文學革進之方法」作爲宗旨的。他指出：「同人以爲研究文學哲理介紹文學流派雖爲刻不容緩之事，而迻譯西歐名著使讀者得

〔註19〕茅盾《「小說新潮」欄宣言》，《小說月報》第11卷第1號（1920年1月2五日）。

〔註20〕魯迅《集外集·〈奔流〉編校後記》。

〔註21〕周作人《日本近三十年小說之發達》，《新青年》5卷1號（1918年7月15日）。

〔註22〕茅盾《「小說新潮」欄預告》，《小說月報》第14卷第12號（1919年12月25日）。

〔註23〕茅盾《現在文學家的責任是什麼？》，《東方雜誌》第17卷第1號（1920年1月10日）。

見某派面目之一斑，不起空中樓閣之憾，尤為重要。」〔註24〕

　　當茅盾熱心於介紹十九世紀歐洲各派文藝思潮與文學作品，並對十九世紀以前的歐洲文學作一番系統研究的時候，他的本意是在做「窮本溯源」的工作，即「取精用宏」，「吸取他人的精萃化為自己的血肉」，借鑒西洋文學來「創造劃時代的新文學」〔註25〕。這種劃時代的新文學，應是能擠進世界先進文學之林，能「分擔世界創作家對於人類前途所負的責任」，能「在非常紛擾的人生中搜尋永久的人性」〔註26〕的文學。他對於當時從事文學翻譯的指導思想，提出了明確的意見：介紹西洋文學的目的，「一半固是欲介紹他們的文學藝術來，一半也為的是介紹世界的現代思想──而且這應是更注意些的目的。」〔註27〕茅盾不同於郭沫若，他注重譯介那些呼吸著現代人的空氣，傳達現代人的思想、文化、道德、倫理的信息，具有現代價值的文學作品。追求文學的現代化，反映了茅盾對現實人生的積極態度，也是他從事翻譯與文學批評所堅持的一項原則。

　　在茅盾看來，具備現代價值的，反映現代人意識的，首推俄國近代文學了，它「描摹人生的愛和憐」，從此發生「改良生活的願望」，「所以俄國近代文學都是有社會思想和社會革命觀念」的。他認為俄國人很重視文學自身的價值，他們視文學為「民族的『秦鏡』，人生的『禹鼎』」，「不但要表現人生，而且要有用於人生」，他甚至斷言，「俄國文豪負有盛名者，一定同時也是個大思想家」〔註28〕。這就是不懂俄文的茅盾何以貼近俄國文學的原因。

　　茅盾雖然沒有出國留學，但從希臘神話、北歐神話研究，古希臘羅馬文學研究，騎士文學研究，文藝復興時期文藝研究，橫貫十九世紀，直到「世紀末」文學的研究，如此系統的西方文學知識的積累，加之原有的堅實的國學修養，為茅盾日後的文學活動開闢了一個廣闊的天地。

　　茅盾發表的第一篇文學論文是《現代文學家的責任是什麼》〔註29〕。它的意義，不僅在於審視與批評了充斥近代中國文壇的偵探小說、黑幕小說、

〔註24〕《〈小說月報〉改革宣言》，《小說月報》第 12 卷第 1 號（1921 年 1 月 10 日）。
〔註25〕茅盾《我走過的道路》（上），第 134 頁。
〔註26〕茅盾《一年來的感想與明年的計劃》。
〔註27〕茅盾《新文學研究者的責任與努力》。
〔註28〕《俄國近代文學雜譚》，《小說月報》第 11 卷第 1、2 號（1920 年 1 月 15 日、2 月 25 日）。
〔註29〕載《東方雜誌》第 17 卷第 1 號（1920 年 1 月 10 日），署名佩書。

哀情小說的弊害；更主要的是提出了建設中國新文學的方向。茅盾認為，「文學是爲表現人生而作的。文學家所欲表現的人生，決不是一人一家的人生，乃是一社會一民族的人生」。他提出現代文學家的使命，「是欲把德謨克拉西（民主──引者）充滿在文學界，使文學成爲社會化，掃除貴族文學的面目，放出平民文學的精神」。它「是爲人類呼籲的，不是供貴族階級賞玩的；是『血』和『淚』寫成的，不是『濃情』和『艷意』做成的；是人類中少不得的文章，不是茶餘酒後消遣的東西」。顯然，「文學的社會化」、「爲人生而藝術」這些命題，是受《新青年》同人的文學主張的影響的，它成了茅盾跨進文學界以後在理論批評與文學創作上遵循的原則。

在《新舊文學平議之評議》、《爲新文學研究者進一解》、《文學上的古典主義浪漫主義和寫實主義》、《文學和人的關係及中國古來對於文學者身份的誤認》等文中，茅盾對爲人生的文學主張作了更具體、更深入的闡釋。

首先，茅盾把新文學解釋爲「進化的文學」，它具有三個要素：「一是普遍的性質；二是有表現人生、指導人生的能力；三是爲平民的非爲一般特殊階級的人的。」因此這類作品「注重思想，不重格式」，「有人道主義的精神，光明活潑的氣象」〔註30〕。

其次，既然是「爲人生」，就要擺正文學和作家之間的關係。爲人生的文學，不再是作家個人的、主觀的東西，不是作家高興時的遊戲或失意時的消遣的工具。作家「不能隨自己喜悅來支配文學」。「自然，文學作品中的人也有思想，也有情感，但這些思想和情感一定確是屬於民眾的，屬於全人類的，而不是作者個人的」。這種文學，茅盾稱之爲「人的文學──眞的文學」〔註31〕。這說明「五四」青年覺醒後，追求人我的解放，人格的獨立與尊嚴，已經成爲思想文化領域裡的重要課題。中國從封建意識形態和僵化封閉的思想禁錮中走出來，首先要求的是恢復人的價值，恢復自我的存在。茅盾後來在回顧「五四」新文學呈現的斑爛色彩時也說：

> 人的發見，即發展個性，即個人主義，成爲「五四」期新文學
> 運動的主要目標，當時的文藝批評和創作都是有意識的或下意識的
> 向著這個目標。〔註32〕

〔註30〕 《新舊文學平議之評議》，《小說月報》第 11 卷第 1 號（1920 年 1 月 25 日）。

〔註31〕 《文學和人的關係及中國古來對於文學者身份的誤認》，《小說月報》第 12 卷第 1 號（1921 年 1 月 10 日）。

〔註32〕 《關於「創作」》，《北斗》創刊號（1931 年 9 月 20 日）。

因此，鼓吹個性解放，喚發人的覺醒，在「人生派」的文學批評中佔有重要位置。二十年代，人道主義成為「人生派」作家重要的思想傾向和創作的主題。這些作家把人道主義精神「融會了自己的心情，創造他自己的作品」。茅盾不認為人道主義是作家創作的「新鑣鋅」，他說俄、德一些作家懷抱著人道主義精神已經「產出不朽的作品」。「人道主義是從真心裡發出來的，不是『慈善』可以假做。懷抱人道主義者的小說或者做得不好──成了『勸善書』──這只是藝術手段有高低的緣故，決不是人道主義害他」〔註33〕。但是，人道主義精神，對於某些民族來說，在接受時可能會有一定程度的心理障礙。「在中國，因為傳統的觀念和習俗的薰染，人道主義的作品，幾乎完全不能得人瞭解」〔註34〕。

　　第三，「為人生」並不是一個抽象的概念。文學既然是為了表現人生，它就不會只是「表現貴族階級之華貴生活而棄去最大多數之平民階級之卑賤生活」；相反，「揭破上流社會之黑幕而同情於下流社會」〔註35〕卻成了「人生派」文學家嚴肅的創作主旨。這與魯迅的創作動因意在「將所謂上流社會的墮落和下層社會的不幸，陸續用短篇小說的形式發表出來」〔註36〕，在理性認識上是同步的。

　　第四，對於為人生的文學的理解，不是褊狹的、保守的，而是把它放在世界文學的大潮中加以審視的。茅盾從西方文學的變遷史中，說明「文學更能表現當代全體人類的生活，更能宣洩當代全體人類的情感，更能聲訴當代全體人類向不可知的運命作奮抗與呼籲。不過在現時種界國界以及語言差別尚未完全消滅以前，這個最終的目的不能驟然達到，因此現時的新文學運動都不免帶著強烈的民族色彩」〔註37〕。他進一步指出：「這樣的文學家所負荷的使命，就他本國而言，便是發展本國的國民文學，民族的文學；就世界而言，便是要聯合促進世界的文學。」〔註38〕姑且不論這種消滅種界、國界以及語言差別的「世界文學」是否能實現，努力把中國新文學納入世界文學之

〔註33〕茅盾致王敬熙信，《小說月報》第13卷第3號（1922年3月10日）。

〔註34〕茅盾致黃紹衡信，《小說月報》第13卷第6號（1922年6月10日）。

〔註35〕茅盾《〈歐美新文學最近之趨勢〉書後》，《東方雜誌》第17卷第18號（1920年9月25日）。

〔註36〕魯迅《集外集拾遺・英譯本〈短篇小說選集〉自序》。

〔註37〕《新文學研究者的責任與努力》，《小說月報》第12卷第2號（1921年2月10日）。

〔註38〕《文學和人的關係及中國古來對於文學者身份的誤認》。

林，以世界先進文學作爲新文學建設的楷模，確實是具有全球性的戰略眼光，給那些堅持「爲人生」的現實主義文學家開拓了更廣闊的視野。

第五，爲人生的文學也是理想主義的文學。「五四」時期，茅盾在反對「國粹」派時並不拒斥我國優秀的文化傳統。他說：「我相信一個民族既有了幾千年的歷史，他的民族性裡一定藏著善美的特點；把他發揮光大起來，是該民族義不容辭的神聖的責任。中華這麼一個民族，其國民性豈遂無一些美點？」〔註 39〕「現社會現人生無論怎樣缺點多，綜合以觀，到底有眞善美隱伏在罪惡的下面」〔註 40〕。這種積極進取的人生觀，使他在抨擊黑暗醜惡的社會現實時，看到了在人民大眾中蘊藏的傳統的美德和「彰善癉惡」的精神品質。在這裡，他所倡導的爲人生的現實主義文學同西方的批判現實主義文學、自然主義文學劃清了界限。「寫實文學（即批判現實主義文學——引者）能抨擊矣，而不能解決；能揭破現社會之黑幕矣，而不能放進未來之光明」〔註 41〕。「自然派只用分析的方法去觀察人生表現人生，以致見的都是罪惡，其結果是使人失望，悲悶」；「頹喪和唯我便是自然文學在灰色的人群中盛行後產生的惡果」。正是在這個意義上，他把爲人生的文學歸入「新浪漫主義文學」的範疇之內，它追求著「革命的解放的創新的」浪漫主義的理想境界，「能幫助新思潮的文學該是新浪漫的文學，能引我們到眞確人生觀的文學該是新浪漫的文學，不是自然主義的文學，所以今後的新文學運動該是新浪漫主義的文學。」〔註 42〕

應該指出，爲人生的文學，在「五四」新文化運動中，是一種占據主導地位的激進的文學思潮，對於新文學的建設起著導向的作用。它當然不是由茅盾獨自倡導的。一九一七年二月，陳獨秀在《文學革命論》一文中明確標示了「三大主義：「曰，推倒雕琢的阿諛的貴族文學，建設平易的抒情的國民文學；曰，推倒陳腐的舖張的古典文學，建設新鮮的立誠的寫實文學；曰，推倒迂晦的艱澀的山林文學，建設明瞭的通俗的社會文學。」一九一八年，周作人提出了「人的文學」，強調「以人的道德爲本」，是「個人主義的人間本位主義」。「人」的發現，是從自我的發現開始的；自我取得了做人的資格，

〔註 39〕《新文學研究者的責任和努力》。
〔註 40〕《爲新文學研究者進一解》。
〔註 41〕《〈歐美新文學最近之趨勢〉書後》。
〔註 42〕《爲新文學研究者進一解》。

群體才可能「占得人的位置」。這就是「利己而又利他，利他即是利己」。所謂「人的文學」，就是建立在這種爭取人我獲得解放，人格取得獨立的基礎上的文學。具體說來：「一，這文學是人性的，不是獸性的，也不是神性的。……二，這文學是人類的，也是個人的，卻不是種族的，國家的，鄉土及家族的。」〔註43〕魯迅曾經把他提出的「遵命文學」，說成是「革命文學」，或「爲人生的文學」。他說過，「說到『爲什麼』做小說罷，我仍抱著十多年前的『啓蒙主義』，以爲必須是『爲人生』，而且要改良這人生」〔註44〕。茅盾的爲人生的文學主張，便是在這種文化環境和時代精神的影響下提出的，雖然他不是先導者，但畢竟是構築了比前者更細密、更廓大的屬於他自己的理論體系。

此外，茅盾倡導爲人生的文學，也是以十九世紀西方文學的現實主義精神爲參照系的。他在考察十九世紀末寫實派文藝取代浪漫派文藝的歷史根源時，除注意到了社會政治的因素（如工人運動的迅速發展，社會現實的動蕩不安和各國政府的反動腐敗等）外，也注意到了文學內部的因素。如浪漫派文學「專描寫上等社會的生活」，已不適應當時資產階級民主運動的需要，因此寫實派文學那種「專描寫下等社會生活」的口號，便以革命的戰鬥的姿態統治著文壇。「浪漫文學大都重藝術，寫實文學重人生」，這也使得寫實派文學能獲得廣大市民讀者歡迎的重要原因。茅盾在總結寫實派文學表現人生所積累的豐富的歷史經驗時，也看到了這個流派和它提倡的創作方法存在的局限。即「（一）是太重客觀的描寫，（二）是太重批評而不加主觀的見解」。他說，寫實主義文學的特點，是「把社會上各種問題一件一件分析開來看，盡量揭穿他的黑幕，這一番發聾振聵的手段，原自不可菲薄；但是徒事批評而不出主觀的見解，便使讀者感著沉悶煩憂的痛苦，終至失望」。因此，茅盾在倡導爲人生的文學時，爲了避免這些缺陷，便把在法國剛興起的新浪漫主義文學運動的積極成分，融合到他的文學主張中去，強調「文學是描寫人生，猶不能無理想做個骨子」〔註45〕。這裡既含有寫實文學的批評精神與平民化的本色，也含有浪漫文學的思想自由與勇於創造的風格。

茅盾在倡導爲人生的文學時，也很重視繼承和借鑒中國古典文學在反映

〔註43〕 周作人《人的文學》、《新文學的要求》。
〔註44〕 魯迅《南腔北調集‧我怎麼做起小說來》。
〔註45〕 茅盾《文學上的古典主義浪漫主義和寫實主義》，《學生雜誌》第 7 卷第 9 期（1920 年 8 月）。

社會人生方面積累的成功經驗。他提出,「眞實的價值不因時代而改變。舊文學也含有『美』、『好』的,不可一概抹煞。所以我們對於新舊文學並不歧視;我們相信現在創造中國的新文藝時,西洋文學和中國的舊文學都有幾分的幫助。我們並不想僅求保守舊的而不求進步,我們是想把舊的做研究材料,提出他的特質,和西洋文學的特質結合,另創一種自有的新文學出來。」〔註46〕茅盾幼年受過國學的訓練,但他不是一個迷古、復古者,他關注著社會現實而不迷戀骸骨。他說過,「我愛聽現代人的呼痛聲訴冤聲,不大愛聽古代人的假笑佯啼,無病呻吟,煙視媚行的不自然動作;不幸中國舊文學裡充滿了這些聲音。我的自私心很強,一想到皺著眉頭去那充滿行屍走肉的舊書裡覓求『人』的聲音,便覺得是太苦了;或者我是舊書讀得太少,所以分外覺得無味。去年年底曾也有一時想讀讀舊書,但現在竟全然不想了。」〔註47〕他認爲,「述祖德」的大文章與世界文化之進步並沒有什麼關係「現在該不是『民族自誇』的時代,『民族自誇』的思想也該不要再裝進青年人的頭腦裡去。」〔註48〕所以,比較說來,茅盾是更注重從西方文學攝取營養的,這也是魯迅等人在新文學濫觴期共同存在的一種文學傾向。

一九一八年春節過後不久,茅盾與孔德沚結婚。沈家與孔家是世交,父親在世時,就爲茅盾訂下這門親事。這位新娘子是放大了的纏足,不識字,「德沚」是娶到沈家後取的名字;婚後她到振華女校讀書。不久又進湖州的湖郡女塾讀書。一九二一年春,茅盾在上海忙著主持《小說月報》的工作,孔德沚也跟隨著到上海了。

「五四」運動在北京爆發時,對於上海的商務印書館編譯所並沒有引起震動。茅盾那時忙於《四部叢刊》善本書的選定與影印,無暇顧及這方面的社會活動和政治活動;不過,這股來勢迅猛的學潮,促進了茅盾思想的轉變,他開始注意讀外國的書。「馬列主義的專門著作,那時還沒有翻譯過來,因此學馬列主義只有讀外文書」;他「只懂英文,而英文的馬列主義書籍不易買到」,只好讀當時蘇聯出版的英文雜誌裡有關介紹社會主義思想的單篇文章。〔註49〕

從一九二○年一月茅盾被委任《小說月報》的「小說新潮」欄的編輯,到年底擔任全面革新的《小說月報》的主編。他在「改革宣言」中強調「於譯

〔註46〕茅盾《「小說新潮」欄宣言》。
〔註47〕茅盾致陳德徵信,《小說月報》第13卷第6號(1922年6月10日)。
〔註48〕茅盾致萬良濬信,《小說月報》第13卷第7號(1922年7月10日)。
〔註49〕轉引自莊鍾慶《茅盾的創作歷程》第12頁,人民文學出版社1982年版。

述西洋名家小說而外，兼介紹世界文學界潮流之趨向，討論中國文學革新之方法」；主張廣泛介紹歐洲各派文藝思潮以為借鑒，「對於為藝術的藝術與為人人生的藝術，兩無所袒」。在文學創作上則肯定「表現國民性之文藝能有真價值，能在世界的文學中占一席地」〔註50〕。革新以後的《小說月報》，主要收穫是在翻譯方面。茅盾說，我覺得翻譯文學作品和創作一般地重要，而在尚未有成熟的『人的文學』之邦像現在的我國，翻譯尤為重要；否則，將以何者療救靈魂的貧乏，修補人性的缺陷呢？」為使我國新文學建設打下一個堅實的基礎，茅盾格外重視翻譯工作，意在讓中國作家更多地瞭解近代西方人的觀念，他們的人生觀、道德觀、價值觀、文學觀等；並借鑒「西洋人研究文學技術所得的成績」〔註51〕，即吸取他們的作品在藝術上的經驗。應該說，這對於培養與提高作家的文學修養是有著重要的戰略意義的。在文學創作方面，茅盾強調了作家對於社會人生和對於文學創作都應採取嚴肅的態度，取材於底層社會的民眾，寫出被壓迫與被侮辱的民族的血與淚的文學。他對當時小說創作的成就給予了實事求是的評價，但他表示「我們的最終目的是要在世界文學中爭個地位，並作出我們民族對於將來文明的貢獻」〔註52〕。

3.「五四」期的文學評論活動

一九二一年一月四日，由沈雁冰、周作人、鄭振鐸等十二人發起的文學研究會，在北京中央公園來今雨軒開會宣告成立。由周作人草擬的《文學研究會宣言》說：

> 將文藝當作高興時的遊戲或失意時的消遣的時候，現在已經過時了，我們相信文學是一種工作，而且又是於人生很切要的一種工作；治文學的人也當以這事為他終身的事業，正同勞農一樣。所以我們發起本會，希望不但成為普通的一個文學會，還是著作同業的聯合的基本，謀文學工作的發達與鞏固。〔註53〕

這個宣言沒有明確提倡為人生的文學，但是那種「要校正遊戲的消遣的文學觀」的態度卻是嚴肅的，它已經含有為人生的文學傾向。鄭振鐸在評論文學

〔註50〕《〈小說月報〉改革宣言》。

〔註51〕《一年來的感想與明年的計劃》，《小說月報》第 12 卷第 12 號（1921 年 12 月 10 日）。

〔註52〕《沈雁冰致石岑信》，1921 年 2 月 3 日《時事新報・學燈》。

〔註53〕載《小說月報》第 12 卷第 1 期（1921 年 1 月 10 日）。

研究會的兩個刊物——《小說月報》，上海《時事新報》副刊《文學旬刊》——時說過，「這兩個刊物都是鼓吹著爲人生的藝術，標示著寫實主義的文學的，他們反抗無病呻吟的舊文學，反對以文學爲遊戲的鴛鴦蝴蝶派的『海派』文人們，他們是比新青年派更進一步的揭起了寫實主義的文學革命的旗幟的。」〔註54〕茅盾也認爲，「文學應該反映社會的現象，表現並且討論一些有關人生一般的問題」，這是文學研究會多數同人共同的態度，在「許多被目爲文學研究會派的作家的作品裡，很明顯地可以看出來」〔註55〕。

　　作爲文學研究會的主要成員，茅盾在堅持爲人生的文學的道路上，做了三個方面的工作：一是繼續以大部分時間與精力翻譯介紹西方文藝思潮、流派及其作品；二是同鴛鴦蝴蝶派、學衡派、創造社等團體的論戰；三是及時地評論「五四」以來魯迅等一批現代作家及其作品。茅盾當時還沒有從事文學創作，他還不是一位創作家，但他的理論與批評，以其銳利與深刻，在文藝界和輿論界確實起到了導向的作用。

　　茅盾在向國人介紹西方文藝思潮與文藝理論時，把自然主義看作是屬於現實主義的一個流派，或者把二者等同。如前所述，茅盾在提倡爲人生的文學時，曾經總結了自然主義、現實主義、浪漫主義文學派別和創作方法的經驗，注意吸收不同派別的長處，有時著重批評自然主義、現實主義文學的局限，而要以新浪漫主義引爲同調。他那時認爲，文學作品不僅要暴露社會現實的黑暗，反映青年人的苦悶，還「應該把光明的路指導給煩悶者，使新信仰與新理想重複在他們心中震蕩起來」；文學應該「幫助人們擺脫幾千年歷史遺傳的人類共有的偏心與弱點」，給他們顯現「黑暗中的一道光明」〔註56〕。但是茅盾很快即發現了這種理論主張的虛僞與空洞。他說：「我從前也有一時因此而不贊成自然主義文學。但是試問專一誇大地描寫人間英雄氣的浪漫文學何以會在十九世紀後半倒楣呢？是不是因爲自然先生開了『現實』之門，把人類從甜美的理想夢中驚醒了的結果？……近代的自然主義文學所以能竟奪舊浪漫主義文學的威勢，原因即在理想美化了的表面，終有一日要拉破，繡花枕裡的敗絮終有一日要露出來。」〔註57〕

〔註54〕鄭振鐸《中國新文學大系・文學論爭集導言》。

〔註55〕茅盾《中國新文學大系・小說一集導言》。

〔註56〕茅盾《創作的前途》，《小說月報》第 12 卷第 7 號（1921 年 7 月 10 日）。

〔註57〕茅盾《自然主義的論戰——答周贊襄》，《小說月報》第 13 卷第 5 號（1922 年 5 月 10 日）。

　　文學研究會既然反對文學的遊戲說、消遣說，反對把文學看做是主觀的、想像的產物，就應該有自己相應的理論武器。茅盾認為，「要校正這兩個毛病，自然主義文學的輸進似乎是對症藥。……不論自然主義的文學有多少缺點，單就校正國人的兩大病而言，實是利多害少。」〔註58〕有些人反對自然主義文學，原因是這類作品多是描寫個人被環境壓迫無力抵抗而至於悲慘的結局，給讀者以「不良的」影響。周作人也承認，「專在人間看出獸性來的自然派，中國人看了，容易受病」。因此，茅盾在引進自然主義文學來醫治中國創作界的毛病時，就自覺注意了揚長避短。他強調指出：

　　　　我自己目前的見解，以為我們要自然主義來，並不一定就是處
　　處照他；從自然派文學所含的人生觀而言，誠或不宜於中國青年人，
　　但我們現在所注意的，並不是人生觀的自然主義，而是文學的自然
　　主義。我們要採取的，是自然派技術上的長處。〔註59〕

茅盾強調學習自然派在技術上的長處，即自然主義的創作方法與藝術技巧。具體內容是：「第一，要實地精密觀察現實人生，入其秘奧，第二，用客觀態度去分析描寫。」〔註60〕

　　一九二二年七月，茅盾發表《自然主義與中國現代小說》（《小說月報》第十三卷第七號）長文，詳盡闡述了他的自然主義的文學觀。他批評了我國舊派小說在思想內容與藝術形式上存在的種種弊病，提出區別新派小說與舊派小說的分界線，在於作家對於文學所抱的態度：「舊派把文學看作消遣品，看作遊戲之事，看作載道之器，或竟看作牟利的商品，新派以為文學是表現人生的，疏通人與人間的情感，擴大人們的同情的。」其次，他認為，自然主義者最大的目標是「真」，真而善、而美。自然主義文學便是一方要表現全體人生的真的普遍性，「一方也要表現各個人生的真的特殊性」。因此，實地觀察，客觀描寫，成為自然主義文學嚴格遵守的信條。二十世紀文學要求作家們「注意社會問題，同情於第四階級（無產階級──引者），愛『被損害者與被侮辱者』」。要描寫無產階級和勞苦大眾，就不能停留於書本的教條，而要實地觀察，瞭解他們的「生活狀況」、「容貌舉止」、「說話的腔調」和「心理」活動。茅盾在另

〔註58〕茅盾《一年來的感想與明年的計劃》。

〔註59〕茅盾《自然主義的懷疑與解答》，《小說月報》第 13 卷第 6 號（1922 年 6 月 10 日）。

〔註60〕茅盾《自然主義的論戰──覆史子芬》，《小說月報》第 13 卷第 5 號（1922 年 5 月 10 日）。

一篇文章中曾經指出，「國內創作小說的人大都是念書研究學問的人，未曾在第四階級社會內有過經驗，像高爾基之做過餅師，陀斯妥耶夫斯基之流過西伯利亞。印象既然不深，描寫如何能真？」〔註61〕在實地觀察的基礎上，茅盾主張學習左拉的「純客觀」描寫法，因為它的「最大的好處是真實與細緻」。第三，茅盾認為，二十世紀中國新派小說，不必擔心會重複十九世紀西方自然主義存在的宿命論等不健康的思想。他指出：「西洋的自然派小說固然是只看見人間的獸性的，固然是迷信定命論的，固然是充滿了絕望的悲哀的，但這都因為十九世紀的歐洲的最普遍的人生就是多醜惡的，屈伏於物質的機械的命運下面的；我們的社會裡最普遍的人生，如果不是和他們相同，則雖用了客觀描寫與實地觀察去找材料，豈必定是巴黎的『酒店』；如果相同，我們難道還假裝痴聾，想自諱麼？」所以，中國新派小說如果取得與西方自然主義文學作品相同的社會效果，那麼，應該受到譴責的是現實社會本身，而不是自然主義的創作方法。應該指出的是，茅盾常常把自然主義與現實主義等同看待，因此對於茅盾後來的小說創作，哪些是遵循了現實主義的創作方法，哪些是帶有左拉式的自然主義的藝術傾向，我們是要認真地加以區別的。

茅盾在介紹西方文學思潮和文學作品時，也注意引進西方文藝批評的方法。「西洋文藝之興蓋與文學上之批評主義（Criticism）相輔而進；批評主義在文藝上有極大之威權，能左右一時代之文藝思想。……我國素無所謂批評主義，月且既無不易之標準，故好惡多成於一人之私見；『必先有批評家，然後有真文學家』此亦為同人堅信之一端；同人不敏，將先介紹西洋之批評主義以為先導」〔註62〕。這說明批評對於繁榮文學創作和提高創作水準可以發揮重要的作用。茅盾那時推崇法國文藝批評家泰納（一譯丹納）的「純客觀批評法」〔註63〕。他在《文學與人生》一文中，介紹了泰納關於文學與人種、環境、時代三者關係的批評原則，並因此提出「凡要研究文學，至少要有人種學的常識，至少要懂得這種文學作品產生時的環境，至少要瞭解這種文學作品產生時代的時代精神，並且要懂得這種文學作品的主人翁的身世和心情」。這是作為一個文學批評家應具備的素質。此外，茅盾還主張文學批評家應該研究「作家的人格」。「革命的人，一定做革命的文學，愛自然的，一定把自然融化在他的文學裡。……大文學家的

〔註61〕茅盾《社會背景與創作》，《小說月報》第 12 卷第 7 號（1921 年 7 月 10 日）。
〔註62〕《〈小說月報〉改革宣言》。
〔註63〕茅盾致王晉鑫信，《小說月報》第 13 卷第 4 號（1922 年 4 月 10 日）。

作品，哪怕受時代環境的影響，總有他的人格融化在裡頭」〔註 64〕。這裡所說的「人格」，含有作家的政治思想和他所堅持的美學原則，不僅指作家的人格、意志、品質，這也是適應著「五四」以後文學界普遍重視作家的思想、人格而提出的。

此外，在譯介外國文學作品時，茅盾還強調要研究作家的創作個性。「創作須有個性，這是很要緊的條件」。「大文豪的著作差不多篇篇都帶著他的個性；一篇一篇反映著他生活史中各時期的境遇的。沒有深知道這文學家的生平和他著作的特色便翻譯他的著作，是極危險的事」〔註 65〕。「眞正的作家必有他自己獨具的風格，在他的作品裡，必能將他的性格精細地透映出來。文學所以能動人，便在這種獨具的風格」〔註 66〕。例如俄國梭羅古勃的小說《微笑》，含有人道主義精神，但厭世思想（以死作爲美與善之歸宿）仍然很濃重；泰戈爾的詩「以音爲主」，我們不能譯成「以色爲主」；譯蘇德曼的《憂愁夫人》就要把握它的「陰鬱晦暗的神氣」；譯比昂遜的《愛與生活》就不能失去它的「光明爽利的神氣」和「短峭雋美的句調」；而契訶夫《櫻桃園》所表示的對於未來的希望，「都不是可以從文字上直覺得來的」。因此茅盾主張翻譯家對他的翻譯對象要有專門的、系統的研究，「由專研究一國或一家的文學的人翻譯，專一自然可以精些」〔註 67〕。

文學研究會成員在翻譯介紹外國文學方面做出了顯著的成績，他們爲建設中國新文學盡了自己的責任。據統計，《小說月報》從改革後的第十二卷至終刊第二十二卷，十年間共發表了三十九個國家的三〇四位作家的八〇四篇翻譯作品（包括長篇小說和多幕劇）；《文學週報》（及其前身《文學旬刊》和百期紀念刊《星海》）第一卷至第七卷共發表了二八二篇翻譯作品；《詩》月刊發表了日、德、美、法等國的八十二首譯詩；《小說月報叢刊》五集，收錄了十二個國家的十五位作家的作品；《文學研究會叢書》收錄了文藝理論、小說、戲劇、詩歌、童話等七十一種譯著；北京文學研究會在《晨報副刊》編輯的《文學旬刊》，共八十二期，發表了十五個國家的一一一篇譯作。〔註 68〕

〔註 64〕 1922 年 8 月 1 日作，刊於 1923 年出版的松江《學術演講錄》第 1 期。
〔註 65〕 《新文學研究者的責任與努力》。
〔註 66〕 茅盾《獨創與因襲》，1922 年 1 月 4 日《時事新報·學燈》。
〔註 67〕 《新文學研究者的責任與努力》。
〔註 68〕 參見吳錦濂、姚春樹、陳鍾英《文學研究會對外國文學的譯介》，《福建師大學報》1980 年第 2 期。

這些群體的成果，也包含了茅盾的辛勤勞動，據統計，自一九一六年茅盾開始從事翻譯至一九二五年，這十年共翻譯了各種門類的文章、著作一六三篇（部），這也是茅盾對「五四」新文化建設的獨特貢獻。

茅盾主持的《小說月報》進行全面革新以後，清除了鴛蝴派在這個刊物上占據的地盤，這就與鴛蝴派結下了仇怨。以《禮拜六》為主要陣地的鴛蝴派的作品，在市民讀者中有著深廣的影響，因此批判鴛蝴派的「海派」文人，清除他們在讀者中的惡劣影響，就成為人生派文學家們刻不容緩的使命。茅盾主要是批判鴛蝴派文人對於社會人生的遊戲的、消遣的態度，以及他們的作品的危害性，批判他們「稱讚張天師的符法，擁護孔聖人的禮教，崇拜社會上特權階級的心理」，批判他們「玩世而縱欲的人生觀」。他曾引用《禮拜六》刊登的題為《留聲機片》的短篇小說為例，抨擊這派文人「既然沒有確定的人生觀，又沒有觀察人生的一副深炯眼光和冷靜頭腦，所以他們雖然也做人道主義的小說，也做描寫無產階級窮困的小說，而其結果，人道主義反成了淺薄的慈善主義，描寫無產階級的窮困的小說反成了訕笑譏刺無產階級的粗陋與可厭了」。總之，茅盾指出，隨著國內政治狀況的變遷，新思潮的迅速傳播，那些改頭換面的鴛蝴派的「通俗刊物」，只不過是「潛伏在中國國民性裡的病菌得了機會而作最後一次的發洩罷了」〔註69〕。

與此同時，以茅盾為代表的文學研究會同人對「學衡派」的反擊，更顯示了他們反封建的理性批判的精神。以胡先驌、梅光迪、吳宓為代表的「學衡派」，標榜「國粹」，攻擊白話文與新文化運動。他們都曾出洋留學，是標準的封建文化與買辦文化相混合的代表。因為這派文士喜歡援引西方典籍來「護聖衛道」，茅盾在文章中就側重揭露他們對西歐文學的無知和妄說。如《評梅光迪之所評》一文，針對梅光迪引英國文學評論家韓士立來反對文學進化論而鬧出的笑話，茅盾譏諷這派文人是「假學者」，是「顛倒系統」、「燈草撞鐘」，妄圖「以一人之嗜好，抹煞普天下之眞理」。這派文人在反對白話主張文言時，也是徵引外國典籍作為論證的。胡先驌就說，「詩家必不盡用白話，徵諸中外皆然」。他舉希臘古文學的重大價值來駁難主張白話者。茅盾批評這些曾經研究過西洋文學的文人，難道「忘記了自己所欽仰的英美文學大家原

〔註69〕參見茅盾《「寫實小說之流弊」——請教吳宓君，黑幕派與禮拜六派是什麼東西？》，《雜談》，《眞有代表舊文化舊文藝的作品麼？》，《反動？》，《自然主義與中國現代小說》。

來都是用白話做文章的」？「德、意、法等國，當初有一班人也爲了要用白話做文章，攬上了許多麻煩；還有那希臘人──在西洋文學史上出過大風頭的，現在正和我們一樣」，正在拋棄他們「極美而有悠久歷史的文言」（即古希臘文）。〔註70〕「學衡派」的吳宓，把鴛蝴派小說混同於俄國寫實派小說，茅盾在駁文中指出，把那些本應掃進「坑廁」的鴛蝴派小說捧上「七寶樓臺」，而把俄國寫實派小說貶爲「劣作」，如此混淆是非，只能說明吳宓「實在不曾看過並且不懂俄國的寫實文學」〔註71〕。

　　此後，胡適等人提倡「整理國故」運動，與「學衡派」具有同樣的性質，都是在「五四」落潮期鼓吹「復古」，向封建文化妥協的標示，只是不打西洋的旗號罷了。茅盾深刻指出了這些以「循環論」爲根據的文士們存在的「心理上的障礙」；「舊文學的忠臣在四五年前早料得到白話文的『氣運』是不會長久的；一般社會呢，因鑒於社會俗尚之常常走回舊路，也預先見到這個『新』過後接著來的，定是從前的『舊』。而最近一二年來的整理國故聲浪就被他硬認作自己的先見的實證了。」這種「循環」說，實際上是在掩蓋新舊文化的本質區別，抹煞它們之間的原則鬥爭的，「用遊戲玩世的態度來阿諛曲解，把眞理遮住，罩上一層惡趣味」〔註72〕。這些復古主義者並未能按循環的規律以「舊」換「新」；他們只不過是沿著自身的圈子在循環，由泛起而至於覆滅罷了。

　　這期間還發生了茅盾與郭沫若的論爭，不過這是屬於新文學陣營內部不同的文學派別、不同的文學主張之間的鬥爭。這種論爭，在西方各種思潮紛至沓來的時候，是很正常的現象。它反映了「五四」以後新文學建設多元選擇的發展趨向，也說明了新文學在吸取異域果汁以後有使自己變得健全而豐滿的可能，所以它不但沒有妨礙新文學隊伍的團結，反而通過相互理解推動了新文學的發展。

　　茅盾在一九二一年從《民鐸》雜誌上讀到了郭沫若的詩劇《女神之再生》，曾給予高度的評價，說它「委實不是膚淺之作」，「近來國內很有些人亂談什麼藝術，然而瞭解藝術的人，實在很少。對於郭君此篇我不能不佩服爲『空谷足音』」〔註73〕。

〔註70〕茅盾《文學界的反動運動》，《文學週報》第 121 期（1924 年 5 月 12 日）。
〔註71〕茅盾《寫實小說之流弊？》。
〔註72〕茅盾《心理上的障礙》，《小說月報》第 14 卷第 1 號（1923 年 1 月 10 日）。
〔註73〕《文學界消息》，1921 年 5 月 10、20 日《時事新報‧文學旬刊》第 1、2 期。署名玄珠。

　　茅盾說他與創造社的論爭，是由他的兩篇文章引起的。一是一則「通信」，即《自然主義的論戰──覆史子芬》，說「然而主觀的描寫常要流於誇誕，不如客觀的描寫來得妥當，我們現在試創作，第一，要實地精密觀察現實人生，入其秘奧，第二，用客觀態度去分析描寫」；這篇通信還批評了持「天才論」者「往往有束縛個人嘗試心的不意的惡果」。茅盾雖未指名創造社，但分明是批評了郭沫若等人主張的表現自我的主情主義的文學和鼓吹的「天才論」。另一篇也是一則「通信」，即《對〈沉淪〉和〈阿Q正傳〉的討論──覆譚國棠》，茅盾既肯定了郁達夫的《沉淪》的主人公性格及其心理發展描寫的真切，也批評了關於靈肉衝突描寫的失敗，以及《沉淪》、《南遷》在結構上的毛病，「結尾有些『江湖氣』，頗像元二年的新劇動不動把手槍做結束」〔註74〕。

　　郁達夫、郭沫若借《創造季刊》創刊號問世之際進行了反擊。郁達夫在《藝文私見》中堅持「天才」說的同時，挖苦茅盾是「假批評家」、「木斗」，聲稱要把他們送到「糞坑裡去和蛆蟲食物」，這已超出批評的範圍了。郭沫若在《海外歸鴻‧二》中，也是對茅盾以及某些批評家的指責，說他們的「黨同伐異的精神，和卑陋的政客者流不相上下，是自家人的做作譯品，或出版物，總是極力捧場，簡直視文藝批評為廣告用具；團體外的作品或與他們偏頗的先入見不相契合的作品，便一概加以冷遇而不理。」他反對用自然主義作為文藝批評的唯一標準，指出「他們愛以死板的主義規範活體的人心，甚麼自然主義啦，甚麼人道主義啦，要拿一種主義來整齊天下的作家，簡直可以說是狂妄了。我們可以各人自己表張一種主義，我們更可以批評某某作家的態度是屬於何種主義，但是不能以某種主義來繩人，這太蔑視作家的個性，簡直是專擅君主的態度了」。

　　茅盾與郭沫若在文學上的原則分歧，集中反映在以下三個方面：

　　（一）文學是表現人生還是表現自我，這是人生派藝術與主觀派藝術展開論爭的核心問題。茅盾講到文學與人生的關係時指出：「文學不是作者主觀的東西，不是一個人的，不是高興時的遊戲或失意時的消遣。……文學的目的是綜合地表現人生，不論是用寫實的方法，是用象徵比譬的方法，其目的總是表現人生，擴大人類的喜悅和同情，有時代的特色做它的背景。」〔註75〕茅盾還強調為人生的文學應該「以促進眼前的人生為目的」。他說：

〔註74〕載《小說月報》第13卷第2號（1922年2月10日）。
〔註75〕《文學和人的關係及中國古來對於文學者身份的誤認》。

……我們決然反對那些全然脫離人生的而且濫調的中國式的唯美的文學作品。我們相信文學不僅是供給煩悶的人們去解悶，逃避現實的人們去陶醉；文學是有激勵人心的積極性的。尤其在我們這時代，我們希望文學能夠擔當喚醒民眾而給他們力量的重大責任。……

巴比塞說，和現實人生脫離關係的懸空的文學，現在已經成為死的東西；現代的活文學一定是附著於現實人生的，以促進眼前的人生為目的的。國內文藝的青年呀，我請你們再三的忖量巴比塞這句話！我希望從此以後就是國內文壇的大轉變時期。〔註76〕

這說明茅盾主張文學是表現人生而且要改造人生的。他因此批評名士派「毫不注意文學於社會的價值，他們的作品，重個人而不重社會；所以多拿消遣來做目的，假文學罵人，假文學媚人，發自己的牢騷。新文學的作品，大都是社會的；即使有抒寫個人情感的作品，那一定是全人類共有的真情感的一部分，一定能和人共鳴的，決不像名士派之一味無病呻吟可比」〔註77〕。而且，這種為人生的藝術是具有一定政治功利目的性的。茅盾認為，「功利的藝術觀，誠然不對；要把帶些政治意味與社會色彩的作品都摒出藝術之宮的門外，恐亦未為全對」〔註78〕。文學作品趨向於社會政治，這是一定時代的、政治的、民族的多種複雜的因素決定的。茅盾雖然沒有直接批評過表現自我的文學理論，但他對於那種「要求的是內的生活的充實，是精神的自由，是靈魂的解放」的主張，卻給予辛辣的諷刺和堅決的否定，說「文學決不曾叫人自諱其實生活的屈辱而徒然自誇其精神上的勝利；相反的，文學是詛咒實生活的屈辱行為的」〔註79〕。

郭沫若是一個偏於主觀的抒情的浪漫主義詩人。自我表現，是他前期的浪漫主義詩歌理論的一個重要內容。他明確地指出：「詩底主要成份總要算『自我表現』了，所以讀一人的詩，非知其人不可。海涅底詩要算是他一生底實錄，是他的淚的結晶。」〔註80〕他還說，「我是一個偏於主觀的人，我的朋友每向我如是說，我自己也承認。我自己覺得我的想像力實在比我的觀察力強。

〔註76〕 《「大轉變時期」何時來呢？》，《文學週報》第 103 期（1923 年 12 月 31 日）。
〔註77〕 《什麼是文學》，松江《學術演講錄》第 2 期（1924 年）。
〔註78〕 《文學與政治社會》，《小說月報》第 13 卷第 9 號（1922 年 9 月 10 日）。
〔註79〕 茅盾《雜感》，《文學週報》第 90 期（1923 年 10 月 1 日）。
〔註80〕 郭沫若致宗白華信（1920 年 3 月 30 日）。

我自幼嗜好文學，所以我便藉文學來以鳴我的存在，在文學之中更藉了詩歌的這只蘆笛。」郭沫若藉文學（詩歌）不是要表現人生，他在詩中的鳴叫，只是爲了表示「我的存在」。他認爲自我與全人類不是對立的，自我是人類的一員，自我是走向全人類的起點。「由個人的苦悶可以反射出社會的苦悶來，可以反射出全人類的苦悶來，不必定要精赤裸裸地描寫社會的文字，然後才能算是滿紙的血淚」。他批評「人生派」褊狹的功利主義創作動機，說「假使創作家以功利主義爲前提以從事創作，上之想藉文藝爲宣傳的利器，下之想藉文藝爲糊口的飯碗，這個我敢斷定一句，都是文藝的墮落，隔離文藝的精神太遠了。這種作家慣會迎合時勢，他在社會上或者容易收穫一時的成功，但他的藝術（？）絕不會有永遠的生命」〔註81〕。他認爲，「人生派」與「藝術派」的重要分歧，就在於是不是承認文藝創作的功利主義的動機。「有人說文藝是有目的的，此乃文藝發生後必然的事實」；「詩人寫出一篇詩，音樂家譜出一支曲子，畫家繪成一幅畫，都是他們感情的自然流露：如一陣春風吹過池面所生的微波，應該說沒有所謂目的」〔註82〕。

（二）提倡寫實主義創作方法與提倡浪漫主義創作方法的分歧。

茅盾提倡自然主義即現實主義的創作方法，他曾以左拉和龔古爾兄弟爲例，說前者主張「把所觀察的照實描寫出來」，是「純客觀」的態度，後者主張「把經過主觀再反射出來的印象描寫出來」，是「加入些主觀的」。茅盾是贊成左拉這種「眞實而細緻」的自然主義的創作方法的。有人提出，中國新文藝正當萌芽時期，應該放寬道路，任憑作家自由創造，如用什麼主義束縛，就會走向絕路。茅盾反駁了這種意見，說「民族的文藝的新生，常常是靠了一種外來的文藝思潮的提倡，由紛如亂絲的局面暫時的趨向於一條路，然後再各自發展」；「中國現代小說的缺點，最關重要的，是遊戲消閑的觀念，和不忠實的描寫，這兩者實非舊浪漫主義所能療救」〔註83〕。爲了改造中國文藝的現狀，茅盾主張作家創作方法一元化，那怕作爲一種過渡，而自然主義是唯一的選擇。「現在欲使中國文藝復興時代出現，惟有積極的提倡爲人生的文學，痛斥把文學當做消遣品的觀念，方才能有點影響」〔註84〕。

〔註81〕郭沫若《文藝論集・論國內的評壇及我對於創作上的態度》。
〔註82〕郭沫若《文藝論集・文藝之社會的使命》。
〔註83〕茅盾《自然主義與中國現代小說》。
〔註84〕茅盾《中國文學不發達的原因》，1921年5月10日《時事新報・文學旬刊》第1期。

　　郭沫若等創造社成員標榜著要「打破社會因襲」，主張「藝術獨立」，因此竭力反對包括茅盾在內的文學研究會「壟斷」文壇。〔註85〕他們反對「以死板的主義規範活體的人心」，反對以「專擅君主」的態度蔑視作家的個性。他們成立社團，辦文學刊物，主張「一方面創作，一方面批評，當負完全的責任：不要匿名，不要怕事，不要顧情面，不要放暗箭。我們要大膽虛心佛情鐵面，堂堂正正地作個投炸彈的健兒」〔註86〕。現在，茅盾這番關於創作方法一元化的議論，當然更加引起了郭沫若等人的訾議。

　　郭沫若在提倡浪漫主義文藝時，是把表現自我、張揚個性、美化感情視為詩的靈魂與生命的。他說，「人性是普遍的東西，個性最徹底的文藝是最為普遍的文藝，民眾的文藝」〔註87〕；「藝術有此兩種偉大的使命──統一人類的感情和提高個人的精神，使生活美化」〔註88〕。他批評自然主義文藝是一種「再現」的、「摹仿」的文藝。「譬如自然主義，寫實主義，他們的理想，可以說是要平靜自己的精神，好像一張白紙，好像一張明鏡，要把自然的物象，如實地複寫出來，惟妙惟肖地反射出來」；「他們的目標在求客觀的真實，充到盡頭處，不過把藝術弄成科學的侍女罷了」〔註89〕。他還認為，文藝應該是主動的、積極的、創造的，應該激勵國民奮進向上，給人以理想的憧憬，起到「美化中華民族」的作用：「到處都是生命的光波，到處都是新鮮的情調，到處都是詩，到處都是笑。」〔註90〕他因之對自然主義、寫實主義的文藝持否定的態度：「二十世紀是理想主義復活的時候，我們受現實的苦痛太深巨了。現實的一切我們不惟不能全盤接受，我們要準依我們最高的理想去毀滅它，再造它，以增進人類的幸福。半冷不熱，不著我相，只徒看病不開方的自然主義已經老早過去了。」〔註91〕應該說，文藝家運用哪一種創作方法，是要由文藝家的藝術個性和審美情趣來決定的，允許有多元的選擇，於並存中各顯異彩；然而茅盾與郭沫若卻各執一端，難免各有偏頗了。

─────────────

〔註85〕參看1921年9月29日《時事新報》登載的《創造季刊》的「出版預告」。
〔註86〕郭沫若致郁達夫信（1921年11月6日）。
〔註87〕郭沫若《文藝論集・論詩》。
〔註88〕郭沫若《文藝論集・文藝之社會的使命》。
〔註89〕郭沫若《印象與表現》，1923年12月30日《時事新報・藝術》。
〔註90〕郭沫若《女神・光海》。
〔註91〕郭沫若《文藝論集・未來派的詩約及其批評》。

　　直至一九二九年，茅盾在總結新文學十年而評論創造社的歷史功罪時，對於「藝術派」仍持嚴厲批評的態度。他說：

　　　　爲什麼偉大的「五四」不能產生表現時代的文學作品呢？如果以爲這是因爲「新文學」的初期尚未宜於產生成熟的作品，那就不是確論。單就作品之成熟與否而言，則上述諸作家何嘗沒有成熟的作品（主要指魯迅的《吶喊》、《彷徨》──引者）！問題不在這裡。問題是在當時的文壇議論龐雜，散亂了作家的注意。更切實地說，實在是因爲當時的文壇上發生了一派忽視文藝的時代性，反對文藝的社會化，而高唱「爲藝術而藝術」的主張，這樣的入了歧途！〔註92〕

這個結論是偏激的和片面的。一，郭沫若的新詩，郁達夫、張資平、陶晶孫的小說，田漢、郭沫若的戲劇，這些創造社作家的作品，何嘗不也是體現了「五四」新文學的實績呢？二，新文學剛走過第一個十年，處在濫觴期，要它有更多的成熟的作品出現，無疑是一種不切實際的苛求。三，因此把成熟的作品少，怪罪於「藝術派」的創造社「散亂了作家的注意」，把文壇引入「歧途」，不能不說是一種似是而非的偏見。還是魯迅說得好，「在文學上也應當容許各人提出新的意見來討論，『標新立異』也並不可怕」〔註93〕。

　　（三）對於翻譯外國文學存在的歧義。「五四」以來，魯迅、周作人、茅盾、郭沫若等在翻譯介紹外國文藝思潮和文學作品方面，都做出了不可磨滅的功績。但是，就茅盾與郭沫若而言，他們對於翻譯工作的指導思想卻存在著明顯的分歧。

　　爭論的起因，是茅盾在致萬良濬的信中批評了郭沫若翻譯歌德的《浮士德》一事。他說：「翻譯《浮士德》等書，在我看來，也不是現在切要的事；因爲個人研究固能惟眞理是求，而介紹給群眾，則應該審度事勢，分個緩急。……我始終覺得個人研究與介紹給群眾是完全不同的兩種，未可同論。」〔註94〕郭沫若因此撰文駁難。他著重談了翻譯的動機與效果的問題。他認爲，翻譯作品寄寓著翻譯家自己的創作精神，因此「對於該作品應當有精深的研究，正確的理解，視該作品的表現和內涵，不啻如自己出，乃從而爲迫不得已的迻譯」，所以翻譯之於研究，是「一條線的延長」，而不是「完完全全的

〔註92〕茅盾《讀〈倪煥之〉》，《文學週報》第 8 卷第 20 期（1929 年 5 月 12 日）。
〔註93〕魯迅《且介亭雜文末編・答徐懋庸並關於抗日統一戰線問題》。
〔註94〕載《小說月報》第 13 卷第 7 號（1922 年 7 月 10 日）。

兩件事」，有了以上的動機，譯作「當然能生出效果，會引起讀者的興趣。他
以身作則，當然能盡他指導讀者的義務，能使讀者有所觀感，更進而激起其
研究文學的急切要求」。他不贊成說十九世紀以後的外國文學通是好文學，通
有介紹的價值；十九世紀以前的外國文學通是死文學，通無介紹的價值。他
質問道：「爲甚麼說到別人要翻譯《神曲》、《哈孟雷特》、《浮士德》等書，便
能預斷其不經濟，不切要，並且會盲了甚麼目呢？」應該說明，郭沫若此時
雖已譯出《浮士德》第一部，但遲至一九二八年二月才由上海創造社出版部
出版，至於《浮士德》第二部，則是一九四七年十一月由上海群益出版社出
版，所以他要批評茅盾等人「預斷」。他強調必須在譯著問世之後，批評家才
能「批評其動機之純不純，批評其譯文之適不適，始能因而及其效果，決不
能預斷其結果之不良，而阻遏人的自由意志」〔註95〕。

　　茅盾在答覆時認爲，翻譯動機「除主觀的強烈愛好心」而外，是否還有
客觀的一面，即還有「適合一般人需要」，「足救時弊」等觀念。他還說，「我
覺得翻譯家若果深惡自身所居的社會的腐敗，人心的死寂，而想藉外國文學
作品來抗議，來刺激將死的人心，也是極應該而有益的事。我覺得，翻譯者
若果本此見解而發表他自己的意見，反對與己不同的主張，也是正當而且合
於『自由』的事」。茅盾暗暗譏刺郭沫若是「空想的詩人，過富於超乎現實的
精神，要與自然爲伍，參鴻濛而究玄冥，擾攘的人事得失，視爲蠻觸之爭，
曾不値他的一顧」；而他則標榜「從自己熱烈地憎惡現實的心境發出呼聲，要
求『血與淚』的文學」，「所以我極力主張譯現代的寫實主義作品」〔註96〕。

　　以茅盾爲代表的文學研究會，主張「爲人生的藝術」，同時致力於翻譯介
紹俄國、東歐、北歐及其他弱小民族的文學作品；一九二一年十月，茅盾主
編的《小說月報》還出版了《被損害民族的文學號》，作爲第十二卷的增刊。
茅盾對於翻譯介紹外國現代的現實主義作品，特別是那些被壓迫與被損害的
弱小民族的作品，是傾注了許多心血的。在這方面他與魯迅取得了認同。但
是，如同創作方法的運用，把多元選擇視爲正常的文學現象一樣，在文學翻
譯領域內，各種不同的門類──古的和今的，現實主義的和非現實主義的─
─並存，也應該認爲是合理的、合乎客觀實際的。它既適應了不同層次的讀

〔註95〕郭沫若《文藝論集・論文學的研究與介紹》。
〔註96〕茅盾《介紹外國文學作品的目的──兼答郭沫若君》，1922 年 8 月 1 日《時事
　　　　新報・文學旬刊》第 45 期。

者的需要，也有助於推進我國翻譯事業的全面發展。拓寬翻譯的視野，引進各種流派與風格的作品，尤其注意譯介外國優秀的古典名著，使我國新文學建設植根於肥沃的土壤之中，這對於它的茁壯成長是有裨益的。我們應該鼓勵競爭，而不要排斥異己。如茅盾說郭沫若翻譯的《少年維特之煩惱》，已「成爲彷徨苦悶的青年的玩意兒，麻醉劑」，它籠罩著一層沒有時代性和社會化的「灰色的迷霧」〔註97〕，這種指謫無論過去或現在都是不必要的。因爲歷史已經證明，這種指謫是不公允的、不符合實際的。

　　新文學的第一個十年，茅盾以文學評論家的身份，積極參與了對這一時期出現的作家與作品的批評工作。他的系列論文，對於幫助讀者理解魯迅等人的作品的觀念與價值，對於後來學術界建立現代作家研究的科學體系，都具有開拓性的意義。

　　茅盾不是評論魯迅作品的第一人，但他對魯迅的雜感和小說的評論，卻是獨具慧眼的。他在一九二一年《小說月報》第十二卷第八號的《評四五六月的創作》一文中，評論《故鄉》時點明了這篇小說「中心思想是悲哀那人與人中間的不瞭解，隔膜。造成這不瞭解的原因是歷史遺傳的階級觀念」。茅盾最早揭示了魯迅小說對因襲的封建等級制度與觀念的抨擊這一重要主題。《阿Q正傳》在《晨報附刊》連載至第四章時，茅盾就敏銳地肯定它是「一部傑作」，指出「阿Q這人，要在現社會中去實指出來，是辦不到的；但是我讀這篇小說的時候，總覺得阿Q這人很面熟，是呵，他是中國人品性的結晶呀」〔註98〕。後來在《讀〈吶喊〉》一文中，他進一步深化了阿Q形象的典型意義：「我們不斷的在社會的各方面遇見『阿Q相』的人物，我們有時自己反省，常常疑惑自己身中也免不了帶著一些『阿Q相』的分子。但或者是由於怠於飾非的心理，我又覺得『阿Q相』未必全然是中國民族所特具。似乎這也是人類的普通弱點的一種。至少，在『色屬而內荏』這一點上，作者寫出了人性的普遍的弱點來了。」總之，「作者的主意，似乎只在刻畫出隱伏在中華民族骨髓裡的不長進的性質——『阿Q相』」。對於《狂人日記》，茅盾注重從風格學的意義上去肯定它的價值：「這奇文中冷雋的句子，挺峭的文調，對照著那含蓄半吐的意義，和淡淡的象徵主義的色彩，便構成了異樣的風

〔註97〕茅盾《讀〈倪煥之〉》。
〔註98〕茅盾《對〈沉淪〉和〈阿Q正傳〉的討論》，《小說月報》第13卷第2號（1922年2月10日）。

格。……這篇文章，除了古怪而不足爲訓的體式外，還頗有些『離經叛道』的思想。傳統的舊禮教，在這裡受著最刻薄的攻擊，蒙上了『吃人』的罪名了。」〔註99〕他在概括《吶喊》的成就時，雖然爲它「沒曾反映出彈奏著『五四』的基調的都市人生」而感到遺憾；但是《吶喊》所表現的，「確是現代中國的人生，不過只是躲在暗陬裡的難得變動的中國鄉村的人生，我還是以爲《吶喊》的主要調子是攻擊傳統思想，不過用的手段是反面的嘲諷」〔註100〕。茅盾還高度評價了魯迅小說在藝術形式上的不斷創新，認爲《吶喊》裡「十多篇小說幾乎一篇有一篇新形式」，它對青年作者有極大的影響，並已經預見到了「必然有多數人跟上去試驗」〔註101〕。

當人們對魯迅的雜感還沒有引起普遍注意的時候，茅盾已經意識到了它在「思想革命」中所起到的特殊作用，指出它「充滿了反抗的呼聲和無情的剝露」。在剖析「老中國的毒瘡」以及潛藏在「老中國的兒女」的靈魂裡，「負著幾千年的傳統的重擔子」方面，這些雜感顯示了它的犀利的鋒芒，是魯迅參與反封建的理性批判的武器。所以茅盾認爲，魯迅的雜感與他的小說是可以並讀的，理性的批判與藝術的薰染同樣是發人深省的，「喜歡讀魯迅的創作小說的人們，不應該不看魯迅的雜感，雜感能幫助你更加明白小說的意義」〔註102〕。

茅盾主持與革新《小說月報》以後，非常重視對於當前文學創作的批評工作，他企盼著在「五四」以後的中國能有「文藝復興」出現。一九二一年四月《小說月報》第十二卷第四號發表的署名郎損的《春季創作壇漫評》，是他的文學批評的伊始。這篇文章著重評論了兩個話劇。一是田漢的《靈光》。茅盾批評了劇中人沒有明朗的個性，描寫災民「沒有深刻的悲哀的印象」，說作者「於想像方面儘管力豐思足，而於觀察現實方面尚欠些工夫」。二是陳大悲的五幕話劇《幽蘭女士》。茅盾稱讚作者用自然主義的表現方法去揭露「私產的罪惡」；描寫劇中人的思想、身份、說話的語氣，也都絲絲入扣，其中塑造丁葆元這一藝術形象，尤爲成功。

在「五四」落潮期，那些無病呻吟的遊戲小說，都是以虛情假意去欺騙讀者、麻醉讀者的。茅盾主張「爲人生而藝術」，所以他那時的評論也以是否

〔註99〕載《文學週報》第91期（1923年10月8日）。
〔註100〕《讀〈倪煥之〉》。
〔註101〕載《文學週報》第91期（1923年10月8日）。
〔註102〕茅盾《魯迅論》，《小說月報》第18卷第11期（1927年11月10日）。

眞切地表現了現實社會人生爲標尺。他稱讚落華生的小說《換巢鸞鳳》,「所敘的情節,都帶有極濃厚的地方的色彩」,就是提倡作家描寫社會人生的寫實精神——「中國現在小說界的大毛病,就在於沒有『寫實』的精神,上海有一班人自命爲是寫實派,可是他們所做的小說的敘述,都是臆造的。只有《新青年》上的魯迅先生的幾篇創作確是『眞』氣撲鼻」〔註103〕。

所謂「眞」,即堅持現實主義文學的眞實性的原則。它反對虛假、摹擬和臆造。茅盾常常爲當時在表現社會人生時「沒有描寫廣闊氣魄深厚的作品」而發出感慨,他批評了充斥著創作界的戀愛小說,指出:「婚姻問題的確是青年們目前的一大問題,文學上多描寫,豈得謂過?但這樣的把它看作全部生命中最重要的一部分也不嫌輕重失當麼?而且許多的婚姻描寫創作中又只是一般面目,——就是:甲男乙女,由父母作主自小訂婚,甲男長大後別有戀愛,向父母要求取消婚約……——不也嫌無味麼?」〔註104〕把豐富多彩的社會人生局限於男女婚戀,而且又是程式化、概念化的戀愛小說,這當然不是現實主義文藝的眞諦。

在《評四五六月的創作》一文中,茅盾對這三個月的小說創作作了一個調查,描寫男女戀愛的七十篇以上,描寫農村生活的八篇,描寫城市勞動者生活的三篇,描寫家庭生活的九篇,描寫學校生活的五篇,描寫一般社會生活的約二十篇。以上統計數字表明,戀愛小說創作的盛行,一則反映了社會青年追求感官刺激的享樂主義傾向,一則也是作家們與城鄉勞動者「隔膜得厲害」,「不但沒有自身經歷勞動者的生活,連見聞也有限,接觸也很少」。茅盾認爲這「就是社會生活的偏點」。茅盾把視線從男女婚戀移向廣大苦難的工農大眾,並因此誇讚了魯迅的《故鄉》,意義是深遠的,說明茅盾的現實主義理論正趨於深化。

現實主義文藝是進化的、創造的,不是凝固的、保守的,它不僅要求作家嚴肅地看取人生,而且在藝術上也提倡作家確立自己的創作個性和獨特風格。茅盾雖然重視描寫受壓迫的勞動群眾的作品,但也批評了這類題材的小說存在的雷同現象。如描寫城市勞動者,不外乎這三類:一是寫汽車碰死人,二是寫工廠裡工人的死,三是寫大洋房旁邊凍死叫花子。「這三類的描寫方

〔註103〕本文是《換巢鸞鳳》的附注,載《小說月報》第12卷第5號(1921年5月10日),署名慕之。
〔註104〕茅盾《社會背景與創作》。

法，又大概都是相像的，思想乃至語句，又大概是相同的」〔註105〕。在新詩裡，也多是陳陳相因的濫調，「近來最流行的有『自然』、『大自然』、『宇宙』、『愛』、『美』、『生命』、『詩人』、『上帝』等字樣。作者儘管將這些偉大的字眼向他詩裡塞，不管它容受得下否」。這種「刻板的表現式」的新詩，「千篇一律，了無意趣」，只能充作「餖飣」，而不能算是「文學」〔註106〕。

應該承認，在「五四」新文學第一個十年的小說界，除魯迅、郁達夫外，文學研究會成員的小說創作，顯示了較強大的實力並取得了豐碩的成果。因此，茅盾對於文學研究會成員的小說創作，給予了更多的熱情的關注，也就是很自然的事了。

對於葉紹鈞，茅盾說：「要是有人問道：第一個『十年』中反映著小市民的灰色生活的，是哪一位作家的作品呢？我的回答是葉紹鈞！」他準確地概括了葉紹鈞這十年小說創作的特點：「冷靜地諦視人生，客觀的地，寫實的地，描寫著灰色的卑瑣人生。」這些小說大部分具有「問題小說」的傾向，後來他的技巧更趨圓熟時，「客觀的寫實的色彩更加濃重了」。茅盾尤其高度評價了葉紹鈞的長篇小說《倪煥之》，肯定了它在中國新文學史上「第一次描寫了廣闊的世間」──「把一篇小說的時代安放在近十年的歷史過程中的，不能不說這是第一部；而有意地要表示一個人──一個富有革命性的小資產階級知識份子，怎樣地受十年來時代的壯潮所激蕩，怎樣地從鄉村到都市，從埋頭教育到群眾運動，從自由主義到集團主義，這《倪煥之》也不能不說是第一部」。《倪煥之》描寫的是小資產階級知識份子群，其中「沒有一個叫人鼓舞的革命者」，然而它「正可以表示轉換期中的革命的知識份子的『意識形態』。這樣有目的，有計劃的小說在現在這混沌的文壇上出現，無論如何，不能不說是有意義的事」。茅盾因此稱讚葉紹鈞做了「扛鼎」似的工作。〔註107〕

評論王統照「五四」初期的小說創作，茅盾指出了他在自己理想境界中追求著「美」與「愛」的實現；一九二三年發表的長篇《一葉》、《黃昏》，開始面對現實人生，揭櫫社會問題，然而王統照仍然「沒有葉（紹鈞）作的那樣冷冷地靜觀」，「詩人氣質的王統照始終有他的熱情」。說起落華生小說所反映的「人

〔註105〕茅盾《一般的傾向──創作壇雜評》，1922 年 4 月 1 日《時事新報・文學旬刊》第 33 期。
〔註106〕《獨立與因襲》。
〔註107〕《讀〈倪煥之〉》。

生觀」，茅盾稱它是「獨樹一幟」的。作者沒有建造理想的象牙塔，而是「有點懷疑於人生的終極的意義」。他的《綴網勞蛛》、《空山靈雨》，反映了他的二重性的人生觀：「一方面是積極的昂揚意識的表徵，另一方面卻又是消極退嬰的意識」。同樣，他的小說也含浪漫主義的和現實主義的兩種成分。「浪漫主義的成分是昂揚的積極的『五四』初期的市民意識的產物，而寫實主義的成分則是『五四』的風暴過後覺得依然滿眼是平凡灰色的迷惘心理的產物」。此外，茅盾對徐玉諾、潘訓、彭家煌、許傑等反映農村題材的小說也作了評論；說徐玉諾的小說有著「向更高階段發展的基本的美質」；潘訓的《鄉心》「喊出了農村衰敗的第一聲悲嘆」；彭家煌和許傑的小說，有些共同點，他們都以「純客觀的態度」，著眼於「地方色彩」，反映了「農民的無知，被播弄」。

　　值得提出的是冰心，她是文學研究會成員，但「五四」初期她的理論主張和文學創作卻帶有明顯的浪漫主義的傾向。她主張「表現自我」的文學，認為這「就是『真』的文學」〔註108〕。茅盾指出，冰心小說的中心是研究探索「人生究竟是什麼」，是「愛」還是「憎」？冰心在宣揚「愛的哲學」時，是帶著濃重的主觀抒情的色彩和虛無飄渺的幻想的成份的。然而茅盾對本社團內這種並不附和「為人生」的現實主義創作傾向的作家和作品，卻持寬容的態度，後來還竭力把她的作品納入現實主義的軌道上來，說「是那時的人生觀問題，民族思想，反封建運動，使得冰心女士同『五四』期所有的作家一樣『從現實出發』」；「她既已注視現實了，她既已提出問題了，她並且企圖給個解答，然而由她生活所產生的她那不偏不激的中庸思想使她的解答等於不解答，末了，她只好從『問題』面前逃走了，『心中的風雨』來了時，她躲到『母親的懷裡』了，這一個『過程』，可說是『五四』期許多具有正義感然而孱弱的好好人兒他們的共通經驗，而冰心女士是其中『典型』的一個」〔註109〕。還有盧隱，她的「問題小說」同樣是對於「人生問題」的苦索，只不過答案不是「愛」、不是「憎」，而是「遊戲人生」。她的《海濱故人》等作品帶有很濃厚的自敘傳的性質，小說主人公叫嚷著的「自我發展」，其實是盧隱在惘然追求中的「自己的想望」。茅盾同樣不拒絕這些主觀色彩濃重的非寫實的作品，相反認為「應該給予較高的評價」〔註110〕。

〔註108〕冰心《文藝叢談》，《小說月報》第 12 卷第 4 號（1921 年 4 月 10 日）。
〔註109〕茅盾《冰心論》，《文學》第 3 卷第 2 期（1934 年 8 月 1 日）。
〔註110〕以上引文未注明出處者均見茅盾《中國新文學大系‧小說一集導言》。

總之，無論是導引新文學的建設朝著健康的方向發展，還是提醒作家關心社會現實、幫助作家總結藝術經驗，茅盾做了大量的、切實的、有益的工作；而且，這種熱情的關注與批評，特別是培養文學青年的成長，貫穿了茅盾的一生，眞是難能可貴、功德無量。

4. 文學與政治交錯的現代文人現象

茅盾自一九一六年八月到上海商務印書館編譯所工作以後，便逐漸介入文學界與政治界。茅盾對於政治的熱心投入，一是受了《新青年》陳獨秀等人的影響；二是受了在北京爆發的「五四」運動浪潮的衝擊；三是「五四」以後政治活動中心已由北京向上海轉移。這些都不斷增進了茅盾的反帝反封建的民主革命意識，特別是上海成爲政治活動中心以後，他很快地便被捲進這政治的漩渦中去了。

不過，倘若追根溯源的話，茅盾的參政意識，可以說是家庭灌輸與培植的結果。茅盾的父親沈永錫是維新派，雖體弱多病卻愛議論國家大事，主張維新，愛給孩子講日本如何因明治維新而成強國，並以「大丈夫要以天下爲己任」的新儒家格言來勉勵他不斷上進，母親也教育他要「做個有志氣的人」。父母的教訓，不僅使茅盾懷著崇高的政治理想步入仕途，連他的弟弟沈澤民沒等學完建築工程的課程也走上了政治這條路，甚至連茅盾的妻子孔德沚也熱衷於社會政治活動，並參加了共產黨。〔註111〕

中國傳統的知識份子（「士」）肩負著超出了自己職業範圍的、過於沉重的社會使命；而這種「依重」知識份子的現象，延綿數千年，以至於今日。孔子最先揭示的「士志於道」，就明確規定了「士」是現實社會基本價值的維護者，它對後世的「士」發生了深遠的影響。有的學者認爲，「以天下爲己任」是宋代「新儒家的入世苦行」；它是朱熹對范仲淹的論斷，「但這句話事實上也可以看作宋代新儒家對自己的社會功能所下的一種規範性的定義」，它已經把知識份子原來「對社會的責任感發展爲宗教精神」。如果聯繫范仲淹的「先憂後樂」說，所謂「以天下爲己任」，可能就是佛教的入世轉向對新儒家這一特殊精神的影響，「是新禪宗對菩薩行的入世化」〔註112〕。沈永錫便是遵循著儒家的這種制度化了的道德箴言，來要求他的兒子日後在政治上有一番作爲的。

〔註111〕茅盾《我走過的道路》（上），第 51、173、257 頁。
〔註112〕余英時《士與中國文化》，上海人民出版社 1987 年版，第 501～507 頁。

一九二〇年初，陳獨秀爲籌辦移滬出版的《新青年》來到上海。七月，由陳獨秀、李漢俊、李達、陳望道、沈玄廬、俞秀松等人發起成立了上海共產主義小組。茅盾於一九二一年二、三月間經李漢俊介紹加入這個組織，並開始爲該組織的秘密刊物《共產黨》撰文，翻譯了《共產主義是什麼意思——美國共產黨中央執行委員會宣布》、《美國共產黨黨綱》、《共產黨國際聯盟對美國 IWW（世界工業勞動者同盟的簡稱）的懇請》、《美國共產黨宣言》四篇綱領性的文件，後來還翻譯了《共產黨的出發點》、列寧的《國家與革命》第一章等。通過翻譯，茅盾初步掌握了共產主義的基本原理。一九二一年七月中國共產黨宣告成立，茅盾遂轉爲中共正式黨員。這年冬天，他協助徐梅坤在商務印書館印刷所工人中發展黨員，並在共產黨辦的平民女校教英文。一九二二年「五月節」，茅盾參與發起在北四川路召開的紀念「五一」國際勞動節群眾大會，但這次 300 餘人的集會被租界巡捕沖散，未能成功。一九二二年頃，中共中央與各省黨組織之間的信件與人員的來往日漸頻繁，爲安全起見，便藉茅盾編輯《小說月報》爲掩護，黨中央委派他爲直屬中央的聯絡員。外地給中央的信都寄給他，由他每日匯總送中央，外地來人找中央也由他負責聯絡與安排。此時鄭振鐸進商務編譯所，協助茅盾爲《小說日報》組稿，茅盾才有時間爲黨務日夜奔走。一九二三年春，茅盾在共產黨辦的上海大學兼職，講授小說研究與希臘神話，此外還要參加社會上諸多的講演活動，除了講文學，也講時事，講國民運動，講婦女解放，甚至講外交政策。

茅盾那時除了忙於黨的宣傳鼓動工作和聯絡工作，還要爲商務編譯所標點林琴南譯的《薩克遜劫後英雄略》（今通譯《艾凡赫》）和伍光建譯的《俠隱記》（今通譯《三個火槍手》）、《續俠隱記》（今通譯《二十年以後》），並撰寫《司各特評傳》、《大仲馬評傳》兩篇論文，以及給「國學小叢書」編選《莊子》、《楚辭》、《淮南子》，標點加注，每書還要寫一篇緒言。如此頭緒紛繁而又互不關聯的工作。集於茅盾一身，構成了一種如他所說的「文學與政治的交錯」的奇特的現代文人現象。但是他卻從容不迫、應付自如，有條不紊地完成了各項任務，這也顯示了他的卓越的辦事才能。

一九二三年七月八日，在上海全體共產黨員大會上宣告成立上海地方兼區執行委員會，茅盾被選爲執行委員、國民運動委員會委員長，任務是爲實現國共合作，動員共產黨人加入國民黨。後來茅盾還負責發動反對軍閥內戰的運動。執行委員會改組以後，茅盾分管秘書兼會計，並參與領導婦女運動

的工作。因為擔任了黨內職務，茅盾更加忙碌，那種「交錯」更向政治傾斜，沒有餘暇從事文學了。直至一九二四年三月，他辭去執行委員職務，才又提筆寫文學評論文章。

值得一提的是，印度詩人泰戈爾於一九二四年四月十二日訪問中國。在此半年前，國內許多報刊已經鼓譟起來，一些玄學鬼和東方文化派也把泰戈爾當做「抨擊西方文化，表揚東方文化的大師」加以吹捧，因此引起了共產黨的注意；中共中央認為，「需要在報刊上寫文章，表明我們對泰戈爾這次訪華的態度和希望」〔註113〕。茅盾根據這個精神發表了《對於泰戈爾的希望》一文，既表示了敬重泰戈爾是一個「人格潔白的詩人」，「憐憫弱者、同情於被壓迫人們的詩人」，「實行幫助農民的詩人」，尤其是一個「鼓勵愛國精神、激起印度青年反抗英國帝國主義的詩人」；同時也表示了「決不歡迎高唱東方文化的泰戈爾，也不歡迎創造了詩的靈的樂園，讓我們底青年到裡面去陶醉去瞑想去慰安的泰戈爾」。茅盾希望泰戈爾來華能做兩件事：一是針對中國青年的弱點，「給他們力量，拉他們回到現實社會裡來，切實地奮鬥」；二是「本其反對西方帝國主義的精神，本其愛國主義的精神，痛砭中國一部分人底『洋奴性』」。此文寫於泰戈爾來華的當日，所以茅盾在文末說要「拭目以待，洗耳以聽」〔註114〕。

泰戈爾訪華以後，茅盾又發表了《泰戈爾與東方文化》一文，副題是「讀泰氏京滬兩次講演後的感想」。文章尖銳批評了泰戈爾的「東方文化」說是「受辱的破落戶乾叫著『祖德』以自解嘲」的東西，是「上海人所謂『買野人頭』罷了」；至於泰戈爾所描繪的「人類第三期之世界」，則是「比克魯泡特金的更空靈了」，他勸說中國人要做到「最忍耐之服從」，這無異於教我們安於「奴隸的生活」〔註115〕。文章寫得鋒利、灑脫、深邃、酣暢，雖是遵命文字，卻也堅持和維護了「為人生」的現實主義原則。

一九二五年、正當茅盾為商務印書館忙於編選《淮南子》、《莊子》的時候，上海已是「山雨欲來風滿樓」，紡織廠工人罷工風潮正迅速蔓延。此時中國共產黨領導的中華全國總工會在廣州宣告成立。上海大批工人參加了工會。五月三十日，茅盾與孔德沚加入了上海大學的學生宣傳隊行列，來到先施公司門

〔註113〕茅盾《我走過的道路》（上），第245頁。
〔註114〕載1924年4月14日《民國日報‧覺悟》。
〔註115〕載1924年5月16日《民國日報‧覺悟》。

前，目睹了英帝國主義屠殺工人、學生那野蠻凶殘的一幕。茅盾撰文揭露了劊子手向密集的群眾開放排槍的罪行，並稱頌這場反帝愛國鬥爭在中國革命運動史上劃出了新紀元，烈士們用鮮血矗起了民族解放的豐碑。〔註116〕

　　「五卅」以後，左派和右派都在爭奪教育部門的領導權，右派控制了上海各學校教職員聯合會，共產黨領導的左派分子茅盾等三十餘人另組上海教職員救國同志會，並組織講演團，赴各學校團體講演，茅盾講演的題目是《「五卅」事件的外交背景》。爲了揭露上海報業封鎖慘案眞相，把反帝愛國運動引向深入，茅盾與商務印書館同人辦起了《公理日報》，揭露了《申報》、《新聞報》、《時報》之媚外言論，上海銀錢業之私下接濟外國銀行，等等。六月二十一日，商務印書館工會宣告成立，並醞釀大罷工。茅盾是罷工委員會內組織的臨時黨團的成員，參與領導了罷工鬥爭。二十二日罷工開始，二十三日在東方圖書館俱樂部廣場召開了約四千人參加的大會，罷工終以資方承認工會、答應增加工人的工資等讓步條件宣告結束。茅盾說：「在風雲突變的一九二五年，我把主要的時間和精力投入了政治鬥爭，文學活動只能抽空做了。」這文學活動是：一，介紹希臘神話和北歐神話，這是茅盾研究和介紹外國神話的開始。二，試寫散文。「『五卅』慘案使我突破了自設的禁忌，我覺得政論文已不足宣洩自己的情感和義憤。我共寫了八篇散文，其中就有七篇是與『五卅』有關的。這次的『試筆』，也許和我後來終於走上創作的道路不無關係」。三，撰寫長篇論文《論無產階級藝術》，茅盾想藉此來清理自己的文藝思想，「用『爲無產階級的藝術』來充實和修正『爲人生的藝術』」〔註117〕。

　　茅盾的《論無產階級藝術》〔註118〕，是一篇值得重視的論文；他的關於無產階級文藝的見解，比之當時的許多文學同人可謂高出一籌。他從蘇聯社會主義文藝的形成與發展，已經意識到無產階級文藝出現的歷史必然性。論文主要闡述了以下四點意見：（一）無產階級文藝是一種全新的文藝，它只有在社會主義的土壤與空氣中培養才能茁壯成長；「如果不但泥土空氣是陳腐的，甚至還受到壓迫，那麼，這個新的藝術之花難望能茂盛了」。（二）無產階級文藝決非僅僅描寫無產階級的生活，而是要以無產階級「集體主義的，

〔註116〕參見茅盾《五月三十日的下午》，《「五卅」走近我們了！》。
〔註117〕茅盾《我走過的道路》（上），第285、286頁。
〔註118〕載《文學週報》第172、173、175、196期（1925年5月2日、17日，31日，10月14日）。

反家族主義的，非宗教的」精神爲中心去創造一種適應於新世界的文藝。（三）
它的題材不只限於勞動者的生活，它「將如過去的藝術以全社會及自然界的
現象爲汲取題材之泉源」；它要達到的理想，「並不是破壞，卻是建設」，「這
新生活不但是『全』新的，並且要是無量的複雜，異常的和諧」。（四）在藝
術形式上，「無產階級藝術的完成，有待於內容之充實，亦有待於形式之創
新」；它不拒絕遺產，「無產階級首先必須從他的前輩學習形式的技術」。在無
產階級文藝建設初期，這些眞知灼見都深刻地反映了茅盾的廣闊的文化視野
和深厚的理論修養。當然，這篇論文也有一些缺陷，如拒斥未來派、意象派、
表現派等文學流派，認爲它們是「變態的已經腐爛的」藝術之花，不配作新
興階級的精神上的滋補品。這種看法是有偏頗的。

　　一九二五年下半年，國民黨右派（西山會議派）開始搞分裂活動，因此
在上海出現了國民黨左派（直屬廣東的國民黨中央黨部）的秘密黨部和國民
黨右派的秘密組織。國民黨左派一方面要對孫傳芳作鬥爭，另一方面又要對
西山會議派作鬥爭，頗感人手缺乏，於是「跨黨分子」的茅盾就在業餘時間
參加實際工作。這年冬天，國民黨上海執行委員會實行改選，茅盾被選爲執
行委員，同時被選爲出席國民黨第二次全國代表大會的代表。一九二六年一
月，他赴廣州出席大會。會後，他被留在廣州，任國民黨中央執行委員會宣
傳部秘書。毛澤東代理宣傳部長。茅盾還接編了國民黨政治委員會的機關報
《政治週報》，在週報上發表揭露國家主義派反動本質的文章。茅盾在廣州目
擊了「三月二十日事變」（即「中山艦事件」）。四月初，茅盾奉命回上海，任
國民黨上海市黨部宣傳部長，不久又調任國民黨中央黨部駐上海的中央局。
這是一項完全秘密的工作。此間，茅盾還受毛澤東指示，負責編輯「國民運
動叢書」。在繁忙的社會活動中，茅盾結識了一些「新女性」，對於他們的思
想意識、音容笑貌，以及「又愛又不愛」的羅曼式的愛情有了較多的體察以
後，「各種形象，特別是女性的形象在我的想像中紛紛出現，忽來忽往，或隱
或現，好像是電影的斷片。……寫作的衝動，異常強烈」〔註119〕。女性的魅
力，使茅盾萌發了小說創作的強烈欲望，只是北伐戰爭正在迅猛發展，茅盾
被投入這洪流中，那股剛由「新女性」誘發出來的創作激情，才暫時被形勢
所感染的政治激情掩蓋住、被繁忙的政治活動束縛住了。

　　一九二七年春，中共中央派茅盾到武漢任中央軍事政治學校政治教官，

〔註119〕茅盾《我走過的道路》（上），第315頁。

不久又兼任漢口《民國日報》的總主筆。那時，潛伏在武漢的反動份子攻擊工農運動「過火」，該報則以事實揭露各縣各鄉鎮的土豪劣紳勾結潛伏的反動份子向工農進攻，工農爲自衛計，才以武裝拘捕那些阻礙革命的土豪劣紳，沒收他們的財產。七月十五日，汪精衛在武漢進行反共叛變活動。下旬，茅盾奉命離開武漢，經九江去南昌，但是抵九江後他就病了，沒有去南昌，而是去牯嶺養病半個月，八月下旬秘密回上海，「從那時起，他和共產黨沒有了組織關係」。

一九二七年下半年的上海是一個白色恐怖的世界。「茅盾回到上海後好像到了一個完全陌生的地方。他的病是嚴重的失眠症。他在那時就把武漢時代的革命情形寫了《幻滅》、《動搖》，用『茅盾』的筆名在《小說月報》上發表。他用『茅盾』這筆名是從那時起的。以後他又把一九二七年革命失敗以後的知識份子的矛盾心理作題材，寫了一部《追求》。這三部長篇小說是接連出來的，被稱爲他的『三部曲』。從『三部曲』看來，那時茅盾對於當前的革命形勢顯然失去了正確的理解；他感到悲觀，他消極了。同時他的病也一天一天重起來，他常常連連幾夜不能睡眠，而他住在上海又完全是變相的『幽囚』生活，所以在一九二八年秋天他就到日本養病去了」〔註120〕。

在陳望道的幫助下，茅盾與秦德君於一九二八年七月一同去日本東京投靠陳望道的女友吳虹弼（又名吳庶五）。同年十二月，他倆去京都，住在高原町，開始同居。秦德君後來回憶道：「我和茅盾住的第四號門牌。建築質量的低劣，看起來風吹得倒，門窗都是紙糊的。……櫻花似乎在我們的心田上怒放，櫻花似乎讚美我們純眞的愛情，櫻花盛開時節的每朝每日，寫作學習之餘，我們攜手並肩，閑散在櫻花之下，共敘衷情，含情脈脈的目光對流，但願天長地久，地久天長，生活的道路唯願似櫻花般的燦爛，永享人間的歡樂。此情此景，我終於成爲茅盾的愛情俘虜了，他表示出來的眞摯的情和愛，是從他的心底深處開放出來的鮮花呀！」〔註121〕

茅盾此時深深地愛戀著眼前的情人秦德君，把這位情人視爲拯救他從苦

〔註120〕以上引文均見《茅盾小傳》、《文獻》雜誌第11輯，中國書目文獻出版社1982年出版。此傳是1936年初茅盾應史沫特萊之約而寫的，採用第三人稱的寫法。那時史沫特萊擬將《子夜》英譯本介紹給美國讀者，請茅盾撰寫此傳，後該書未能出版，傳亦未發表。至1982年，此傳才首次在《文獻》上向讀者披露，今收入《茅盾全集》第21卷，人民文學出版社1991年版。

〔註121〕秦德君《櫻蜃──革命回憶錄》，載〔日本〕《野草》1988年第41號。

悶、孤寂中擺脫出來的「北歐命運女神」。但是茅盾生性怯懦，他不敢向夫人孔德沚提出離婚；他還是一個孝子，也不敢因此惹母親氣惱。他在妻子與情人之間面臨著兩難的選擇。秦德君懷過他的兩個孩子，在他的勸說下都做了人工流產手術。但是，膽小怕事的茅盾，對秦德君還是採取了敷衍和欺騙的態度，以「四年後實現團圓」的許諾，回上海後不久便把她遺忘了。

茅盾在日本兩年，未交任何異國的朋友，他自稱是無家可歸的人、流浪者（outcast）；雖有情人給予愛情與溫馨，卻也難驅除他心中的重重迷霧、愁霧。理想、前途、革命……已是匆匆離去的一場惡夢，大革命失敗給他留下的是悲觀、幻滅的情緒，是戰士的血的恐怖。

茅盾說，「我對於大革命失敗後的形勢感到迷茫，我需要時間思考、觀察和分析」〔註122〕。他還說，「我是真實地去生活，經驗了動亂中國的最複雜的人生的一幕，終於感得了幻滅的悲哀，人生的矛盾，在消沉的心情下，孤寂的生活中，而尚受生活執著的支配，想要以我的生命力的餘燼從別方面在這迷亂灰色的人生內發一星微光，於是我就開始創作了。」〔註123〕茅盾以共產黨員的身份從事政治活動，躊躇滿志地步入政界；但是七年的革命生涯，所見所聞並非他原來想像的那般簡單、純潔，理想的憧憬與齷齪的現實總有很大的距離。大革命失敗以後，他終於懷著悲觀失望的情緒離開了共產黨，離開了政治舞臺，潛回上海，在自家躲藏了十個月，閉門不出寫小說。

茅盾幼年曾接受他父親灌輸的「大丈夫以天下為己任」的傳統的「入仕」的思想影響，步入社會以後，他是熱心於參政的，有志於當一名政治家、社會活動家，在官界擔任一定的要職，藉「仕途」去實現救國濟民的抱負。他的興趣並不在文學方面；尤其是加入中國共產黨以後，一種神聖的使命感，更使他為黨的理論、思想、組織建設盡心盡責，共產主義的美好憧憬激勵著他全身心地投入革命工作。茅盾「在建黨初期翻譯了大量的共產主義、社會主義學說的文獻資料。在日本，他談起這些東西時很得意地說，剛建黨時，他是一炮打響，翻譯了一批社會主義學說的文章，贏得了陳獨秀、李漢俊他們的信任」〔註124〕。共產黨初創時期，陳望道、李達、茅盾，號稱是黨內三大筆桿子。雖然

〔註122〕茅盾《我走過的道路》（中）第1頁，人民文學出版社1984年版。
〔註123〕茅盾《從牯嶺到東京》，《小說月報》第19卷第10期（1928年10月10日）。
〔註124〕沈衛威《一位曾給茅盾的生活與創作以很大影響的女性──秦德君對話錄（五）》，《許昌師專學報》1991年第3期。

茅盾後來未被重用，沒有在中央領導層擔任要職，但他確實是想在仕途上做出一番事業的。他曾坦率地告訴讀者：「在過去的六七年中，人家看我自然是一個研究文學的人。而且是自然主義的信徒；但我眞誠地自白：我對於文學並不是那樣的忠心不貳。那時候，我的職業使我接近文學，而我內心的趣味和別的許多朋友——祝福這些朋友的靈魂——則引我接近社會運動。我在兩方面都沒專心；我在那時並沒想起要做小說，更其不曾想到要做文藝批評家。」〔註125〕這就是說，茅盾的本意是想躋身政界的，他認爲自己的性格、氣質、才幹、志趣是適宜於在政界施展宏圖的，只是由於這條路走不通，未能達到預期的目的，才掉轉過來從事文學，並從此把文學作爲自己的終身職業。

我們不妨觀照一下一九二一年至一九二七年茅盾的政治生涯。茅盾本是商務印書館編譯所的一名普通編輯，他以翻譯一批馬克思主義文獻資料而受到中共早期政界要人的賞識，從政以後當上了中共中央聯絡員、國民運動委員會委員長、國民黨上海特別市黨部宣傳部長、國民黨中央宣傳部秘書，中央軍事政治學校政治教官、漢口《民國日報》總主筆等職，並經常接觸國共兩黨的政、軍要人。但是，根據茅盾的學識和能力，他是可以勝任更高層的黨的領導職務的，他顯然沒有受到器重，加上革命遇到了挫折，他的心態失衡了，在革命——不革命、前進——後退這個嚴峻考驗的關頭，心裡非常矛盾。他說他那時不僅看到了「革命與反革命的矛盾」、「革命陣營內部的矛盾」，同時「我自己生活上、思想中也有很大的矛盾」，他創作第一部長篇小說《幻滅》，便取名「矛盾」（後由葉聖陶改爲「茅盾」），便「帶點諷刺別人也嘲笑自己」〔註126〕的意思。這像是戲劇性的，卻也說明靈魂脆弱的人是難以在充滿驚濤的政界立足的。

一九二八年七月初，茅盾化名方保宗，離開上海流亡日本，於一九三〇年四月從日本回到上海。茅盾赴日不久，即一九二八年十月九日，中共中央有一封給中共東京市委的覆信，其中談及關於重新吸收茅盾收入黨的問題：

> 沈雁冰過去是一同志，但已脫離黨的生活一年餘，如他現在仍表現的好，要求恢復黨的生活時，你們可斟酌情況，經過從新介紹的手續，允其恢復黨籍。

〔註125〕茅盾《從牯嶺到東京》。

〔註126〕《寫在〈蝕〉的新版的後面》，載《茅盾文集》第 1 卷，人民文學出版社 1958 年版。

後因形勢險惡，中共東京市委領導人李德馨等已於七、八月歸國，茅盾的黨籍問題未能解決。〔註127〕設想茅盾當時倘若重新入黨，並獲得中共組織的信任，他可能會繼續從事政治活動，只是由於失去了這個機會，他在仕途上頗不得志，在鬱積著種種矛盾的痛苦，「感得了幻滅的悲哀」以後，〔註128〕才告別政界而安心定位於文學，做一個「人生派」的小說家了。

〔註127〕 詳見唐天然《1928年中共中央曾考慮恢復茅盾黨籍》，《江海學刊》199年第4期。

〔註128〕 據秦德君在《櫻蜃──革命回憶錄》一文中云。在上海經陳望道介紹，她與茅盾於1928年7月初一起東渡日本，準備轉道去蘇聯，未能成行，1930年4月，她又與茅盾回上海，暫住楊賢江家。在東京時，陳望道的女友吳虹茀「反覆說起茅盾大革命高潮時期在武漢僅僅作個《民國日報》編輯，很抱委曲，頗表不得志於時。他在當時，感慨萬端，嫌大材小用了」。秦文還說，茅盾的《蝕》受到上海文藝界批評以後，來到東京，陷在「幻滅」的深淵裡，他那時「崇拜浙江幫政權」，曾請求吳虹茀幫他「找邵力子推荐他去作蔣介石的秘書」。這些資料，照錄於此，聊以備考。

第二章　大革命失敗後的文學創作

1.《蝕》：悲觀幻滅的思想情緒的自白

　　從一九二七年九月下旬至一九二八年六月，茅盾躲在上海自家的三層樓上，閉門寫《幻滅》、《動搖》、《追求》（《蝕》三部曲），過著「和世間完全隔絕」的寫作生活。他自認這是一種「可鄙的懦怯」，「只能躲在房裡做文章」；他也不諱言自己那時有點幻滅、悲觀、消沉，而且「都很老實的表現在三篇小說裡」〔註1〕。

　　在新文學的第一個十年內，小說是在不斷的鬥爭中生存和成長的，它「自然不免幼稚」，但「恰如在大石下面的植物一般，雖然並不繁榮，它卻在曲曲折折地生長」〔註2〕。長篇小說除了葉聖陶的《倪煥之》（一九二八年）外，更呈現出荒蕪的現象。茅盾的三部長篇小說，便是在這個荒蕪的土地上奔突而出的幾朵奇葩。茅盾在《讀〈倪煥之〉》一文中說過，「《吶喊》所表現者，確是現代中國的人生」，不過只是「受不著新思潮的衝激」，「難得變動」的「老中國的暗陬的鄉村，以及生活在這些暗陬的老中國的兒女們，但是沒有都市，沒有都市中青年們的心的跳動」，即「並沒反映出『五四』當時及以後的時刻在轉變著的人心」。現代文學進入第二個十年，客觀形勢要求作家走出古老鄉村之一隅，而直面急劇變動的都市生活。這個歷史使命則由茅盾及其同時代的作家巴金、老舍等來承擔。「當社會經濟結構逐漸為現代化大生產所代替的

〔註1〕茅盾《從牯嶺到東京》。
〔註2〕魯迅《且介亭雜文·〈草鞋腳〉小引》。

時候，這巨大而複雜的生活內容，必然要迫使文學形式有所改變。茅盾的傑出貢獻正是在於，隨著文學所要反映的生活內容的變化，對魯迅所開創的中國現代小說的表現形式作了新的開拓，大大提高了中國現代小說反映生活的可能性，豐富與發展了我國現代文學革命現實主義的創作方法」〔註3〕。

茅盾創作《幻滅》等長篇小說的時候，正是創造社、太陽社一些主要成員倡導「革命文學」，「左」傾思潮在左翼文壇泛濫的時候。他們機械地搬用蘇聯的理論和經驗，把獲得唯物辯證法的世界觀看成是文學創作取得成功的唯一條件，而且「將革命使一般人理解為非常可怕的事，擺著一種極左傾的凶惡的面貌，好似革命一到，一切非革命者就都得死，令人對革命只抱著恐怖」〔註4〕。正是在大革命失敗後的低潮期，一方面來自國民黨政府對文化界進步人士的迫害與鎮壓，另一方面是來自革命營壘內部「左」傾思潮對於文壇的粗暴的干預與指責，這就使得新文學在內外夾擊下處境變得異常艱難。在這種文化氛圍中，茅盾既然從政界轉向文學界，就要敢於頂住這些壓力，敢於衝破右的文化禁錮和「左」的文化思潮的干擾，真實地寫出「都市中青年們的心的跳動」的作品。

所謂「革命文學」，在中國新文學的幼年階段，是難於在短期內實現的目標。由於那時左翼作家們並不熟悉無產階級，對於革命鬥爭生活也缺乏體驗，所以寫出來的多是徒有革命的熱情而忽視文學特性的空洞、八股的「標語口號文學」，或是「革命＋戀愛」的公式主義文學。正如魯迅所指出的，「多少偉大的招牌，去年以來，在文攤上都掛過了，但不到一年，便以變相和無物，自己告發了全盤的欺騙，中國如果還會有文藝，當然先要以這樣直說自己所本有的內容的著作，來打退騙局以後的空虛。因為文學家至少是須有直抒己見的誠心和勇氣的，倘不肯吐露本心，就更談不到什麼意識。」〔註5〕茅盾便是抱著這種誠心和勇氣，不怕別人指責他「思想落伍」，真實地反映了他所親歷的或體驗的社會人生。可以說，《蝕》三部曲的問世，是對當時喧鬧一時的所謂「革命文學」的挑戰；雖然這仍是瑕瑜互見的作品，但它為三十年代現實主義文學的健康發展畢竟起到了篳路藍縷的作用。

〔註3〕 錢理群等《中國現代文學三十年》，第242、243頁，上海文藝出版社1987年版。
〔註4〕 魯迅《二心集‧上海文藝之一瞥》。
〔註5〕 《三閒集‧葉永蓁〈小小十年〉小引》。

　　《蝕》從一個側面反映了第一次國內革命戰爭從勝利到失敗的風雲變幻的社會生活的圖景，描述了一群小資產階級青年知識份子在大革命洪流中的沉浮。概括起來，茅盾企圖反映的是當時青年在革命大潮中所經歷的三個時期，及他們在不同時期的社會心態：「（1）革命前夕的亢昂興奮和革命既到面前的幻滅；（2）革命鬥爭劇烈時的動搖；（3）幻滅動搖後不甘寂寞尚思作最後之追求。」〔註6〕這實際上是《蝕》三部曲的寫作大綱，是作者爲三部小說設計的思想框架，三個關聯的時期構成了三部曲的連續性。

　　魯迅說過，「革命是痛苦，其中也必然混有污穢和血，決不是如詩人所想像的那般有趣，那般完美；革命尤其是現實的事，需要各種卑賤的，麻煩的工作，決不如詩人所想像的那般浪漫；革命當然有破壞，然而更需要建設，破壞是痛快的，但建設卻是麻煩的事。所以對於革命抱著浪漫諦克的幻想的人，一和革命接近，一到革命進行，便容易失望。」〔註7〕《幻滅》裡的主人公章靜，便是這樣一個「對於革命抱著浪漫諦克的幻想」的女性，她追求刺激和新奇，把革命作爲達到亢昂興奮狀態的某種激素，藥物失去作用以後，她便消沉、倦怠。靜女士在社會大潮的顛簸中經歷了種種失望以後，墜入了幻滅的深淵而無力自拔。這是「五四」以後被捲進革命浪潮裡去的知識青年普遍存在的現象。

　　茅盾筆下的靜女士，是一個天眞的夢想家。她在省城裡的女校鬧過風潮，但看到同伴陷入交際、戀愛的泥淖裡，失望之餘來到上海，「想靜靜兒讀一點書」。她對慧女士那種玩弄報復異性的戀愛哲學不願認同，並以少女的矜持對男同學抱素的追求保持了距離。她常常無端的生氣，想排除一切外來的刺激與干擾而維繫著「靜心讀書」的夢。因此，在兩性關係上，她一向躲在莊嚴、聖潔、溫柔的錦幃後面，不曾挑開那錦幃的一角，看看裡面是什麼東西。但是，在慧女士玩弄了抱素拂袖而去以後，靜女士出於同情，以及本能的驅使和好奇心的催迫，酒醉般地昏昏沉沉地與抱素過了一夜，享受到了不曾有過的刺激，但過後就覺得平淡無奇，空虛的悲哀又包圍了她；特別是得知她的戀人竟是「一個輕薄的女性獵逐者」，「一個無恥的賣身的暗探」，而自己卻被這個騙子玷污了處女的清白以後，她那第一次構築的戀愛的夢幻滅了。她躲進醫院，尋求片刻的寧靜。國民革命軍北伐打敗吳佩孚的消息傳

〔註6〕　《從牯嶺到東京》。
〔註7〕　《二心集・對於左翼作家聯盟的意見》。

來，使她多少恢復了勇氣、自信和熱情。她奔赴武漢，尋求別一種刺激：「新生活──熱烈，光明，動的生活。」這是她克服戀愛迷失的心理危機後重建的莊嚴而神聖的夢：她想在「社會服務」上「得到應得的安慰」，「享受應享的生活樂趣」。但她先後換了三次工作，都覺得無聊、空虛。半年的所見所聞，她覺得一方面是緊張的革命空氣，一方面又是普遍的疲倦和煩悶。她把這種現象解釋為「人生之矛盾」，而且是「普遍的矛盾」。她最後選定了在第六醫院當看護士，不久與傷員強惟力連長戀愛，她從愛情中得到溫馨和快樂，但是強連長一星期後重返前線，她在愛情上的追求再度幻滅。「我簡直是做了一場大夢！一場太快樂的夢！現在的夢醒，依然是你和我。」靜女士的幻滅感，蘊含著那些經不起時代風雨吹打的靈魂脆弱的知識青年的悲劇命運。

作者反映靜女士在愛情與事業上的種種遭遇時，注重刻劃她內心世界如何在兩股相對的力量的猛烈撞擊中觸動著過去的創痛。「每一次希望，結果只是失望；每一個美麗的憧憬，本身就是醜惡；可憐的人兒呀，你多用一番努力，要做一番你所謂奮鬥，結果只加多你的痛苦失敗的記錄。」但是，新的理想卻告誡她：「沒有了希望，生活還有什麼意義呢？人之所以異於禽獸，就因為人知道希望。既有希望，就免不了有失望。失望不算痛苦，無目的無希望而生活著，才是痛苦呀！」不過，面對新的理想，她又無法忘記過去的創痛：「命運的巨網，罩在你的周圍，一切掙扎都是徒然的。」作者對於靜女士的希望──失望、憧憬──醜惡、理想──幻滅的內心世界的展示，是真實而細微的。主人公這種矛盾的心態，其實就是作者自己在革命低潮期的矛盾心態的形象化的反映。

在《幻滅》裡，人物的幻滅感，寫得有聲有色，而時代的幻滅則只是畫出了一個輪廓；到了《動搖》，作者所側面反映的一九二七年大革命時期動亂的社會背景，就顯得清晰而生動了。茅盾對於小說描述的背景作過這樣的說明：「《動搖》的時代正表現著中國革命史上最嚴重的一期，革命觀念革命政策之動搖，──由左傾以至發生左稚病，由救濟左稚病以至右傾思想的漸抬頭，終至於大反動。這動搖，也不是主觀的，而有客觀的背景；我在《動搖》裡只好用了側面的寫法。」〔註8〕

方羅蘭是武漢國民政府管轄下某縣國民黨黨部委員兼商民部長。在革命

〔註8〕《從牯嶺到東京》。

與反革命尖銳對峙的年代，方羅蘭所信奉的卻是「寬大」、「中和」的處世哲學。如有人揭發混進商民協會充當委員的劣紳胡國光的劣跡時，他「敷衍過去，竟沒徹底查究」，只以「不孚眾望」，取消其委員資格了事，連「劣紳」的身份都不提。又如對待店員的加薪運動，在勞資糾紛中，他站在哪一邊，遊移不定。「店員生活果然困難，但照目前的要求，未免過甚；太不顧店東們的死活了！」他總是發出這類慨嘆。面對世界變得太快、太複雜、太矛盾，方太太（陸梅麗）因爲沒有認準方向而靜觀不動，方羅蘭則主張「對付著過去」。但是，急遽變幻的政治形勢卻使這些被捲進革命風暴的人對付不過去。所以，方羅蘭的動搖性，既表現在關鍵時刻他的革命立場的動搖徘徊，也反映了他對反革命勢力反攻倒算的恐懼心理：

> 他想起剛才街上的紛擾，也覺得土豪劣紳的黨羽確是布滿在各處，時時找機會散播恐怖的空氣；那亂吹的警笛，準是他們攪的小玩意。他不禁握緊了拳頭自語道：「不鎮壓，還了得！」

> 但是迷惘中他彷彿又看見一排一排的店舖，看見每家店舖門前都站了一個氣概不凡的武裝糾察隊，看見店東們臉無人色地躲在壁角裡，……看見許多手都指定了自己，許多各式各樣的嘴都對著自己吐出同樣的惡罵：「他也贊成共產麼？哼！」

> 方羅蘭毛骨聳然了，慌慌張張地站起來，向左右狼顧。

特別是土豪劣紳指使的一群地痞流氓大打出手，搗毀縣婦女協會，抓了三個剪髮女子用鐵絲貫乳赤裸著遊行然後弄死，又來敲打縣黨部的大門，方羅蘭更是驚恐萬狀，耳邊響起了反革命派復仇的叫嚷聲：「正月來的賬，要打總的算一算呢！你們剝奪了別人的生存，掀動了人間的仇恨，現在正是自食其報呀！……」

方羅蘭的動搖性，還來源於他對北伐革命、對國共合作並無正確的認識，對革命前途也缺乏信心。方羅蘭是怎樣走上革命道路的，作者沒有交代，我們只知道他雖然當上了縣黨部要人，卻以騎牆的態度，動搖於革命和反革命之間，他無論處理什麼事情，「總想辦成兩面都不吃虧」。他有時甚至對於革命與反革命的界限都模糊了，覺得二者的性質沒有根本的差別，尤其是在反革命囂張氣焰使他感到恐怖的時候，他的心底裡便響起了這樣的微語：「……你們趕走了舊式的土豪，卻代之以新式的插革命旗的地痞；你們要自由，結果仍得了專制。所謂更嚴厲的鎮壓，即使成功，亦不過你自己造成了你所不

能駕馭的另一方面的專制。……」所以當店員工會、農民自衛軍提出要槍斃
幾個被抓獲的地痞流氓時，他卻毫無表示，他認為「現在槍斃了五六個人，
中什麼用呢？這反是引到更厲害的仇殺的橋樑呢！」只有寬大中和才是消弭
仇殺的根本辦法。末了，在敵軍進逼下，他只好逃到南鄉避難了。方羅蘭就
是這樣一個動搖於左右之間、動搖於成功與失敗之間、也動搖於革命與反革
命之間的縣級革命領導幹部。

方羅蘭在愛情上也是動搖不定的。他有一個婉麗賢明的妻子，又有一個
天真活潑的女兒，家庭生活是美滿的，但他腦海裡時時有浪漫女性孫舞陽的
艷影閃過，甚至下意識地說，「舞陽，你是希望的光，我不自覺地要跟著你跑。」
於是他對妻子陸梅麗的愛情發生了動搖，責怪她「有些暮氣」，「已經燃盡了
青春的熱情」，而這些缺陷已經無法補救。但是當陸梅麗提出離婚時，他又不
願意，後來不得已同意了，卻又採取了一種介乎合與離之間的奇特的「離婚」
方式──「他暫時不把陸梅麗作為太太看待；而已經雙方同意的方陸離婚也
暫不對外宣布。」孫舞陽呢？她對於方羅蘭內心的矛盾，看得很清楚，所以
沒有接受他的愛，只是在感官上給他幾分鐘的滿足──「她擁抱了滿頭冷汗
的方羅蘭，她的只隔著一層薄綢的溫軟的胸脯貼住了方羅蘭的劇跳的心窩；
她的熱烘烘的嘴唇親在方羅蘭的麻木的嘴上；然後，她放了手，翩然自去……」
方羅蘭卻呆呆地站著，不敢追去。作者對方羅蘭在事業和愛情上的這種軟弱、
遊移的動搖性格，刻劃得入木三分。

有的學者已經指出，作者描寫方羅蘭在愛情生活中的動搖，在小說裡不
是重心，只是作為從另一側面刻劃方羅蘭的性格而設計的，「這與《幻滅》中
的愛情描寫迥然有別。《幻滅》的愛情描寫是『喧賓奪主』，導致情節游離主
題，《動搖》的愛情描寫是『錦上添花』，它作為方羅蘭政治上動搖的陪襯」，
所以這些描寫「並非閑文」〔註9〕。

小說的另一個重要人物是土豪劣紳的代表胡國光。他是一個積年的老狐
狸，委瑣而奸猾。辛亥革命時，他混進了同盟會；武漢大革命時，他又騙取
了縣國民政府執行委員兼常委的頭銜。他善於觀風向、摸氣候，在執行革命
政策偏左的時候，他便以極左的面目出現，在表示願意「自我犧牲」的同時，
主張用激烈的手段對付土豪劣紳和店主，暗地裡卻組織流氓打手，搗毀農民

〔註9〕邱文治《茅盾小說的藝術世界》，百花文藝出版社1991年出版，第6、7頁。

協會，破壞婦女運動，大搞所謂解放婢妾孀婦的活動。但是，形勢一旦發生逆轉，他就本相畢露，血腥鎮壓革命。

茅盾後來說過，「像胡國光那樣的投機分子，當時很多；他們比什麼人都要左些，許多惹人議論的左傾幼稚病就是他們幹的。……本來可以寫一個比他更大更凶惡的投機派，但小縣城裡只配胡國光那樣的人，然而即使是那樣小小的；卻也殘忍得可怕：捉得了剪髮女子用鐵絲貫乳遊街然後打死。」在國共合作的第一次國內革命戰爭時期，魚龍混雜，泥沙俱下，形形色色的投機分子鑽進革命營壘，即使不是巨奸大憝，像胡國光之流，也給革命事業帶來不可估量的危害。茅盾真實地寫下了那發人深省的歷史的一頁。

在《動搖》裡，比之方羅蘭，我以為胡國光的形象寫得更出色、更充盈、更富有立體感，他的奸猾、多謀、鑽營、殘忍的性格特徵，給讀者留下了更加鮮明、深刻的印象，難怪讀者把他看成是小說的主人公。然而茅盾是不承認這一點的。他說：「這篇小說裡沒有主人公；把胡國光當作主人公而以為這篇小說是對於機會主義的攻擊，在我聽來是極詫異的。我寫這篇小說的時候，自始至終，沒有機會主義這四個字在我腦膜上閃過。」〔註 10〕可見，作者的主觀創作動機與作品的客觀效果，是存在著距離的。主線模糊，不能不說是《動搖》在主題與結構上的缺陷。

值得一提的是，茅盾完成《動搖》而在創作《追求》之前，曾寫過一篇散文《嚴霜下的夢》〔註 11〕，在結尾處，作者盼望著曙光女神 Aurora 快來「趕走凶殘的噩夢的統治」。正是這種渴望著重新振作的精神狀態，使茅盾對於長篇《追求》有著較積極、樂觀的藝術構想。這也許是作者與那血染的國土保持了一段心理的距離，而且經過了一段時間生活的、情緒的積澱的緣故。作者「想寫一群青年知識份子，在經歷了大革命失敗的幻滅和動搖後，現在又重新點燃希望的火炬，去追求光明了」。但是動筆不久，他就從友人那裡聽到愈來愈多的使人悲痛、苦悶、失望的消息。「這就是在革命不斷高漲的口號下推行的『左』傾盲動主義所造成的各種可悲的損失」〔註 12〕。正因為如此，這就使《追求》「有一層極厚的悲觀色彩」，「有纏綿幽怨和激昂奮發的調子同時並在」。茅盾說，「《追求》就是這麼一件狂亂的混合物。我的波浪似的起伏

〔註10〕以上引文均見《從牯嶺到東京》。
〔註11〕載《文學週報》第 6 卷第 2 期（1928 年 2 月 5 日）。
〔註12〕茅盾《我走過的道路》（中），第 14 頁。

的情緒在筆調中顯現出來，從第一頁以至最末頁」。他承認這部小說表現了他生活中的一個苦悶時期，所以他自己「很愛這一篇」〔註13〕。

《追求》反映了大革命失敗後籠罩在上海的灰色的天空和蠕動著的灰色的人生。「一片沉悶的灰色佔領了太空，低低地就像是壓在人們的頭頂」。小說對於大革命失敗後的社會背景的展示是模糊的，它著重描述了一群從革命鬥爭中敗下陣來的知識青年感染的「時代病」──「中國式的世紀末的苦悶」：「幻滅的悲哀，向善的焦灼，和頹廢的衝動。」他們既不願成為「麻木蒙昧的人」，與舊勢力同流合污的人，卻又認不清社會前進的方向，又不敢繼續與舊世界抗爭，做一個「時代的大勇者」，所以他們個個顯得悲觀、失望、苦悶、頹唐，在人生的十字路口上彷徨了。

張曼青曾經是一個有熱血、有理想的青年，但一年多的政治生活卻給了他許多幻滅，「憧憬只是一個虛幻的泡影，他悲愴不已，但他還要追求最後的一個憧憬，即從事教育。他相信，雖然社會如此的黑暗，政治是如此混沌，但是青年的革命情緒並不低落」，所以他寄希望於下一代。然而，學校照樣是黑暗、渾濁，開除全班學生猶如國民黨實行「清黨」一樣。張曼青的最後一次追求幻滅了，「現在我知道我進教育界的計劃是錯誤了！我的理想完全失敗。大多數是這樣無聊，改革也沒有希望」。他終於在事業和愛情兩方面都失敗了。

半步主義者王仲昭，他的理想是在新聞界成為一位名記者，而這成名的動機，「不為名，不為利，而為愛」，把從事新聞事業作為獲得愛情和幸福的手段，因此他的改革版面的計劃受挫時，他不是去鬥爭，而是採取妥協、退讓的半步政策，「先走了這半步再說」；但是他的愛人遇險傷頰，他苦苦追求的憧憬在到手的瞬間竟改變了面目。

懷疑主義者史循，是一個「曾經滄海」的人，他已經衰頹到只有自殺才能擺脫人世的煩惱，他自稱「只是一個活的死人」，然而他連自殺也失敗了，他雖然得到了愛和同情，但因狂樂過度猝死。趙赤珠為了支持自己的丈夫從事革命活動，在經濟拮据的情況下，不得不流落街頭賣淫。至於勇敢魯莽的曹志方，耐不住苦悶和寂寞，最後當「土匪」──這似乎是幹革命的暗喻，然而他也只不過「想出一口悶氣，痛快地幹一下」而已。潑辣的章秋柳是一個狂熱浪漫的近乎變態的女性，是一個憤激而又脆弱的、自暴自棄的、追求

〔註13〕《從牯嶺到東京》。

感官刺激的享樂主義者。她說，「理想的社會，理想的人生，甚至理想的戀愛，都是騙人自騙的勾當；人生但求快意而已。我是決心要過任心享樂刺激的生活？我是像有魔鬼趕著似的，盡力追求刹那間的狂歡。我想經驗人間的一切生活。」爲了得到這種刺激，她甚至想嘗試做一次「淌白」──妓女，但她的動機不同於趙赤珠，她只是想玩弄那些自以爲天下女子皆可供他玩弄的蠢男子。「女子最快意的事，莫過於引誘一個驕傲的男子匍匐在你腳下，然後下死勁把他踢開」。在她歇斯底里病態發作的時候，像是一隻正待攫噬的怪獸，她內心充滿破壞的念頭，抓起一個茶杯，把它摔成三塊，然後踹成細片，再用鞋後跟拚命地研矸著。這種無名的衝動和發洩，正是她不敢正視黑暗現實的怯懦的表現；她的所謂「熱烈的生活」，其實是空虛、無聊、頹廢的生活的遁詞。她終於染上了梅毒，在驚恐中想知道「我的日子究竟還有多少」。

這是大革命失敗後躲到上海一個灰色而麻木的角落裡生活著的小小的群體，他們的青春的生命「都被灰色的環境剝蝕盡了，只剩下一些渣滓」。他們不斷的追求，結局是幻滅。章秋柳曾經概括了這個群體被拋出時代軌道的苦悶的心緒：

> 我們時時處處看見可羞可鄙的人，時時處處聽得可歌可泣的事，我們的熱血是時時刻刻的沸騰，然而我們無事可作；我們不配做大人老爺，我們又不會做土匪強盜；在這大變動時代，我們等於零，我們幾乎不能自己相信尚是活著的人。我們終天無聊，納悶。到這裡同學會來混過半天，到那邊跳舞場去消磨一個黃昏，在極頂苦悶的時候，我們大笑大叫，我們擁抱，我們親嘴。我們含著眼淚，浪漫，頹廢。但是我們何嘗甘心這樣浪費了我們的一生！我們還是要向前進。

但這是失去路標的追求和前進，因此帶有很大的盲動性與隨意性，它的失敗、幻滅的結局是時代所注定的。王仲昭較清醒地看清了他們這一群人的必然的走向。他說：

> 他們都是努力要追求一些什麼的，他們各人都有一個憧憬，然而他們都失望了；他們的個性，思想，都不一樣，然而一樣的是失望！運命的威權──這就是運命的威權麼？現代的悲哀，竟這麼無法避免的麼？

《蝕》三部曲雖然在一定程度上反映了大革命時代尖銳複雜的社會矛盾與鬥

爭的場景，刻劃了一群形象各異的知識青年苦悶彷徨的心態，但它的基調是悲觀、低沉的，它傳達了作者自己的痛苦的呻吟。作者說他那時在武漢「眼見許多人出乖露醜」，「許多『時代女性』發狂頹廢，悲觀消沉」〔註14〕。他要寫出那個灰色的時代和灰色的人生，揭露種種出乖露醜的人的靈魂，尤其要表現如章靜、孫舞陽、章秋柳等女性的變態的性格特點。但是作者對於他們那種苦悶、悲觀、幻滅的情緒，卻給予了過多的同情，並在藝術描寫上竭力加以渲染。作者原先是想按照幻滅——動搖——追求這一思路，呼喚青年人挺起身來重新追求光明之路；但由於作者在寫《追求》時無法排遣自己內心那灰色、頹唐的闇影，於是作品給人的客觀效果是追求——動搖——幻滅。這是《蝕》的主要問題之所在。

茅盾在《從牯嶺到東京》一文中說過，「凡是真心熱望著革命的人們都曾在那時候有過這樣一度的幻滅；不但是小資產階級，並且也有貧苦的工農。」在他看來，一個作家只有忠實地、客觀地反映現實人生的悲觀苦悶，才算是「忠實於現實」，假如要從這灰黯的現實中披露出革命的、光明的未來，便是「昧著良心」，「空誇著未來」。所以他又說，「我不能使我的小說中人有一條出路，就因為我既不願意昧著良心說自己以為不然的話，而又不是大天才能夠發現一條自信得過的出路來指引給大家。……我實在是自始就不贊成一年來許多人所呼號吶喊的『出路』。這出路之差不多成為『絕路』，現在不是已經證明得很明白？」我們應該歷史地、客觀地分析茅盾這種消沉悲觀的思想情緒的由來。應該說，它是當時共產黨領導的革命運動自身忽左忽右、左右變化不定導致的結果。它的變幻莫測，使許多追隨革命的知識份子感到無所適從，茅盾也不例外。有人早已指出：「一九二七年確實是中國革命運動瞬息變化的一個時期。那時期革命運動失去了正確的引導，一時向左轉，左到亂殺亂搶，甚至於強迫地推翻了一切傳統的風俗禮教；一時向右轉，右到從事報復，亂殺亂搶，又演了一幕，甚至於稍帶有解放的新思想或新行為的人都要橫遭殺戮和監禁。不消說，青年處在這個時期，實在萬分危險，有左右為難之苦。同樣，一般黨務政治工作人員也感到這樣的危險。於是，他們自己對於革命起了動擺，幻滅而消沉。」〔註15〕反映在《追求》裡，張曼青等人

〔註14〕 《幾句舊話》，見《創作的經驗》，天馬書店 1933 年版。

〔註15〕 賀玉波《茅盾創作的考察》，見姚乃麟編《現代作家論》第 119、120 頁，上海萬象書屋 1937 年印行。

一次又一次地追求，一次又一次的幻滅、動搖，這不是簡單地批評他們的軟弱性與動搖性就能夠解決問題的。同樣，茅盾當時由於無法理解不斷變幻的革命形勢，因此對現實的觀察都蒙上了一層灰，內心的雲翳，使得他在黑暗、恐怖的現實面前感到困惑，所以我們也不必過多地追究和清算他個人的責任。雖然在《蝕》三部曲裡，現實主義因此受到了一定的削弱，悲觀主義成了小說的基調，但作者畢竟真實地寫出了在革命年代感得的幻滅、動搖的一幕，真實地傾訴了自己苦悶的心曲；在小說裡，那些青年女性的戀愛心理分析，都帶有世紀末的、感傷的、病態的成份，寫得纏綿幽怨，委婉曲折，顯現了作者「覈字省句，剖析毫釐」的藝術功力。

一九三〇年五月，茅盾在《蝕》的「題詞」中寫道：

> 生命之火尚在我胸中燃熾，青春之力尚在我血管中奔流，我眼尚能諦視，我腦尚能消納，尚能思維，該還有我報答厚愛的讀者諸君及此世界萬千的人生戰士的機會。營營之聲，不能擾我心，我惟以此自勉自勵。

這裡鬱積著茅盾多年的激憤，他的自白，想要告訴讀者的，是「君子之過如日月之蝕也」，革命受挫折是暫時的，自己的消極悲觀也是暫時的，譬如日月之蝕，光明和希望總是久遠的。

顯然，這也含有茅盾對於自己運用大革命時代的題材未獲成功而表示的遺憾，但他仍很珍惜這些重大的題材，總想用長篇小說的形式去反映那個驚心動魄的時代。從三十年代至六十年代，他一直存在著這個念頭。一九三二年，茅盾說過，寫作《蝕》三部曲時，「我離開劇烈鬥爭的中國社會很遠，我過的是隱居似的生活。我沒有新題材。並且最奇怪的是我那時候總沒想到應用自家親身經歷過的『舊題材』。一九二八年以前那幾年裡震動全世界、全中國的幾次大事件，我都是熟悉的，而這些『歷史的事件』都還沒有鮮明力強的文藝上的表現；我在《幻滅》，《動搖》，以及那未完的《虹》裡面，只作了部分的表現，我應該苦心地再處理那些題材。……我以為那些『歷史事件』須得裝在十萬字以上的長篇裡這才能夠抒寫個淋漓透徹。而我那時的精神不許我寫長篇。最後一個原因是我那時候對於那些『舊題材』的從新估定價值還沒有把握。自家覺得寫了出來時大概仍是『老調』，還不如不寫。」〔註16〕從第一次國共兩黨合作出師北伐到國共兩黨分裂、國民黨實行「清黨」這一

〔註16〕　《我的回顧》，見《茅盾自選集》，上海天馬書店 1933 年版。

重大的歷史事件，對於它的性質、意義和教訓，茅盾自認他那時還不具有重新估定其價值的條件和能力。它需要有一個時間的距離和積澱，即一個歷史檢驗過程和人們的思維判斷趨於深刻與成熟的過程。

一九六四年五月十五日，茅盾（署名沈雁冰）在給筆者的信中寫道：「……自知從前學習馬列主義太差，觀察不深，故常常自悔少作，寫《子夜》後，回顧《蝕》，看到了錯誤與缺點，曾想改寫，（不是就《蝕》修改而是用同樣題材另起爐灶），但當時賣文為生，竟無此從容時間。解放後雜事甚多，讀書常覺日不暇給，加以馬齒漸長，精力日衰，寫評論文尚可勉強為之，寫小說則不勝任。且寫評論文可斷斷續續寫，而小說則非一氣寫成不可，此則事實上又有許多困難，蓋既任公職，若請假一二年，可就不像話了。……」這說明，茅盾確實想「用同樣題材另起爐灶」，即重新提筆來反映大革命時代波瀾壯闊的社會生活，共和國成立初期，倘若他能有一兩年擺脫公務和社會活動的時間，是可以完成這一創作任務的。茅盾這一夙願未能實現，實屬憾事。

2.《野薔薇》：一幅灰色迷亂的社會生活的圖畫

「不要感傷於既往，也不要空誇著未來，應該凝視現實，分析現實，揭破現實；不能明確地認識現實的人，還是很多著。」〔註 17〕這是堅持「人生派」的茅盾執著於現實的創作傾向。

《野薔薇》集子共收五個短篇小說：《創造》、《自殺》、《一個女性》、《詩與散文》、《曇》。寫作時間自一九二八年二月至一九二九年三月，即大致是作者寫作《動搖》至《虹》的時期。此時作者由於看不清急遽變幻了的政治形勢，思想陷於苦悶、動搖，在離開政界以後，又想用文藝的形式來宣洩自己所感受的「幻滅的悲哀」和「人生的矛盾」；因此，在《蝕》三部曲和短篇集《野薔薇》裡，作者給我們描繪了一幅灰色迷亂的社會生活的圖畫。

「真的勇者是敢於凝視現實的，是從現實的醜惡中體認出將來的必然，是並沒把它當作預約券而後始信賴。真的有效的工作是要使人們透視過現實的醜惡而自己去認識人類偉大的將來，從而發生信賴。」這是《野薔薇》與《蝕》在創作思想上的差別。它不僅以凝視和分析現實作為文學創作的出發點，而且在揭示醜惡現實的基礎上，還承擔了預測未來的使命，這應該說比《蝕》是有所進步的。

〔註 17〕 茅盾《寫在〈野薔薇〉的前面》，見短篇集《野薔薇》，上海大江書舖 1929 年版。

　　茅盾說，《野薔薇》五篇小說「都穿上了『戀愛』的外衣，作者是想在各人的戀愛行動中透露出各人的階級的『意識形態』」，讓讀者感覺到「戀愛描寫的背後是有一些重大的問題」〔註18〕。這種正視客觀現實和努力探索的精神，是茅盾早期小說創作的現實主義立足點，反映了作者對現實所持的認真嚴肅的態度。

　　《野薔薇》的積極意義在於，作者真實地寫出了大革命失敗後小資產階級知識份子的精神面貌，寫出了在時代感染下不少知識青年的孤獨、悒悶和個人的生活追求。在《創造》裡，作者尖銳地嘲笑了君實的自私、中庸，把它和嫻嫻的追求時髦、刺激的亢奮心理作了鮮明對照，並指出了正是這個迷亂灰色的人生社會，造成了他們一邊是緊張興奮、一邊是苦悶彷徨的矛盾。君實和嫻嫻是夫婦。出身於封建官僚家庭的君實，按照自己的設計，想把妻子「創造」成為一個合乎傳統道德觀念的「不偏不激，不帶危險性」的、「中正健全」的「理想的夫人」，因之引導她讀許多政治的、哲學的書；嫻嫻是在封建名士家庭長大的閨秀，但是，兩年後她卻被「創造」成了相信唯物主義的、熱心參與「實際政治」的、有革命要求的新女性。「創造」竟意味著「破壞」。結尾是嫻嫻臨出走時讓女僕王媽轉達一句話，「她先走了一步了」；倘使君實「不趕上去，她也不等候了」。茅盾說，這篇小說「描寫的主點是想說明受過新思潮衝擊的嫻嫻不能再被拉回來徘徊於中庸之道」〔註19〕。作者後來還說，「嫻嫻是『先走一步了』，她希望君實『趕上去』，小說對此沒有作答案，留給讀者去思索」〔註20〕。

　　《詩與散文》的女主人公桂奶奶，與嫻嫻「正是一個性格的兩種表現」。她本人是一個體面人家的寡婦，但在青年丙的引誘下，她打破了曾經崇奉十年的「嬌羞，幽嫻，柔媚」這三座偶像，而把享受「青春快樂」作為新的偶像，狂熱追求肉感的刺激。當她發現青年丙玩弄她、厭棄她，把她當做徒有肉體的「平凡醜惡的散文」時，她憤怒地打了丙一個嘴巴，痛快淋漓地揭露了丙的虛偽、齷齪的靈魂。青年丙癲狂於桂奶奶散文式的肉體後，又去追逐「空靈神秘」、「細膩纏綿」的「詩」的表妹，但是當表妹譏訕他的三心二意而離他去北平後，他又想再去佔有桂奶奶的「散文」的肉，桂奶奶終於把他

〔註18〕以上引文均見《寫在〈野薔薇〉的前面》。
〔註19〕《寫在〈野薔薇〉的前面》。
〔註20〕茅盾《我走過的道路》（中），第11頁。

一腳踢開，冷冷地說：「散文該不再是你所希罕的罷？我也不想再演喜劇做丑角呢！」於是丙便去投奔「裘馬輕肥」的老同學，到軍隊裡去混個「斜皮帶」掛，他把這稱做是「史詩的生活」。茅盾認為，「《詩與散文》中的桂奶奶在打破了傳統思想的束縛以後，也應該是鄙棄『貞靜』了。和嫻嫻一樣，桂奶奶也是個剛毅的女性；只要環境轉變，這樣的女子是能夠革命的。」〔註21〕這個結論似乎過於牽強，令讀者費解。因為桂奶奶的出走並不具有嫻嫻的思想基礎，而打破貞操觀念也並不見得就是通向革命之路。

上舉兩篇小說，作者對君實和青年丙採取了無情批判和揶揄的態度，而對受新思潮衝擊「先走一步」的嫻嫻和敢於打破傳統觀念束縛的桂奶奶，則表示了肯定性的傾向。通過這兩個女性形象，小說描寫了大革命失敗後部分知識青年苦悶、空虛的內心世界。儘管她們的狂熱浪漫的生活追求，以及迥異的出走動機，在某種意義上反映了她們對黑暗的不合理的現實環境不願意取合作的態度，但由於尋找不到正確的出路，他們只好用浪漫的愛情和肉感的刺激來作為精神的快慰和靈魂的歸宿了。

從《野薔薇》五篇，我們可以看到茅盾對社會現實的敏銳的觀察和在沉悶環境中不斷探索的精神。在知識份子經歷著嚴酷的兩條道路的分化的時刻，儘管茅盾那時在感得幻滅、動搖而無法給青年指引革命出路，但他憑著自己革命實踐經驗已經洞察到了部分知識青年正在走向沒落和退隱。反映在小說裡便是作者在一定程度上指出了小資產階級個人主義的危害性，並通過他們各自的生活命運寫出了一些脫離革命隊伍的知識青年在個人反抗道路上的不同結局，因而使這些作品迄今也還有某些積極的意義。例如《曇》中的張女士，在廣州時曾參加過革命活動，後受父親的阻攔，她自己也厭倦了那種緊張興奮的生活，便躲到上海讀書。她意志消沉、頹唐，想在愛情中尋找理想的寄託，她愛上了何若華，但蘭女士把他奪走了，她想報復，奪回何若華，又覺得能力不足，而父親又逼她嫁給南京的一個王司令做妾，她只好逃回廣州：「還有地方逃避的時候，姑且先逃避一下罷。」官僚家庭養成的懦弱的習性，使她選擇了逃避現實的道路。《一個女性》中的瓊華，年輕貌美，她發現纏繞在自己周圍的青年是一群「魔鬼」，她便實行「不憎亦不愛」的生活原則與他們周旋，被人尊為鄉里的「女王」。後來一場大火毀了她的家，父亡母病，她的臉上也留下一塊疤，門庭頓時冷落，受人侮狎。但她缺乏自知之

〔註21〕《寫在〈野薔薇〉的前面》。

明，比從前更加高傲，她過生日時，被邀請的老朋友都不赴會，使她受到莫大的打擊，終於在精神錯亂中死去。瓊華用自我主義來反抗社會，但自我主義也就葬送了她的一生。通過張女士與瓊華的悲劇，小說在客觀上是批評了小資產階級個人主義的生活道路，說明了在黑暗勢力迫害下，只有不妥協地進行反抗才有生路。

　　但是，《野薔薇》在思想、藝術上還存在著較嚴重的缺點。雖然茅盾在一九二五年至一九二七年期間，已經試圖用馬克思主義來闡述文學藝術的基本問題，〔註22〕但是這種理論並沒有從一開始就和他的創作實踐結合起來；相反，「五四」前後，茅盾在社會觀點和文藝觀點上的弱點和局限，在早期作品中卻得到了比較突出的反映。首先，在《野薔薇》裡，作者雖然說他企圖「在各人的戀愛行動中透露出各人的階級的『意識形態』」，讓讀者覺察出「戀愛描寫的背後是有一些重大的問題」。實際上，小說裡的知識青年全屬於同一階級、同一階層的人物，他們的意識形態也大致相同，所謂「一些重大問題」，也只是反映了一群個人主義者的悲觀苦悶和掙扎反抗的情緒。作品所觸及的範圍如此狹小，題材揭示的深刻程度又如此有限，加上作者那時幻滅、動搖的思想情緒也影響了他對現實作出正確的認識，因此社會的本質矛盾在作品中並沒有得到應有的反映。《野薔薇》只是攝取了知識份子天地中較為暗淡的一角，只是寫出了生活中的部分真實，而且這部分真實在一些短篇中也被渲染和誇大了，這就影響了作品的思想性及其現實主義可能達到的高度。

　　其次，茅盾這一時期描寫小資產階級知識青年，肯定他們的某些個人反抗行動，固然有一定的積極意義，不同於那些單純吟詠小資產階級的「美」和「愛」的、粉飾現實的作品，但也必須指出，作者對他們的思想弱點，沒有站在更高的思想水平上給予必要的批判，相反地在很大程度上是採取了同情和讚賞的態度。例如對《曇》中的張女士軟弱逃避的怯懦行為缺乏批判；對《詩與散文》的桂奶奶的狂熱的性的追求，也認為是可讚美的反抗。更嚴重的是，在短篇《自殺》中，茅盾竟把自殺也看成是個人反抗的一條出路。《自殺》的主人公環小姐，是一個孤女，寄養在姑母家，她的孤寂怨艾，是因為受了一個男子的騙，身懷了孕，她沒有勇氣活下去，終於上吊自殺了。在茅盾看來，環小姐的現實處境，她的軟弱意志決定了她倘若不自殺，也終究要

〔註22〕1925 年 5 月至 10 月間，茅盾用沈雁冰的名字，在《文學週報》上斷續地發表了一篇題為《論無產階級藝術》的論文。

被社會上的一種「鬼蜮的力量」所殺。應該說；茅盾當時是深深同情那些被
壓迫與被損害的青年女子的命運的，他早期作品多以女性為主人公，便表明
了他正在探索當時婦女的生活出路，然而當他自己也還暫時尋求不到出路的
時候，便錯誤地認為自殺也是反抗社會壓迫的一條出路。茅盾在散文《「自殺」
與「被殺」》中說道：「不能夠堂堂地過合理的人的生活，那還不如拼了命罷！
這應該是我們的旗幟，我們的信條！」〔註23〕另一篇散文《自殺》中，作者
還讚美那些所謂「苦求著合理的生活，高遠的憧憬，而終於自殺的人們」，把
他們說成是「已經覺醒了的靈魂」，他們的「有意義的自殺還不失為一道驚覺
的電光」〔註24〕。在革命處於低潮時期，這種思想是有害的，它只能把人們
引導到悲觀絕望的歧路上去。

　　第三，大革命失敗後，茅盾的思想經歷了一次較大的變化，他的幻滅的
意識和愁悵的思緒，決定了他不可能給小說裡的人物指出一條光明的出路。
《野薔薇》實際上只寫了些在現實壓迫下的個人主義知識份子的悲觀苦悶的
精神狀態，而其中像《自殺》、《一個女性》，甚至是傳染上了歐洲世紀末的頹
廢的情緒。雖然在《創造》裡作者努力地要「從現實的醜惡中體認出將來的
必然」，但這個「將來」是很模糊的，很難說具有歷史的必然性，在總體上它
未能改變《野薔薇》的悲觀主義的基調。

　　第四，從《野薔薇》的創造方法來考察，它受左拉的自然主義的影響是
很明顯的。茅盾早期曾提倡自然主義，他想利用自然主義的純客觀描寫來克
服當時創作中的不真實的缺點，但他所強調的是對於人生「完全用客觀的冷
靜頭腦去看，絲毫不攙入主觀的心理」〔註25〕。這種主張在他的短篇創作中
也有一定的表現。在《野薔薇》裡，作者不是按照人物的階級實質、時代特
徵去描寫人物的行動和他們之間的關係，主要是透過人物的靜態的心理分析
來刻劃人物；人物的活動和時代的聯繫不夠密切，而且作者對人物採取了客
觀的、照實的寫法，愛憎的傾向不很分明，對於人物和故事作了過多的不健
康的細節描寫，筆調陰暗低沉，纏綿幽怨，這就不能不嚴重地削弱了小說的
現實主義力量。

　　茅盾在《寫在〈野薔薇〉的前面》一文裡寫道：

〔註23〕見《茅盾散文集》第128頁，天馬書店1933年版。
〔註24〕見《茅盾文集》第9卷，第27頁。
〔註25〕茅盾《自然主義與中國現代小說》，《小說月報》第13卷第7號。

　　　　人生便是這樣的野薔薇。硬說它沒有刺，是無聊的自欺；徒然
　　憎恨它有刺，也不是辦法。應該是看準那些刺，把它拔下來！

現實人生有許多這樣的刺，如同黏在野薔薇上的刺一般。作者主張拔掉現實
人生的刺，他寫小說就是在做「拔刺」的工作。有的學者推論茅盾在小說裡
所要拔掉的是「危害革命的左傾盲動主義」的「刺」，反映在短篇《自殺》裡，
茅盾是「把左傾盲動主義當作一種對革命的『自殺』行為來批判」的。我們
承認《野薔薇》的象徵手法運用得過於隱晦，但那「拔刺」無非就是作者所
說的要「揭破現實」，拔去黑暗勢力給現實人生帶來痛苦、幻滅的種種的「刺」。
如果硬說茅盾這些短篇的言外之意、象外之旨是批判左傾盲動主義，不僅讀
者從小說裡無論如何也尋找不到它的依據，而且茅盾自己當時也還不具有如
此清醒的認識和批判的能力。

　　茅盾自認，寫作《蝕》時，「對於當時革命形勢的觀察和分析是有錯誤的，
對於革命前途的估計是悲觀的」，對於「大革命失敗後的小資產階級知識份子
的思想動態，也是既不全面而且又錯誤地過分強調了悲觀、懷疑、頹廢的傾
向，且不給以有力的批判」〔註 26〕。茅盾那時奉行的是「多栽花少栽刺」的
明哲保身的哲學，他怎麼可能去拔黨內左傾盲動主義的「刺」呢，他那時要
拔去的恐怕首先是自己身上的「刺」罷。

　　應該指出，《野薔薇》在發表的當時，從社會效益上看，它同《蝕》一樣，
消極作用比積極作用要大。對於這些缺點，茅盾後來也曾作過嚴肅的自我批
評。他在《我的回顧》一文中說：「一個做小說的人不但須有廣博的生活經驗，
亦必須有一個訓練過的頭腦能夠分析那複雜的社會現象，尤其是我們這轉變
中的社會，非得認真研究社會科學的人每每不能把它分析得正確。而社會對
於我們的作家的迫切要求，也就是那社會現象的正確而有為的反映！」〔註 27〕
可以看出，茅盾從自己創作實踐中汲取的經驗教訓，一是要用社會科學的分
析的方法去寫小說，使小說具有明顯的政治意味；二是要以積極進取的態度
反映社會現實。他此後的小說創作便是循著這個政治化、社會化的方向建立
自己的風格特色。在他寫完短篇《陀螺》以後，「想改換題材和描寫方法的意
志」已經很堅定了。〔註 28〕

〔註 26〕《茅盾選集‧自序》，《茅盾選集》，開明書店 1952 年版。
〔註 27〕見《茅盾自選集》，上海天馬書店 1933 年版。
〔註 28〕參見拙文《試論茅盾的短篇小說創作》，《北京大學學報》1964 年第 1 期。

3.《虹》：心火照明的反省

　　一九二九年三月，茅盾在《蝕》之前還寫了短篇《色盲》。作者剖析了曾在大革命風浪中翻滾過的小資產階級知識份子林白霜所患的「政治色盲症」。林白霜認為，從靜態分析來看，世間存在著紅、黃、白三種色彩，但從動態綜合來看，世間就成為一片灰黑。他承認，「只看見一片灰黑……這裡就伏著我的苦悶的根源」。應該說，這裡也蘊含了作者的自我批判──對於革命前途一度表示悲觀失望的思想根源的深刻剖析。「地底下的孽火現在是愈活愈烈，不遠的將來就要爆發，就要燒盡了地面的卑污齷齪，就要煎乾了那陷人的黑浪的罷！這是歷史的必然。看不見這個必然的人，終究要成為落伍者。掙扎著向逆流游泳的人，畢竟要化作灰燼！時代的前進的輪子，是只有愈轉愈快地直赴終極，是決不會半途停止的。」這一段與魯迅的《野草·題辭》近似的話，由政治色盲者林白霜來說出，顯然是和他的灰色的人生觀相牴牾的；應該說，它只不過是茅盾思想在轉換期的一種發洩罷了。

　　這年三月，茅盾發表了散文《虹》，那斑駁的彩虹，同樣也是作者當時複雜、矛盾的思緒的寫照，是作者在內心深處再次實行的自我解剖：

　　　　當我再抬頭時，咄！分明的一道彩虹劃破了蔚藍的晚空。什麼
　　　時候它出來，我不知道；但現在它像一座長橋，宛宛地從東面山頂
　　　的白房屋後面，跨到北面的一個較高的青翠的山峰。呵，你虹！古
　　　代希臘人說你是渡了麥丘立到冥國內索回春之女神，你是美麗的希
　　　望的象徵！

　　　　但虹一樣的希望也太使人傷心。

茅盾此時既相信時代的輪子將繼續向前滾動，又覺得那象徵著希望的美麗的彩虹只是虛空的幻影。所以，要從幻滅的泥淖中爬出，對於茅盾來說，還是很艱難的。

　　同年四月至七月，茅盾創作了長篇小說《虹》，雖然作者尚未能除淨心中的愁霧，而易散的彩虹給人的希望也轉瞬即逝，但它是標誌著作者在思想上向新的方向過渡的重要作品。茅盾在完稿後致《小說月報》主編鄭振鐸的信中寫道：「『虹』是一座橋，便是春之女神由此以出冥國，重到世間的那一座橋；『虹』又常見於傍晚，是黑夜前的幻美，然而易散；虹有迷人的魅力，然而本身是虛空的幻想。這些便是《虹》的命意：一個象徵主義的題目。從這點，你尚可以想見《虹》在題材上，在思想上，都是『三部曲』以後將轉

移到新方向的過渡；所謂新方向，便是那凝視甚久而終於不敢貿然下筆的《霞》。」

　　《虹》是一部沒有寫完的長篇小說，作者原想從「五四」運動一直寫到一九二七年大革命，給這將近十年的「壯劇」留一印痕。但是結果只反映了從「五四」到「五卅」這一動盪的歷史沿革。小說的積極意義在於：一，它開始拆除了纏繞在《蝕》三部曲裡那道悲觀失望的厚重的心理霧幛。茅盾在東京時曾表示過要把自己的精神蘇醒過來。「我已經這麼做了，我希望以後能夠振作，不再頹唐；我相信我是一定能的，我看見北歐運命女神中的一個很莊嚴地在我面前，督促我引導我向前」〔註 29〕。二，改變了過去對人物的靜態的描寫，「第一次寫人物性格有發展，而且是合於生活規律的有階段的逐漸的發展而不是跳躍式的發展」〔註 30〕。作者此時注意到了一些敢於面對現實而又熱情探求真理的知識份子，他們正在邁著堅實的步伐前進；他想通過小說人物的成長發展去重塑「五四」以後中國知識份子的形象。

　　小說主人公梅女士（行素）出身於落薄的中醫家庭，幼年喪母，在她身上有著中國女性幾千年來因襲的道德、倫理觀念。父親因為貪錢，逼她嫁給了她所憎惡的姑表兄柳遇春，充當了蘇貨舖的少奶奶。正是在她哀嘆著「薄命」、為婚姻而苦惱的時候，「五四」新思潮正在衝擊著這個偏遠而封閉的省城——成都，她貪婪地閱讀了《新青年》等雜誌，熱情地吸收各種學說和主義。在「剪髮運動」中，她剪掉了頭上的一對小圓髻；在話劇《娜拉》中，她扮演了沒有人敢承擔的重要女角林敦夫人。「五四」鼓吹的人的解放，婦女解放，以及科學與民主的口號，強烈地震撼了她那封閉著的心扉。為了實現自我的價值和追求生活的意義，她決計要衝出柳家編織的「柳條的牢籠」，要參與革新教育，改造社會，她來到瀘州師範學校任教，但是在這裡受到的種種不公平的待遇——冷嘲和誹謗，使她感到眼前依舊是枯燥和黑暗。她終於「離開這崎嶇的蜀道，走那些廣闊自由的大路」。梅女士到了上海，認識了革命者梁剛夫，漸漸被捲進政治風潮中去，她參加婦女會，參與發起促進國民會議的運動，她讀了《馬克思主義與達爾文主義》一類的革命書籍，在她眼前展現的是一個新的宇宙，思想發生了變化，從個人的盲目反抗走上群體的有組織有紀律的行動。她說，從最近起，我方才覺到有許多事我不懂得，而

〔註 29〕　《從牯嶺到東京》。
〔註 30〕　茅盾《我走過的道路》（中），第 36 頁。

且擺在我眼前，我也看不到。我總想把不懂的變為懂，看不到的變為看到。什麼事情都得從頭學。「五卅」反帝的狂濤，把她鍛鑄得更加堅強、沉毅，她看到了被壓迫的中國人民正在覺醒，沉睡的古老中國正在崛起。「時代的壯劇就要在這東方的巴黎開演，我們都應該上場，負起歷史的使命來。你總可以相信罷，今天南京路的槍聲，將引起全中國各處的火焰，把帝國主義，還有軍閥，套在我們頸上的鐵鏈燒斷」。

梅女士的生活道路是從個人主義走向集體主義的道路。「五四」初期，個人主義與「個性解放」、「人格獨立」等等的概念相聯繫，個人主義成為廣大覺醒的知識青年反對封建道德和封建文化的思想武器。這也是梅女士覺醒意識的起點，是她接受思想啓蒙的第一課。個人本位的觀念支配著她同那個冥頑的黑暗社會搏鬥。在搏鬥中，她有過自信，有過歡樂，但也有創傷，有痛楚，不過她沒有消沉、頹唐，她終於在「打倒帝國主義」的革命呼喚中，跳出了個人主義的狹小圈子，匯入群體的汪洋，第二次重塑「自我」的形象。

茅盾擅長於女性微妙的心理活動的描寫，《虹》在這方面保留著《蝕》三部曲的風格特點。例如：梅女士結婚初夜自我防衛失敗後的沮喪、鬱怒的心態；婚後對丈夫無休止糾纏的反感；發現丈夫婚前曾經嫖妓所感得的窒息的惡味；對於戀人韋玉難以割捨的愛心；以及對丈夫產生的一種叛逆的、復仇的思想和被感化後對丈夫的同情心理……這些絲絲入扣的女性內心世界的剖析，不僅增添了小說人物的生命的光澤，而且也使小說更具有表現「人情世態」的藝術韻味。有的學者因之認為，在茅盾「以後的小說裡，再也見不到同樣長度的絕妙文字了」〔註31〕。

《虹》在一定意義上是茅盾堅持現實主義創作道路的進步。雖然它仍有一定長度的關於男女之情愛的描寫，但它已經不占據主導地位了。作者把注意力投向社會、時代的變遷給人物帶來的巨大影響，人物的社會活動和心理活動成了小說描寫的主幹；隨著現代中國社會風貌的急遽變化，作者以恢弘的氣勢給人們生動地展示了發生在上海南京路上的「五卅」慘案那悲壯的一幕，並且把他的人物也推進到了一個新的境界。雖然小說也還有可以指摘的地方，但它畢竟是茅盾的「為人生」的藝術的新的標誌，是茅盾在藝術上轉變方向的起點，它因此受到了理論界和批評界的關注。

〔註31〕夏志清《中國現代小說史·第六章〈茅盾〉（上）》，香港友聯出版有限公司 1979年版。

　　有人曾概括說明《蝕》三部曲的特點，是「現實的小說化」〔註32〕。我認爲這個說法是較含混的。因爲揭示社會現實的矛盾，反映時代的風雲變幻，是現實主義文學創作的重要任務。問題在於，茅盾在《蝕》三部曲裡已經表現出對於社會政治與社會情緒的特殊的敏感，但在《蝕》受到種種批評、責難以後，他在探索「新寫實派」的創作方向時，卻過分強調文學的「透徹的時代性」和「濃鬱的社會性」。茅盾說，「所謂時代性，我認爲，在表現了時代空氣而外，還應該有兩個要義：一是時代給與人們以怎樣的影響，二是人們的集團的活力又怎樣地將時代推進了新方向，換言之，即是怎樣地催促歷史進入了必然的新時代，再換一句說，即是怎樣地由於人們的集團活動而及早實現了歷史的必然。在這樣的意義下，方是現代的新寫實派文學所要表現的時代性！」〔註33〕由於茅盾在政界積累了較豐富的社會活動的經驗，而他提筆寫小說時，依然耿耿於他過去的社會政治活動，形成了他那種日後難以改變的審美原則，即那種側重從政治的、黨派的活動方向去把握社會生活的審美原則，這就使得他的小說在反映社會生活時具有濃重的政治色彩。應該說，「政治的小說化」，「小說的政治化」，才是茅盾小說創作的重要特色。

　　如果說，郭沫若的詩歌創作曾經有過排斥功利的唯美主義傾向，那麼，茅盾的小說創作，從一開始就具有鮮明的政治功利主義的色彩。「文學趨向於政治與社會」，這是茅盾一貫堅持的重要的文藝主張。他反對「把帶些政治意味與社會色彩的作品都屏出藝術之宮的門外」，而肯定了波希米亞文人「不但把政治思想放在文學作品裡，並且還揀取了一種最宜於宣傳政治思想的文學的體式」。他認爲，有過較多的社會政治體驗的作家的作品，「自然而然成爲社會的與政治的」〔註34〕。這種文藝思想，指導著茅盾的創作實踐，小說往往成了茅盾的政治主張和社會批判的傳聲筒。

　　如短篇《色盲》，主人公林白霜是用來暗射「政治色盲者」；兩個女性形象，一個是帶著「新興資產階級」烙印的李惠芳，另一個是被封建官僚家庭薰陶長大的趙筠秋。作者通過林白霜向兩位女性求愛，想要告誡讀者：在紛亂動蕩的年代裡，政治上色盲、無定見的人，最終只有投靠新興資產階級或

〔註32〕 鄭學稼《茅盾及其三部曲》，見《文學革命到革文學的命》，香港亞洲出版社1953年版。
〔註33〕 《讀〈倪煥之〉》。
〔註34〕 茅盾《文學與政治社會》，《小說月報》第13卷第9號（1922年9月10日）。

封建官僚，而這結局將是很危險的。這是將政治演義成了小說，但是這種演義在藝術上是難於見功效的

又如《虹》，茅盾也沒有忘記給他的面目各異的人物貼上各種主義的政治標籤：梅女士是執著於現實的「現在主義」者，柳遇春是帶有幾分獸性的市儈主義者，韋玉是臨陣脫逃的無抵抗主義者，李無忌是投靠反動勢力的機會主義者，少年軍官徐自強是得過且過的享樂主義者，梁剛夫是幹革命顧不上戀愛的唯物主義者，等等。不同的階級、政黨、集團的政治思想，被作者巧妙地鑲嵌在一定的時代背景和各類人物的言行中，並以此表現作者的政治傾向和思想批判。這似乎成了茅盾的小說創作遵循的模式。只是作者善於宏觀把握作品涉及的廣闊的社會生活畫面，以及作者駕馭長篇的特殊本領和高超的藝術表現手法，才使這些「政治的小說化」、「小說的政治化」的作品，有時避免了千篇一律而仍具有可讀性的優點。

第三章 「左聯」時期輝煌的文學業績

1.《路》《三人行》：表現新的意識形態的嘗試

一九三○年三月二日，「中國左翼作家聯盟」（簡稱「左聯」）在上海成立。這是在中國共產黨領導下的左翼文學團體。

同年四月五日，茅盾從日本回到上海，暫住楊賢江家。他從馮雪峰那裡得知魯迅已經和創造社、太陽社的朋友聯合了，並共同發起成立了「左聯」。他還在葉聖陶陪同下拜訪了魯迅。後經馮乃超的邀請，他加入了「左聯」，並在一九三一年下半年和一九三三年下半年，兩次擔任過「左聯」的執行書記。

從二十年代後期至三十年代初期，是國民黨當局實行文化「圍剿」的時期，思想文化界處在一個大黑暗和大恐怖之中，如魯迅所描述的，「文禁如毛，緹騎遍地」〔註1〕；「百物騰貴，弄筆者或殺或囚，書店（北新在內）多被封閉，文界子遺，有稿亦無賣處，於生活遂大生影響耳」〔註2〕。左翼作家和左翼文藝就在反動統治者的誣蔑、壓迫、囚禁和殺戮的文化背景下曲折地滋長。但是在以李立三為代表的「左」傾冒險主義政治路線影響下，「左聯」成立初期也執行了一些「左」傾的錯誤政策。如規定「左聯」成員要參加示威遊行，飛行集會，寫標語，散傳單，到工廠做鼓動工作，以及幫助工人出牆報、辦夜校等。茅盾憑著自己過去的政治工作經驗，在不便反對中共組織的規定的情況下，便採取了「自由主義」的態度，沒有參加這些活動。如一九三○年

〔註1〕魯迅致臺靜農信（1932年8月15日）。
〔註2〕魯迅致李秉中信（1931年4月15日）。

紀念「血光的五一」的遊行示威，紀念「五卅」的遊行示威，茅盾只出席了「左聯」的會議，沒有參加遊行活動。他那時覺得，「左聯」與其說是文學團體，不如說更像個政黨。茅盾後來回憶道：「由於上述種種原因，加上神經衰弱、胃病和眼疾的同時並作，我在加入『左聯』的頭半年，很少參加『左聯』的活動，也沒有給當時『左聯』的刊物寫文章，只是埋頭搞自己的創作，或者什麼都不做，十足成了一個『保持作家的舊社會關係』的消極怠工者和『作品主義者』。」〔註3〕茅盾歸國後拒絕參加這類「左」傾盲動的遊行示威，這也說明他雖然已經重新振作起精神卻無心於類似黨派的政治活動了。

茅盾定居於上海樹德里的一家石庫門內的三樓廂房後，約一九三○年夏，便醞釀寫中國歷史上第一次農民暴動，於是埋頭故紙堆中，研究秦自商鞅變法以後的經濟發展，戰國的一些重要的思想潮流，乃至典章文物等。茅盾那時寫歷史小說的動機，「一是寫慣了小資產階級知識份子（因而也受盡非議），也想改換一下題材，探索一番新形式；二是正面抨擊現實的作品受制太多，也想繞開去試試以古喻今的路」〔註4〕。在這種思想支配下，他先後寫了《豹子頭林沖》、《石碣》和《大澤鄉》三個短篇小說。

從傳統文獻和古代神話傳說中摘取題材的，在中國現代文學史上，魯迅是最早嘗試的一人。他說他寫歷史小說，「敘事有時也有一點舊書上的根據，有時卻不過信口開河」，「並沒有將古人寫得更死」〔註5〕。茅盾的三篇歷史小說，也具有這種演義的性質。作者試圖透過歷史來分析現實社會的尖銳的階級矛盾，並在展示歷史上人民群眾如火如荼的鬥爭的背後，影射了國民黨政權的專制獨裁和凶殘暴虐。

短篇《豹子頭林沖》寫一個具有原始反抗性的農民英雄。他素來沒有野心，不曾受過「趙官兒」半點好處，他投拜張教頭學習武藝，只是想在邊庭上一刀一槍。在他任八十萬禁軍教頭以後，他的妻子被高衙內攔在岳神廟樓上調戲卻無力報仇，他闖進白虎節堂而被發配滄州道，這些遭遇使他對統治者不抱有任何幻想。他看清了「那些口口聲聲說是要雪國恥要趕走胡兒的當朝的權貴暗底裡卻是怎樣地獻媚胡兒怎樣地幹那賣國的勾當」；他甚至咒罵朝廷是「一伙比豺狼還凶的混賬東西」，是「一伙吮啞老百姓血液的魔鬼」。這

〔註3〕茅盾《我走過的道路》（中），第58頁。
〔註4〕茅盾《我走過的道路》（中），第59頁。
〔註5〕魯迅《故事新編・序言》。

當然不會是林冲所能具備的思想覺悟，作者只是藉歷史故事去抨擊現實的政權罷了。爲了報仇，林冲來到了被壓迫者的「聖地」梁山泊。小說結局以林冲在茫然失措中深感只有一雙鐵臂膊還不夠，「更需要一顆偉大的頭腦」；作爲質樸的農民出身的林冲，耐心期待著在造反的農民群體中能出現「大智大勇的豪傑」來作「山寨之主」。

《石碣》是根據《水滸》第七十一回《忠義堂石碣受天文》改寫而成。所謂「石碣」，是在一塊大石上鐫刻著梁山義士的大名，兩側刻有「替天行道」、「忠義雙全」八個字。這是假借「天意」來給梁山好漢排座次。在短篇《石碣》裡，茅盾通過玉臂匠金大堅與聖手書生蕭讓的一席對話，揭露了所謂「天意」無非是智多星吳用爲策劃梁山英雄的排座次而耍的詭計，反映了想坐天下的起義農民內部的微妙關係。如石匠金大堅。他既不屬於偷雞摸狗，開黑店、破落戶潑皮一伙兒，也不屬於原朝廷官吏而投奔梁山一伙兒，他不清楚自己在名單上算是哪個級別。「我們是靠手藝過活的。我刻東嶽廟的神碑，也刻這替天行道的鳥碣。就是這們一回事。提起什麼天呀道呀地呀，倒是怪羞人呢」。茅盾認爲，誰做山寨之主，統治集團如何形成，這是取得勝利後的起義的農民群體面臨的尖銳的問題，政權——權勢的大小、地位的高低，是靠他們之間的較量和爭奪才得以形成和維持的，而「替天行道」云云，只不過是用來欺騙百姓的一塊遮羞布而已。茅盾在小說裡對此給予了輕蔑的嘲諷。

《大澤鄉》通過貧苦農民對土地的要求和勇敢的行動，眞實地描摹了農村狂風急雨般的土地革命運動，它反映了歷史上陳勝、吳廣帶領「閭左貧民」反抗秦始皇暴虐統治高舉義旗的壯舉，刻劃了統治階級的代表人物——兩個軍官在戍卒起義前的恐懼、悲哀和掙扎，也描畫了那些開始覺醒的農奴們的復仇火焰，以及渴望著能有代表他們利益的「王」出現的心態。小說結尾，作者更以樂觀主義情緒繪出了農村革命的光明前景——「從鄉村到鄉村，從郡縣到郡縣，秦皇帝的全統治區域都感受到這大澤鄉的地下火爆發的劇震。即今便是被壓迫的貧農要翻身！他們的洪水將沖毀了始皇帝的一切貪官污吏，一切嚴刑峻法！」茅盾後來說：「我把陳勝、吳廣及九百戍卒（閭左貧民）認爲是被征服的失掉了土地並降爲奴隸的六國農民，兩個軍官是上升到統治地位的秦的富農階層，這看法是否妥當，請史學家下一斷語罷。」〔註6〕

在這三篇歷史小說裡，茅盾對人物和事件的態度是涇渭分明的，「激昂憤

〔註6〕茅盾《我走過的道路》（中），第60頁。

慨」、「粗獷豪放」，成了小說的基調。但是，這些小說存在著明顯的缺點。首先，小說的題材是來自《水滸》、《史記》裡的膾炙人口的故事，作者借用這些歷史故事來影射現實生活中的一些重大問題，固然無可厚非，但歷史上著名的英雄人物在這裡反而顯得蒼白無力。其次，茅盾是「寫實派」的小說家，他的興趣在於剖析現實人生，對於社會現實特別是政治氣候的變幻，有著特殊的敏感性；但他並不擅長於從歷史人物和事件中選取材料，他的濃重的現代意識和政治色彩也不適宜於嵌入歷史小說中。因此他所創造的古代農民英雄、起義領袖的形象就流於概念化，歷史小說實際上只是作者思想觀念的圖解，它多少犯有「歷史的現代化」的毛病。

寫完《大澤鄉》以後，茅盾開始寫中篇小說《路》，他又回到社會現實中來，寫他所熟悉的小資產階級知識份子的題材，小說的時代背景是經歷了一九二七年大革命失敗以後，聲勢從低潮又復大振的時期。在這一背景下，作者想探索青年的出路問題。主人公火薪傳的名字就暗示了這個意思。《莊子‧養生主》篇曰：「指窮於為薪，火傳也，不知其盡也。」王夫之解此語謂：「以有涯隨無涯者，火傳矣，猶不如薪之盡也。夫薪可以屈指盡，而火不可窮。不可窮者，生之主也。」火薪傳便是暗喻革命火種之蔓延，將成燎原之勢。

火薪傳是武漢某大學即將畢業的學生，是破落的士大夫階級的子弟。他在壁報上發表的舊體詩《汀泗橋懷古》，發洩了他對黑暗的社會現實的不滿，遭到那個動輒以「本黨革命」自吹的總務長老荊的注視。在尖銳激烈的鬥爭中，學生分成「秀才派」和「魔王團」兩派。火薪傳是「秀才派」的骨幹，他們辦壁報揭露總務長的專橫和醜聞，煽動全校學生來驅走總務長。初時兩派聯合起來驅荊，結果是「魔王團」被老荊收買，「秀才派」的炳被公安局抓走，罪名是共產黨。第一次反荊鬥爭失敗，火薪傳變得消沉頹唐。這時他邂逅了中學時的同學、現在的地下黨員雷，在雷的啟發和鼓舞下，他很快地醒悟過來。「現在彷彿一夢醒來就看見了聽見了新生的巨人的雄姿和元氣旺盛的號召。在他昏睡似的兩星期中，新的勢力在醞釀，在成長，在發動，新的戰士立在陣頭了！這新生的巨人的光芒，射散了他的懷疑苦悶的浮雲，激發出他的認識和活力了」。他重新振作精神，投入第二次反荊的學潮，結果又被老荊勾結公安局用刺刀鎮壓下去，「秀才派」的四個骨幹被逮捕，他自己也受傷住進醫院。火薪傳躺在病床上總結這兩次鬥爭失敗的教訓時說，「第一次風潮後，我是消極，悲觀；這次，這次，我是發狂，拚命。都不對，我知道了。

要堅韌。不消極，也不發狂。持久戰！說這話的人，比我們都強些！」他決定出院以後找雷，參加更大規模的實際的革命鬥爭。他在給父母親的訣別信裡寫道：「時代給我走的，是一條狹的路，不是前進，便是被人踩死。給人墊在腳下做他爬上去的梯子，我不肯。只有向前進，前進還有活路。」這就是作者以《路》為書名給那時在黑暗中摸索、苦鬥的青年暗示了一條通向光明的革命的路。

《路》的另一個重要人物是杜若。作者以較少的筆墨塑造了血肉豐滿、性格多元的女性形象。屈原《九歌·湘夫人》云：「搴汀洲兮杜若，將以遺兮遠者。」杜若是指香草。茅盾藉此讚譽小說裡的杜若的靈魂之美麗、高尚。杜若曾經是共產黨員、某畫家的妻子，畫家被捕犧牲，杜若也被捕入獄。出獄以後，她進了大學念書。表面看來。她對生活採取了玩世不恭的態度，其實這背後顯現的是她不肯同流合污、不願與那個蠅營狗苟的社會群體合作的獨立不倚的精神品質。她不想用愛去纏住火薪傳，而是引導他擺脫苦悶，跳出個人反抗的狹小圈子，並鼓勵他走革命的路。

小說以學生的兩次反荊鬥爭為線索，以火薪傳的思想轉變為契機，展現了三十年代初期中國社會錯綜複雜的鬥爭。小說的佈局綿密緊湊，條貫統序。有的學者認為，「《路》的思想與藝術都有了新的特點，它在作者創作發展道路上有著重要的意義。」〔註7〕但是，應該看到，它同《虹》一樣塗抹著濃厚的政治色彩，作者對於小說的社會政治背景作了細緻的描述，人物之間的對話與活動也多是圍繞某一政治事件進行的，人物形象的塑造只是一種浮雕，缺乏飽滿的血肉，它仍然保持著「政治的小說化」的特點。茅盾對於自己的中篇《路》是滿意的，他認為「有思考力的讀者讀完一篇小說，掩卷而後，尚在猜想書中人物將來的悲歡哀樂，這小說就算是耐咀嚼的，而不是一覽無餘的」〔註8〕。其實，這「耐咀嚼」，便是讓讀者體察到小說裡的火薪傳已經走上革命的道路，而仍然保持著高尚情懷的杜若，也許有一天又會重返革命的戰鬥的崗位。這「耐咀嚼」，它只是讀者看完《路》以後可能產生的一點聯想，至於作者筆下那些浮雕式的藝術形象，並沒有在讀者心中泛起任何波瀾。我以為，政治化的小說是不會有這種藝術效果的。

《蝕》與《野薔薇》問世以後，進步的文藝界不斷地尖銳地批評茅盾在

〔註7〕 莊鍾慶《茅盾的創作歷程》第 121 頁，人民文學出版社 1982 年版。
〔註8〕 茅盾《我走過的道路》（中），第 67 頁。

小說裡沒有寫出值得肯定的正面人物的形象。有人說他「完全是一個小布爾喬亞的作家」,「他所表現的大都是下沉的革命的小布爾喬亞對革命的幻滅與動搖」,甚至用恐嚇的口吻說,「你幻滅動搖的沒落的人們呀,若果你們再這樣的沒落下去時,我們就把這一句話送給你們作為墓誌罷:我們再不能對你們有什麼希望。」〔註9〕這對茅盾無疑是巨大的思想壓力。茅盾早先並不贊成給小說裡的悲劇人物裝上一條「找到出路」的「光明尾巴」;說「把未來的光明粉飾在現實的黑暗上,這樣的辦法,人們稱之為勇敢;然而掩藏了現實的黑暗,只想以將來的光明為掀動的手段,又算是什麼呀!」〔註10〕他還認為寫小資產階級知識份子不能說就是犯了滔天大罪。但是,懾於輿論壓力,茅盾還是檢討了自己的「錯誤」,說「一九二五~一九二七年間,我所接觸的各方面的生活中,難道竟沒有肯定的正面人物的典型麼?當然不是的。然而寫作當時的我的悲觀失望情緒使我忽略了他們的存在及其必然的發展。一個作家的思想情緒對於他從生活經驗中選取怎樣的題材和人物常常是有決定性的:這一個道理,最初我還不承認,待到憬然猛省而深悔昨日之非,那已是《追求》發表一年多以後了」。所以從《虹》、《路》到《三人行》,茅盾最用心的便是去塑造值得肯定的正面人物的形象,即大智大勇的革命者的形象。

中篇小說《三人行》,茅盾說他「就在認識了這樣的錯誤而且打算補救這過去的錯誤這樣的動機之下,有意地寫作的」〔註11〕。小說描寫三個青年學生在「九‧一八」事變前後尋找出路的歷程。作者有意地把小說裡的三個人物的家世定為:一,破落的書香人家的子弟許;二,快要破產的小商人的兒子惠;三,有五十畝良田然而「一夜之間」成為貧農的兒子雲。作者的本意是想用兩個否定性人物(許、惠)去陪襯一個肯定性的人物(雲),以此批判小資產階級的虛無主義和脫離群眾的個人反抗的冒險思想。如「中國式的吉訶德」許想靠個人「行俠」去贖回婢女秋菊的自由,結果秋菊卻發瘋自殺了;他想刺殺那個放印子錢的陸麻子,救出自己的學生王招弟,結果報仇未成反而喪了自己的性命。又如惠對於社會現實一概取冷諷的態度,他認為「一切的存在都不是真的,一切好名詞都只是騙人」。他成了虛無主義者。他到上海

〔註9〕 錢杏邨《茅盾與現實》,見《現代中國文學作家》第2卷,泰東圖書局1930年版。
〔註10〕 《寫在〈野薔薇〉的前面》。
〔註11〕 《茅盾選集‧自序》。

以後，看到了社會的醜惡，「一切都應當改造，但誰也不能被委託去執行」；「九・一八」事變後，他的思想略前進一步：一切都應當改造，「可以委託去執行的人雖然一定要產生，但現今卻尚未出現」。這依舊沒有擺脫虛無主義思想的窠臼。家庭出身降低爲貧農的雲，是作者理想的正面人物形象。雲由於無力繼續念書，面臨生活方向的抉擇：去都市尋求出路，還是回歸農村種田？農家子弟因襲的安命與保守性，使他躊躇不決，終於遵從了父命，向鎮上的大地主兼高利貸者董胖子借錢讀書，結果反遭誣栽，說他與共產黨有關係而被捕入獄，父親賣掉僅有的五十畝良田才把他贖出，他終於離開家鄉去上海。在駛往上海的火輪上，雲開始弄明白一個道理：他家的破產，終極原因，既不是沖犯了什麼「惡煞」，也不是因爲有了董胖子那樣的壞人，而是「這翻新花樣的世界有些地方根本不對」。不過，哪些地方不對，雲說不清楚；他到上海以後如何實現「飛躍」，作者也沒有明晰的交代。所以，如若說，「三人行必有我師」，那麼作者塑造的雲的形象，也並沒有盡到「師」的責任，表現出「師」的高明來。所以瞿秋白說「三人行，而無我師焉」〔註12〕。

茅盾一向承認《三人行》是一部失敗之作。但失敗的原因，他起先是強調「沒有生活經驗的基礎」——「寫的是青年學生，而我在當時，實在沒有到學校去體驗生活的可能，也很少接觸青年學生，既沒有『體驗』，也缺乏『觀察』」。因此「這一作品的故事不現實，人物概念化，構思過程也不是胸有成竹，一氣呵成，而是零星補綴。這些，都是這部小說的致命傷」〔註13〕。後來茅盾改變了這種看法，認爲《三人行》失敗的根本原因，「不能用沒有中學生的生活實踐來包括」，而是「那個正面人物雲沒有寫好」〔註14〕。其實，二者並不矛盾，正面人物沒有寫好，歸根結蒂，也還是由於對青年學生缺乏充分的生活體驗之故。不過，我以爲，根本原因是茅盾用小說圖解政治，藉小說裡的人物傳達他的政治觀點和社會理想，把小說變成了爲政治服務的工具。這才是問題之所在。在革命形勢走出低谷漸次復蘇的階段，茅盾想利用小說去批判各種阻礙革命健康發展的非無產階級意識，並用革命者的正面形象去指引和鼓勵青年學子走上革命的路。《三人行》的人物和整體結構就是按

〔註12〕《談談〈三人行〉》，《瞿秋白文集》第 2 卷，第 339 頁，人民文學出版 1953年版。
〔註13〕《茅盾選集・自序》。
〔註14〕茅盾《我走過的道路》（中），第 70 頁。

照這個思路設計出來的。茅盾以為這是《蝕》之後在創作上實現的自我超越，殊不知這是在降低小說的美學標準的要求，致使小說失去了藝術的韻味。

小說並不是不可以表現作家的政治觀點和集團意識，但是它必須融化在典型環境的描寫和典型人物性格的刻劃之中，使思想與藝術得到和諧的統一。然而茅盾那時急於把自己的政治見解和社會意識告訴給讀者，忽視了在藝術上的錘鍊，而是簡單化地給人物貼標籤，空喊口號，空洞議論，形成了小說嚴重的政治說教。如柯先生對許的教訓：「你的，不是辦法。至多是快意一時的豪舉，一點成效都不會有的。憑你一個人的英雄舉動，就會叫王招弟的老子從此不受壓迫麼？就算你和陸麻子拚了命，陸麻子還有兒子孫子，還有無數比陸麻子更狠更大的惡霸，他們仍舊要喝窮人們的血！」柯先生對惠的教訓：「……還有一層，你得弄明白，民眾現在所負荷的痛苦和以前所受的痛苦是有質量上的不同！從前的痛苦是被壓迫被榨取的痛苦，現在的，卻是英勇的鬥爭，是產生新社會所不可避免的痛苦的一階段。……你以為新社會是從天上掉下來，是一翻掌之間就實現了至善至美的境界，你以為革命的烽火一舉就會把昨天和今天劃分為截然一個天堂一個地獄麼？……」此外小說還不斷敘述了當時國際國內的形勢，如世界最老的資本主義國家大英帝國發生了最嚴重的經濟危機，工黨內閣坍臺，連「金本位制」也維持不下去了；日本帝國主義武力侵佔整個的南滿；七千萬災民無衣無食；南市收容的災民發生示威；十種公債庫券一齊猛跌……這些刻板的政治說教和游離於主題的形勢報告，成了小說的贅疣。茅盾那時認為，他此時所堅持的「新寫實派」的、「為無產階級的藝術」的創作方向，是「為人生的藝術」的重要突破與發展，《虹》、《路》、《三人行》是屬於他所冀望的「新的時代要求那表現著新的意識形態的文學」〔註15〕；然而，這幾部小說（特別是《三人行》）卻被識者所齒冷，這與茅盾的初衷不能不說是極大的反差現象。

2. 左翼文藝的堅定捍衛者

一九三一年四月，茅盾與魯迅等左翼作家在《前哨》第一期上發表了《中國左翼作家聯盟為國民黨屠殺大批革命作家宣言》、《為國民黨屠殺同志致各國革命文學和文化團體及一切為人類進步而工作的著作家思想家書》；茅盾與

〔註15〕茅盾《「五四」運動的檢討——馬克思主義文藝理論研究會報告》，《文學導報》第1期（1931年8月5日）。署名丙申。

史沫特萊還將《宣言》譯成英文，向世界揭露了國民黨當局屠殺革命作家的血腥罪行，在國際進步輿論界取得了很大的宣傳效果。

一九三一年夏，茅盾任「左聯」執行書記不久，瞿秋白參加了「左聯」的領導工作，他向茅盾提出了改進「左聯」工作的意見，建議《前哨》之外另辦一個文學刊物，專登創作；他還提出對「五四」新文學運動以及一九二八年以來普羅文學運動進行研究與總結，並建議茅盾率先寫出一兩篇文章來。

關於增辦刊物的事，魯迅、馮雪峰和茅盾商量過兩次，在《前哨》已被查禁以後，決定改名《文學導報》繼續出版，內容側重文藝理論與批判，認為當前應著重批判「民族主義文學」；此外另辦《北斗》雜誌（丁玲主編），這是以登載文學作品為主的大型文學刊物。

茅盾接受瞿秋白的建議，寫了兩篇題為《「五四」運動的檢討》和《關於「創作」》的文章。其中談到普羅文學時，茅盾批評了後期創造社與太陽社「把創作理解為『政治宣傳大綱』和『公式主義的結構和臉譜主義的人物』」〔註16〕的錯誤。

茅盾在《中國蘇維埃革命與普羅文學之建設》一文中，說在鄂豫皖邊區他看見了「在敵人的屍骸上高舉起我們蘇維埃的大旗」。他提出普羅文學應該面對無產階級革命運動擴大題材範圍。如描寫「從工廠中赤色工會的鬥爭，──左傾與右傾的機會主義，兩條戰線上的鬥爭，黃色工會的欺騙以及黃色走狗個人權利的衝突，改組派的活動，取消派的出賣勞工利益」；描寫農村血淋淋的革命鬥爭，必須「指示出農村破產的過程，農民的原始反抗性，農民的小資產階級意識，在革命貧農份子中間所殘存著的落後的農民封建意識，──以及這些不正確的傾向怎樣由漸進的然而堅韌的工作來克服；我們必須揭示出幹部的無產階級份子的薄弱將在農村鬥爭中造成了怎樣嚴重的錯誤，土豪劣紳改組派取消派怎樣利用農民的落後意識來孕育反革命的暴動」。關於建立蘇維埃政權的鬥爭，「我們應該不以僅僅描寫了紅軍及赤衛隊的勇敢為滿足，我們要指出白色軍隊的搖動及其崩潰的必然，我們要從蘇維埃區域的土地問題中嚴重指斥立三路線的錯誤，我們要抉露蘇維埃區域富農份子竊取政權（如福建的傅柏翠）之內在的社會的原因，取消派和 AB 團之活動，我們要指出無產階級領導力量之薄弱怎樣的危害蘇維埃基礎之穩固；──是的，我們不但描寫赤與白的肉搏，我們也要辯證法地表現出蘇區內部的肅清左傾和右傾機會主義，肅清土豪

〔註16〕《關於創作》，《北斗》創刊號（1931 年 9 月 20 日），署名朱璟。

劣紳、取消派、富農份子聯合的勢力，克服農民的落後的封建意識，加強無產階級領導，建設經濟的政治的文化的組織」。普羅文學還要揭示統治階級的必然滅亡和無產階級的必然勝利，「從統治階級崩潰的拆裂聲中，從統治階級各派的互相不斷的衝突，從統治階級各派背後的各帝國主義的衝突，從統治階級的癲狂的白色恐怖以及末日將至的荒淫縱樂，從統治階級最後掙扎的猙獰面目所透露出來的絕望的恐怖，從小資產階級的動搖，——從統治階級跟在帝國主義屁股後想以進攻蘇聯為最後孤注一擲的夢想，從一切統治階級的崩潰聲中，革命巨人威脅的前進聲中，互全社會地建立起我們作品的題材」。茅盾最後呼叫著：「中國的革命作家喲！是這樣的文學，全世界的無產階級在眼睜睜地望著；是這樣的文學，我們一定得創造！」〔註17〕

　　以上冗長的引文，意在說明：（一）關於普羅文學的創作方向，茅盾強調的是反映圍繞著共產黨領導的工農運動、共產黨與國民黨之間的殊死鬥爭，以及共產黨內部錯綜複雜的鬥爭這類重大的、嚴肅的政治題材；他以為，惟其如此才無負於無產階級革命的偉大的時代。普羅文學，在茅盾看來，便是這類政治性的文學。（二）茅盾上述關於建設普羅文學的理論主張，實際上是一九二八年創造社、太陽社倡導的無產階級文學運動在理論上的補充與完善，並非是對它的批判與清算；因為依照上述理論主張，很可能在創作上會重新出現類似的「政治宣傳大綱」或「公式主義的結構和臉譜主義的人物」。（三）這種理論主張，繼續在指導著茅盾的創作實踐。茅盾說他的上舉文章「只是一份大聲疾呼的宣言」；「不過，這篇文章與《子夜》的創作有一定的關係。《子夜》的醞釀、構思始於一九三〇年秋，中間已經變動和耽擱，到一九三一年十月已經『瓜熟蒂落』，我正準備擺脫一切雜務來寫《子夜》。這篇文章中提出的一些問題，就是我在構思《子夜》時反覆想到的；而且，我也企圖通過《子夜》的創作實踐來檢驗我在文章中提出的『理論』，即使只是其中的一部分。」〔註18〕三十年代左翼文藝同現實的政治發生了密切的關係，它很容易出現文藝與政治一體化的現象，從而把文藝引入圖解政治的歧路。茅盾上述理論主張，便是把文藝簡單地化解為革命的、政治的傳聲筒，忽視了藝術本身的規律與特性，它受當時「左」的社會思潮與文藝思潮的影響是很明顯的。

〔註17〕《中國蘇維埃革命與普羅文學之建設》，《文學導報》第 8 期（1931 年 11 月 15 日），署名施革洛。
〔註18〕茅盾《我走過的道路》（中），第 83 頁。

　　一九三〇年六月，受國民黨當局指揮的王平陵、朱應鵬、黃震遐等一部分文人發表了《民族主義文藝運動宣言》，主張「文藝的最高意義就是民族主義」，他們宣稱「那自命左翼的所謂無產階級的文藝運動又是那樣的囂張，把藝術拘囚在階級上」，說明這個團體成立的目的是針對「左聯」的。魯迅發表了《民族主義的任務和運命》、《中國文壇上的鬼魅》等文，對於這個團體的反動的性質和險惡的陰謀給予了深刻的揭露與無情的鞭笞。

　　茅盾參加了這場批判民族主義文藝的鬥爭，他發表的《「民族主義文藝」的現形》一文，是專門駁斥那個團體的《宣言》的。文章首先揭露了國民黨當局維持其反動政權的兩種手段：「殘酷的白色恐怖與無恥的麻醉欺騙。」所謂「民族主義文藝運動」，「便是國民黨對於普羅文藝運動的白色恐怖以外的欺騙麻醉的方策」。文章詳盡地揭櫫了《宣言》的反動的、偽科學的性質和它玩弄的欺騙群眾、麻醉群眾的伎倆，並指出他們在心勞日拙以後，便「乾乾脆脆地鼓吹『屠殺』！用機關槍，大炮，飛機，毒氣彈，屠殺遍中國的不肯忍受帝國主義及國民黨層層宰割的工農群眾！屠殺普羅文學作家！這屠殺文學就是他們宣傳得極厲害的《隴海線上》和《國門之戰》！」文章末尾還預示這些反動文人的命運，將是「滔天的赤浪掃除了這些文藝上的白色的妖魔」〔註19〕。茅盾還發表了《〈黃人之血〉及其他》一文，揭露了這些民族主義作家「就是仰承英美日帝國主義的鼻息而願為進攻蘇聯的警犬」，他們已經「不是民族主義，而成了『奴族主義』」〔註20〕。

　　「左聯」時期，茅盾積極參與左翼文藝運動的領導工作。「一‧二八」上海戰事發生後，茅盾與魯迅、郁達夫等四十三人簽名發表了《上海文化界告世界書》；二月七日，茅盾等人又聯合了一二九名愛國人士發表《為抗議日軍進攻上海屠殺民眾宣言》。日本帝國主義的野蠻侵略，點燃了全國人民抗日的怒火。在抗日的旗幟下，上海文藝界形成了以「左聯」為中心的大團結，組成了文藝界抗日統一戰線的隊伍。茅盾經常在《申報‧自由談》、《東方雜誌》、《現代》等報刊上發表針砭時弊、議論政局的犀利的雜文，揭露國民黨不抵抗政策和賣國行徑，呼喚著人民的抗日覺醒與鬥爭。

　　「左聯」設立了文藝大眾化研究會，並刊行《大眾文藝》雜誌。「左聯」一開始就把「大眾化」當做文藝運動的中心。一九三〇年春，《大眾文藝》編

〔註19〕《文學導報》第 4 期（1931 年 9 月 13 日）。
〔註20〕《文學導報》第 5 期（1931 年 9 月 28 日）。

輯部組織了一次文藝大眾化座談會，魯迅在會上說，「在現下的教育不平等的社會裡，仍當有種種難易不同的文藝，以應各種程度的讀者之需。不過應該多有為大眾設想的作家，竭力來作淺顯易解的作品，使大家能懂，愛看，以擠掉一些陳腐的勞什子。但那文字的程度，恐怕也只能到唱本那樣。……總之，多作或一程度的大眾化的文藝，也固然是現今的急務。若是大規模的設施，就必須政治之力的幫助，一條腿是走不成路的，許多動聽的話，不過文人的聊以自慰罷了。」〔註21〕這篇講話，為「左聯」領導的文藝大眾化運動指明了方向，實事求是地分析了文藝家們當前所能做的工作。

　　一九三二年夏，文藝大眾化問題進行第二次討論。瞿秋白發表了《普洛大眾文藝的現實問題》、《論文學的大眾化》等文，引起了討論。茅盾以「止敬」的筆名發表了一篇與瞿秋白商榷的文章──《問題中的大眾文藝》，爭論焦點是大眾文藝的語言問題和對「五四」以來文學作品的語言──白話文的評價問題。茅盾後來回憶道：「在三十年代，我們都熱心於文藝大眾化的宣傳和討論，但所花的氣力與所收的效果很不相稱。究其原因，也就是一條腿走路的緣故──政治環境太惡劣，而作家們又麕集於上海一隅。」〔註22〕

　　不過，這時出現了關於「文藝自由」的論辯。由於「左聯」在貫徹文藝大眾化的方針時曾經強調「作品的體裁也以簡單明瞭，容易為工農大眾所接受為原則」，其中包括連環圖畫和唱本等。蘇汶便攻擊說，「他們便要作家們去寫一些有利的連環圖畫和唱本來給勞動者們看。……這樣低級的形式還生產得出好的作品嗎？」〔註23〕魯迅曾為此發表了《連環圖畫辯護》一文加以駁斥。後來蘇汶又說，「文學形式低級到某一程度，它必然是要減少文學性的；歐化文學無論如何總是比連環圖畫進步的形式。……德國連環圖畫如果放到中國來，也許未必會被大眾所接受吧。」〔註24〕茅盾因之撰文，指出上海灘現時流行的「連環圖畫小說」，「這一種形式，如果很巧妙地應用起來，一定將成為大眾文藝的最有力的作品。無論在那圖畫方面，在那文字的說明方面（記好！這說明部分本身就是獨立的小說），都可以演進成為『藝術品』！而

〔註21〕魯迅《集外集拾遺‧文藝的大眾化》。
〔註22〕茅盾《我走過的道路》（中），第 155 頁。
〔註23〕蘇汶《關於〈文新〉與胡秋原的文藝論辯》，《現代》第 1 卷第 3 期（1932 年 7 月 1 日）。
〔註24〕蘇汶《「第三種人」的出路》，《現代》第 1 卷第 6 期（1932 年 10 月 1 日）。

且不妨說比之德國的連續版畫還要好些」〔註25〕。文章充分肯定了連環圖畫在市民讀者中的社會效應及其藝術價值。

一九三三年秋在文壇上還出現了關於《莊子》和《文選》的論爭。一九三三年九月，施蟄存寫文章勸青年讀《莊子》和《文選》，說從這兩部書中「可以參悟一點做文章的方法」和「擴大一點字彙」。魯迅寫了若干篇文章，批評施蟄存「從這樣的書裡去找活字彙，簡直是胡塗蟲」，代表了「比較頑固的遺少群」〔註26〕。茅盾也發表了若干篇駁論的文章，他認為舊時代的文學鉅著是值得我們清理的一份文學遺產；但是「文學是沒有國界的，在『接受遺產』這一名義下，我們不應當老是望著自己那不完全的一份兒；我們還得多多從世界的文學名著去學習。不要以為中國字的，總是『遺產』呀」〔註27〕。茅盾還指出，我們的祖先用方塊漢字「像變戲法似的曾經變出多種的花樣來」，如詞、曲、四六、迴文詩、八股文，都是「蓋世無雙的文字的遊戲」；但是，我們既然想『迎頭趕上』世界潮流，既然要『文學革命』，那麼，這一份『寶貴』的遺產實在一錢不值！因為現代所謂『文學』和『文字的遊戲』是兩樣東西」；「我們不需要我們的詩詞四六以及古文裡的技巧，正像我們不需要那些『文字遊戲』中的思想一樣」〔註28〕。這些批評文字，雖然不如魯迅的明快鋒利，卻也觸及了這場爭論的要害問題。

一九三四年二月，蔣介石在南昌發表《新生活運動要義》的演講，提倡「四維」（禮義廉恥）、「八德」（忠孝仁愛信義和平）為「道德準則」；同時提倡尊孔讀經，定孔子誕辰為「國定紀念日」。自此，全國掀起了一股復古的逆流。同年五月，汪懋祖發表了《禁習文言與強令讀經》一文，鼓吹復興文言。以「左聯」為核心的進步文化界，決定通過批判汪懋祖文章對這股復古逆流進行反擊。於是夏秋之際在報刊上出現了又一場文白之爭，出現了第三次文藝大眾化的論爭，即關於「文言──白話──大眾語」的討論。「左聯」核心成員都參與了這場涉及思想、政治問題的論爭。茅盾指出，「文言和白話之爭不是一個簡單的文字問題，而是思想問題」。「第一，在此『復古』傾向極濃

〔註25〕茅盾《連環圖畫小說》，《文學月報》第 1 卷第 5、6 期合刊（1932 年 12 月 15 日）。

〔註26〕參見魯迅《重三感舊》、《「感舊」以後（上）》、《「感舊」以後（下）》、《撲空》、《答「兼示」》、《反芻》、《難得糊塗》、《古書中尋活字彙》、《選本》等。

〔註27〕《我們有什麼遺產？》，《文學》第 2 卷第 4 號（1934 年 4 月 1 日），署名芬。

〔註28〕《再談文學遺產》，《文學》第 3 卷第 1 號（1934 年 7 月 1 日），署名風。

厚的今日，當然有不少人總覺得非『復興』文言便不痛快。第二，在此『思想問題』非常嚴重的今日，當然又有不少人神經過敏地以爲『白話』文『破壞思想』；因此，汪懋祖等人此時鼓吹復興文言，正說明他們「神經衰弱」，「對於自己的力量失卻自信」，「刻骨地感到沒落的恐慌」。所以茅盾認爲這場論爭「不是浪費的論爭」〔註29〕。

總之，「大眾語運動自始就是一個多方面的廣泛的文化運動。在思想方面是『反封建』，在文學方面是『白話文』的清洗與充實，在語言問題方面是『新中國語』的要求（指將來的全國一致的語言），而在適應大眾解放鬥爭過程中文化上的需要是漢字拉丁化。」所以茅盾把這場由反對「復興文言運動」而引起的「大眾語運動」，說成是「中國文化史上一大事件」，是具有理論與實踐結合的重要意義——「大眾語運動正向了實踐的路上沉著地進行，而且不斷地在吸收進更多的新的力量，在蓄積著更多的新的經驗。」〔註30〕

在「大眾語」論爭進入高潮階段，陳望道、樂嗣炳醞釀創辦一種以小品文爲特色的刊物，取名《太白》，這是有意與林語堂提倡的小品文唱對臺戲的。就在林語堂創辦《人間世》半月刊時，茅盾曾撰文對林語堂及其刊物提出了誠懇的忠告。首先，關於幽默文學。「中國民族性裡缺乏『幽默』，然而『油腔』則向來就頗發達。因此，真正『幽默』雖然是『油腔』的死對頭，可是提倡『幽默』就擔著個不小的風險，被『油腔』蒙混了去欺騙招搖。所以提倡『幽默』文學是一個難題目」。其次，林語堂鼓吹的小品文，「宇宙之大，蒼蠅之微，皆可取材」。這也是一個難題。「因爲一個不留神，就要弄到遺卻『宇宙之大』而惟有『蒼蠅之微』，僅僅是『吟風弄月』，而實際『流爲玩物喪志』了」。第三，茅盾說他有一點意見貢獻給《人間世》：「倘使要把『閑適』『自我中心』之類給『小品文』定起唯一的軌範來，那卻恐怕要成爲前門拒退了『方巾氣』，後門卻進來了『圓巾氣』了！」他主張小品文的豐富與發展「有賴於大家自由地去寫」，而「時代先生冥冥之中有它的決定的力量」〔註31〕。

圍繞著「宇宙與蒼蠅之爭」，茅盾採取了調和的態度，主張在小品文的建

〔註29〕《對於所謂「文言復興運動」的估價》，《文學》第 3 卷第 2 號（1934 年 8 月 1 日），署名蕙。

〔註30〕《大眾語運動的多面性》，《文學》第 3 卷第 4 號（1934 年 10 月 1 日），署名江。

〔註31〕《小品文半月刊〈人間世〉》，《文學》第 3 卷第 1 號（1934 年 7 月 1 日），署名仲子。

設上展開一場比賽:「要是我們不滿於專論蒼蠅之微的小品文,那麼,我們就應該寫出包括宇宙之大的小品文來跟它比賽,讓讀者來決定兩者的命運」。雖然茅盾也主張要創造新的小品文——「把『五四』時代開始的『隨感錄』『雜感』一類的文章作爲新小品文的基礎,繼續發展下去」,但這也是要通過平和的競賽求得生存與發展的,「咒罵是無用的」〔註32〕。

在《不關宇宙或蒼蠅》一文裡,茅盾把視線從「宇宙」、「蒼蠅」一類的題材問題移開,對林語堂辦刊物的宗旨提出了批評。林語堂在《人間世·發刊詞》中曾經鼓吹這個刊物「特以自我爲中心,以閑適爲格調」。茅盾把《太白》與《人間世》兩個刊物的性質作了比較,認爲「問題應不在宇宙或蒼蠅之分,而在所謂小品文是否應以『自我爲中心,閑適爲格調,』」。茅盾主張讓小品文自由發展,依環境之需要而演變爲各種格調,不必先給它「排八字,算五星」。他說:「《人間世》言小品文是想追蹤公安竟陵的罷?在『方巾氣』彌漫兩間的明朝,公安竟陵派的『靈性』、『閑適』固然頗有點『解放』的味兒,但時代不同了,在這穢惡充塞的現代,小品文需要另一種的中心和格調,一味追蹤前賢,不免是『自做枷來自戴』!」茅盾主張的小品文,是「用最經濟的筆墨寫出社會上的種種現象」。它「可以是印象記,可以是『速寫』,可以是『小評』或『雜感』,……什麼都可以,只是不能先給它排定了『八字』是『自我』加上『閑適』」〔註33〕。茅盾在另一篇文章裡批評這種「自我中心」、「性靈」、「閑適」是小品文被「畸形」化,是玩弄小品文的人「不自知」的痼弊;倘若說,這所謂尊重「自己的性靈」是純粹的「自由意志」,那麼,一經戳破,就會發現有「幾根無形的環境的線在那裡牽弄,主觀超然的性靈客觀上不過是清客身份」,所以這次非「個人的動作」,而是「社會氣運的反映」。正因爲如此,「所以現在的『小品文』園地裡就有非性靈非自我中心的針鋒相對的活動」〔註34〕。茅盾以社會性說明了三十年代小品文領域鬥爭的性質和意義。

「左聯」一些核心成員參加的「大眾語」的論戰,「小品文」的論戰,茅盾以爲,它的成績,「事實上卻是厚壅肥料,開花結果在不遠」;概括起來有重要的兩點:「生力軍的進入陣地和新文體的應時出產。」首先,新的青年作

〔註32〕《關於小品文》,《文學》第3卷第1號(1934年7月1日),署名蕙。
〔註33〕1934年10月17日《申報·自由談》,署名維敬。
〔註34〕《小品文和氣運》,《太白》一卷特輯(1935年3月)。

家不斷地在新刊的態度嚴肅的雜誌裡出現，他們中間有小說家、詩人，有拿著顯微鏡似的「雜文」的作者，他們充當生力軍，沉著地搏戰。茅盾稱這些青年作者是「最堅實的戰士」，「像七層寶塔下面的石腳」。其次，出現了新的文體──「速寫」。茅盾說：

> 由於社會上的毒瘡太多，「文壇」上的飛天夜叉的不斷地出現，我們的早已發展成為顯微鏡，成為照妖鏡似的所謂「雜文」，在這一年來是特別負了重大的責任的；同樣的，由於社會現象的迅速地多變，所謂「速寫」這一文體也就應了時代的要求很快地成長起來。它是文藝部門中短小精悍的一格，它能夠很快地把現實在文藝上反映，它在中型的定期刊內將成為中堅，它在狹小的每天的報紙副刊上活躍，它使得生活忙功課忙的青年戰士不愁沒有時間完篇；而它在新進入陣地的生力軍的手裡，就好像是一時來不及架大炮，就用白刃，用手榴彈應戰！〔註35〕

三十年代左翼文藝不僅在衝破國民黨的文化「圍剿」方面顯現了它的戰鬥精神，而且在培養新生力量和建設新型文藝方面也做出了傑出的貢獻。

至於「速寫」，魯迅說他的《故事新編》「其中也還是速寫居多」；郭沫若把《豕蹄》集裡的短篇說成是「被火迫出來的『速寫』」；茅盾更是寫了《交易所速寫》、《「青年日」速寫》以及合集《速寫與隨筆》；張天翼把《華威先生》等三個短篇合集為《速寫三篇》。三十年代「速寫」這一文體得以廣泛流行的客觀原因，胡風認為「劇激變化的社會生活使作家除了創作以外還不能不隨時用素描或速寫來批判地紀錄各個角落裡發生的社會現象，把具體的實在的樣相（認識）傳達給讀者。……它的特徵是能夠把變動的日常事故更迅速地更直接地反映，批判。說它是輕妙的『世態畫』，是很確切的」〔註36〕。胡風的認識與茅盾是一致的，那時的左翼作家、批評家都很重視速寫這一具有「白刃」、「手榴彈」性質的戰鬥武器，積極扶持它的健康發展。

這裡順便提及茅盾寫於三十年代初的一些理論批評文章。茅盾對於自一九二八年盛行的「革命文學」的公式，一直是不遺餘力地加以抨擊的，他自認這是在「堅持現實主義的傳統」〔註37〕。茅盾認為，一部有價值的文學作

〔註35〕《一年的回顧》，《文學》第3卷第6號（1934年12月1日），署名丙。
〔註36〕《論速寫》，《胡風評論集》（上），第68頁，人民文學出版社1984年出版。
〔註37〕茅盾《我走過的道路》（中），第169頁。

品必須具備兩個條件：「（一）社會現象全部的（非片面的）認識；（二）感情地去影響讀者的藝術手腕。」後期創造社和太陽社的作家的作品，與這兩點要求相去甚遠。所以他毫不客氣地批評了陽翰笙的《地泉》三部曲，犯了與蔣光慈的作品同樣性質的錯誤——人物的「臉譜主義」和「方程式」地布置故事。他覺得，這種「臉譜主義」＋「方程式」的錯誤，不只是陽翰笙個人的責任；「這些錯誤在當時成爲一種集團的傾向，而應該是指導文壇的批評家，非但不能校正這種傾向，卻反而推波助瀾，增長這種傾向。直到現在，文壇上還留遺著此種風氣的餘毒」〔註38〕。

茅盾藉著評論沙汀的短篇小說集《法律外的航線》，更是尖銳地批評了盛行一時的「革命文學」的「公式」：

> 我們這文壇上，前幾年盛行著一種「公式」。結構一定是先有被壓迫的民眾在窮苦憤怒中找不到出路，然後飛將軍似的來了一位「革命者」——一位全知全能的「理想的」先鋒，熱刺刺地宣傳起來，組織起來，而於是「羊群中間有了牧人」，於是「行動」開始，那些民眾無例外地全體革命化。人物一定是屬於兩個界限分明的對抗的階級，沒有中間層，也沒有「階級的叛徒」；人物的性格也是一正一反兩個「模子」；劃一整齊到就像上帝用黃土造成的「人」。故事的發展一定就是標語口號的一呼一應，人物的對話也就像群眾大會裡的演說那樣緊張而熱烈，條理分明。

茅盾說這種「公式」貽害了一些原本有生活經驗的青年作家，「不得不拋棄他們『所有的』，而虛構著或者摹效著他們那『所無的』」。總之，應該反對作家「先立一革命的結論，從而『創造』社會現象（作品中的故事）」。茅盾指出，「幾年前盛行的『革命文學』就因爲是那樣『創造』的，所以文學自文學，革命自革命，實際上並未聯在一起。」〔註39〕這些指謫無疑是正確的，符合客觀實際的。

不過，如前所述，茅盾的論文《中國蘇維埃革命與普羅文學之建設》以及小說《路》、《三人行》等，也不同程度地留有「公式」的遺毒，或主張或實踐著「公式主義的結構和臉譜主義的人物」。此外，茅盾提出要「唾棄那些

〔註38〕 《〈地泉〉讀後感》，見《地泉》，上海湖風書局1932年7月版。
〔註39〕 《〈法律外的航線〉讀後感》，《文學月報》第1卷第5、6期合刊（1932年12月15日）。

不能夠反映社會的『身邊瑣事』的描寫」，「唾棄那些向壁虛造的『革命英雄』的羅曼司」，「唾棄那些印板式的『新偶像主義』──對於群眾行動的盲目而無批判的讚頌與崇拜」，「唾棄一切只有『意識』的空殼而沒有生活實感的詩歌，戲曲，小說」〔註40〕。這諸多唾棄，是當時糾正「左」的偏差和建設新文學的需要，也是茅盾在創作實踐中盡力要唾棄的東西。

　　一九三五年春，上海共產黨地下組織遭國民黨當局嚴重摧殘破壞以後，「左聯」的工作陷於癱瘓。八月一日，中國共產黨發表了《為抗日救國告全國同胞書》，號召建立抗日民族統一戰線，要求全國各族人民，不分階級、黨派，團結起來，組織國防政府，抗日聯軍，挽救民族危亡。文化界已由沈鈞儒、鄒韜奮、章乃器、陶行知等於十二月二十八日成立了上海文化界救國會。文藝界人士也紛紛表示了在抗日旗幟下聯合起來的願望。一九三五年十一月，根據在莫斯科的王明的旨意，蕭三在來信中批評了「左聯」存在的宗派主義和關門主義的錯誤，並提出了解散「左聯」、另成立一個有廣泛群眾基礎的統一戰線的文學團體的意見。一九三六年二月，已經失去同中共中央聯繫的上海文藝界黨組織的負責人，提出了「國防文學」作為文學運動的中心口號。這年春天，「左聯」宣告解散，周揚等人於六月發起成立了文藝家協會。就在這時，胡風發表了《人民大眾向文學要求什麼》一文，提出了「民族革命戰爭的大眾文學」的口號。自此在左翼文藝隊伍內部出現了關於「兩個口號」的激烈論爭。胡風以個人名義提出新口號，既沒有解釋新口號的內容和產生的經過，又避而不談它與已經風行於文壇的「國防文學」的關係，字裡行間還存在著把兩個口號對立起來，並以「民族革命戰爭的大眾文學」取代「國防文學」的意思。茅盾是瞭解事情的原委的，所以他批評「曾在魯迅先生處聽得了這個口號的胡風先生，竟拿『民族革命戰爭的大眾文學』這口號來與『國防文學』的口號對立」，「有意無意地曲解了魯迅的意思」〔註41〕。

　　茅盾在《需要一個中心點》一文中，對於非常時期需要什麼樣性質的文學，明確地表示了「現在已經成為一種潮流的對於此一質問的回答，就是『國防文學』」。茅盾對「國防文學」的性質和意義作了具體的闡述：

　　　　這是喚起民眾對於國防注意的文學。這是暴露敵人的武力的文

〔註40〕茅盾《我們這文壇》，《東方雜誌》第30卷第1號〔1933年1月1日〕。
〔註41〕茅盾《關於引起糾紛的兩個口號》，《文學界》第1卷第3號〔1936年8月10日〕。

化的侵略的文學。這是排除一切自餒的屈服的漢奸理論的文學。這
是宣揚民眾救國熱情和英勇行為的文學。

茅盾主張「國防文學」題材的多樣性：「凡是現代的我們的社會現象，——從
都市以至農村，從有閑者的頹廢生活，小市民的醉生夢死，以至在生活線上
掙扎的勞苦大眾的生活，都可以組織在此一題目之下。」不過，如此廣泛的
文學題材「必須有一個中心思想，即提高民眾對於『國防』的認識（使民眾
瞭解最高意義的國防），促進民眾的抗戰的決心，完成普遍一致的武力抵抗侵
略的行動」〔註42〕。

魯迅發表了《論現在我們的文學運動》以後，茅盾給《文學界》編輯部
寫了一封信，認為魯迅的文章「特別重要」，說魯迅關於「兩個口號」的「非
對立的而為相輔的」解釋，「對於『國防文學』一口號之正確的認識（隨時應
變的具體的口號），正是適當其時，即糾正了胡風及《夜鶯》『特輯』之錯誤」。
茅盾贊成以「民族革命戰爭的大眾文學」為總的口號，而現階段的具體口號
是「國防文學」。他說：「推動民眾抗×情緒與揭發漢奸理論以及『等待主義』
（指等待世界大戰，而我們收漁人之利）……等等的『國防文藝』在現階段
是文藝創作者主要的課題！我們有使這運動更普遍更深入於民眾的絕對的必
要！」〔註43〕

但是，一個月後，茅盾的態度發生了變化。他說，「關於『國防文學』的
口號，我自己說過一些話，但我現在多少有些不同的見解了。」他認為把「國
防文學」當做創作的口號，「欠明確性」，而且「有關門主義和宗派主義的危
險」。茅盾在這裡修正了自己過去的說法，認為「民族革命戰爭的大眾文學」
可以是創作的口號，「但既不是代替國防文學，也不是文藝創作的一般口號，
而只是對左翼作家說的」。至於「國防文學」，他同意郭沫若的意見，「是作家
關係間的標幟，而不是作品原則上的標幟；他還不指名地批評少數的幾個朋
友，叫他們「放棄那種爭文藝『正統』，以及以一個口號去規約別人，和自以
為是天生的領導者要去領導別人的那種過於天真的意念」〔註44〕。

在《再說幾句》、《談最近的文壇現象》這兩篇文章中，茅盾主要是批評

〔註42〕載《文學》第6卷第5期（1936年5月1日），署名波。
〔註43〕《關於〈論現在我們的文學運動〉》，《文學界》第1卷第2期（1936年7月
10日）。
〔註44〕茅盾《關於引起糾紛的兩個口號》。

周揚存在著關門主義和宗派主義的錯誤，並且把周揚曾經主張以國防文學作
為文藝家聯合戰線的創作口號視為這種錯誤的反映；其次批評周揚制訂的「創
作規例」，限制了文藝家的創作自由。茅盾還把周揚關於主張「國防文學」的
一些觀點譏為「盲目的高調」等等。〔註45〕

　　應該指出，這場論爭的重大意義在於雙方都認識了文藝界關門主義和宗
派主義的危害性，以及糾正這個錯誤的必要性。這種「左」的關門主義與宗
派主義的傾向，在進步文藝界是有它的歷史根源的。「我們若從新文學運動
歷史上去看，則如創造社，太陽社，後來的左聯，各個時期都有各色各樣的
宗派主義的濃厚的表現。並且它有著藝術理論上的根源，即機械論，以及還
有著客觀的原因」〔註46〕。通過這場論爭，明確了建立文藝界抗日民族統一
戰線的重要性與迫切性，而且也克服了左翼文藝運動中長期存在的一些缺
點，推動了文藝界團結抗日運動的發展。一九三六年八月，魯迅發表了《答
徐懋庸並關於抗日統一戰線問題》一文，鮮明地表示了他對共產黨提出的抗
日統一戰線政策的堅決擁護的態度，並闡述了他對文藝界統一戰線和對兩個
口號的意見，論爭至此基本結束。這年九月中旬，馮雪峰和茅盾、鄭振鐸通
力合作，發表了由魯迅、郭沫若、茅盾、巴金等二十一人聯名的《文藝界同
人為團結禦侮與言論自由宣言》，提出了「全國文學界同人應不分新舊派別，
為抗日救國而聯合」；「在文學上，我們不強求其相同，但在抗日救國上，我
們應團結一致以求其行動之更有力」，「我們主張言論的自由，急應爭得。言
論自由與文藝活動的自由，不但是文化發展的關鍵，而在今日更為民族生存
之所繫」〔註47〕。

　　一九三六年十月十九日清晨五時二十五分，魯迅先生在上海寓所逝世。
舉世哀悼之際，由蔡元培、宋慶齡、茅盾等十三人組成治喪委員會。當時茅
盾回家鄉烏鎮小住，因病未能參加葬禮，病癒匆匆趕回上海，到萬國公墓魯
迅新塚前去致哀。茅盾與魯迅第一次見面是一九二六年八月三十日，十年之
間，他與魯迅結下了深厚的革命的友誼。當他在家鄉接到魯迅逝世的急電時，
猶如晴天霹靂，徹夜不眠；但他因痔瘡發作，臥床不起，未能趕回上海最後

〔註45〕《再說幾句》，《生活星期刊》第 1 卷第 12 期（1936 年 8 月 23 日）；《談最近
　　　　的文壇現象》，1936 年 10 月 10 日《大公報》國慶特刊。
〔註46〕莫文華《我觀這次文藝論戰的意義》，《作家》第 2 卷第 1 期（1936 年 10 月
　　　　15 日）。
〔註47〕載《文學》第 7 卷第 4 號（1936 年 10 月 1 日）。

一次瞻仰魯迅遺容,而悔恨自己「這一次忙裡偷閑的旅行」,只能在病榻上寫一點紀念性的文字,以寄託哀思。〔註48〕

在《一口咬住……》一文中,茅盾熱情歌頌了魯迅的「韌」的戰鬥精神,認為魯迅精神的影響已經遍及中國各個階層:「在魯迅巨大影響的深處蘊藏著他獨特的鬥爭策略和不屈不撓的『一口咬住就不放』的精神」。

魯迅逝世才一個月,《新認識》半月刊主編就擬出「魯迅研究」特輯,預定了十二個題目:1、魯迅思想發展的體系;2、魯迅的世界觀與人生觀;3、魯迅與中國革命;4、魯迅與中國新興文學;5、魯迅的創作方法;6、魯迅雜文的研究;7、《阿 Q 正傳》與中國農民;8、魯迅與青年;9、魯迅與婦女,10、魯迅與新文學運動;11、魯迅在中國文學史上的功績;12、魯迅與中國翻譯界。我們從列舉的題目中可以看出,魯迅在思想文化界影響之廣泛,而且也說明人們對魯迅的認識已經具有一定的深度。茅盾立足於當時民族存亡關頭的政治現實,認為魯迅研究是不容易做的工作,「需要多數富有學養的人們長時期的努力」,而強調當前的急務不是「學究式的研究」,而是學習魯迅堅韌的戰鬥精神。茅盾認為,魯迅的這種精神滲透到他的雜文裡,「他的一條短短的雜感裡閃耀著他的豐富的學識,深湛的修養,和縝密的觀察」,因此它才可能給對手以致命的打擊。其次是學習魯迅的戰鬥的技術。「不擺出說教的面孔,不作空洞的理論,而是從具體的能夠引起普遍注意與興味的社會現象出發」,藉此去反對文藝界的公式主義。〔註49〕

十一月十八日,茅盾與宋慶齡、蔡元培致函法國左派作家協會,向羅曼·羅蘭,伐揚·古久烈等法國友人報告魯迅逝世的消息,說「魯迅的逝世,使中國人民失去了一位最著名的、最受人愛戴的作家」;「魯迅成了我們民族精神的代表」,「更是我國民族自由革命戰爭擁護者的象徵」;「雖然魯迅出生在中國,但他卻是屬於全世界的。他深深地同情每個為建立一個博愛自由的新世界的戰鬥的民族」。他們在信裡還呼籲國際友人共同參與紀念魯迅的活動:

> 我們計劃隆重紀念我們的民族英雄,我們知道各國的文化組織和革命群眾的領導人同樣希望參加這位新世界的勇敢先驅者的紀念活動。為此我們寫信給法國左派作家協會,要求他們負責利用報紙和入會的各個組織,掀起一個完成我們這一計劃的廣泛運動。

〔註48〕茅盾《寫於悲痛中》,《文學》第 7 卷第 5 號(1936 年 11 月 1 日)。
〔註49〕茅盾《研究和學習魯迅》,《文學》第 7 卷第 6 號(1936 年 12 月 1 日)。

我們非常需要資金。我國的廣大人民非常貧窮，要籌集足以建造一個合適的紀念像所需要的一筆錢，鬥爭是很艱鉅的。我們呼籲每個同情我們鬥爭的人援助我們紀念魯迅，以使他那熾熱的心和勇敢精神永垂不朽。

我們也呼籲世界上的藝術家們幫助我們，為即將建立的紀念像提供具有革命思想的設計。

我們知道你們願意同我們合作，並且盡一切力量把紀念魯迅的活動推向全世界。〔註50〕

這年年底，茅盾在致日本友人增田涉的信中，對於增田涉正在從事翻譯魯迅著作表示了感激之情，說「先生在翻譯魯迅先生的遺著，我早就聽說過了。以先生的能力，必能勝任愉快。我希望由於先生的努力將使貴國民眾更能瞭解中國民眾的代言人——魯迅先生的思想和藝術」〔註51〕。為在海內外宣傳魯迅的思想、人格，弘揚魯迅精神，茅盾是盡到了作為一個戰友的責任的。茅盾原先計劃躲在家鄉寫長篇小說，「也因魯迅的溘然長逝而中斷。第二年，抗戰爆發，形勢劇變，於是這部剛剛孕育的《先驅者》尚未成形就夭折了」〔註52〕。

3. 《子夜》：殖民地化的現代中國都市的縮影

魯迅在分析三十年代初期中國文藝界現狀時指出：「現在，在中國，無產階級的革命的文藝運動，其實就是唯一的文藝運動。因為這乃是荒野中的萌芽，除此以外，中國已經毫無其他文藝。屬於統治階級的所謂『文藝家』，早已腐爛到連所謂『為藝術的藝術』以至『頹廢』的作品也不能生產，現在來抵制左翼文藝的，只有誣蔑，壓迫，囚禁和殺戮；來和左翼作家對立的，也只有流氓，偵探，走狗，劊子手了。」〔註53〕

三十年代初，國民黨蔣介石對共產黨的革命根據地前後發動了五次軍事「圍剿」，同時，在其統治區域內，對無產階級革命文藝和進步文藝發動了曠

〔註50〕《致法國左派作家協會》。此信載 1982 年 12 月 30 日《文學報》，此前未見發表。
〔註51〕〔日本〕增田涉《魯迅的印象》第 297 頁，東京角川書店昭和 45 年版。
〔註52〕茅盾《我走過的道路》（中），第 345 頁。
〔註53〕魯迅《二心集・黑暗中國的文藝界的現狀》。

古未有的圍攻。就在這樣黑暗年代裡，在這種法西斯白色恐怖的文化氛圍中，一九三三年一月，茅盾的長篇鉅著《子夜》問世了。〔註54〕《子夜》以它在思想上和藝術上所取得的輝煌成就，顯示了三十年代中國無產階級革命文學運動的實績，在中國文壇上產生了強烈的反響。瞿秋白熱情地肯定了《子夜》在當時所達到的現實主義的高度，指出：「這是中國第一部寫實主義的成功的長篇小說」，「一九三三年在將來的文學史上，沒有疑問的要記錄《子夜》的出版」〔註55〕。甚至連韓侍桁也不得不承認，從《子夜》「出版後的賣銷的數目來講，已經證實這書在現今的價值。它的不可磨滅的功績，是在這書給我們貧乏的文藝界中輸入了一種新的眼界，它的材料至少是從未被取用過地新鮮的，而且它的一切缺點，也是一個首創者的光榮缺點，它的缺點將成爲無數未來的作家們的有益的借鏡」〔註56〕。

這裡先說說《子夜》創作的經過。

一九三○年，蔣介石同馮玉祥、閻錫山等軍閥南北大戰方酣，戰禍遍及大半個中國；一九二九年下半年開始的世界資本主義國家的經濟危機，也波及到了中國，使半殖民地半封建社會的中國原有的種種矛盾，空前地緊張尖銳起來。一方面，各帝國主義國家爲了轉嫁危機，更加緊了對中國的侵略和掠奪，加速了中國的殖民地化；另一方面，在歐戰中一度興起的中國民族工商業，在世界資本主義經濟危機的威脅和打擊下，企圖用更殘酷的手段盤剝工農群眾來擺脫困境，從而激起工人、農民的反抗和鬥爭，特別是促進了上海工人運動的高漲。

這些矛盾和鬥爭，反映在當時的思想文化界，便是出現了一場關於中國社會性質問題的論爭。概括起來，論戰者提出了三種論點：一，中國社會依舊是半殖民地半封建的社會，推翻代表帝國主義、封建勢力、官僚買辦資產階級的蔣介石政權，是當前革命的任務，領導這一革命的是無產階級。二，中國已經走上資本主義道路，反帝反封建的任務應該由中國資產階級來承擔。三，中國的民族資產階級可以在既反對共產黨，又反對帝國主義和官僚

〔註54〕 1932 年 6、7 月間，《子夜》的第二章與第四章，曾分別以《火山上》和《騷動》爲篇名，發表在《文學月報》第 1、2 期上。

〔註55〕 《〈子夜〉和國貨年》，《瞿秋白文集》第 2 卷，第 438 頁，人民文學出版社 1953 年版。

〔註56〕 韓侍桁《〈子夜〉的藝術、思想及人物》，《現代》第 4 卷第 1 期（1933 年 11 月）。

買辦階級的夾縫中求得生存和發展，建立歐美式的資產階級政權。當時文化界、社會科學界有不少人在思想上、理論上處於迷惘的狀態。中國是不是正在向資本主義發展？中國是不是可以擺脫帝國主義金融資本的控制，獨立地發展本國的經濟？中國向何處去？……成為當時許多人關注和爭論的問題。

一九三〇年秋，茅盾患眼疾，醫生囑他三個月不看書寫字，少用眼多休息，於是他在上海「東跑西走」，深入到都市社會的各個角落。在他的朋友中，有做實際工作的革命者，有自由主義者，同鄉故舊中有企業家、銀行家、商人、公務員，也有正在交易所中投機的。他那時常到盧表叔公館去，跟一些同鄉故舊晤談；有一段時間還把「看人家在交易所發狂地做空頭，看人家奔走拉股子，想辦什麼廠」當做是「日常課程」〔註57〕。廣泛接觸社會各階層的人物，使他開始有意識地對這個近代工業和金融的中心的上海，作細密的觀察和分析。當茅盾把他所獲得的材料，同當時一些有關社會性質的論爭的文章加以對照時，就使他產生了要寫一部小說的欲望和興趣。他要用藝術的手段參加當時關於中國社會性質問題的論戰：「這樣一部小說，當然提出了許多問題，但我所要回答的，只是一個問題，即是回答了托派：中國並沒有走向資本主義發展的道路，中國在帝國主義的壓迫下，是更加殖民地化了。」

此外，茅盾在第一次國內革命戰爭時期積累的社會經驗，也有助於《子夜》的創作。他說：「當時在上海的實際工作者，正為了大規模的革命運動而很忙。在各條戰線上展開了激烈的鬥爭。我那時沒有參加實際工作，但在一九二七年以前我有過實際工作的經驗，雖然一九三〇年不是一九二七年了，然而對於他們所提出的問題以及他們工作的困難情形，大部分我還能瞭解。」〔註58〕過去的這段實踐經驗以及這一時期參加左翼文藝運動，接近革命者所得來的具體感受和間接經驗，也有助於他對客觀現實做出全面而深入的分析。

根據茅盾最初的設想，這是一部都市——農村交響曲：包括都市三部曲（《棉紗》、《證券》、《標金》）和農村三部曲（題未定）。但再次目疾而重訪盧公館的鄉親故舊，使他知道了一九三〇年中國民族工業在外來打擊下的衰敗景象，上海絲廠由原來一百家變成七十家，無錫絲廠由原來的七十家變成四十家，其他蘇州、杭州、鎮江、嘉興、湖州的絲廠十之八九倒閉，四川絲廠

〔註57〕茅盾《我的回顧》。
〔註58〕以上引文均見《〈子夜〉是怎樣寫成的》，1939年6月1日《新疆日報》副刊《綠洲》。

也有二、三十家宣告停業。這都是日本絲在國際市場上競爭的結果。茅盾因此堅定了不寫紗廠而以絲廠作為小說描寫的主要工廠的信心。他還從故舊那裡得知，一九二九年中國火柴廠宣告破產的，江蘇、上海有九家，浙江三家，河北三家，山西四家，吉林三家，遼寧三家，廣州十三家。這又堅定了他以內銷為主的火柴廠作為中國民族工業受日本和瑞典同行的競爭而在國內不能立足的原定計劃。他因此再次參觀了絲廠和火柴廠。

茅盾決定改寫長篇小說後，重新寫了一個提綱、提要和詳細的分章大綱，書名最初確定為《夕陽》（或《燎原》、《野火》），後決定改為《子夜》。〔註59〕

按照茅盾原定的計劃，《子夜》所要描寫的社會生活的範圍相當大，他打算通過農村與城市兩者情況的對比，反映出那時候的中國革命的整個面貌。然而因忙於「左聯」的領導工作，因病，作而復輟，特別是作者的生活經驗還沒有能力來駕馭這樣龐大的題材，因此動筆不久便改變了原來的計劃，只寫了城市部分。正如茅盾所說，「照原來的計劃範圍太大，感覺到自己的能力不夠。所以把原來的計劃縮小了一半，只寫都市的而不寫農村了。把都市方面（一）投機市場的情況；（二）民族資本家的情況；（三）工人階級的情況，三方面交錯起來寫。」〔註60〕這三方面，主要是寫民族工業，突出表現了一九三○年左右中國民族工業在帝國主義、買辦資本和封建勢力三重壓迫下的掙扎和破滅。它在全書中占的篇幅最多，也是最能夠說明作者對民族資產階級本質的瞭解，並顯示作者的全部藝術才能的地方。

茅盾像左拉一樣是為了寫小說《子夜》「才去經驗人生」，而不是托爾斯泰式的是「經驗了人生以後才來做小說〔註61〕。這說明，作家有著明確的、先驗的創作宗旨，他要用小說參與社會對重大問題的思考和辯論。小說所寫的故事是發生在現代中國最黑暗的年代，作者選取了典型的半殖民地都市上海為背景，以民族資本家吳蓀甫為中心人物，深刻地表現了中國社會錯綜複雜的矛盾，展現了一幅殖民地化的現代中國社會生活的畫面。

這裡所說的反映三十年代初期中國社會錯綜複雜的矛盾，主要是民族資產階級和買辦資產階級之間的矛盾，民族資產階級和工人階級之間的矛盾。通過這些矛盾的揭示，作品反映了民族資產階級性格的兩面性：一方面，它受帝國主義及其走狗買辦資產階級的壓迫，它們之間存在著尖銳的矛盾；另

〔註59〕茅盾《我走過的道路》（中）──《〈子夜〉寫作的前前後後》第91～116頁。
〔註60〕《〈子夜〉是怎樣寫成的》。
〔註61〕茅盾《從牯嶺到東京》。

一方面，它又殘酷地壓迫和剝削工人、農民。小說描繪了三十年代初期都市民族工業在各種勢力的夾擊下凋零和破產的景象；它所提出的問題，是民族資產階級的命運和出路的問題。

但是，這部小說如果僅僅是一般地、浮光掠影地去揭示民族資產階級本質的兩重性，就不具有典型意義了。我們認為，《子夜》的重要成就在於，它通過吳蓀甫這個形象的塑造，不僅反映出中國民族資產階級在各個時期具有的一般本質，而且著重反映了民族資產階級在大革命失敗以後、特別是面臨世界資本主義經濟危機的衝擊這一特定的歷史條件下的某些特徵。時代的特色是異常鮮明的。

毛澤東在分析我國民族資產階級這一時期的特點時指出：「民族資產階級是一個複雜的問題。這個階級曾經參加過一九二四年至一九二七年的革命，隨後又為這個革命的火焰所嚇壞，站到人民的敵人即蔣介石集團那一方面去了。……九年以來，他們拋棄了自己的同盟者工人階級，和地主買辦資產階級做朋友，得了什麼好處沒有呢？沒有什麼好處，得到的只不過是民族工商業的破產或半破產的境遇。」〔註62〕大革命失敗以後的我國民族資產階級，基本上就處於這種狀況。帝國主義為了擺脫危機，不僅用商品傾銷來侵害中國的民族工業，而且還以大量的資金，通過它的走狗──買辦資產階級來吞併中國民族工業。顯然，民族資本家在中國現實社會獨立地發展工業的雄圖野心，是不可能實現的，金融界已經緊緊地扼住了它的咽喉。但是這時候民族資產階級也不可能馬上倒向工農群眾，因為這時候的工人運動，已經恢復了元氣，在新的形勢下走向高漲，它害怕工農大眾有時甚至超過了它對帝國主義和地主買辦勢力的戒懼。總之，民族資產階級是生活在一個「腳底下全是地雷」的時代，時時都存在著把它炸得粉碎的危險。三十年代初期對於中國民族資產階級來說，是一個「悲劇」性命運的現實。

茅盾在深入考察了三十年代初中國民族資產階級的特點以後，也曾說過：「一九三○年半殖民地的中國不同於十八世紀的法國，因此中國資產階級的前途是非常暗淡的。在這樣的基礎上產生了中國民族資產階級的動搖性。當時，他們的『出路』是兩條：（一）投降帝國主義，走向買辦化；（二）與封建勢力妥協。他們終於走了這兩條路。」〔註63〕

〔註62〕《論反對日本帝國主義的策略》，《毛澤東選集》第1卷，第140頁，人民出版社1952年7月第2版。
〔註63〕《〈子夜〉是怎樣寫成的》。

　　《子夜》主題思想的積極意義在於，它通過對廣闊的社會生活的揭示，深刻剖析了當時中國社會的主要矛盾，正確地說明了中國現實社會的性質。作為民族資產階級的藝術典型，吳蓀甫這個悲劇形象的巨大真實性和全部說服力，在於說明了在日益殖民地化的中國是不可能向資本主義道路發展的；這對於托派的胡說是一個有力的批判，對於地主買辦資產階級總代表國民黨蔣介石政權充當帝國主義走狗的無恥行徑也是一個有力的抨擊。正因為如此，《子夜》出版不久，就引起社會輿論界的廣泛重視，同時也遭國民黨當局的查禁。〔註64〕

　　《子夜》的成就是多方面的，而最重要的是成功地塑造了吳蓀甫這樣一個三十年代中國民族資本家的典型。

　　《子夜》寫了大大小小九十多個人物，光是各種類型的資本家就有七、八個。吳蓀甫算是寫得形象最鮮明、性格最豐滿的一個。吳蓀甫是小說的中心人物，是全書一切人物、事件的聯結點和矛盾鬥爭的契合點。他的雄心和頹喪、強悍和恐懼、剛毅和猶豫的性格特徵，都深深地鏤刻著階級的、時代的特點。

　　正像所有圖強自信的民族資產階級份子一樣，吳蓀甫性格的主要方面是剛強果斷。他對於自己，從不妄自菲薄，辦起事來，不知道疲倦。他曾熱心於發展故鄉雙橋鎮的實業，打算靠一個發電廠構築起他的「雙橋王國」來，但十幾萬人口的雙橋鎮並非理想的選擇。他是一個野心勃勃的民族工業資本家，他想憑自己的魄力和手腕來振興民族工業。他相信，「只要國家像個國家，政府像個政府，中國工業一定有希望的。」因此他除了時刻關注著企業的利害關係，還「用一隻眼睛望著政治」。他的富於冒險的精神，硬幹的膽力，以及如「正要攫食的獅子」似的貪婪的胃口，都體現了他那狂妄地要建立起自己的資本主義王國的野心；而遊歷歐美所學到的管理現代工業的知識，又如虎添翼，為施展自己的才幹，實現建立工業王國的理想增加了信心。他不相信中國也會像美國那樣，金融資本支配工業資本，他認為金融剩餘資本的出路應該是在公債市場或地產上，而不應該阻礙民族工業發展的道路。吳蓀甫正是按照自己的思維模式，企圖走一條冒險的道路，使自己成為二十世紀機械工業時代的「英雄騎士」和「王子」。

〔註64〕魯迅在1934年3月4日致蕭三信中說：《子夜》，茅兄已送來一本，此書已被禁止了。今年開頭就禁書一百四十種，單是文學的。

　　應該指出，吳蓀甫的這種剛毅果決、爭強好勝的性格，並不是他個人品質上的什麼「優點」，而是由市場經濟引發的弱肉強食、優勝劣汰的競爭意識所造就的。這種性格的形成，是同吳蓀甫擁有雄厚的經濟實力，以及具有一套近代資產階級企業經營的本領，緊密聯繫在一起的。反映在吳蓀甫同其他民族資本家的關係上，他的剛強機敏、雄圖野心，就是不擇手段地把那些實力、才幹都不如他的企業家一個個打倒，「把企業拿到他的鐵腕裡來」。他聯絡了孫吉人、王和甫，一口氣廉價收盤了朱吟秋、周仲偉等人的八個日用品工廠。在此基礎上，他和幾個人聯合辦了益中信託公司，他想操縱這個公司來實現自己的偉大憧憬：「高大的煙囱如林，在吐著黑煙；輪船在乘風破浪，汽車在駛過原野。」他想使這些工廠生產的燈泡，熱水瓶，陽傘，橡膠套鞋……「走遍了全中國的窮鄉僻壤」。他渾身充滿了大規模地發展企業的活力與野心。

　　吳蓀甫的剛毅果決、爭強好勝，還表現在他冒險地做公債。就在組織益中信託公司吞併八個廠的同時，他還規定了這個公司的業務之一是做「公債套利」的活動。雖然作為一個大企業家，吳蓀甫曾反對擁有資本的人專做地皮、金子、公債，但為了迅速增加他的企業活動的資金，以求在金融上有迴旋的餘地，他便毫不躊躇地一頭鑽進了公債投機市場，一心想藉南北大戰的炮火發一筆橫財。先做「空頭」，忽而改做「多頭」，他用盡心機同美帝國主義的掮客──金融資本家趙伯韜鬥法，他要「出奇制勝」；他同時在幾條戰線上作戰，過著一種「簡直是打仗的生活」。雖然吳蓀甫也曾估量到了自己有失敗的可能，但他是一個不肯輕易認輸的「鐵鑄的人兒」，他的性格和事業心不允許他中途退卻，更不用說臨陣脫逃了。他說：「我們只有硬著頭皮幹到哪裡是哪裡了！我們好比推車子上山去，只能進，不能退！」最後竟不惜孤注一擲，將自己的全部產業連同住宅都作了賭注，終於完全破產。最可笑的是，甚至在那八個廠都準備盤賣給日本及英國的在華企業，吳蓀甫也還要充英雄好漢，自我解嘲地說：「能進能退，不失為英雄！而且事情壞在戰事延長，不是我們辦企業的手腕不行！」吳蓀甫的剛愎自用的性格，在那個時代，正是中國民族資產階級在危難關頭掙扎的一種曲折的表現。

　　然而，民族資產階級的本質決定了，吳蓀甫的剛毅自信、倔強好勝必然轉化為怯懦脆弱、空虛苦悶。反映在他同帝國主義卵翼下的買辦勢力的矛盾關係上，在他的冒險行動的背後，往往隱藏著難言的苦衷和莫名的悲哀──

一種深怕被「公債魔王」吞併的恐懼不安的心理。趙伯韜在小說裡一經出現，就站在主動者的地位上。他想吞併八個小廠，趙伯韜就略施小計進行阻撓；他在金融上兜不轉，趙伯韜就暗中鼓動一些沒有到期的定期存戶到他公司提取存款，故意拆他的臺；在公債上，他大概做了六七百萬元，趙伯韜就堅決和他作對，揚言「吳蓀甫會打算，就可惜還有我趙伯韜要故意同他開玩笑，等他爬到半路就扯住他的腿！」他終於被趙伯韜徹底擊敗。作者對吳蓀甫準備投降趙伯韜的那種氣餒、懊喪而又想築起最後一道精神堤壩的心理狀態，作了細膩的、精彩的描寫。在夜總會酒吧間裡，吳蓀甫和趙伯韜單獨密談。趙以勝利者的姿態和口吻提出介紹自己的銀團托拉斯放三百萬款給益中信託公司，條件是拿益中公司的全部財產做擔保，這實際上意味著要吃掉他的公司。面對這個非常苛刻的條件，吳蓀甫作何反應呢？作者寫道：

「哦——」

吳蓀甫這麼含糊應著，突然軟化了；他彷彿聽得自己心裡梆的一響，似乎他的心拉碎了，再也振作不起來；他失了抵抗力，也失了自信力，只有一個意思在他神經裡旋轉：有條件的投降了罷！

如果說，吳蓀甫在買辦資本家趙伯韜面前，更多的是表現了他的軟弱、卑瑣的性格一面，使讀者對於民族工業在帝國主義通過它的走狗買辦勢力的壓迫下日益衰敗的過程留下深刻而又具體的印象，並產生某種程度的同情；那麼，反映在吳蓀甫同工人、農民的矛盾關係上，他的剛強便轉化為凶殘，機智表現為陰險，而這種凶殘和陰險，又和他的怯弱、卑瑣交織在一起，構成了一種錯綜複雜的、多元結構的心理態勢。

作者是把吳蓀甫在企業活動、公債投機上的失敗，同他反轉過來凶殘地壓迫、剝削工人農民聯繫在一起描寫的。吳蓀甫在雙橋鎮經營電力廠、米廠、油坊，目的自然是為了榨取農民的血汗。當農民起來反抗，佔領了雙橋鎮，他嘆息三年的苦心經營，「想把家鄉造成模範鎮的心血，這一次光景都完了」。他憤怒地叫嚷道：「我恨極了，那班混帳東西！他們幹什麼的？有一營人呢，兩架機關槍！他們都是不開殺戒的麼？」這裡，他責罵的是那班不中用的「省防軍」和「保衛團」，痛恨的卻是暴動的農民，他的殺機分明是對著農民的。對待工人，因為是他的力量所及，就表現得更加凶狠殘暴。當工人知道他要削減工資而表現出「有點怠工的樣子」時，他「臉上的紫疱一個一個都冒出熱氣來」，他像一隻發瘋的老虎咆哮起來：「他們怠工麼？混帳東西！給他們

顏色看！」他除了通過「忠實而能幹」的總管屠維岳對女工們施展欺騙和鎮壓兩種手段外，還幾次親臨工廠坐鎮。當罷工的女工把吳蓀甫連同他的汽車包圍得不能動彈時，他坐在車裡，鐵青著臉，一疊聲喝道：「開車！開足了馬力衝！」他想毫不留情地碾死圍困他的女工。

但是，在工農群眾的革命風暴面前，吳蓀甫是色屬內荏的。他的張牙舞爪，並不表示他的強大。工人農民起來抗爭，他「立刻變了顏色」，「僵在那裡不動，也不說話了」；他強作鎮靜，命令司機開足馬力衝出重圍，但他坐在裝有鋼板和新式防彈玻璃的汽車裡，卻還禁不住「卜卜地心跳」，甚至於回到了家裡，「他那顆心兀自搖晃不定，他的臉色也就有時鐵青，有時紅，有時白。正如他在公債市場上失敗了一樣，他用以對付工人的一切手段也都失敗了，他怨恨自己無能，他暴躁，想遷怒於眼前的一切東西：

> 他瘋狂地在書房裡繞著圈子，眼睛全紅了，咬著牙齒；他只想找什麼人來洩一下氣！他想破壞什麼東西！他在工廠方面，在益中公司方面，所碰到的一切不如意，這時候全化為一個單純的野蠻的衝動，想破壞什麼東西！

他坐在輪轉椅上，目光霍霍四射，他正在尋找一個最快意的破壞對象，最能使他的狂暴和惡意得到滿足發洩的對象。他在尋找一個獵物。這時女佣王媽捧著燕窩粥走進書房，吳蓀甫那股狂暴的破壞的火焰在身上突然升到了白熱化的程度。「眼前這王媽已不復是王媽，而是一件東西！可以破壞的東西！可以最快意地破壞一下的東西」。他把王媽奸污了。這是他在工廠受女工包圍，他的威嚴受到了侮辱、損害，回到自己的公館以後反轉過來要侮辱、損害別人的一種歇斯底里的報復情緒的表現。

一些評論文章離開了吳蓀甫的全部經歷和最後的破產遭遇，孤立地、片面地去分析批判他的資產階級腐化生活的一面。我認為這是不符合茅盾的創作本意的。是的，一般說來，玩弄女性，追求感官的享受和肉欲的刺激，是資產階級份子在道德上、人性上腐化墮落的表現。但是作者描述吳蓀甫的腐爛生活，用意卻不全然是這樣的。他與王媽的作愛，只是為了發洩、遷怒，不全然是一種性欲的追求；所以，作愛以後，明天開工怎樣，八個廠的貨銷不出去又怎樣，又兜回到他腦海裡。小說明確地告訴我們，吳蓀甫在攫取「金錢」與「美女」這兩方面，民族資產階級的實力地位與現實處境決定了，他首先需要的是金錢，他要有大量的資本，雄厚的實力，以防被更大的金融資

本家所吞沒。所以，他把全付精力傾注於企業經營和公債投機上，而不沉湎於女色，甚至連自己的妻子林佩瑤有怎樣苦悶的心理、異樣的神態，他都無所覺察。林佩瑤與雷鳴在「五卅」運動時期有過一段浪漫的愛情史，現在這位師參謀雷鳴又出現在吳公館的小客廳裡，這一對戀人緊緊地擁抱接吻，被埋在心底的愛情的火焰復燃了。但這一切都不曾進入吳蓀甫的視野。即使是那個妖媚的年輕寡婦劉玉英，在跟她談過一次話以後，他坐在汽車裡忘不掉她的笑容、俏語和眼波，但也只不過是在汽車裡剎那間去回味一下而已。

只有當吳蓀甫瀕臨破產、內心空虛而煩躁、幾乎無事可做的時候，才想到行樂勝事，才約了幾個同樣感受了「人事無常的悲哀」的企業家，搭上了一隻小火輪，離開這個工業和金融的中心上海，到黃浦江上去夜遊。

所謂「行樂勝事」，無非是「女人」和「美酒」，在酒色中求得片刻的自我陶醉與麻醉，然而他比別的企業家有著更深一層的煩悶與悲哀，那種從戰場上敗北下來的煩悶與悲哀。他要尋求一種新奇的刺激來填補內心的空虛和無聊。他們在船上為年輕的交際花徐曼麗祝壽、喝酒、跳舞、狂叫，直到船開足了馬力，撞翻了一條小舢舨。上岸以後，他們又訪秘密艷窟，到夜總會——

> ……他們不能靜，他們一靜下來就會感到難堪的悶鬱，那叫他們抖到骨髓裡的時局前途的暗淡和私人事業的危機，就會狠狠地在他們心上咬著。
>
> ……
>
> 「唉！渾身沒有勁兒！」
>
> 吳蓀甫自言自語地拿起酒杯喝了一口，眼睛仍舊迷惘地望著酒吧間裡憧憧往來的人影。
>
> 「提不起勁兒，吁！總有五六天了，提不起勁兒！」
>
> 王和甫打了一個呵欠應著。……他們的意識界是絕對的空白。

茅盾描寫的這個場面，顯然主要的不是披露吳蓀甫的荒淫無恥。作者想要告訴我們：吳蓀甫從「鬥爭的中心」上海跳出來，是反常的、無奈的。他想用追求感官的享受和新奇的刺激，去擺脫他的煩悶的悲哀，去治癒他心頭的創痕，然而這一切都無法解救他消除空虛和困惑。他終於從抽屜裡拿出手槍來想要結束自己的生命，然而他又不能夠，他於是躲到牯嶺避暑去了。這

就是茅盾所著意刻劃的吳蓀甫──一個活生生的半殖民地中國的民族資本家的形象！

總之，在三條戰線上（家鄉雙橋鎮的農民暴動，裕華絲廠工人的罷工，公債市場上的搏鬥）拚命掙扎的吳蓀甫，成功與失敗，希望與絕望，振作與懊喪的交錯變化的心理態勢，顯得那樣複雜、多樣、真實、自然，構成了他的矛盾統一的完整的形象。茅盾對這個人物形象從外部特徵到內部隱秘的準確把握及其栩栩如生的出色的描繪，對於幫助我們讀者認識像吳蓀甫那樣精明能幹、具有雄圖野心卻又破了產的三十年代初期民族資本家來說，的確有著重要的典型意義，這也是《子夜》的現實主義藝術力量之所在。

小說給我們留下深刻印象的另一個人物是買辦資產階級的代表、金融界的巨頭趙伯韜。作者對趙伯韜所花的筆墨雖然不很多，但也是刻劃得相當成功的。茅盾根據這個人物的身份、地位和他的言談舉止，突出地表現了他的慓悍、蠻橫、狂傲、粗鄙的性格特點和赤裸裸的獸性。這個人物從外表形象到內心世界，都是令人可憎可厭的。論本事和智慧，他都比不上吳蓀甫，但他卻凌駕於吳蓀甫和一切企業家之上，他目空一切，為所欲為。這是為什麼呢？因為他是帝國主義豢養的一條忠實的走狗，一名無恥的掮客。他背後有美國金融資本家撐腰，同時又和封建軍閥、官僚、政客有著密切聯繫。他公然聲稱：「中國人辦工業沒有外國人幫助都是虎頭蛇尾。」他可以使用「國內公債維持會」的名義，借政治的威力控制公債市場，所以杜竹齋早就覺察到他是一個「神通廣大，最會放空氣，又和軍政界有聯絡」的巨賈。他對吳蓀甫進行大規模的經濟封鎖，一直逼到吳蓀甫坍台，益中公司倒閉。他操縱了整個證券交易所，甚至支配了當時的軍閥戰爭。他可以花錢叫某個軍閥打勝仗，也可以花三十萬元買通西北軍佯退三十里，這是要根據他在公債上是做「多頭」還是做「空頭」來決定的。投機者們都畏懼他，憎恨他，把他當做神秘莫測的「魔王」，都在鑽洞覓縫地探聽他的蹤影和在公債市場上不斷變換的手法。在吳蓀甫看來，日本人在上海辦的工廠是「當面的敵人」，趙伯韜是「背後的敵人」；這來自背後敵人的暗算是更難防的。

趙伯韜在生活上的荒淫和無恥，同他在公債、金融市場上的驕橫和貪婪是如出一轍的，是他的生存世界的重要組成部分。趙伯韜不僅扒進各項公債，也「扒」進各式各樣的女人。他對李玉亭說，「人家說我姓趙的愛玩，不錯，我喜歡這調門兒。」他指著年輕寡婦劉玉英，說：「你知道我不大愛過門的女

人，但這是例外，她不是人，她是會迷人的妖精！」他在嘲笑吳蓀甫收買他
手下的人時說，「也許還有個把女的！可是不相干。你肯收買女的，我當真感
謝得很！女人太多了，我對付不開，嗨嗨！」他開旅館，進舞廳，逛堂子，
看跑狗，上夜總會，弄輪盤賭……作者對於趙伯韜的舉止和手段，雖然多是
暗寫，然而這個人物的音容笑貌，乃至卑污的靈魂，卻都躍然紙上。

《子夜》裡的人物，給我們留下深刻印象的，還有一個是屠維岳，過去
有的評論者責備作者把屠維岳「寫成了一個了不起的英雄人物」，「有些過分
誇張他的果敢機智，還沒有把資本家走狗的猙獰面目完全寫出來」，等等。我
以為這個批評是欠妥當的。歷史上所有的剝削者、權勢者，為了維持和加強
他們對勞動人民的統治，總是要選拔、雇佣對於本階級、本集團忠順而能幹
的奴才。在日益殖民地化的中國社會，事實上這種忠順而能幹的奴才是不乏
其人的。茅盾在小說裡只不過用藝術的手段加以典型化罷了。

屠維岳在作品中之所以佔有比較重要的地位，就因為他是吳蓀甫十分可
靠、得力的助手。他的偽善的面孔，果敢的作風、見機行事的本領和陰險毒
辣的手段，對於補充和豐富吳蓀甫的形象，在更深的層次上展現吳蓀甫的性
格特徵，都起到了烘雲托月的作用。通過這個人物的塑造，有助於作者更加
深刻地揭示反動資本家和工人之間矛盾的尖銳性和複雜性。屠維岳原先是在
裕華絲廠賬房裡辦庶務，吳蓀甫叫他來，原本是要懲處他的洩密行為的：

「我這裡有報告，是你洩漏了廠方要減削工錢的消息，這才引
起此番的怠工！」

「不錯。我說過不久要減削工錢的話。」

「嘿！你這樣喜歡多嘴！這件事就犯了我的規則！」

「我記得三先生的『工廠管理規則』上並沒有這一項的規定！」

屠維岳回答，一點畏懼的意思都沒有，很鎮靜很自然地看著吳
蓀甫的生氣的臉孔。

吳蓀甫睜起眼睛看了屠維岳一會兒。屠維岳很自然很大方的站
在那裡，竟沒有絲毫局促不安的神氣。能夠抵擋吳蓀甫那樣尖利睜
視的職員，在吳蓀甫真還是第一次遇到呢；他不由得暗暗詫異。他
喜歡這樣鎮靜膽大的年青人，他的臉色便放平了一些。……

在作者筆下，屠維岳聰明能幹，倔強自信，辦事果敢；他雖然也想讓吳蓀甫

器重他的才幹，但不願學莫幹丞那班人以謙卑的奴性去搏取吳蓀甫的歡心。果然這次本是準備懲處的談話，屠維岳的不卑不亢反而得到吳蓀甫的賞識，提拔他當裕華絲廠的總管事。吳蓀甫的手諭：「自莫幹丞以下所有廠中稽查管車等人，均應聽從屠維岳調度，不得玩忽！」吳蓀甫為什麼要看中他呢？就因為他的狷傲自負，倔強堅定，機智多謀和辦事乾脆利索，正符合吳蓀甫的性格和作風。屠維岳對付工人罷工，不是簡單地擺出一副猙獰的面孔，動輒打罵工人，而是擅於玩弄「和平解決」的陰謀，採用「反間計」，來騙取工人的信任，平息工潮。他懂得怎樣利用工人的激憤情緒，把它引導到有利於自己這方面來；他知道怎樣破壞工人的團結，削弱工人運動的力量；他還善於消除走狗內部的派系鬥爭，使他手下的嘍囉都聽從他的指揮。他正是通過施展這些本領和手段，很好地為其主子履行了破壞和鎮壓工人運動的使命，吳蓀甫也正是依靠了這樣一個有用的奴才，才得以擺脫在工廠的困境。這不真實嗎？難道只有把屠維岳寫成一個青面獠牙、愚蠢透頂的奴才，才算是真實的嗎？

當然，作者並沒有過分誇張屠維岳的聰明才智。在不斷高漲的工人運動面前，他對工人採用的種種伎倆也不斷地遭到失敗。他的凶殘和卑劣，被動和無能，在閘北總罷工的高潮中突出地表現出來了。起初他很自信，以為他的才幹和手段，足以解決工潮問題；但是後來他也不那麼自信了，他恐慌了，束手無策了，「覺得背脊上起了一縷冷冰冰的抽搐，漸漸擴展到全身」。他也同樣最終只能求助於武裝力量，瘋狂地捕人，用最末一手來對付工人運動，赤裸裸地暴露了他的忠實走狗的猙獰面目。對於屠維岳的個性特點，作者是把它放在驚心動魄的階級搏鬥中、放在企業存亡的命運上去展現的，從而較好地塑造了一個富有特色的資本家走狗的形象。

《子夜》近三十五萬字，所描寫的人物是多樣的，有工業界巨頭，金融界的大亨，有形象各異的資本家，有工賊和保鏢，有逃亡地主，反動軍官，有經濟學學者和律師，有交際花和各種出賣靈肉的人，有教授、留學生、詩人、新聞記者、工人、革命者，以及姨太太、少爺、小姐……。各種人物應有盡有，而且各具面目。作者按照這些人物各自的地位、身份、年齡、職業、經歷、喜好和特點，讓他們在上海這個廣闊的社會舞臺上表演，真實地給我們描畫了三十年代初「十里洋場」的上海都市的生活面貌。

儘管有的人物寫得比較單薄，流於概念，但這些人物都互有聯繫，不可缺

少的。例如刻劃吳蓀甫在事業上富有冒險硬幹的精神的同時，作者把筆觸伸展
到了他的家庭。他的妻子林佩瑤是一個得不到愛情的、鬱寡歡的少奶奶，丈夫
沒有給她溫馨，她也不關心丈夫的事業。她手中的一本書《少年維特之煩惱》
和一朵枯萎了的白玫瑰，是她五年前愛情生活的紀念，也是她現在的寂寞的心
靈的慰藉。這些東西在吳蓀甫面前出現過三次，他竟熟視無睹，毫不理會。他
的四妹惠芳從鄉下來到上海以後，精神上感到很大的矛盾和痛苦，她渴望愛情
和歡樂，卻遭到她的哥哥（吳蓀甫）的阻撓，她成了一個被禁錮和被遺忘的人，
最後終於逃走，住在女青年會宿舍裡，不肯再回到她哥哥的牢籠裡去。在吳公
館裡，人與人之間的關係是金錢的關係，「現金交易」使健康的合乎人性的道
德、倫理關係在崩潰，甚至吳老太爺和吳蓀甫之間的父子關係也徒有其表而
已，吳老太爺的喪事，給吳蓀甫帶來的是投機鑽營的興味，成了他貪婪無厭地
追逐利潤的好機會。還有吳蓀甫的姐夫杜竹齋，當吳蓀甫與趙伯韜在公債市場
上決定勝負的廝殺的關鍵時刻，杜竹齋中途拆股退出益中公司，暗中幫助了趙
伯韜，更是給他以致命一擊。這些複雜而微妙的家庭關係和親屬關係的揭露，
不僅深刻地反映了人與人之間關係的冷酷與虛偽，而且從這幾個側面更加增添
了吳蓀甫悲劇命運的氣氛。它使讀者看到，在家庭裡，在親朋故舊中，如同在
事業上一樣，吳蓀甫的「權威已處處露著敗象，成了總崩潰」。

　　茅盾的《子夜》，嚴格遵循了現實主義的創作方法。他從事小說創作以前，
已經在理論、生活和文學修養上有了充分準備。他的深厚的社會科學理論，
特別是馬克思主義理論的修養，他的開闊的生活和藝術的視野以及深邃的政
治、思想眼光，為他的長篇創作獲得轟動的社會效應起了重大的作用。茅盾
在回顧自己的創作道路時說過：「……一個做小說的人不但須有廣博的生活經
驗，亦必須有一個訓練過的頭腦能夠分析那複雜的社會現象，尤其是我們這
轉變中的社會，非得認真研究過社會科學的人每每不能把它分析得正確。而
社會對於我們作家的迫切要求，也就是那社會現象的正確而有為的反映！」〔註
65〕葉聖陶在評論茅盾寫《子夜》時也說過，「他是兼具文藝家寫創作與科學家
寫論文的精神的」。〔註66〕

　　茅盾正是一位具有社會科學家氣質的小說家，他的理性思維融化於形象
思維之中，他要通過藝術典型以及重大的社會政治題材，做出他對社會現象

〔註65〕茅盾《我的回顧》。
〔註66〕葉聖陶《略談雁冰兄的文學工作》，《新文學史料》1981年第3期。

的理解、分析和判斷。正因爲如此,《子夜》不僅給予了我們豐富的生活知識,而且對於幫助我們認識半殖民地半封建社會中國家政治、經濟的特點,瞭解現代中國官商勾結、政企一體的社會現象,以及認識在世界經濟波及下中國民族資產階級的命運和出路,都有很大的作用。

《子夜》出版後的三個月內,重版四次;初版三千冊,重版各爲五千冊。這在當時,實屬罕見,說明它受到了各階層讀者的歡迎,有著較廣泛的社會轟動效應。「向來不看新文學作品的資本家的少奶奶、大小姐,現在都爭著看《子夜》,因爲《子夜》描寫到他們了」〔註67〕。

《子夜》問世以後,中外報刊競相介紹,這就引起了國民黨書報審查官的注意。到一九三四年二月,《子夜》便與其他一百四十八種文藝作品,被加上「鼓吹階級鬥爭」的罪名,一律「嚴行查禁」了。後來書店據理力爭,經過函電往返,《子夜》被歸入「應行刪改」一類。檢查老爺用朱筆批道:「二十萬言長篇創作,描寫帝國主義者以重量資本操縱我國金融之情形。p.97 至 p.124 譏刺本黨,應刪去。十五章描寫工潮,應刪改。」所謂九十七頁至一二四頁,就是《子夜》的第四章。此章曾以《騷動》題名,收入天馬書店版的《茅盾自選集》(一九三四年)裡,這次也被敕令刪去。所以《子夜》雖然放禁,卻已受過肉刑,在重印的版次中,不見了描寫農村暴動的第四章和描寫工廠罷工的第十五章,成爲一個肢體不全的殘廢者了。〔註68〕

《子夜》問世以後,由於作者的藝術視角不僅拓展到了都市社會生活的各個角落,而且還更多地注視著三十年代政治、經濟的層面,著重反映當時政治、經濟領域的鬥爭,因此也引起了經濟學、社會學、歷史學等社會科學的學者們的關注,「在他們的專著中曾鄭重地推荐《子夜》,認爲這是對於瞭解舊中國的經濟特點有很大幫助的書」〔註69〕。瞿秋白早在一九三三年八月就說過,《子夜》是一部「表現社會」的長篇小說,「有許多人說《子夜》在社會史上的價值是超越它在文學史上的價值的,這原因是《子夜》大規模地描寫中國都市生活,我們看見社會辯證法的發展,同時也回答了唯心論者的論調」〔註70〕。這很像俄國作家車爾尼雪夫斯基的《怎麼辦?》,人們普遍

〔註67〕 茅盾《我走過的道路》(中),第 123 頁。
〔註68〕 轉引自唐弢《晦庵書話》第 67、68 頁,生活・讀書・新知三聯書店 1980 年版。
〔註69〕 孫中田《論茅盾的生活與創作》第 109 頁,百花文藝出版社 1980 年版。
〔註70〕 瞿秋白《讀子夜》1933 年 8 月 13 日《中華日報》副刊《小貢獻》,轉引自茅盾《我走過的道路》(中),第 117、118 頁。

把它視為「社會哲學」的小說。列寧為這部長篇小說辯護，主要的也是從政治上去肯定它的積極的社會意義：「在它（按指《怎麼辦？》）的影響下成千成百的人變成了革命家……比方說，車爾尼雪夫斯基就吸引了我的哥哥，他也吸引了我。他使我受到了非常巨大的影響。……車爾尼雪夫斯基的小說是一部非常複雜的、充滿著思想的作品，只有成年人才能夠理解它和評價它。……這部小說能使人整個的生命都充滿活力」。〔註 71〕屬於這種類型的文藝作品，就存在著一個「價值比較」的問題。這些作品往往因為它們反映的社會的、政治的、哲學的、經濟的問題比較突出和尖銳，因而它在這方面取得了巨大的轟動的社會效應，卻因此往往掩蓋了或忽略了它在藝術上取得的成就。人們（尤其是政治家、經濟學家們）對於《子夜》的反應恐怕也是如此。

在中國現代小說史上，茅盾的小說是以理性化構成它的個性特點的。這也是他評論中外文學作品的出發點。他指出：「一個作家不但對於社會科學應有全部的透徹的知識，並且真能夠懂得，並且運用那社會科學的生命素——唯物辯證法，並且以這辯證法為工具，去從繁複的社會現象中分析出它的動律和動向；並且最後，要用形象的語言、藝術的手腕來表現社會現象的各方面，從這些現象中指示出未來的途徑。」〔註 72〕他喜歡托爾斯泰的小說，也是因為這位俄國作家「以驚人的藝術力量概括了極其紛繁的社會現象，並且揭示出各種複雜現象之間的內在聯繫，提出了許多重大的社會問題。托爾斯泰作品的宏偉的規模，複雜的結構，細膩的心理分析，表現心理活動的豐富手法，以及他的無情地撕毀一切假面具的特殊手法」。〔註 73〕這實際上也是茅盾重要的美學選擇和刻意追求的目標。

這種理性化的藝術探索，反映在茅盾的小說創作中，便是注重選取重大的社會題材和開掘具有歷史意義的主題。有的評論者已經指出，《子夜》還未能充分反映出現代中國革命的整個面貌，但是「如果把茅盾反映的作品按其反映的歷史時代先後排列起來看，五四運動以後近半個世紀內現代中國社會風貌及其變化、各個階層的生活動向及彼此間的衝突，都得到了充分的藝術

〔註 71〕《列寧論文學與藝術》第一卷，第 29、30 頁，人民文學出版社 1960 年版。
〔註 72〕茅盾《〈地泉〉讀後感》，《地泉》，上海湖風書局 1932 年版。
〔註 73〕茅盾《激烈的抗議者，憤怒的揭發者，偉大的批判者》，1960 年 11 月 26 日《人民日報》。

反映；可以說，茅盾爲我們提供了一部從『五四』運動到解放戰爭前夕的中國社會編年史」〔註74〕。

《子夜》在藝術上的一個重要成就，在於它不僅創造出了像吳蓀甫這樣的典型人物，而且創造了一個提供這些人物活動的典型環境。小說所寫的故事發生在一九三○年五月至七月間，作者選取了當時一些重大的事件，作爲小說的背景。在表現主要人物吳蓀甫在三條戰線上拚死命突圍、掙扎時，作者選取了上海這個「十里洋場」的大都市，而且通過絲廠去聯繫城市和鄉村，形成了一個環繞著眾多人物並促使他們活動的典型環境。顯然，作者所要描寫的上海，主要的不是一個花花綠綠、醉生夢死的上海；在作者筆下，上海是一個「冒險家的樂園」，上海是一個殖民地化的國際買辦市場。在這個大都市裡，人們到處可以看到投機、榨取、賭博、行賄、造謠、欺騙、誘惑、暗算、陷害、耍流氓、吊膀子……。企業家辦工廠，投機家做公債賭博，男女之間談情說愛，甚至於妓女賣淫，相互之間都在緊張地搏鬥著，好像個個都在從事冒險的職業。人際關係被虛僞、冷酷的金錢關係籠罩著，各自在施展冒險家的本領和手段，爲了追獲金錢而快樂，而痛苦，而不顧廉恥。在《子夜》裡，眞不知有多少人物，被捲進了這個「冒險家的樂園」裡！

請看：整天捧著《太上感應篇》的吳老太爺，在鄉下過了二十多年足不窺戶的墳墓一般的生活，突然來到上海，但不到一天的工夫，患了腦充血，突然死去了。爲什麼？就因爲他經受不住大上海這個冒險家廝殺的環境的強烈刺激的緣故。而他的死，並沒有引起人們的同情和悲愴。相反，來自各界的弔客，麇集於吳公館，倒是交流信息、洽談生意、尋歡作樂的好機會；趙伯韜忙於拉人做公債的多頭；吳蓀甫正在秘密組織益中信託公司，策劃吞併八家工廠；交際花徐曼麗大顯身手，站在彈子臺上跳舞，正和一群企業家、軍人玩狎，她不願失去這個拉客的良機；林佩瑤躲在小客廳裡，正在和舊戀人雷鳴偷情，癲狂地偎抱接吻……這就是三十年代的大上海！作者深刻地揭示了都市生活骯髒的內幕。在這裡，資產階級唯利是圖的本質和腐爛發臭的生活，得到了最充分、最眞實的反映。

再看看年輕的寡婦劉玉英，她的父親、哥哥和已故的丈夫都在公債市場上打了敗仗，但她卻不甘罷休，仍然要參與這個冒險的事業。她參與的「資本」是自己的肉體，用它去貼近趙伯韜。她想靠這種「投機」成爲趙的心腹，

〔註74〕 錢理群等《中國現代文學三十年》。

給自己撈進一票整的，同時還可以把探聽得來的情報拆賣，取得更多的收穫。例如她從趙伯韜那裡偷聽到做「空頭」，非常得意，急忙趕到交易所——

> 交易所比小菜場還要嘈雜些。幾層的人，窒息的汗臭。劉玉英擠不上去。……臺上拍板的，和拿著電話筒的，全漲紅了臉，揚著手，張開嘴巴大叫；可是他們的聲音一點也聽不清。七八十號經紀人的一百多助手以及數不清的投機者，造成了雷一樣的數目字的囂聲，不論誰的耳朵都失了作用。
>
> ……
>
> 劉玉英一看自己身上的月白紗衣已經汗透，胸前現出了乳頭的兩點紅暈，她忍不住微笑了。她想來這裡是發狂般的「市場」，而那邊，「市場」牽線人的趙伯韜或吳蓀甫卻靜靜兒坐在沙發裡抽雪茄，那是多麼「滑稽」；而她自己呢，現在握著兩個牽線人的大秘密在手心；眼前那些人都在暗裡，只她在明裡，那又多麼「滑稽」！

這就是發狂一般的公債市場，就是「冒險家的樂園」上海。一個靠賣淫為生的妓女，在這裡竟然充當起「偵探」，在趙伯韜與吳蓀甫兩個巨頭之間穿梭、取利而自鳴得意。是的，這都是很「滑稽」的。「滑稽」的事發生在「滑稽」的年代裡。這只有在金融資本主宰了一切、軍閥大規模地混戰、證券交易空前活躍、資本家之間不擇手段地互相傾軋這樣一個特定的時代氛圍裡，才可能出現的咄咄怪事。

吳宓於一九三三年四月寫的書評中就指出，《子夜》寫人物之典型性與個性皆極軒豁，而環境之配置亦殊入妙。……其環境之配置，屢以狂風大雨驚雷駭電隨文情以俱來。如工人策劃罷工時，吳蓀甫第一次公債勝利前之焦灼時，皆以雨與霹靂作襯。而寫吳之空虛煩躁，則以大小火輪上之縱酒狂歡為之對比，殊為有力。當蓀甫為工潮所逼焦灼失常之時，天色晦冥，獨居一室，乃捕捉偶然入室送燕窩粥之王媽，為性之發洩。此等方法表現暴躁，可云妙絕〔註 75〕。吳宓注意到了小說圍繞人物活動在環境氛圍的渲染與舖陳方面所具有的特色。

應該說，在景物描寫方面，作者所用的筆墨是極其節省的，但都很好地服務於表現人物的需要，起到了烘托氣氛的作用。「寫物圖貌，蔚似雕畫」，

〔註 75〕轉引自茅盾《我走過的道路》（中），第 121、122 頁。

這是《子夜》的景物描寫的基本特點。例如開卷關於五月大上海夜景的描寫，像是電影一般，把花花綠綠、五光十色的上海市容，以及狂熱浪漫、追求刺激的男男女女，一幕一幕地映入讀者的眼簾，以此來同吳老太爺所過的幽暗的墳墓一般的鄉村生活相對照，暗示著僵屍的「風化」是必然的。第四章寫雙橋鎮農民暴動的夜景，它所展現的雄渾、壯闊的場面和聲勢，給我們描繪了一幅三十年代初江南農村如火如荼的武裝鬥爭的畫面。第七章第一段，寫鬱悶的、陰霾的天氣，連蒼蠅也顯得懶洋洋的，「沒有去路似的在窗前飛繞了一會兒，仍復爬在那鐵紗上，伸出兩隻後腳，慢慢的搓著，好像心事很重」，很好地襯托了在交割期決戰的前夜，吳蓀甫那種忐忑不安、煩悶焦躁的心情。最末一章，作者對仲夏上海慘淡的雨天的描寫，恰如其分地烘托出吳蓀甫在破產以後頹喪的、悲涼的心境，給人一種「風景不殊，人物已非」的感覺。

其次，《子夜》採用了較多的簡潔的心理描寫，揭示人物的精神面貌與內心活動，使自己筆下的人物成為具有鮮明個性的「活人」。在這方面，除了吳蓀甫、趙伯韜、屠維岳以外，許多人物的內心活動和思想性格的發展變化，都寫得有聲有色，維妙維肖，具有一種「呼之欲出」的藝術效果。

例如作者所塑造的馮雲卿這個形象，於細微處就寫得宛委多姿，沿隱至顯。在第八章裡，作者對這個人物的複雜的內心世界，作了入木三分的刻劃。大地主馮雲卿從農村逃往上海，很快地就被裹進了公債市場，而且虧空了幾萬元。為什麼失敗了，他無法弄明白，他只能帶著農村那種可笑的迷信觀念，把自己的「運氣不好」歸咎於姨太太的放蕩行為，心想：「幾曾見戴了綠頭巾的人會走好運的？」怎樣才能翻本呢？他沒有主意。沒落官僚何慎庵給他出了「鑽狗洞」的方法，即鼓動馮雲卿用自己親生女兒做美人計，去接近趙伯韜，探取公債消息。栽了大跟頭的馮雲卿，一心只想翻本，脫口吐出一句話來：「也給他一個圈套兒去鑽，噯？」他的心被說活了。但作者不止於此，他要更深一層地挖掘這個農村地主的複雜的、矛盾的心態：

> 他攢緊了眉頭，打算把眼前各項緊急的事務仔細地籌畫一下。
> 然而作怪得很，腦子裡滾來滾去只有三個東西：女兒漂亮，金錢可愛，老趙容易上鉤。他忽然發狠，自己打了一個巴掌，咬著牙齒在心裡罵道：「老烏龜！你還成話麼？──何慎庵是存心來開你的玩笑呀！大凡在官場中從前清混到民國的人，全是比狗還下作！你，馮大爺，是有面子的地主，詩禮傳家，怎麼聽了老何的一篇混賬話，

就居然中心動搖起來了呢？——正經還是從田地上想法！」於是他
覺得心頭輕鬆一些，背樑脊兒也挺得直些了，但是另一個怪東西又
黏在他腦膜上不肯走：農民騷動，幾千畝良田眼見得已經不能算是
姓馮，卻還得姓馮的完糧納稅。他苦著臉搖一下頭，站起來向身邊
四周圍看；他不敢相信自己還坐在舒服的廂房裡，他隱隱聽得天崩
地裂的一聲轟炸，而且愈來愈近，愈加真切了！

細膩、逼真的心理描寫，把一個逃亡地主在「冒險家的樂園」的大上海瀕於
破產時那種苦悶、悲傷、墮落、卑污的靈魂，鮮明突出地活現在我們面前。
當馮雲卿決定拿女兒的肉體去套取公債情報時，內心世界仍然發生激烈的衝
突：「馮雲卿重重地鬆一口氣，嘻開了嘴，望著女兒乾笑。但忽然他的心裡又
浮起了幾乎不能自信的矛盾：一方面是惟恐女兒搖頭，一方面卻又怕看見女
兒點頭答應。……」人性的泯滅，道德的墮落，使馮雲卿教唆女兒去演美人
計。在輕鬆的諧謔背後，蘊含著濃鬱的人間悲劇的意味，作者似乎細細地剜
剔一個土地主的靈魂，活剝出他的一副寡廉鮮恥的醜惡嘴臉。

茅盾在構思《子夜》時，特別注意了「色彩與聲浪應在此書中占重要地
位，且與全書之心理過程相應合」〔註76〕。注意色彩美和音樂美，這是茅盾
為小說所做的重要的美學設計。

小說的前半部分，在展示吳蓀甫的雄圖野心以及各色人物的夢想、追求
時，他們的興奮、瘋狂，還有種種心理的、生理的衝動，化為了明亮的色彩、
高亢的聲音和急促的節奏。這些都富有刺激性的。例如開卷描寫五月傍晚的
上海，「風吹來外灘公園裡的音樂，卻只有那炒豆似的銅鼓聲最分明，也最叫
人興奮。暮靄挾著薄霧籠罩了外白渡橋的高聳的鋼架，電車駛過時，這鋼架
下橫空架掛的電車線時時爆發出幾朵碧綠的火花。從橋上向東望，可以看見
浦東的洋棧像巨大的怪獸，蹲在暝色中，閃著千百隻小眼睛似的燈火。向西
望，叫人猛一驚的，是高高地裝在一所洋房頂上而且異常龐大的霓虹電管廣
告，射出火一樣的赤光和青燐似的綠焰：Light，Heat，Power！」在描寫吳公
館為吳老太爺辦喪事時，作者所著力塗抹的不是蒼涼和悲傷，而是另一種文
化景觀：一群無聊的弔客，躲在彈子房裡，為觀賞交際花徐曼麗「赤著一雙
腳，裊裊婷婷站在一張彈子臺上跳舞」而拍手狂笑喝綵；特別是當徐曼麗露
出了「白嫩的大腿」和「緊裹著臀部的淡紅印度綢的褻衣」，「男人和女人扭

〔註76〕茅盾《我走過的道路》（中），第107頁。

在一堆，笑的更蕩，喊的更狂」：在另一個角落，吳公館的小客廳裡，一切擺設都是華麗的：「壁上的大幅油畫，架上的古玩，瓶裡的鮮花，名貴的傢具，還有，籠裡的鸚鵡。」在這裡，一對重新勾起五年前愛的情欲的戀人（林佩瑤和雷鳴）正在醉迷似地偷情。在這種反差極大的文化現象中，作者所體認的是現代人在現代化都市裡的現代生活，以及適應這種現代文化的氛圍，人們所尋求的是正常的或反常的帶有刺激性的精神生活。

當吳蓀甫在三條戰線夾擊下一敗塗地，精神顯得頹喪、恍惚時，小說的後半部分便塗上了一層濃重的陰暗的色彩。看蒼穹：「天空張著一望無際的灰色的幕，只有直西的天角像是破了一個洞，露出小小的一塊紫雲。夕陽的倉皇的面孔在這紫雲的後邊向下沒落。」看吳公館：「客廳裡的電燈全都關熄，那五開間三層樓的大洋房就只三層樓上有兩個窗洞裡射出燈光，好像是蹲在黑暗裡的一匹大怪獸閃著一對想吃人的眼睛。」吳蓀甫因此咆哮了：「開電燈！——像一個鬼洞！」又如吳蓀甫在公債市場上作最後一次拼搏、掙扎時，在去交易所的路上，「沒精打采的慘黃的太陽躲過了」，「朦朧細雨，如煙如霧」，這「慘淡的景象」使眼前的一切「都消失了鮮明的輪廓，威武的氣概」，他正「坐在汽車裡向迷茫的前途狂跑」。這些陰暗色彩，襯托了小說主人公正在走向沒落的悲劇性命運。

自從有了公債、股票以來，證券交易所一直是冒險家們角逐、廝殺的戰場。人們對《子夜》的重要價值判斷，就在於它有聲有色地給我們描繪了一幅冒險家們在證券交易所角逐、廝殺的真實的圖畫。在那裡，公債市場的漲落起伏，「多頭」「空頭」的更迭出現，把眾多人物的神經置於緊張、興奮、發狂、萎靡、混亂、無序的狀態中，伴隨著或光明或黯淡的色彩，或如風濤或如泣訴的聲浪，使讀者於怵目驚心中感受到了文明社會人性的異化。

第三，《子夜》裡許多人物的語言，都有著極為鮮明的個性特點。例如：「不能等過幾天呀！投機事業就和出兵打仗一般，要抓得準，幹得快！何況又有個神鬼莫測的老趙是對手方！」這是幹練而機警的滿臉紫疱的實業家吳蓀甫的口吻。「……我說一句老話，中國人的工廠遲早都要變成僵屍，要注射一點外國血才能活！」這是光大火柴廠老闆、後投靠日本成了買辦工業家的周仲偉的賣國奴的腔調。又如，何慎庵給馮雲卿出主意時，說：「雲卿，說老實話：用水磨工夫盤剝農民，我不如你；鑽狗洞，擺仙人跳，放白鴿，那你就不如我了！」這是混跡官場的沒落官僚所特有的流氓手段和流氓語言。在

討論政治形勢時，面對轟轟烈烈工農運動，范博文說：「我老實是覺得今天的示威運動太乏！」這是一個苦悶的知識份子的內心自白。留學法國歸來的杜新籜說：「且歡樂罷，莫問明天：醇酒婦人──沉醉在美酒裡，銷魂在溫軟的擁抱裡！」這是被擠出軌道的變了形的浪人的「及時行樂」的處世哲學。還有那個經濟學教授李玉亭膽戰心驚地說：「嗯，──照這樣打，打，打下去；照這樣不論在前方，後方，政，商，學，全是分黨成派，那恐怕總崩潰的時期也不會很遠罷！白俄失去了政權，還有亡命的地方，輪到我們，恐怕不行！到那時候，全世界革命，全世界的資產階級──」這是迷失了方向的知識份子流露出來的悲觀絕望的情緒。這些語言都是各種人物不同身份、性格、思想的真實寫照。

劉勰在《文心雕龍》一書中寫道：「夫裁文匠筆，篇有小大；離章合句，調有緩急；隨變適會，莫見定准。」《子夜》描寫了工廠、農村、公債市場三條戰線，如何分配筆墨，掌握主次，作者是費了一番匠心的。書中有虛寫，有實寫，有詳寫，有略寫，各得其體；在具體描寫中，還巧妙地運用補敘、插敘、倒敘等方法；結構嚴謹，脈胳分明，參差錯落，波瀾曲折。正如有的評論者所指出的，《子夜》「乃作者著作中結構最佳之書。蓋作者善於表現現代中國之動搖，久為吾人所習知。其最初得名之『三部曲』（按指《蝕》三部曲）即此類也。其靈思佳語，誠復動人，顧猶有結構零碎之憾。吾人至今回憶『三部曲』中之故事與人物，但覺有多數美麗飛動之碎片旋繞於意識，而無沛然一貫之觀。此書則較之大見進步，而表現時代動搖之力，尤為深刻」〔註77〕。《子夜》在運用語言方面，做到豐富多變，不拘一格，遣字造句，斟酌濃淡；筆勢具有如火如荼之美，酣恣噴薄，不可控搏。

關於《子夜》的缺點，過去許多評論者都有過中肯的、正確的批評。主要是：（一）對上海工人群眾鬥爭的描寫，還不夠真實和深刻，作者筆下的工人積極份子的形象（如朱桂英、張阿新、何秀妹等）顯得蒼白無力，從人物到語言都存在著概念化的毛病。特別是作者所描寫的城市革命者的形象，還穿插了一些不必要的關於性的衝動的細節，令人感到這一部分描寫帶有一種低沉的調子和不健康的情趣，削弱了小說主題的積極意義。（二）小說「以『父與子』的衝突開始，便是封建道德與資本主義的道德的衝突。但作者將吳蓀甫的老太爺，寫得那麼不經事，一到上海，便讓上海給氣死了，未免乾脆得

〔註77〕轉引自茅盾《我走過的道路》（中），第 121 頁。

不近情理。再則這第一章的主旨所謂『父與子』的衝突與全書也無甚關涉。揣想作者所以如此開端，大約只是爲了結構的方便，接著便可以藉著吳太爺的大殮好同時介紹全書各方面的人物。這未免太取巧了些。……吳蓀甫的家庭和來往的青年男女客人，也是書中重要的點綴，東一鱗西一爪的。……作者寫這些人，也都各具面目。但太簡單了，好像只鈎了輪廓就算了，如吳少奶奶，她的妹妹，四小姐，阿萱，杜學詩，李玉亭等。」〔註 78〕（三）小說第四章所描寫的農民運動，在全書中有游離的傾向，在一定程度上損害了小說結構的完整性，它和其他章節沒有內在的必然的聯繫。我在《〈子夜〉淺談》〔註 79〕一文中具體論述了其中一些缺點，茲不贅述。

　　但是，如果我們更深一層地去分析、思索《子夜》的缺點，就會發現，這不只是由於作者對工農群眾的革命鬥爭沒有足夠的生活體驗的緣故，更重要的是「文學政治化」的傾向在作者的思想意識中起了支配作用的結果。所以，主要的是思想意識問題，至於生活經驗不足只是一種層面現象而已。

　　文學是社會生活的反映，它總是或急或緩地踩著時代的足跡行進；但它屬於藝術的範疇，具有相對的獨立性，具有自己獨異的規律和特性。它並不等同於政治，也不是爲或一的政治、政策服務的工具。二十年代後期我國思想文化界要求對於中國當前的社會結構及其來龍去脈作出科學的說明，於是出現了一九三〇年關於中國社會性質問題的論爭——「新思潮」派與「動力」派的論爭；論爭的中心是當時中國社會性質是半殖民地半封建的社會還是資本主義社會的問題。這本應該由政治學家、經濟學家去討論和解決的理論問題，文學家茅盾出於對現實政治的關心和敏感，卻要用藝術的手段，通過長篇小說《子夜》去「回答了托派：中國並沒有走向資本主義發展的道路，中國在帝國主義的壓迫下，是更加殖民地化了」。

　　如前所論，《子夜》以它有聲有色地描繪一幅冒險家們在證券交易所角逐、廝殺的眞實的、精彩的圖畫，顯現了當時文人小說難以相媲美的藝術魅力；然而，作者爲了宣傳中國共產黨人在革命低潮期對於革命的對象、任務、動力、統一戰線原則的理論主張，以及批判黨內立三路線的錯誤，明確革命的前進方向，便藉小說來圖解政治，使抽象的政治學、經濟學的理論具象化。

〔註78〕朱自清《〈子夜〉》，《文學季刊》第 1 卷第 2 期（1934 年 4 月）。
〔註79〕《〈子夜〉淺談》，收入《三十年代作家作品論集》（錢谷融、黃侯興等著），四川人民出版社 1980 年版。

即如茅盾所表白的:「在我病好了的時候,正是中國革命轉向新的階段,中國社會性質論戰得激烈的時候,我那時打算用小說的形式寫出以下的三個方面:(一)民族工業在帝國主義經濟侵略的壓迫下,在世界經濟恐慌的影響下,在農村破產的環境下,為要自保,使用更加殘酷的手段加緊對工人階級的剝削;(二)因此引起了工人階級的經濟的政治的鬥爭;(三)當時的南北大戰,農村經濟破產以及農民暴動又加深了民族工業的恐慌。」茅盾說他打算對這些現實的社會政治、經濟問題,「給以形象的表現」〔註80〕。應該說,這是小說所難於負載的使命,它使《子夜》成為瑕瑜互見、迄今仍有爭議的一部小說。難怪有人要批評《子夜》是一部「政治小說」,「使既定路線小說化的小說」〔註81〕;有的學者甚至把它譏為「馬克思《資本論》中的片斷」,「這樣的寫作動機,距文學十萬八千里,怎麼會寫出優秀的小說來?」〔註82〕這些評論,言詞雖然較尖酸刻薄,但對《子夜》的批評是值得我們參考的。

《子夜》的這些毛病,雖然是《虹》、《路》、《三人行》的缺點的繼續,同在「文藝與政治一體化」的思想指導下從事創作,但由於《子夜》成功地描寫了證券交易所的投機活動和塑造了吳蓀甫等幾個主要人物的典型形象,使它有別於上述作品而成為三十年代的名著。有的學者在尖銳批評《子夜》的同時,也給它以充分的肯定:「第一,它是最早的一部有規模的長篇鉅著,那勇氣和毅力都是可讚賞的;第二,他以民族工業鉅子吳蓀甫為樞軸,以上海的一角為橫斷面,把複雜萬端的人物、情節、包括中原大戰、三十年代世界經濟恐慌投射在中國的陰影,以及買辦、投機者、軍官、知識份子、資本家、工人等一併濃縮在維時兩個月的生活動態裡,這實是野心的有創意的構想。《子夜》的失敗也可說敗在野心太大;第三,拋開藝術水準不談,從實際的聲望和影響來看,《子夜》也是一部不可忽略的長篇小說。」〔註83〕無論從規模、結構,還是人物、環境描寫,《子夜》標誌著現代中國長篇小說創作走向成熟的階段。

這裡順便提及中篇小說《多角關係》、《少年印刷工》。

《多角關係》發表於一九三六年一月《文學》第六卷第一號。小說以上

〔註80〕 《〈子夜〉是怎樣寫成的》。
〔註81〕 李牧《三十年代文藝論》,臺北黎明文化事業股份有限公司1973年版。
〔註82〕 司馬長風《中國新文學史》(中卷),第50頁,昭明出版社1978年版。
〔註83〕 司馬長風《中國新文學史》(中卷),第50、51頁。

海附近某小縣城爲背景，故事圍繞著地主兼資本家唐子嘉在一九三四年年關時節的債務糾紛而展開，表現了地主與農民、資本家與工人、工商業者與錢莊老闆、廠家與商家、房東與房客……錯綜複雜的多角關係，牽掣這多角關係的則是「人欠」同時又是「欠人」的債務。它反映了三十年代前期城鄉經濟的破產和都市金融的危機。主人公唐子嘉年關回縣城，無力支付華光織綢廠失業工人的欠薪，也無力支付立大當舖存戶索取的欠款；他向寶源錢莊經理錢芳行借兩萬元，以田地、市房和華光綢廠秋季的新產品作抵押未被接受，後來他又求救於華光織綢廠股東之一、同時兼任三家大綢緞舖子經理朱潤身，請他接受華光廠 80 箱人造絲，以解決廠裡二萬元欠賬的問題，同樣遭到拒絕。唐子嘉處於欠人債務不能償還、人欠賬目無法收回的兩難之中，而這時失業工人已經包圍了華光廠，他只好爬墙逃走，躲到城外鐵路飯店打麻將、攪娼妓去了。就題材而言，人們通常把《多角關係》說成是《子夜》的續篇。該書出版預告云：「作者特別用了通俗的文筆，希望從知識份子的讀者擴充到一般讀者」〔註84〕。但是這部中篇沒有寫好，它是靠理論、概念和三十年代前期的社會形勢去塑造人物形象的，人物只是簡單地貼上職業、身份的標籤，沒有鮮明的個性，情節的敘敘過於粗疏。它同樣是作者政治意識的圖解而不具有獨立的藝術價值。茅盾後來說過，《多角關係》「可以說是寫失敗的，人物不突出，材料也不突出。那時已經沒有新的材料了，又沒有整段的時間靜下來像《子夜》那樣去搜集材料，體驗生活，以及構思和創作，沒有那樣的條件了，形勢發展了，我成了個打雜的忙人」〔註85〕。

　　中篇《少年印刷工》是應《新少年》雜誌社社長夏丏尊之約而寫的。當時正在提倡寫大眾化、通俗化的作品，茅盾也想藉此探索一下兒童文學這塊陌生的花圃。小說描寫了一九三二年「一・二八」上海戰火以後，趙元生一家從小康之家幾乎墜爲赤貧，趙元生不得不從中學退學，到造紙廠當徒工，他很想掌握造紙的知識和技術，但學徒工只能從事數紙張這類簡單的勞動。造紙廠不能滿足他的求知欲望，只好離開；他還拒絕了去酒吧間當 boy，因爲他不願意伺候洋人；後來他到了一家印刷所當徒弟，由於勤奮好學，很快就掌握了撿字、排版的技術。張老闆誇獎他，甚至給與了使喚另一個學徒工（連福）的權力，卻遭到同伴的冷嘲。他終於明白了老闆讓他做「上手」卻只給他二元錢一個月

〔註84〕《多角關係》出版預告，《文學》第 6 卷第 2 號（1936 年 2 月 1 日）。
〔註85〕茅盾《我走過的道路》（中），第 296 頁。

是對他的剝削。後來他遇到了老工人「老角」，正在秘密排印一份抗日救國的小報；「老角」啓發了他的階級覺悟，激發了他的愛國熱情，最後他跟著「老角」離開了印刷所。這部小說的最大毛病是沒有把主要筆墨用在塑造人物形象上，而是專注於造紙、撿字、排版等專業技術的介紹；收尾也嫌倉促、潦草。

4.《林家舖子》《春蠶》：三十年代江南村鎮的破敗景象

三十年代初期，茅盾對於中國文壇現狀作了細密的分析和嚴肅的批判。在理論上，他批評了當時在文壇上有一定影響的鴛鴦蝴蝶派、唯美主義派和「五四」以來效仿西方的虛偽的人道主義文學，以及創造社、太陽社曾經鼓吹的「革命文學」。茅盾認爲，三十年代的無產階級的文藝，應該具有批判的、創造的、歷史的、大眾的精神；作爲大上海的「都市文學」，在一九三二年「一·二八」上海戰事發生以後，就應該在描寫的對象和揭示的社會內容上有深刻的變化；不再以「消費和享樂」作爲都市文學的主要色調，不再以闊少爺、大學生、流浪的知識份子爲主要描寫對象，不再以咖啡店、電影院、公園、跳舞廳作爲人物活動的場所；而要去寫那些「站在機器旁邊流汗的勞動者的姿態」，描寫「勞動者在生產關係中被剝削到只剩一張皮」的悲苦生活。上海都市的畸形發展，表現在生產縮小、消費膨脹。作爲都市文學，不只是要反映市民的消費現象，也要反映勞動者的生產現象，因爲它「表現了畸形發展都市內的勞動者加倍的被剝削，而且表現了民族工業的加速度沒落。」

茅盾指出：「我們有許多描寫『都市生活』的作品，但是這些作品的題材多半是咖啡館裡青年男女的浪漫史，亭子間裡失業知識份子的悲哀牢騷，公園裡林蔭下長椅子上的綿綿情話；沒有那都市大動脈的機械！」機械是現代企業重要的生產工具，茅盾稱它是「力強的，創造的，美的」，都市文學應該去歌頌那些操作著機械——現代化生產手段的工人的創造精神。「我們不應該抹煞機械本身的偉大。在現今這時代，少數人做了機械的主人而大多數人做了機械的奴隸，這誠然是一種萬惡的制度，可是機械本身不負這罪惡。把機械本身當作吸血的魔鬼而加以詛咒或排斥，是一種義和團的思想。」茅盾要求作家們學會對表面現象進行透視和分析，「他應該指出該詛咒仇視的，不是機械本身，而是那操縱機械造成失業的制度」〔註86〕。

〔註86〕參看《我們這文壇》、《都市文學》、《機械的頌讚》、《茅盾文集》第9卷第57
　　　～70頁，人民文學出版社1961年版。

　　茅盾還批判了一九三○年以來盛極一時的武俠小說，揭露了它對都市小市民特別是廣大青年的思想毒害。茅盾分析了生產「武俠狂」現象的社會原因。「一方面，這是封建的小市民要求『出路』的反映，而另一方面，這又是封建勢力對於動搖中的小市民給的一碗迷魂湯」。這類小說或影片既攻擊貪官污吏、土豪劣紳，同時抬出了清官廉吏，「有土而不豪，是紳而不劣，作爲對照，替統治階級辯護」。這類小說或電影還有「爲民除害」的俠客，這些俠客一定又依靠著什麼聖明長官、公正士紳；另一班「在野」的俠客又一定是壞蛋，無惡不作。「俠客是英雄，這就暗示著小市民要解除痛苦還須仰仗不世出的英雄，而不是他們自己的力量。並且要做俠客的唯一資格是忠孝節義，而俠客所保護者也只是那些忠孝節義的老百姓，這又在穩定了市民動搖的消極作用外加添了積極作用：培厚那封建思想的基礎」〔註87〕。

　　此外，茅盾那時還很關心通俗的文藝作品和少年兒童讀物。例如對上海街頭巷尾的小書攤上的「連環圖畫小說」就格外重視，認爲這類「神怪而武俠」的東西，對廣大青少年和兒童是有毒害作用的；他瞭解到當時大大小小的書店印行的程度不同的兒童讀物有一萬多種，但像「世界少年文學叢書」這類有益的書只是少數，它遠不能滿足孩子們的強烈的知識飢荒，因此他希望進步的作家們去爭奪這個有廣大讀者的市場，並且把連環圖畫小說的形式大膽地拿來採用，賦以它新鮮的、健康的內容，它「一定將成爲大眾文藝的最有力的作品」〔註88〕。

　　與此同時，茅盾還把目光轉移到了農村。一九三二年一月二十八日上海爆發的淞滬抗戰，不僅驚醒了被壓抑的、沉默的人心，激發了上海市民抗日的熱情，而且抗日的空氣也迅速彌漫於江南的城市村鎮。帝國主義的經濟侵略，尤其是日本貨向農村傾銷所激化的尖銳矛盾，並由此造成的農村經濟危機，都趁著「一‧二八」這股抗日浪潮迸發出來了。茅盾發現農村的題材又有了新的意義和內容。這一年，他寫了《小巫》、《當舖前》、《林家舖子》、《春蠶》、《故鄉雜記》等反映當前農村題材的短篇和速寫。

　　此外，茅盾在《子夜》的「後記」裡說：「我的原定計劃比現在寫成的還要大許多。例如寫農村的經濟情形，小市鎮居民的意識形態，……以及一九

〔註87〕茅盾《封建的小市民文藝》，《東方雜誌》第30卷第3號（1933年2月1日）。
〔註88〕參看《連環圖畫小說》、《給他們看什麼好呢？》、《孩子們要求新鮮》，《茅盾文集》第9卷，第75～82頁。

三〇年的《新儒林外史》，——我本來都打算連鎖到這本書的總結構之
內……。」如果像茅盾所說的這些有意搜集來的農村生活的素材，因《子夜》
壓縮了規模，只寫都市生活部分，那麼反映農村的題材就可以獨立地運用了。
加上一九三二年茅盾兩次回鄉，也耳聞目睹了「一・二八」戰事後家鄉一帶
的人情世態的變化，這也使茅盾「寫慣了小資產階級知識份子，現在也有意
想換一換口味；或者說，想從自己所造成的殼子裡鑽出來」〔註89〕。

上舉反映農村生活題材的短篇和速寫，它所展現的豐富多樣的生活畫
面，所深刻揭示的主題思想，在這個意義上都可以看做是作者「大規模地描
寫中國社會現象」的一部分，是黎明前中國半殖民地半封建社會的真實寫照。
這些短篇和《子夜》一起，構成了茅盾創作活動中最重要的時期和最重要的
成就。

寫於一九二九年四月的《泥濘》，茅盾自認是失敗之作，「小說把農村的
落後，農民的愚昧、保守，寫得太多了」〔註90〕不過，小說還是真實地反映
了一九二七年急遽變化的政治形勢在農村的投影。小說描寫了共產黨領導的
軍隊來到一個封閉的農村，打破了那裡昔日的寧靜。過去農民只聽說過「共
妻」的宣傳，並不懂得什麼是共產黨，現在不帶槍的「灰衣人」卻要來組織
農民協會，造「花名冊」，「娘兒們也要立會」，把村民個個嚇得提心吊膽，他
們不相信會把土地分給窮人。「灰衣人」召集村民開會，村民們把門關得緊緊
的，女人也都躲藏起來了：

> 十幾個粗漢聚在村前的樹林裡。太陽把地面晒得火熱，風捲來
> 的黃泥堆像癩狗似的到處蹲著。粗漢中間的一個，有一張狹長臉，
> 著名叫做「活無常」的，坐在一棵大樹根上，翻起了眼睛，憤憤地
> 咕嚕著：

> 「說得好聽，都是閧人的！咱連一片泥也沒見面，說什麼田！
> 狗養的亡八！來來去去的還不是一樣的貨？多了些新把戲——開
> 會！他媽的！大熱天叫咱老子呆在火日頭下邊出汗！哼！這就算咱
> 們的好處啦！」

村民們不相信共產黨的土地政策，倒相信「共妻」的宣傳，那些粗漢想去抓
那五六個女兵，「咱們先去共他們的」。不久，「灰衣人」撤走，又來了一支「灰

〔註89〕茅盾《我走過的道路》（中），第125頁。
〔註90〕同上。

色軍隊」，把曾經爲成立農民協會寫「花名冊」的黃老爹父子槍斃了，還向村民徵收糧食、牲畜。「村裡人覺得這才是慣常的老樣子，並沒不可懂的新的恐怖，都鬆一口氣。一切復歸原狀」。小說的失敗不在於作者寫了一個封閉、凝滯的農村，而是作者只提供了這一典型的環境以及在那裡蠕動的愚昧的農民群體，卻沒有塑造有生命的個體形象。

短篇小說《林家舖子》〔註91〕不同於《子夜》，它不是以一九三〇年的中國社會爲歷史背景，而是取材於一九三二年「一・二八」上海戰爭前後的聯繫著城鄉的小市鎮的社會生活。

茅盾對於此時江南村鎮的狀況作過一些社會調查，他得出的結論是：

> 我想：要是今年秋收不好，那麼，這鎮上的小商人將怎麼辦呢？
>
> 他們是時代轉變中的不幸者，但他們又是徹頭徹尾的封建制度擁護者；雖然他們身受軍閥的剝削，錢莊老闆的壓迫，可是他們惟一的希望就是把身受的剝削都如數轉嫁到農民身上。農民是他們的衣食父母。他們盼望農民有錢就像他們盼望自己一樣。然而時代的輪子以不可阻擋的力量向前轉，鄉鎮小商人的破產是不能以年計，只能以月計了！
>
> 我覺得他們比之農民更其沒有出路。〔註92〕

這個分析鄉鎮小商人經濟破產的社會科學的理論，成了茅盾創作《林家舖子》的指導思想。《林家舖子》正是通過對一個聯繫上海和農村的小市鎮雜貨舖的倒閉經過的描寫，揭示了三十年代初中國民族商業凋蔽衰萎，農村經濟走向破產的現實社會的特點。小說成功地塑造了一個具有一定典型意義的小商人的藝術形象，作者對於人物悲劇命運的描寫，以及形成悲劇原因的揭示，更加深刻地反映了半殖民地半封建社會的中國歷史命運的必然性。

主人公林老闆是一個謹小慎微、巴結認眞的雜貨舖小商人。上海戰事發生以後，爲了盡快把東洋貨賣出，他花了四百塊錢去收買國民黨黨部，「齋齋那些閑神野鬼」，免得他們來「查封」東洋貨，又用了「大廉價照碼九折」的辦法招徠顧客，他以爲這樣做就可以挽回那頹敗的局面：

> 林先生坐在賬臺上，抖擻著精神，堆起滿臉的笑容，眼睛望著那些鄉下人，又帶睄著自己舖子裡的兩個伙計，兩個學徒，滿心希

〔註91〕載於《申報月刊》第 1 卷第 1 期（1932 年 7 月 15 日）。

〔註92〕茅盾《故鄉雜記・第三半個月的印象》，《現代》第 1 卷第 5 期（1932 年 8 月）。

> 望貨物出去，洋錢進來。但是這些鄉下人看了一會，指指點點誇羨
> 了一會，竟自懶洋洋地走到斜對門的裕昌祥舖面前站住了再看。林
> 先生伸長了脖子，望到那班鄉下人的背景，眼睛裡冒出火來。他恨
> 不得拉他們回來！

一位年輕的鄉下人看中了一把洋傘，可是，「貨色是便宜，沒有錢買」，走了。林老闆明白：「不是自己不會做生意，委實是鄉下人太窮了，買不起九毛錢的一頂傘。」林老闆後來改用「大放盤」的辦法推銷洋貨，但是每售出一元錢就加添了五分洋錢的血本虧折。不久，「一・二八」上海戰爭爆發，市民們起來抵制東洋貨，林老闆又花了幾百元錢，經過特許，把東洋商標改換成「國貨」，但蕭索的臘尾歲盡，貨仍然賣不掉，上海客人又來討債。林老闆心亂如麻，「黨老爺敲詐他，錢莊壓逼他，同業又中傷他，而又要吃倒賬，憑誰也受不了這樣重重的磨折」。鎮上已經有二十八家的大小舖子倒閉，林家舖子也受到破產的威脅，最後林老闆採用「大廉價一元貨」的辦法，向逃難到鄉下來的上海難民推銷庫存的零星日用品，然而外界謠傳林老闆拆賣賤貨想捲款潛逃，地方黨部因此將他扣留，斜對門的裕昌祥店舖乘機挖走了林家舖子全部庫存的「一元貨」。林老闆被贖出後，帶著女兒連夜潛逃，林家舖子終於倒閉了。

應該指出，日本帝國主義對上海的進犯，在重重壓榨下的農民失去了起碼的購買力，還有國民黨當局的勒索、錢莊的壓迫和同業的陷害，使得精明能幹而又辛苦經營的林老闆無法逃脫破產的厄運。林老闆在店舖倒閉前的艱難掙扎和倒閉後的倉皇出逃，十分典型地反映了在深重的民族危機下，農村破產，商業蕭條，民不聊生的社會現實，而國民黨統治集團不顧民族利益和人民死活，依仗權勢搜刮民脂民膏，加速了城鄉經濟崩潰的進程。

通過林老闆的遭遇，小說反映了三十年代初期我國中小工商業者和帝國主義、國民黨權勢者之間的尖銳矛盾，揭示了造成林家舖子倒閉的特定時代和典型環境。作者正確地指出了林老闆的失敗，決不是由於他個人缺乏才幹或偶然的錯誤，這裡起作用的是一種不可抗拒的必然的社會原因。當然，與此相關聯的是，林老闆主觀上拘謹、守舊、怯弱、安分、膽小、猶豫，受著重重傷害、壓迫和打擊後，不思反抗，只是逆來順受，又進一步加深了小說的悲劇性的思想意義，突出了小資產階級在各種勢力進行搏鬥、交量中的軟弱性和妥協性。

　　林老闆的經濟地位，以及他那種繼承前輩靠老店牌號、講求信義和熟人交情的經營方法，在社會經濟危機的波及下，使他處於防禦、退卻和受侮的尷尬位置，一直未能擺脫困境。雖然他後來意識到，農民的破產威脅到他的破產，「他就覺得自己的一份生意至少是間接的被地主和高利貸者剝奪去了」，但他不知道直接「坑害他到這地步的，究竟是誰」；他無法掌握自己的命運，又不肯乞憐，那一爿小百貨店終於在各種勢力夾擊下倒閉，他自己也棄店逃走了。在這些地方，作者把那些表現為極其複雜、尖銳的社會矛盾同主人公的喜怒哀樂的心情交織來描寫，從而更加真實地寫出了主人公的悲劇性格與悲劇命運。

　　值得注意的是，茅盾根據自己的社會經驗和理論認識，沒有把林老闆寫成貪婪、奸猾、勢利的商人。「我覺得他們比之農民更其沒有出路」。在小說裡，茅盾以人道主義精神對於像林老闆這種經不起風雨吹打的脆弱的小商人，表示了同情和理解。雖然林家舖子的倒閉，致使一些無權無勢的債主蒙受損失，張寡婦還因此發了瘋，但這似乎不能由林老闆個人完全負責，因為從他過去的行為看，他無意要侵吞債主的資產的。小說結尾所渲染的這種淒愴、混亂的社會氛圍，說明了當時中國小商人所面臨的苦痛與絕望的共同命運。它是茅盾對於這個階層的人物的新的審視意識，使《林家舖子》迄今仍然閃耀著獨異的思想光澤和藝術魅力；同時也啓迪著我們轉變觀念，對於像林老闆這類小商人進行再認識。

　　我以為，《林家舖子》是茅盾的最傑出的一篇小說，它在茅盾的整個文學創作中佔有非常重要的位置。在藝術形式上，它和茅盾過去的小說創作有很大的不同。首先，小說裡的林老闆、林大娘、林小姐、壽生等人物的性格各具特色，不再是按照社會科學理論去給人物畫臉譜；作者以樸素的人道主義精神，誠實地寫出了這一家人的悲劇命運。其次，茅盾說，「題材是又一次改換，我第一回描寫到鄉村小市鎮的人生。技術方面，也有不少變動。」〔註93〕《林家舖子》的藝術特點是故事曲折、生動，結構緊湊、連貫，手法簡潔、明快。故事從一開頭就在一個緊張、疾變的環境中展開，通過故事的起伏發展和氣氛的渲染，作者著意去刻劃主要人物的性格特點，省去了不必要的環境描寫和心理描寫，避免了過去某些中、短篇調子弛緩迂迴、敘述繁複拖沓的毛病，因而儘管小說篇幅較長，卻也能夠緊緊扣住讀者的心弦。

〔註93〕茅盾《我的回顧》。

　　《林家舖子》所描寫的固然是豐富多樣的市鎮生活，頭緒比較紛繁，但由於小說佈局謹嚴、縝密，人物處理和情節安排都比較集中，因而短篇也給我們留下了那一動亂時代的一個強烈、鮮明的側影。細緻和明快在這裡得到了和諧的統一，它使這幅側影更爲突出、明晰。朱自清在評論《子夜》時特意要提到《林家舖子》，說它「層層剖剝，不漏一點兒，而又委曲入情，眞可算得『嚴密的分析』。私意這是他最佳之作」〔註94〕。

　　不過，《林家舖子》不能算是嚴格意義上的短篇小說。如茅盾自己所承認的，「實在有點像縮緊了的中篇」〔註95〕。短篇小說的特點，它的含義應該是「借一斑略知全豹，以一目盡傳精神」〔註96〕。《林家舖子》反映生活的手段，不是抓住一個富有典型意義的生活片斷來說明一個問題，或表現比它本身廣闊得多的社會現象，而是試圖把事件本身表現得全面些，生動而細緻些，形成一個縱橫交錯的人際關係的網，結果容量過大，涉及的生活面太廣，有些重要的事件和情節（如林老闆與農民的關係，林老闆與錢莊、同業的關係）就未能得到充分展開，這就有損於主題思想的深化。

　　茅盾以後的短篇創作，像《春蠶》、《手的故事》等，仍遵循著這一寫作原則，在豐富的生活內容上，構成嚴謹的佈局，寓精練於從容裕如之中，作者有他自己的特長，但人物太多，故事複雜，事情發生的時間跨度較長；在更多的短篇小說裡，像《當舖前》、《夏夜一點鐘》、《兒子開會去了》等，則採用橫截面的寫法，短小精悍，明快集中，在較小的體積內儲存了較大的思想、生活的容量，更能顯現作者概括生活、瞄準社會焦點的高超水平。

　　一九三二年的故鄉行，激發了茅盾的創作熱情，與《林家舖子》同年完成的還有短篇小說《春蠶》。《春蠶》、《秋收》、《殘冬》這一組小說，通稱爲「農村三部曲」。這是茅盾第一次較大規模地正面反映農村生活的作品；小說生動地描寫了三十年代初期中國江南農村「豐收成災」的奇特的社會現象，創造了具有深刻典型意義的老一代農民的形象。

　　一九三二年八月，因祖母去世，茅盾與妻子帶兩個孩子回鄉（第二次）奔喪。從故舊的敍談中，茅盾知道了許多關於周圍農村和市鎮近年來發生的變故，尤其關於蠶農的貧困和繭行不景氣的故事。「那時，爲了寫《子夜》，

〔註94〕朱自清《子夜》。
〔註95〕《春蠶》集「跋」，開明書店1933年5月初版。
〔註96〕魯迅《三閒集‧〈近代世界短篇小說集〉小引》。

我曾研究過中國蠶絲業受日本絲的壓迫而瀕於破產的過程，以及以養蠶爲主要生產的農民貧困的特殊原因，即絲廠主和繭商爲要苟延殘喘，便操縱葉價和蠶價，加倍剝削蠶農，結果是春蠶愈熟，蠶農卻愈貧困。這就是一九三二年在中國農村發生的怪現象——『豐收災』。這個農村動亂、破產的題材很吸引人，但在《子夜》中，由於決定只寫都市，卻寫不進去。這次奔喪回鄉的見聞，又加深了我對『豐收災』的感性認識，於是我就決定用這題材寫一短篇小說。十月份寫成，取名《春蠶》。後來茅盾又陸續寫了《秋收》、《殘冬》、《當舖前》、《老鄉紳》、《也算「現代史」罷》、《速寫》、《香市》、《鄉村雜景》、《陌生人》、《談迷信之類》等短篇和速寫，茅盾自稱「這兩年是我寫農村題材的『豐收年』」〔註97〕。

　　作爲老一代農民的代表，小說裡的老通寶的形象是寫得十分逼真的。老通寶二十多歲成家那年家業開始「發」起來，養蠶年年都好，十年間掙得了二十畝稻田和十多畝桑地，還有三開間兩進的一座平屋，是東村莊數一數二的大戶人家，可是後來漸漸衰落，現在他已經沒有自己的田地，反欠了三百多元的債。活了六十歲的老通寶，以勤儉忠厚和做規矩人作爲自己的信條，把希望寄託在牛馬般拚死的勞動上，盼望春蠶好，「老債也許可以拔還一些」。然而春蠶豐收給他帶來的不是快樂，而是災難。「白賠上十五擔葉的桑地和三十塊的債！一個月的忍飢熬夜還都不算！」可見使老通寶破產的並不是他不愛勞動，更不是什麼天老爺和他作對，而是一種他不易理解的外在力量。小說深刻地發掘了這個外在的社會原因。由於帝國主義經濟的侵入，通過它的掮客——買辦資產階級以金融控制中國工業，並直接同中國絲廠競爭，因而使中國絲廠破產關門；勉強開工的絲廠和繭廠，又多用日本較便宜的洋繭，老通寶他們的繭子自然賣不出去，在小說裡便是老通寶家鄉發生的「春繭」式的悲劇。老通寶的命運，正是概括了二十年代末、三十年代初中國南方絕大部分中農的命運。正如毛澤東所指出的那一類自耕農，他們「原先是所謂殷實人家，漸漸變得僅僅可以保住，漸漸變得生活下降了。……後來逐年下降，負債漸多，漸次過著凄涼的日子」〔註98〕。作者突出地描寫了這樣一個中農的悲苦命運，就更強調了農村破產的現實情景：中農尚且如此，貧雇農更可想而知了。

〔註97〕茅盾《我走過的道路》（中），第133、134頁。
〔註98〕《中國社會各階級的分析》，《毛澤東選集》第1卷，第5、6頁，人民出版社1952年版。

短篇《春蠶》的深刻的思想意義在於：作者通過春蠶的故事，描寫了老一代農民對於帝國主義的仇恨情緒和他們對於自己生活水平下降原因的朦朧認識。春蠶式的悲劇，顯然是同日本絲的大量傾銷，同外國金融資本與國內買辦金融資本共同聯合擠垮國內中小型企業有著直接的關係。老通寶不具備這方面經濟學的知識，他只是時常提到「天也變了」，「世界眞是越變越壞」，爲自己的命運感到惶惑和煩惱。憑著他的社會經驗和對現實直觀的認識，他模糊地感覺到，他一家的衰落是由於帝國主義的侵入，所以他特別憎恨洋鬼子、洋東西；同時他也看到所謂「新朝代」的統治者（指國民黨統治者）是一群「私通洋鬼子，卻故意來騙鄉下人」的壞人。雖然農民的封閉的、落後的文化素質和思想意識，使他還無法去認識帝國主義政治、經濟侵入的本質及其危害，他就「不很明白洋鬼子怎樣就騙了錢去」，但是這種自發的反抗意識是可貴的，它是這個歷史時期中國勞動農民在重新確認家庭的生存環境而進行自我防衛的過程中的失落感與危機感的反映。《春蠶》歷史地、藝術地再現了這種思想情緒。

另一方面，作者也眞實地揭示了老通寶性格中的封建迷信的因素，並指出這些因素使老通寶在現實生活中不斷碰壁。應該看到，老通寶的勤儉忠厚是和他的經驗主義、保守主義聯繫在一起的；世世因襲的農村小生產者的傳統觀念和習俗，以及種種祖傳的生產經驗，都被老通寶無保留地繼承了，形成了他的統一的、完整的性格。例如繭廠會不收繭子，洋種的蠶會比土種的好，他不相信；而天氣熱得早，蠶花收成一定好，這是祖傳的老經驗，他就深信不疑。蠶事忙起來後，他就忙著修補蠶臺，省下錢來買「糊簞紙」做「蠶簞」。他還用大蒜頭占卜蠶花的收成，借債買了二十擔桑葉。這一切正經事和迷信事，他都照老經驗、老辦法認眞去做，但社會的政治、經濟的格局發生了變化，所以他失敗了，事事都和他的意願相反，而他做夢也想不到「雪白厚實，硬古古的繭子」會沒有人要。春蠶豐收，給老通寶帶來的不是金錢，而是一場大病！實行自我封閉如老通寶這樣的農民，在三十年代初的江南農村，應該說是不多的。茅盾說過：「太湖區域（或者揚子江三角洲）的農村文化水準相當高。文盲的數目，當然還是很多的。但即使是一個文盲，他的眼界卻比較開闊，容易接受新的事物。」〔註 99〕這就是說，小說裡的老通寶，在江南農民中不具有普遍性；但作者在創作構思中，以老通寶爲主人公，還

〔註 99〕茅盾《我怎樣寫〈春蠶〉》，《文萃》第 8 期（1945 年 11 月）。

是有他的用意所在，他想以豐收成災這一反常現象，指出三十年代初中國社
會日益殖民化的發展趨勢和農村經濟瀕於崩潰的局面，並說明依靠勤儉務農
和迷信天命，已經無力去適應急遽變化了的客觀現實，只有導致破產的結局。

《春蠶》是茅盾的短篇代表作之一，自問世以來，讀者、評論者給予了
高度的評價，但也有一些批評的意見。吳組緗發表於一九八四年評論《春蠶》
的長文，〔註100〕曾在學術界引起較大的反響。吳組緗認為，茅盾的小說創作
（包括《春蠶》的創作）是「先有主題思想，而後再去找生活，找題材。這
是由理性到感性，而後表現出來。也可以說是先有理論，而後去找生活，由
抽象到具體，由一般到個別」。對於這種掌握主題的途徑，他給予了很高的評
價。第一，茅盾的作品主題，「總是有高度的思想性，總是表現了時代與社會
的主要矛盾。……由於他的作品大規模地尖銳地反映了急劇變化中的現實，
所以作品一出現，即使人耳目一新，轟動社會，影響非常之大」。第二，「這
些作品的主題，總是有著明顯的傾向性與積極性的，因而其主題思想的概念，
在當時是政治性很強的」。吳組緗也批評了這些「先有主題思想」的作品，比
起茅盾「所要表達出來的主題思想來，他的生活是顯得十分不足的」；包括《春
蠶》、《子夜》等小說，「一般是有說服力的，但感染力則比較薄弱，原因就在
於生活不足」。吳文認為，用於表現《春蠶》主題的一些主要情節，如老通寶
養了太多的蠶（三張紙的蠶種），而他自己卻只有十五擔，他不惜借債買桑葉
養蠶，先借了三十元，後葉價飛漲，他不得不將桑地作抵押，結果繭廠不開
門，大大蝕本。這些情節和思想是「很不真實」的，「甚至有點架空和無中生
有」。吳文就此還作了具體的論證。但茅盾早已說過他幼年時代就從祖母、母
親那裡獲得養蠶的知識，他的家鄉烏鎮市街之外就是桑地，學校圍牆外有一
片桑林，鎮上有「葉市」，他的親戚世交有不少人是「葉市」的要角，也有若
干是做「繭行」的。「這一方面的知識的獲得，就引起了我寫《春蠶》的意思」。
茅盾也承認他的創作「受到生活經驗的限制」；但吳文的上述批評是否準確，
筆者沒有同樣的或相似的生活經驗，難以斷定孰是孰非。

不過，吳文對茅盾創作特點的把握卻是準確而精到的。所謂「先有主題
思想」，是指作家在創作中習慣採用的方法之一；就茅盾而言，是指他在處理
思想與生活的關係上，是先有革命的立場和明確的指導思想，即在正確的、

〔註100〕吳組緗《談〈春蠶〉——兼談茅盾的創作方法及其藝術特點》，《中國現代文學研究叢刊》1984 年第 4 期。

科學的世界觀指導下去「找生活，找題材」。這就是說，茅盾的小說創作不是從生活出發，不是從創造典型的人物形象出發；「茅盾的方法顯然是貫徹了文藝為政治服務的原則，是從政治原則出發的」。茅盾對此也供認不諱。他說：

> 總結起來說，《春蠶》構思的過程大約是這樣的：先是看到了帝國主義的經濟侵略以及國內政治的混亂造成了那時的農村破產，而在這中間的浙江蠶絲業的破產和以育蠶為主要生產的農民的貧困，則又有其特殊原因，——就是中國「廠」經在紐約和里昂受了日本絲的壓迫而陷於破產，（日本絲的外銷是受本國政府扶助津貼的，中國絲不但沒有受到扶助津貼，且受苛雜捐稅之困）絲廠主和繭商（二者是一體的）為要苟延殘喘便加倍剝削蠶農，以為補償，事實上，在春蠶上簇的時候，繭商們的托拉斯組織已經定下了繭價，注定了蠶農的虧本，而在中間又有「葉行」（它和繭行也常常是一體）操縱葉價，加重剝削，結果是春蠶愈熟，蠶農愈困頓。從這一認識出發，算是《春蠶》的主題已經有了，其次便是處理人物，構造故事。
>
> 我寫小說，大都是這樣一個構思的過程。我知道這樣的辦法有利亦有弊，不過習慣已成自然，到現在還是如此。

總之，茅盾自認「生活經驗的限制」，使他「不能不這樣在構思過程中老是先從一個社會科學的命題開始」〔註101〕。

《春蠶》之後，茅盾寫了《秋收》和《殘冬》，這是他的革命立場和進步的世界觀決定的，是從他的為無產階級政治服務這一原則出發的。《春蠶》著重寫老一代農民的悲劇性命運，說明頑固守舊的一代已經無力抵抗社會的壓迫，已經為新的嚴酷的現實所否定；《秋收》則在進一步描寫老通寶的落後迷信的同時，展示了在飢餓戰線上掙扎的廣大農民的反抗行動，寫出了新一代農民在鬥爭成長的過程，他們要求變革，並在鬥爭中開闢生路。滿腦子封建意識、馴良安分的老通寶可以忍受春蠶豐收後帶來的飢餓和災難，年輕一代的農民卻忍受不了，他們聚集起來，鋌而走險，以「吃大戶」的方式向當地的統治者開火了。老通寶一場大病後，並沒有從失敗中汲取教訓。他自命為重整殘局的識途老馬，幻想著秋收能幫他還清債務，但秋收的幻滅終於送了他的一條命。

〔註101〕茅盾《我怎樣寫〈春蠶〉》。

　　阿多沒有沿著他父親老通寶的老路走，他是屬於初步懂得掌握自己命運的新一代農民，是茅盾努力要塑造的一個肯定性的、有理想的農村新人的形象。在《春蠶》裡，作者用虛寫的手法畫出了阿多這個人物的輪廓。他單純，開朗，不迷信，精神飽滿，沒有老通寶那些憂愁。他對現實不抱有幻想，他不相信蠶花好、田裡熟就可以改變他家牛馬的生活地位。從現實鬥爭中，他模糊地覺察到了「人和人中間有什麼地方是永遠弄不對的」。到了《秋收》，阿多的性格有較大的發展，他那反抗的情緒已經化為實際行動，參加了「吃大戶」的鬥爭，並成為領導人之一。他不僅自己造反，還鼓動阿四哥、阿四嫂造反，在他看來，「殺頭是一個死，沒有飯吃也是一個死！」當村裡人「吃」到他家賒來的三斗米時，他不認為這是件壞事。當然像阿多對阿四哥說的話，「你有門路，賒得到米，別人家沒有門路，可怎麼辦呢？你有米吃，就不去，人少了，事情弄不起來，怎麼辦呢？──嘿嘿！不是白吃你的！你也到鎮上去，也可以分到米呀！」這些話語、這種思想境界，不會是阿多的，而是作者觀念的圖解。

　　《春蠶》和《秋收》是從揭露帝國主義、官僚買辦階級的壓榨來反映農村殘破的景象的，沒有突出展示封建地主對農民的壓迫，也沒有正面描寫農民和地主之間的尖銳矛盾和鬥爭。這個農村的基本矛盾是在《殘冬》裡才得以展開的。《殘冬》一開始便突出了地主張財主的淫威和對農民們的殘酷剝削，他逼得農民們惶惶不安，自動地給他看守祖墳上的樹；但是一些覺悟了的農民，卻不那麼安分馴服，他們大膽地揭露了地主勾結官府、坐地分贓，而官府又勾通強盜的罪行。革命的種子在新的一代農民的思想上扎下了根。以阿多為代表的青年農民，從自發的反抗走上了有組織的武裝鬥爭的道路。阿多他們的反抗和出走，也是作者在批評一部分農民消極等待的同時，向他們指出的一條柳暗花明的生路。作者以滿腔熱情歌頌了農民的集體鬥爭，深信農村的未來將是「殘冬」以後的「春天」。

　　「農村三部曲」的不足之處，是新的一代的農民形象沒有寫好。比較起來，作者寫老一代農民，生動自然，水到渠成；寫新一代農民，不僅性格未能充分展開，只寫了人物的骨架，沒有飽和著生活的血肉，更重要的是，這個人物是按照作者的社會理想和政治原則塑造出來的，它是「作者觀念中的人物」，是「作者觀念的傀儡」〔註102〕。我們承認阿多這類青年，在三十年代

〔註102〕吳組緗《談〈春蠶〉》。

江南農村還是比較多的，作者創造這一形象來顯示新的生活，意義固然重大，但作者未能很好完成這一任務。從阿多人物的描寫，我們看到作者生活的局限，以及在作者頭腦裡思想與生活之間的矛盾。

反映農村生活題材的短篇小說《當舖前》，也是作者寫於這一時期的一篇佳作；它所反映的農民對於生活絕望的程度，恐怕要比《春蠶》、《林家舖子》顯得更加沉重。一九三二年春，茅盾回了一趟故鄉，眼見農民紛紛典當衣物的悲慘情形。他說：「在我的故鄉，本來有四個當舖；他們的主顧最大多數是鄉下人。但現在只剩了一家當舖了。其餘的三家，都因連年的營業連『官利都打不到』，就乘著大前年太保阿書部下搶劫了一回的藉口，相繼關了門了。僅存的一家，本也『無意營業』，但因那東家素來『樂善好施』，加以省裡的民政廳長（據說）曾經和他商量『維持農民生計』，所以竟巍然獨存。然而今年的情形也只等於『半關門』了。」〔註103〕小說便是根據作者目睹的這年家鄉農民生活的慘景而寫的。

在小說裡，主人公王阿大在天沒亮時就匆忙地在燭光下打疊一個小包袱，打算拿到鎮上去上當舖；因為昨天吃完了最後的一點麩皮和豆子，家裡沒有糧食了。包袱裡的破舊衣服紀錄著王阿大一家慘痛的生活史，每一件都有一個悲慘的故事：那藍布夾襖的幾點血跡，是去年他被人一拳打破鼻子沾上去的；那花洋布女襖是他老婆大前年做奶媽時向女主人討來的；那一身藍綿綢的棉襖褲，是從死了的十三歲的大女兒的招弟的屍身上剝下來的；還有那件半新的土布棉襖，是老婆含著淚剛從身上脫下來的，棉襖上還存留著老婆身上的熱氣和特別的汗臭。王阿大挾著包袱，跑了十多里路，來到當舖前。門還沒有開，卻已擠滿了窮人。他使命擠到了那一對烏油門前，幻想著小衣包能順利地換成錢，老婆孩子等著吃飯呢。開門以後，人們像潮水似的湧來，將王阿大直推到那高高的櫃臺前面，將他擠在櫃臺邊，透不過氣。

> ……王阿大乘這機會把自己的包袱湊上去，心裡把不住卜卜的跳。

> 「什麼！你來開玩笑麼？這樣的東西也拿來當！」

> 朝奉剛打開了包袱，立刻就捏住了鼻子，連包袱和衣服推下櫃臺來，大聲喝罵。

〔註103〕茅盾《故鄉雜記・第三半個月的印象》。

　　　　王阿大像當頭吃了一棍子，昏頭昏腦地不知道怎樣才好。他機
　　械地彎著腰在人腳的海裡撈他的幾件寶貝衣服。同時他的耳朵裡嗚
　　嗚地響；他聽得老婆哭，孩子哭；他聽得自己肚子叫。

王阿大不死心，打算作第二次嘗試──挑一個面相和氣的朝奉來碰碰運氣；但是不一會兒一百二十元就當滿了，今天就止當，停當候續了。王阿大嘆了一口氣，知道今天又白跑了一趟。等待王阿大一家將會是什麼樣的命運，小說沒有交代。但是，農村經濟破產的黑影正在重壓著這個曾經繁榮喧鬧的市鎮，農民只會苦下去，是可想而知的了。正是在這個意義上，《當舖前》可以說是《林家舖子》的補充，它從另一個側面反映了農村的貧困化造成了市鎮經濟的蕭條，包括林家舖子的倒閉；而市鎮經濟的不景氣，包括當舖業的萎縮，反轉過來又使農民更加沒有出路了。茅盾寫於這一時期的許多短篇小說和速寫，都深刻地揭示了市鎮與農村這種惡性的經濟循環。

　　茅盾除了描繪三十年代初期江南市鎮、農村破產的現實圖景外，隨著「一‧二八」上海戰爭的爆發，作者還拓寬了題材的範圍，及時地寫出了許多反映各個社會層面的短篇作品。《右第二章》是寫「一‧二八」上海工人鬥爭的故事，小說裡的正面人物阿祥和春生，在反抗日本侵略的戰爭中，表現了高度的愛國主義精神和敵愾同仇的民族氣概；這同小說裡的編輯李先生帶著家眷惶惶不安地逃到租界避難的懦夫行為成了鮮明的對照；同時小說還抨擊了國民黨政府的不抵抗政策，揭露了國民黨政府同日本簽訂的「上海停戰協定」的投降賣國行為。停戰以後，上海闊人們住的地方，依舊是花花綠綠、滿眼繁華，只有窮人受了災難，阿祥的死便是作者對國民黨當局奉行的不抵抗政策的一個嚴重抗議。

　　在另一些短篇裡，作者為我們展現了現實生活中的另一個側面。如《微波》，寫鄉紳李先生為了躲避土匪、躲避教育公債，全家搬到上海做「寓公」，把所有財產變成現錢存在一家新開的銀行裡，一家九口人靠吃利息生活，不料上海也並不太平，那家新開的銀行倒閉了，李先生的全部存款也跟著倒得精光。末了，李先生咬緊牙說道：「明天我就回鄉下催租去！明天就去！催租去！唉唉──偌大一家銀行會倒的！」短篇《有志者》、《尚未成功》，都是嘲諷那些妄圖躋身文壇一舉成名的幻想家。前者描寫一個志大才疏的語文教員，想寫出一部一鳴驚人的作品，如拜倫一樣一覺醒來成了文壇名人，如大仲馬一樣擁有華貴的爵府；但蹉跎五年卻只寫出五千字的東西來。後者的構

思比較別緻，它描寫在內地某省會的清閑衙門的一位科長，生活與時間都有保障，但一連幾個星期面對稿紙卻不成一字。他不免感慨於「文壇的寂寞」，又把這寂寞怪罪於雜文的盛行；他又埋怨夫人「太不懂文藝」，不能啟發他的「靈感」；他還責怪批評家「有眼無珠」，妨礙「創作自由」，結果扼殺了一個「天才」。後來他翻讀了一本《創作法程》，意識到了自己過去的生活太簡單、貧乏，既不曾當過工人，辦過實業，也沒有涉足軍營打過仗，不知道稻穀是怎樣生長的；而他過去與夫人的那段戀愛生活，也是平淡的毫無波折的。最後他認定要先有五萬元的資本，「海闊天空地去飽嘗生活的經驗」，等到生活豐富了，再來從容創作。夫人告訴他，要獲得這筆巨款有一個辦法：打中一條航空獎券。他自己卻暗暗想出了一條路子：「娶一個有錢的老婆。」《無題》可以說是《尚未成功》的續篇，幸運的主人公果然中了一條航空獎券四獎，可以專門來「生活」和創作了，而且居然寫成了一篇四萬字的小說——新式的言情俠義小說。其中僅描寫一位摩登女主角出場就用了三千多字。然而他把這篇得意之作朗讀給妻子聽，妻子睡著了；送到雜誌社、書店，都被退回來。他把書稿收藏起來，自我解嘲地說，我一不靠賣文生活，二我的作品自有價值，要到後世方才知道。他之所以生氣，是因為書商們壓制了那些靠賣文為生的青年，「我一定要為被壓迫的青年伸冤！」

這些諷喻性的短篇，不拘一格，涉筆成趣，它多用對話和心理描寫來表現人物，而一個細節、一個動作的細細剗剔，又構成了一幅絕妙的諷刺畫。有人把《有志者》、《尚未成功》、《無題》三篇，與《春蠶》等「農村三部曲」對稱，戲呼為「城市三部曲」。茅盾說他「只不過諷刺了一下那幾年文壇的一種頹風罷了」，但用這種嘲諷揶揄的筆調，茅盾自認在他的短篇創作中卻也「別具一格」〔註104〕。

短篇《擬〈浪花〉》，寫的是戰亂期間，上海物價飛漲，車夫阿二一家的生活沒有保障的故事。《第一個半天的工作》通過某大公司小職員黃女士第一個半天的工作，從周圍同事「低聲的嗤笑」，把她當做一件新鮮的東西加以「賞鑒」中，她感到寂寞和噁心，她覺得這一群男女職員像「茶食店裡的伙計」，又像「文明戲班裡的戲子」；女同事大紅大綠，裝扮得花蝴蝶似的，還和男同事眉來眼去，她也看不慣。張女士誠懇地告誡說：「做此官來行此禮，你不隨俗一些，你就站不住腳呀！」短篇既暴露了在機關裡人際關係的微妙，也反

〔註104〕茅盾《我走過的道路》（中），第295、296頁。

映了勞動者謀生的艱難和辛酸。短篇《夏夜一點鐘》，譏諷了某公司一女職員的虛榮、嫉恨和失落的心理狀態。她充當辦公室黃主任的情人以後，得到了一塊鑲有八粒小鑽石的手錶，但比起別人送給密司陳的鑲有十六粒鑽石來就遜色多了，她因此惱怒，覺得自己的手腕「顯得多麼寒酸相」；尤其是那個把黃主任迷攝了去的「賤骨頭」，小手指上竟比他多出一隻白金鑽戒，她又嫉恨。黃主任送給她的「走得極準」的手錶，也快了五分鐘。她覺得自己處處受騙、受侮。於是在夏夜一點鐘給黃主任寫了一封既表示了「女性的尊嚴」又有一番纏綿的情話的信；但她又擔心惹起黃主任發怒而把她拋棄、解雇。……作者在嘲諷這位可憐的女職員的背後，也蘊含著對她的理解和同情，不是一味調侃了事的。

短篇《大鼻子的故事》，題材比較特別，它是寫上海馬路上流浪兒童的生活。「一‧二八」上海戰爭奪去了主人公大鼻子的父母的性命，毀壞了他的家，他從此淪為孤兒，流落街頭，同狗群一起生活。作者在「最低賤」的流浪兒童身上發現了他們的善良、純正的優良品質，並通過大鼻子最後參加了反帝遊行的故事，讚揚了在貧苦的兒童少年中間正在滋長著的可貴的愛國主義精神。這篇小說寫得很好，作者塑造大鼻子這個形象是很有意義的。這類孩子在當時上海已有三四十萬之多，這也說明作者注意到了戰爭時期這個極為嚴重的社會問題，表現了作者的政治敏感性和人道主義精神。

正面揭露國民黨政府在抗日問題上實行不抵抗政策的，要算《手的故事》最深刻、最有力。作者以潘女士的一雙手為線索，辛辣地嘲笑了國民黨當局的荒誕無稽，黑白顛倒；暴露了國民黨包庇漢奸、懲惡舞弊、打擊進步勢力、鎮壓抗日運動的罪行。主人公潘雲仙和張不忍是一對失業的男女愛國青年，他們來到 X 縣，不久潘女士的一雙手竟成了當地有閑人物議論的題目。其實，地方上的豪紳權貴對潘女士的態度，前後很不相同，並不是她的手有什麼變化，而是由於她和她丈夫參加了抗日救亡的工作，揭穿了土劣漢奸貪污公款、販運私貨的不可告人的陰私，觸犯了當權派的利益，因此他們勾結了政府，製造陰謀把他們逮捕。小說裡新縣長這個人物的出現，更有力地說明了國民黨政府同他們是一丘之貉的：正是國民黨統治者公開支持和依靠土劣漢奸，迫害進步力量，才使二老闆、陸紫翁這群敗類敢於如此猖獗地進行反革命活動。

在茅盾的小說創作中，最不具有時代投影的，恐怕要數短篇《水藻行》

了。這個短篇寫於一九三六年二月，此時正值日本侵略者加緊對華北的進犯，北平學生發起了「一二·九」抗日救亡運動，中國政治形勢處在大變動的前夜。但小說表現的時代特點比較模糊，它雖以農村為題材，卻沒有正面描寫農村尖銳的社會矛盾，而是通過叔侄間的一場愛情糾葛，反映了一種與傳統相悖的道德、倫理觀念。小說主人公財喜是一個近四十歲的高大漢子，一年前來到他的堂侄子秀生家寄住，幫助幹農活。秀生這個種田人從小患黃疸病，雖比堂叔財喜小十歲，看上去比財喜老得多，他是一個在生理上和心理上被生活重擔壓垮了的農民。財喜真心實意地承擔了秀生家的農活，但「鬼使神差」，他竟和侄媳——秀生妻相愛。於是在打蘊草歸來的水路上，矛盾終於爆發。財喜唱著一支情歌把秀生惹怒了：「不唱不成麼！——我，是沒有用的人，病鬼，做不動，可是，還有一口氣，情願餓死，不情願做開眼烏龜！」而「情願餓死」這句話，財喜覺得是在趕他走，他也生氣了：

　　「好，好，我走就走！」財喜冷冷地說，搖櫓的動作不由得慢了一些。

　　秀生似乎不料有這樣的反響，倒無從回答，頹喪地又蹲了下去。

　　「可是，」財喜又冷冷地然而嚴肅地說，「你不准再打你的老婆！這樣一個女人，你還不稱意？她肚子裡有孩子，這是我們家的根呢……」

　　「不用你管！」秀生發瘋了似的跳了起來，聲音尖到變啞，「是我的老婆。打死了有我抵命！」

　　「你敢？你敢！」財喜也陡然轉過身來，緊握了拳頭，眼光逼住了秀生的面孔。

　　秀生似乎全身都在打顫了：「我敢就敢，我活厭了。一年到頭，催糧的，收捐的，討債的，逼得我苦！吃了今天的，沒有明天，當了夏衣，贖不出冬衣，自己又是一身病，……我活厭了！活著是受罪！」

　　財喜的頭也慢慢低下去了，拳頭也放鬆了，心裡是又酸又辣，又像火燒。船因為沒有人把櫓，自己橫過來了；財喜下意識地把住了櫓，推了一把，眼睛卻沒有離開他那可憐的侄兒。

在財喜看來，秀生妻是一個「充溢著青春的活力的女子」，一個「發著強

烈的近乎羊騷臭的肉香的女人」，那個等於病廢的堂侄是不配有這樣壯健的妻子的，所以他對於自己同堂侄媳的關係，並不感到不安；他沒有走的原因是秀生家的農活離不開他，而況侄媳已有身孕，也不宜幹重活。當鄉長來派築路費時，財喜憤怒地把他趕走，並鎮定地回答了秀生的憂慮：「隨它去。天塌下來，有我財喜！」

茅盾這篇小說是應日本《改造》雜誌社之約而寫的。他說寫這篇小說的動機，「就是想塑造一個真正的中國農民的形象，他健康，樂觀，正直，善良，勇敢，他熱愛勞動，他蔑視惡勢力，他也不受封建倫常的束縛。他是中國大地上的真正主人。我想告訴外國的讀者們：中國的農民是這樣的，而不是像賽珍珠在《大地》中所描寫的那個樣子。」〔註105〕實際上，這篇小說的重要價值在於它所確認的新的道德觀念和倫理觀念。面對著病廢的丈夫，壯健的秀生妻有外遇，這是健康人的生理本能的需要，是可以同情和理解的。「可不是，秀生老婆除了多和一個男人睡過覺，什麼也沒有變，依然是秀生的老婆，凡是她本分內的事，她都盡力做而且做得很好」。所以病鬼的丈夫是沒有理由打罵她的。財喜是無家室的壯漢，他也出於同樣的原因而與侄媳作愛，他覺得他與那女人的愛情是純真的，秀生配不上那個女人，而那個女人理應享受大自然賦予她的做一個人的權利和應得到的樂趣。但他沒有拆散這個家庭，反而成了這個家庭的主要勞動力，不僅是種地、打蘊草，甚至於保護這個家庭免受惡勢力的迫害，他也起了中堅的作用。作者沒有恪守儒家的教條去批判他的「亂倫」，而是歌頌他的人格、體魄和靈魂的美麗，他是中國江南農村真正的男子漢。對於秀生的打罵妻子，作者是從維護人性的角度去批評他的不近情理，「他是哪一門的好漢，配打你？」但貧困與疾病使他失去了一個正常人應享受的生活，作者對此又寄予了深厚的人道主義的同情。這篇小說使我們看到了茅盾心靈深處保留的純真的人性的世界。

從茅盾的短篇創作中，可以看出茅盾的創作思想有顯著發展。首先是作者的生活視野和作品的題材範圍的不斷擴大。茅盾早期創作描寫對象主要是小資產階級知識份子，尤其是「五四」以後覺醒的新女性；幾篇歷史小說雖然是通過歷史人物的再創造來曲折地服務於現實鬥爭，但由於作者熱情多於觀察，缺乏生活實感，小說存在著明顯的人工斧鑿的痕迹。《林家舖子》以後的創作，才突破了這些弱點，把筆端伸展到舊中國破敗的農村和小市鎮，揭

〔註105〕茅盾《我走過的道路》（中），第 355 頁。

示了現實生活中尖銳複雜的社會矛盾和階級鬥爭。題材範圍的不斷擴大，它同現實政治的密切關係，正是作者從「為人生的藝術」發展到「為無產階級政治的藝術」，從這個政治原則立場自覺地從事小說創作的結果。其次，茅盾早期短篇作品中的人物，都活動在較狹小的生活圈子裡，作者著意去抒寫人物自身的哀怨，以及內心的種種失衡，時代面貌展示得不夠寬廣；《林家舖子》、《春蠶》等篇，則把人物性格放在比較廣闊的時代背景上和複雜的社會環境裡加以刻劃，展示了豐富的生活內容，因而更緊密地配合了現實政治鬥爭的需要，成為我國現代文學描寫農村、市鎮生活的題材中難得的優秀作品。第三，這一時期的短篇作品，除了反映農村、市鎮的蕭條，民族工商業的衰敗外，作者還把筆端延伸到社會生活的各個角落，展覽了公司職員、公務員、教員、流浪兒童、失業青年、人力車夫、到上海做「寓公」的鄉紳……各種身份的人物的靈魂，描寫了他們的喜怒哀樂，以及種種虛偽、醜惡的人際關係。這類小說雖也畫出了時代的眉目，卻不具有明顯的政治色彩，也沒有那些概念化的政治說教。作者彷彿在廣袤的土地上自由地馳騁：有的輕鬆活潑，諧趣橫生；有的平淡無奇，意味無窮；有的筆力遒勁，寓意深沉。它展現了茅盾小說的另一種風格特色。

第四章　抗日戰爭時期的文學活動

1. 在抗戰烽火中奔走呼號

　　一九三六年十二月十二日發生的「西安事變」，促使國民黨蔣介石改變政策──停止內戰，開放黨禁，一致抗日。十二月二十五日蔣介石被釋放飛回南京。這一天是聖誕節，夜晚，上海燃放起鞭炮，黨政警憲奉命慶祝，小市民也跟著湊熱鬧。茅盾在上海，寫了散文《鞭炮聲中》，勾勒了蔣介石被釋放回南京那個聖誕之夜上海一些市民的面相。有的說是花了三千萬金洋才贖出來的；有的說委員長飛回南京就來到朱公館親戚家，一位太太說她禱告了三天，委員長才得出來，主耶穌應許了她的祈禱；一個信奉耶穌的資本家則竭力反對停止內戰，主張繼續討伐共產黨，「毒瓦斯早已準備好了」。作者生動地表現了在新的政治形勢下某些人物的心態和嘴臉。

　　政治局勢的重大變化，在茅盾的作品裡總是及時地得到反映。小說《一個真正的中國人》，寫一個辦毛絨廠的親日的買辦資本家，他標榜自己是「為民族服務」的「一個真正的中國人」；但是聽到西安事變和平解決、國共兩黨停止內戰共同抗日的消息後，卻惶恐不安。這位老爺說：「我們的鄰舍（按指日本）口口聲聲要和我們共同防共呢，我們趕快撇清，──趕快自己檢舉還來不及，怎麼放著逆黨不去討伐，反要和平起來？人家（按指日本）抓住了把柄，開幾師團兵來，放幾百架飛機來，可怎麼辦？吃得消麼？難道當真和人家開戰麼？……」這些就是在西安事變後親日派的買辦資本家的心態。

　　一九三七年七月七日，「蘆溝橋事變」揭開了神聖的抗日戰爭的序幕。茅盾於八月下旬發表了散文《炮火的洗禮》，感情熱烈而沉毅：

我遇到了許多的眼睛，都異樣地睜得很大。

這裡雖然有悲痛，但也有鋼鐵似的冷光；有忿怒，但也有成仁取義的聖哲的堅強；有憎恨，但也有「自度度人」的佛子心腸；乃至也有迷惘，有焦灼，然而也有「余及汝偕亡」的激昂。

這都是十天的惡戰，三晝夜滬東區的大火，在中國兒女的靈魂上留著的烙印，在醞釀，在鍛鍊，在淨化而產生一個至大至剛，認定目標，不計成敗，──配擔當這大時代的使命的氣魄！

作者目睹了「八・一三」上海戰爭，深深感受到了，在炮火的洗禮中，中華民族正在更生、崛起的情緒；作者相信交戰的炮火，「洗淨了我們民族數千年來專制政治下所造成的缺點」，「洗淨了我們民族百年來所受帝國主義的侮辱」。作者以高昂的熱情和雄渾的筆觸，歌頌了「四萬萬人的熱血，在寫出東亞歷史最偉大的一頁了！無所謂悲觀或樂觀，無所謂沮喪或痛快，我們以殉道者的精神，負起我們應負的十字架」。

「八・一三」以後，日軍飛機經常轟炸上海西郊真茹一帶。敵人想靠這種炫耀武力的卑劣手段來震懾我後方民眾。但這是徒勞的！茅盾在《不是恐怖手段所能懾伏的》一文裡，記載了一位來自真茹一帶的榮農，每天清晨在敵人飛機追逐威脅之下一直挑負了來，問他怕不怕日機的轟炸？「怕麼？要怕的話，就不能做鄉下人了」，這一句擲地有聲的話，顯示了偉大的民族氣節，日本侵略者是無法理解「大中華民族的農民雖似麻木然而堅凝的性質」的。作者指出，敵機狂轟濫炸製造的恐怖，只是一剎那，中國人民「在這以後是加倍的決心和更深刻的認識；認識了侵略者的瘋狂和殘酷，決心拚性命來保衛祖國」。

「八・一三」戰事以後，《文學》、《中流》、《文叢》、《譯文》四個進步的文藝刊物先後停刊，於是由茅盾、巴金等人發起，以四個刊物同人的名義創辦了《吶喊》週報，於八月二十五日創刊。茅盾任主編。他在創刊獻詞《站上各自的崗位》中說：「中華民族開始怒吼了！中華民族的每一個兒女趕快從容不迫地站上各自的崗位罷！向前看！這有炮火，有血，有苦痛，有人類毀滅人類的悲劇；但在這炮火，這血，這苦痛，這悲劇之中，就有光明和快樂產生，中華民族的自由解放！」《吶喊》出刊兩期後更名《烽火》。自十月份起，茅盾離開上海，巴金成了《烽火》的實際主編。

茅盾稱讚了由上海二十多位作家發起的反映自蘆溝橋抗戰至平津陷落的

約十萬字的集體創作《華北的烽火》。他說「現在我民族正開始用血用肉來寫一部亞洲大陸上空前的『集體創作』」；他希望作家們也來呼應,「把持著主題,勿歪曲,勿廢墮,都要全國上下眞正能一心一德,互相督勵,分工合作,方能完成這部傑作」〔註1〕。在《展開我們的文藝戰線》一文裡,茅盾談到了戰時文藝「把陸空軍將士們英勇的勛業作爲中心題材」存在的困難。這原因是:第一,文藝作品到底不同於新聞記事,不能指望兩三天以前的英勇戰績在今天就會得到文藝上的表現;第二,「材料是間接的,且又不夠應用,而我們的作家們現在也還沒有充分的機會去特地收集」;第三,「我們大多數的作家非常缺乏戰地生活經驗,這在以生活實感視爲第一義的現實主義作家的我們,自然要提筆躊躇的」。但作家們已經處在一個「不容許我們從容準備好了再來幹」的時代。因此茅盾建議:「我們即使還沒有戰地生活的實感,但倘使有了夠用的間接的材料時,正也不妨大膽來形象化一下」,茅盾還認爲,戰時文藝不只是以「將士的英勇壯烈作爲中心題材」,而且「必須把敵人滅絕人道的暴行有力地暴露出來」;我們在文藝上還要開展反漢奸戰,「我們要描寫各式各樣的漢奸,寫他們活動的方式,寫他們何以會成爲漢奸」。此外,「亡國後的朝鮮民眾,臺灣民眾如何受壓迫,東四省的同胞在六年來如何求生不得求死不能,敵人如何用毒化政策來消滅我們東四省乃至冀察的同胞。——這一切,我們過去沒有在文藝上表現得足夠,現在也應當急起直追了」〔註2〕。這是茅盾對於抗戰初期文藝戰線提出的任務,也是進步的文藝家們必須關注的創作主題。

一九三七年除夕,茅盾與夫人離開上海,輾轉於長沙、武漢、廣州、香港等地。一九三八年三月,中華全國文藝界抗敵協會在漢口成立,茅盾被選爲理事。四月,茅盾主編的《文藝陣地》在廣州創刊。〔註3〕茅盾說明這個刊物的宗旨是「擁護抗戰到底,鞏固抗戰的統一戰線」;他要求各路的文藝家們,「只要是爲了抗戰,兵器的新式或舊式是不應該成爲問題的。我們且以祖傳的舊兵器歐應加以拂拭或修改,使能發揮新的威力」〔註4〕。這是一個戰鬥的、堅持現實主義傳統的文學刊物,理論與創作並重,它在國民黨統治區有著廣泛的影響。

〔註1〕茅盾《此亦「集體創作」》,1937年8月26日《救亡日報》。
〔註2〕載1937年9月13日《救亡日報》。
〔註3〕《文藝陣地》於1942年11月出至7卷4期停刊。1943年11月至1944年3月又改《文藝新輯》出3輯。
〔註4〕《〈文藝陣地〉發刊詞》,《文藝陣地》創刊號(1938年4月16日)。

這時，茅盾對他一貫堅持的現實主義創作方法有著新的更加明確的闡釋。他指出：「『五四』以來寫實文學的眞精神就在它有一定的政治思想爲基礎，有一定的政治目標爲指針。其間雖因客觀的社會政治形勢之屢有變動而使寫實文學的指針也屢易其方向，但作爲基礎的政治思想是始終如一的，──這就是民族的自由解放和民眾的自由解放。」在這個精神指導和影響下，各種藝術流派和創作方法都可以得到表現，「但時代的客觀的需要是寫實主義，所以寫實文學成了主潮」〔註 5〕。茅盾從事文學創作和文學報刊編輯，便始終嚴格遵循了這種「有一定的政治思想爲基礎」、「有一定的政治目標爲指針」的現實主義的原則。

與此同時，茅盾受薩空了的委託，爲在香港復刊的《立報》編輯副刊《言林》。「凡對人生社會，百般問題，喜歡開口的人，都請到這裡來談天」，這是《言林》副刊自成立始便確立的風格特色。現在茅盾又賦予它時代的烙印。即「今日我中華民族正在和侵略的惡魔作殊死戰，《言林》雖小，不甘自處於戰線之外。……它將守著它的崗位，沉著射擊」，此外，《言林》「有時也許是一支七絃琴，一支笛，奏出了大時代中華民族內心的蘊積；它有時也許是一架顯微鏡，檢視著社會人生的毒瘡濃汁」〔註 6〕。

茅盾在《言林》副刊上發表了長篇連載小說《你往哪裡跑》（原題名《何去何從》，一九四五年出單行本時改名《第一階段的故事》）。這是在薩空了鼓動下作者試寫的一部「通俗形式」的長篇。作者一面寫一面發表，持續了八個月。

小說以蘆溝橋事變到「八‧一三」上海戰爭爲背景，想要說明抗戰爆發以後，「何去何從」的問題，不僅關係到我們國家民族的命運，也關係到每個中國人的命運。小說裡的人物都面臨著嚴峻的考驗──投身抗戰，走向革命，還是繼續在生活的濁流中沉淪。例如小說描寫的民族資本家何耀先，蘆溝橋響起槍聲以後，他怕戰火燃到上海，危及他的玻璃工廠，所以他主張同日本侵略者「和平解決」，他相信日本大動干戈，歐美各國是會干預的，因此對抗戰表現得冷漠，還阻撓兒子何家慶參加抗日愛國活動。後來這位實業家在抗日統一戰線政策的感召下，堅持工廠開工，「多出些貨，不想發財，報效軍用」，積極投身到抗戰的偉大洪流中去。茅盾後來說，「寫這部小說，開始我是頗有

〔註 5〕茅盾《浪漫的與寫實的》，《文藝陣地》第 1 卷第 2 期（1938 年 5 月 1 日）。
〔註 6〕《〈言林〉獻詞》，1938 年 4 月 1 日香港《立報‧言林》。

雄心的，我想描繪一幅抗戰初期的廣闊畫面，力所能及地把一些典型的人物事態組織進去，同時在形式上做到『通俗化』。然而這個願望未能實現。小說寫失敗了。」內容的失敗，在於這部長篇「只寫了上海戰爭的若干形形色色，而這些又只是一個個畫面似的，而全書則缺乏結構；在於書中雖亦提到過若干問題。而這些問題是既未深入，又且發展得不夠的；最後，在於書中的人物幾乎全是『沒有下落』的」〔註7〕。我認爲，它的失敗主要在於作者想用小說去傳達他對抗戰初期政治形勢的分析，以及作者想給讀者指明的出路。「何去何從」這個題目，已經清楚地說明了作者的這個意圖。作者的重心不是寫人，不是去塑造個性化的人物形象，不是通過人物形象去感染讀者，而是通過對新聞時事的大量舖陳去說服讀者，何耀先、何家慶等人物只不過是作者政治觀念的化身。這部長篇仍然重複著「小說政治化」、「政治小說化」的毛病。所以《第一階段的故事》，與其稱它是小說，毋寧說它是新聞記事或報告文學更貼切些。

　　《第一階段的故事》的失敗，說明了茅盾的小說創作面臨著危機，這除了作者原有的生活積累已經用盡，文思枯竭以外，更重要的是爲政治服務的強烈意念已使作者的小說創作凝滯在一種模式中。茅盾曾經意識到這一點，他告誡過自己：「一個已經發表過若干作品的作家的困難問題也就是怎樣使自己不至於粘滯在自己所鑄成的既定的模型中；他的苦心不得不是繼續地探求著更合於時代節奏的新的表現方法。」〔註8〕這意味著，茅盾只有在創作思想上發生根本的變化，才可望在以後的小說創作中擺脫「既定的模型」而出現轉機。

　　一九三八年十二月二十日，應杜重遠的邀請，茅盾一家離開香港去祖國西北邊陲新疆。二十八日抵昆明，茅盾出席了全國文藝界抗敵協會雲南分會的茶話會，還在雲南大學作了題爲《抗戰文藝的創作與現實》的講演。一九三九年一月五日抵蘭州，爲當地文學青年先後作了《抗戰與文藝》、《談華南文化運動的概況》的講演。三月到達新疆迪化（今烏魯木齊），在新疆學院教授《中國通史》、《中國學術思想概論》、《西洋史》等若干門課。四月八日，新疆文化協會成立，茅盾被推舉爲委員長。新疆有十四個民族，文化協會領導著十四個民族的文化促進會，主要工作是辦民眾小學、識字班，建立圖書館、俱樂部，組織劇團、樂隊等。文化促進會成了開拓新疆各族燦爛文化的

〔註7〕　茅盾《我走過的道路》（下），第53、54頁，人民文學出版社1988年版。
〔註8〕　《〈宿莽〉弁言》，《宿莽》，大江書舖1931年版。

一支生力軍。文化協會還要負責培養文化幹部和舉辦各種藝術宣傳的工作。茅盾到新疆後，上半年主要精力是編寫小學教科書，下半年是辦文化幹部訓練班和排演話劇。此外，在近一年的時間內，茅盾還為新疆的《反帝戰線》寫了《侵略狂的日本帝國主義底苦悶》、《白色恐怖下的西班牙》、《帝國主義戰爭的新形勢》等十五篇國際問題述評性的文章。這年「九‧一八」紀念日，趙丹等人在迪化演出的五幕話劇《戰鬥》獲得了成功，把迪化的文化生活搞得很有生氣。十一月成立了實驗劇團，排演了章泯的話劇《故鄉》和集體創作的五幕話劇《新新疆萬歲》。

在新疆期間，茅盾漸漸瞭解到統治著新疆的軍閥盛世才，是一個「中世紀式的專制、黑暗、卑劣的典型代表」〔註9〕；他「多疑、忌賢，有邊疆『土皇帝』的特性」〔註10〕；他心狠手毒，經常殺戮共產黨人和進步人士。一九四〇年五月，茅盾一家終於逃出了虎口，離開迪化到蘭州，途經西安時特意到七賢莊八路軍辦事處，見到周恩來與朱德。五月二十四日，茅盾一家隨朱德總司令的車隊離開西安，於二十六日抵延安。

據《新中華報》載，二十七日晚，延安各界在中央大禮堂舉行歡迎晚會，吳玉章致歡迎詞，歡迎朱德總司令歸來，歡迎茅盾、張仲實來延安參觀。在延安期間，茅盾住在魯迅藝術文學院，給文學系學生講授《中國市民文學概論》，並參加了范文瀾組織的中國歷史問題討論會，艾思奇主持的哲學討論會等。「魯藝」給茅盾留下了美好的印象，他稱頌「魯藝」是「中華民族新生力量」的象徵，這座學校聚集了全國各省優秀的青年，在艱苦的環境中，「為了一個信念：嫻習文藝這武器的理論與實踐，為民族之自由解放而服務」〔註11〕。茅盾在延安住了四個月，寫了《紀念高爾基雜感》、《關於〈新水滸〉──一部利用舊形式的長篇小說》、《論如何學習文學的民族形式》、《為了紀念魯迅的六十生辰》、《關於「民族形式」的通訊》等文章，還與林伯渠、吳玉章、徐特立等十六人發表了《魯迅文化基金募捐緣起》，與林伯渠等百餘人發表《陝甘寧邊區新文字協會成立緣起》等。茅盾的延安之行，原來的計劃是長住，而不是短期的參觀、訪問，他在延安各界人士舉辦的歡迎大會上，表示過要

〔註 9〕茅盾《光明磊落、熱情直爽的杜重遠先生》，1945 年 7 月 25 日《新華日報》。
〔註10〕茅盾《我走過的道路》（下），第 122 頁。
〔註11〕茅盾《記「魯迅藝術文學院」》，《學習》第 5 卷第 2 期、第 4 期（1941 年 10 月 16 日、11 月 16 日）。

到前方去，體驗革命戰士的戰鬥生活，搜集材料，以為日後寫作之用。九月下旬，接到周恩來發自重慶的電報。為了加強國民黨統治區文化戰線的力量，希望茅盾到重慶去工作，影響和作用會更大些。十月十日，茅盾夫婦隨董必武的車隊離開延安去重慶，兩個孩子（沈霞、沈霜）留在延安學習。

十一月下旬，茅盾夫婦抵重慶。根據周恩來的旨意，茅盾擔任了文化工作委員會常務委員，並繼續擔任遷至重慶出版的《文藝陣地》的主編。《文藝陣地》復刊號第六卷第一期於一九四一年一月出版，在保持原來特點的基礎上，增設了「雜感」欄。茅盾為了批駁「戰國策」派陳銓、林同濟等人鼓吹的「國家至上，民族至上」和鼓吹唯「力」主義等謬論，發表了《時代錯誤》、《我的一九四一年》、《談「中國人真有辦法」之類》、《「家」與解放》等文，指出他們宣揚的「戰國時代」論，正是希特勒、墨索里尼和日本軍閥所信奉和鼓吹的理論。同時，茅盾還嘲諷了昆明一些「憂國」之士，既大呼這是「戰國時代」，又載指而為唯「力」主義說教，更要飛翔雲表，以「航空姿態」而「展望」所謂「第三期學術思潮」，可惜他們用力過猛，「一個筋斗翻回『五四』以前去了」。這是茅盾在重慶參加的重要的文化批判。此外，他還參加了文化工作委員會、全國文藝家抗敵協會、中蘇文化協會分別組織的集會。

一九四一年一月七日發生了震驚中外的「皖南事變」。國民黨蔣介石背信棄義，對遵命北移的新四軍實行突襲，全軍傷亡慘重。面對如此黑暗的政治和被摧殘的人性，茅盾無法表示沉默，他寫了一篇雜感，以委婉曲折的筆調，一吐心中的積憤：

> ……這裡重慶是「溫暖」的，不見枯草，……而且是在霧季，被人「祝福」的霧是會迷蒙了一切，美的，醜的，荒淫無恥的，以及嚴肅的工作。……在霧季，重慶是活躍的，……是活動的萬花筒：奸商、小偷、大盜、漢奸、獰笑、惡眼、悲憤、無恥、奇冤、一切，而且還有沉默。

> 我又想起魯迅先生。在《為了忘卻的記念》中，魯迅先生說過那樣意思的話：血的淤積，青年的血，使他窒息，於無奈何之際，他從血的淤積中挖一個小孔，喘一口氣。這幾年來，青年的血太多了，敵人給流的，自己給流的；我們興奮，為了光榮的血，但也窒息，為了不光榮的沒有代價的血。而且給喘一口氣的小孔也幾乎挖不出。……但歷史還是依照它的法則向前。最後勝利一定要來，而

　　且是我們的。讓理性上前，讓民族利益高於一切，讓死難的人們靈
　　魂得到安息。

作者憤怒地抨擊了國民黨蔣介石政權的反動、暴虐、猖獗和無恥；但作者相
信「濃霧之後，朗天化日也跟著來」，戰士的鮮血不會白流，「民族解放的鬥
爭，不達目的不止，還有成千成萬的戰士們還沒有死呢」〔註12〕。

　　由於時局的逆轉，重慶的環境更加險惡，鬥爭也更加複雜。為防止意外
變故，在重慶的文化人要作適當的疏散。根據周恩來的安排，茅盾於一九四
一年二月離開重慶經桂林到香港。

　　這是茅盾第二次來香港，是在「皖南事變」後與其他文化界朋友一起來
港開闢「第二戰線」的。這便是主編一個小品文刊物——《筆談》半月刊。
這個刊物有雜感、隨筆、掌故軼聞、遊記、報告、詩、小說和譯文等，共出
了七期，因太平洋戰爭爆發而停刊。此外是為夏衍、范長江主編的《華商報》
提供了《蘭州雜碎》、《白楊禮讚》等文章，在該報文藝副刊《燈塔》上從第
一期連載到第二十九期，每期登一篇或半篇。自這年五月始，鄒韜奮主編的
《大眾生活》周刊邀請茅盾任編委；鄒韜奮還請求茅盾為周刊提供一部連載
的長篇小說，茅盾答應了，這便是《腐蝕》；此外還撰寫了散文集《如是我見
我聞》。

　　茅盾說過，「抗戰的現實是光明與黑暗的交錯——一方面有血淋淋的英勇
的鬥爭，同時另一方面又有荒淫無恥、自私卑劣。……消滅這些荒淫無恥、
自私卑劣，便是『爭取』最後勝利之首先第一的要事。目前的文藝工作必須
完成這一政治的任務。」〔註13〕抗戰以後，國民黨統治區內的大官僚、大資
本家瘋狂地發國難財，過著花天酒地的生活，使人感受不到抗戰的氣氛。目
睹著這「狐鬼滿路」的黑暗現實，作者把筆鋒指向國統區和國民黨的權勢者
們，揭露那一群新的「抗戰官」，新的發國難財的「主戰派」，新的賣狗皮膏
藥的「宣傳家」的種種欺騙勾當。《某一天》是抗戰以來茅盾寫的第一篇短篇
小說，也是茅盾一九四一年在香港寫的唯一的短篇小說。作品以諷刺的筆調，
給我們描述了國民黨官僚們一天的生活，揭露了國民黨某些所謂「抗戰到底
派」的真面目。主人公 W 處長打了一通宵的牌，第二天上午和一個投機商在
密談「棉花行市」，談「買進了二十輛半舊的卡車」要是不抗戰了怎麼辦，談

〔註12〕茅盾《霧中偶記》，《國訊》旬刊第 261 期（1941 年 2 月 25 日）。
〔註13〕茅盾《論加強批評工作》，《抗戰文藝》第 2 卷第 1 期（1938 年 7 月）。

「三一三十一」平分國難財的問題。然後 W 處長到辦公廳，在紀念周上照例作本週時事報告，除了一連串「誓死抗戰到底」的空洞叫嚷以外，便質問起本處近三十名職員：「你們自己想一想，有沒有對不起國家，對不起政府的地方？有沒有對不起老百姓的地方？公忠、守法，負責，節約，廉恥，勤勉，知恥，明禮，你們都做到了沒有？……」接著自我表白一番：「本人自從以身許國許黨，只知道兩句話：上有領袖，下有公事。如果本人有不對的地方，你們誰都可以來槍斃我！」這末一句，簡直是聲震堂瓦。這些冠冕堂皇的大話、空話，掩蓋了他的種種罪惡活動。這一天，W 處長一連赴三次宴會，到趕回公館，給姨太太做生日的筵席上，「酒綠燈紅，笑語生風」，結果他喝得醺醺大醉，原形畢露。他舉杯對大家說：「本人向來遵守新生活，不多喝酒。可是今天要和各位痛飲三杯。……今天有三件喜事。第一件，上月做的幾椿買賣全都賺了。第二件，我升了官了。第三件……今天下午確悉，抗戰還是要繼續。」作者用藝術的手腕巧妙地畫出了這群半官半商、亦官亦商的「抗戰官」的醜惡面目，揭露了這群鬼魅藉抗戰明目張膽地發國難財的反動實質。末尾，姨太太那不解的提問：「還是要打仗，這算什麼喜事？」更是增添了小說的幽默的喜劇效果。

一九四一年底太平洋戰爭爆發，戰火迅速蔓延到香港，不久，日本侵略軍佔領了香港，茅盾等人在中共領導的東江游擊隊的幫助下，越過日寇封鎖線，輾轉至桂林。茅盾在《脫險雜記》一書中對這段艱險的生活經歷有著生動而詳實的記敘。茅盾說，在東江游擊隊的保護與安排下，近兩千文化人安然脫離香港這個虎口，回到內地，是「抗戰以來（簡直可說是有史以來）最偉大的『搶救』工作」〔註14〕。

一九四二年三月，茅盾夫婦平安抵桂林。此時國民黨當局派了文化服務社社長（CC 系文化特務）劉百閔來桂林，特「邀請」茅盾及其他原文化工作委員會委員回重慶去，中央「將有所藉重」，茅盾猜出蔣介石此計是想把他們置於中統和軍統的嚴密監視之下，所以他堅決拒絕了。在桂林期間，茅盾花了 1 個多月時間寫了一部報告文學《劫後拾遺》；自六月初動手寫長篇小說《霜葉紅似二月花》。

此間，為支持熊佛西創辦《文學創作》月刊，茅盾特意寫了《耶穌之死》等短篇小說。《耶穌之死》取材於《聖經》裡耶穌與法利賽人爭鬥的故事。它

〔註14〕　《脫險雜記》，《茅盾文集》第 10 卷，第 262 頁。

描寫了耶穌在叛徒出賣下，被法利賽人和祭司長捉拿的遭遇。祭司長說，「我們何必見證人呢！定他的死罪便是了！」耶穌臨上十字架前，嚴肅地揭露了這些口是心非的勢利小人：「你們帶著刀棒出來拿我，如同拿強盜麼？我天天同你們在殿裡，你們不下手拿我，倒這樣鬼鬼祟祟來幹！現在是你們的時候，黑暗掌權了！」在沒有言論自由的情況下，作者藉《聖經》故事影射現實，曲折地攻擊了國民黨當局專搞陷害、恐怖、專制、屠戮的法西斯統治。短篇《列那和吉地》，題材比較新穎，形式也很特別，作者似乎想借用兩條家狗的生活遭遇，對自己「頻年的流浪生活的回憶，都有點黯然」發出感慨。小狗列那色屬內荏，它儼然是吉地的領導者，卻只會在外國人的狼狗後腿中間鑽來鑽去；吉地有點野性，喜歡在更大的生活空間裡奔跑，但它又苟且偷安，在列那面前甘當一個弱者。小說通過刻劃這兩隻小狗的性格特徵，寄予了深刻的意蘊，它真切地描述了作者一家在新疆的生活，有欣慰，也有感傷。《參孫的復仇》也藉《聖經》的故事來比附現實。它與《耶穌之死》是姊妹篇。短篇描寫了力敵萬夫的參孫，經不住妖媚的大利拉的誘騙，終於把如何破除自己的神力的秘密告訴給她，於是她報告了同族的非利士人，以為報仇的時機到了。他們趁參孫睡覺，剃光了他的七綹頭髮，使他失去神力，並挖去他的雙眼，罰他在監獄裡做苦役。在一次非利士人舉行的盛大宴會上，他們拿仇人參孫當眾戲耍取樂；參孫因頭髮又長起來了，恢復了神力，便抱住殿堂的柱子使勁地搖撼，立時天崩地坍，大殿倒塌，參孫與非利士人的首領及 300 男女同歸於盡。這是正義與邪惡的交量。作者在肯定主人公參孫善良、誠實和光明磊落的精神品質的同時，也著重批評了他的容易輕信謊言、對於仇敵缺乏警惕的過於愚直的性格弱點。因為小說發表在「皖南事變」發生以後，它的寓意就更耐人尋味了。

　　這年十二月初旬，茅盾夫婦離開桂林去重慶。這原因是重慶有一批進步的文化人堅持工作，茅盾可以配合他們，自己又可以以國民黨軍事委員會政治部文化工作委員會常務委員的身份進行活動，比在桂林要方便些；另外，葉以群也催他去重慶主編《文藝陣地》。當然這也是應蔣介石之召，在重慶安全有保障。

　　茅盾夫婦在唐家沱新村天津路一號住了三年，始終有國民黨特務盯梢。因《文藝陣地》停刊，茅盾便潛心寫作。一九四三～一九四四年間，除了完成中篇小說《走上崗位》以外，還寫了《委屈》、《船上》、《報施》、《過年》

等六篇短篇小說，以及三十餘篇文學評論，兩部蘇聯長篇小說譯著等。

短篇《委屈》，描寫了人們對長期抗戰的厭煩情緒。「一‧二八」上海戰爭以來，張太太的小小家庭，從上海一步一步朝西遷移，如今在重慶居然住了四年。她盼望著戰爭早日結束回上海去。現在剛進入四月，天氣驟然熱起來了，而她的一箱子春衣卻被小偷偷去，眼下沒有單衣可換，她想花三千元買一塊料子做，丈夫不是說「天氣還冷呢」，就是嫌太貴，「那不是等於一架六呎的車床」。她看著鄰居李二少奶穿的已是夏季用的沙士堅的料子，而她卻還沒有脫下皮袍，覺得這是抗戰以來第一次受了委屈。但小說加雜一些關於時局的議論，諸如「日本軍閥要蠻橫到底」，「將來認賠賬的也不是他們幾個軍閥，還是日本老百姓」，「中國一定要工業化」等，這些與主題無關聯的政治評論，成了小說的贅疣。《船上》是一篇諷喻性小說，寫得幽默而精粹，它揭露了敵後的輪船公司經理利用敵機騷擾、百姓逃難的機會，大肆敲榨乘客的錢財，嘉陵江上往返行駛，「冤冤枉枉坐了半天船，一步也沒走開，還是在老地方」，便是公司經理們生財之道。《報施》主要是暴露國民黨統治區的通貨膨脹，貨幣貶值給人民帶來的災難。消極抗戰的國民黨官僚和地方紳士，個個成為「脹飽了的囤戶」，而軍人張文安想用一千元的養傷費給父母買一頭黃牛的低微願望卻不能實現。張文安夢見自己出其不意地把一頭牛買好，牽回家來，給兩位老人家一種難於形容的驚喜。然而這只是一個夢境而已。「千把塊錢只好買半條牛腿」。可是當他把這一千元送給貧苦的陳海清一家時，病中的海清妻又驚又喜，海清母親也說她從來沒見過這麼多的錢！這個簡單的畫面，使我們看到了國民黨統治區農民所處的水深火熱的生活境遇。短篇《小圈圈裡的人物》，寫了幾個家庭主婦在抗戰大後方百無聊賴的生活和空虛、煩悶的心緒。貝師母是一個趨炎附勢、欺軟怕硬的教師。凡是有可能損及她的利益的，「她就躲避的跟老鼠一樣快」，凡是有誰在某一點上比她強些，她就非設法報復不可。她看祥師母沒有什麼硬後臺，頗瞧不起她，但校長表揚過她，卻使她嫉恨，想法子要報復。他看黃太太也不順眼，原因是黃太太比她有錢、比她手面闊綽、比她大方；但她又很不服氣，因為黃太太不見得比她漂亮，然而黃先生居然不討小。小說描寫了這位貝師母來到黃家做客時曾設法勾引黃先生的心理活動：

　　……黃先生很客氣地招待她，說東說西，就跟老朋友一樣，然而貝師母卻羞羞答答起來，止不住心越跳越猛，她認定了黃先生對

自己有了意思，而且這是完全合理的。那時她低著頭，尖著指頭不住地撮弄那兩根掛在頸間的小辮子，心裡想道：「要是他突然走上前來將我抱住，那我怎麼辦呢？……我怎麼躲得了呵！我是渾身發軟一動都不會動了！」然而出她意外，黃先生並沒任何舉動。作客的貝師母賴著不走，作主人的黃先生應酬了約莫半點鐘，倒先站起來說：「少陪，對不起，我還有點事！」

經作者細細剜剔，貝師母那副自作多情的嘴臉便躍然紙上。抗戰曾一度使人興奮，但長期抗戰卻使大後方一些小市民變得麻木、頑梗了。小說對於那些精力過剩、專事逢迎拍馬、勾心鬥角的太太、師母的諷喻，可謂旨微語婉，一筆多義。由於作者熟悉大後方市民階層（包括這類家庭主婦）的生活習慣和思想情緒，所以才可能在小說裡如此惟妙惟肖地勾畫出人物的典型的性格特徵來。

在這些短篇裡，作者的諷刺的筆尖挑開了他們生活的內幕，把他們蠅營狗苟的生活態度，享樂腐化的物質追求，敲榨勒索的舞弊行為，空虛冷漠的精神世界，加以漫畫化，使廣大讀者對於在長期抗戰中那些司空見慣了的糜爛齷齪的生活，有了警覺和憎惡。短篇的筆觸是冷峭的，尖利的，它包含了作者對於醜惡的東西的強烈不滿，同時它的基調又是積極的、向上的，透過諷刺，人們也可以感覺出作者對於美與善的熱烈執著，以及他那鼓動青年在長期抗戰的艱苦環境中抵抗逆流、奮發前進的戰鬥精神。

在另一些短篇裡，作者對於那些為了生存而奔走呼號的城市平民，表示了深厚的人道主義的同情。短篇《過年》裡的主人公老趙是某文職機關的辦事員，十年來，他奉公守法，勤於職守，但微薄的薪俸卻只能勉強夠一家人糊口。他最怕過年放假，因為沒有錢辦年貨，今年他終於下決心花八百五十元買了一塊豬油年糕，給家庭添增一點節日的氣氛，不料年糕被老鼠啃掉了一半。小說末尾寫老趙企盼著抗戰快快勝利結束，把希望寄託於未來──「人，總得有個希望呵」。這是一個弱者對於光明未來的憧憬，也是作者對抗戰前景的樂觀態度。

在藝術形式上，如果說茅盾過去刻劃人物比較喜歡完整地表現人物的性格，那末現在他注重在人物性格的某一特徵上加以細緻地塗描。這些短篇小說大都短小精悍，意蘊深長，展示社會生活的一個角落而藉此顯示時代風貌的主流。茅盾的暴露諷刺作品，簡勁、辛辣，一針見血，切中要害，嘲諷的

筆法，寓怒於笑，詼諧多變，不追求噱頭，不流於平庸。一些短篇的描述，多採用作者自己敘述的語言，在這方面又近似報告文學，給人一種平易、質樸的感覺。從篇幅、結構和故事情節來看，這個時期茅盾的短篇多數是更符合了嚴格意義上的短篇小說。不過，某些短篇由於寫作時間比較倉促，作者對於他的人物來不及進行充分醞釀和精細雕刻，更多的是採用了速寫的方法，因此人物形象比較扁平，性格也顯得不夠豐滿。

茅盾的短篇創作，從《創造》、《大澤鄉》到《春蠶》、《某一天》等，都是為人生的，都是執著於現實、嚴格堅持現實主義的創作方法的。這些豐碩的成果，也是和他一貫嚴肅認真的創作態度分不開的。茅盾說：「我所能自信的，只有兩點：一，未嘗敢『粗製濫造』；二，未嘗為要創作而創作，——換言之，未嘗敢忘記了文學的社會意義。」〔註15〕特別是三十年代以後，茅盾更強調了作家的社會使命感，作家向生活、向人民群眾學習的重要性。他說：「虛心的艱苦的學習是必須的！生活本身是他們的老師，看客大眾是他們的不容情的評判員。」〔註16〕正因為作者堅持了這一方向，態度又是一絲不苟，才使得他四十年如一日地從事文學活動，在最艱難的抗戰歲月裡，用他飽滿的政治熱情和鋒利的筆，不倦地同那些喪失人性的鬼魅及一切落後現象作鬥爭。在這些短篇裡，我們可以看到茅盾的一番匠心，無論從思想性或藝術性來衡量，它們都大體保持了相當一致的水準，少有起伏不平的現象，這也是作者藝術技巧圓熟的表現。

茅盾說，「從一九四四年九月下旬起，我開始頻繁地參加各種政治集會，響應中國共產黨提出的號召，討論徹底結束國民黨一黨專政的辦法。」他還以無黨派民主人士身份，列席了中國民主同盟內最激進的一派——救國會的內部會議。「在各民主黨派中，我同救國會就有了更深一層的關係」〔註17〕。

一九四五年六月二十四日，根據周恩來的意見，熱心的朋友舉辦了茅盾五十歲生日的祝壽活動。〔註18〕《新華日報》當日第三版發表社論《中國文藝工作者的路程》，向茅盾表示祝賀；第二版刊登了王若飛的《中國文藝界的光榮，中國知識份子的光榮——祝茅盾先生五十壽日》。二十四日、二十五日，

〔註15〕茅盾《我的回顧》，見《創作的經驗》，天馬書店 1933 年初版。
〔註16〕《我們這文壇》，《茅盾文集》第 9 卷，第 60 頁。
〔註17〕茅盾《我走過的道路》（下），第 356、357 頁。
〔註18〕茅盾的生日應是清光緒二十二年（丙申年）五月二十五日，即公元 1896 年 7 月 4 日。

重慶其他報紙以及成都、昆明、貴陽等地的報紙，也都登出了朋友們的賀信、賀詞。光未然還從昆明給茅盾寄來一信，說他在曼德里時，忽然聽說茅盾和鄒韜奮殉難的消息，他們特地舉行追悼會，他還寫了一首《我的哀辭》的詩，不料茅盾還活著，朋友們還爲他祝壽。茅盾詼諧地說，在祝壽會上，他既聆聽了「朋友們眞摯熱情的教誨」，也讀到了以同樣的眞摯和熱情「譜寫的追悼我的亡靈的詩篇」〔註19〕。

一九四五年四月至十月，茅盾的五幕話劇《清明前後》，在重慶《大公晚報》連載。茅盾說，「剛寫了兩幕，敵人投降的消息來了；鄉下並不像城裡那樣狂歡熱鬧，但多少也有點嚷嚷然吧，我還是頑強地寫著。明知這一來，經濟界將有大變，我這題材有點過時了，而且又愈來愈覺得技術上不像個樣。可是轉念一想，公然賣國殃民的文字還在大量生產呢，我何必客氣而不在這烏煙瘴氣中喊幾聲？我終於在勝利聲中把五幕寫完了。」〔註20〕

2.《腐蝕》：一部拯救人類靈魂的書

一九四一年四月，鄒韜奮主編的《大眾生活》周刊決定在香港復刊；五月初旬約請茅盾寫一部連載的長篇小說，茅盾答應了，這便是日記體長篇《腐蝕》。

那時香港以及南洋一帶的讀者喜歡看武俠驚險小說，茅盾因此想到寫國民黨特務抓人殺人的故事，以及揭露特務機關的內幕，這其中神秘的色彩可能也會引起讀者的興趣。茅盾根據自己的生活積累，想寫這樣一個故事：「通過一個被騙而陷入罪惡深淵又不甘沉淪的青年特務的遭遇，暴露國民黨特務組織的凶狠、奸險和殘忍，他們對純潔青年的殘害，對民主運動和進步力量的血腥鎮壓，以及他們內部的爾虞我詐和荒淫無恥，也許還有一點意思。故事的背景可以放到皖南事變前後，從而揭露蔣介石勾結日汪，一手製造『千古奇冤』的眞相。」〔註21〕

小說以一九四○年九月至一九四一年二月的重慶爲背景，揭露了國民黨頑固派破壞抗戰、勾結日汪漢奸實行聯合「剿共」的罪惡行徑。國民黨當局爲了維持它的法西斯專制統治，不僅雇傭了大批的特務、軍警對共產黨員和

〔註19〕茅盾《我走過的道路》（下），第366～379頁。
〔註20〕《清明前後・後記》，《茅盾文集》第6卷，第417頁。
〔註21〕茅盾《我走過的道路》（下），第206頁。

進步人士進行盯梢、抓捕、拷打、暗殺等恐怖活動；而且在他們的特務機構內部也層層設置了監視網，互相猜疑，互設陷阱。《腐蝕》給我們展示的便是這個魔鬼盤踞的黑暗世界。茅盾在小說的卷首中寫道：

> 嗚呼！塵海茫茫，狐鬼滿路，青年男女為環境所迫，既未能不淫不屈，遂招致莫大的精神痛苦，然大都默然飲恨，無可伸訴。我現在斗膽披露這一束不知誰氏的日記，無非想藉此告訴關心青年幸福的社會人士，今天的青年們在生活壓迫與知識飢荒之外，還有如此這般的難言之痛，請大家再多加注意罷了。

「這簡直不是人住的世界，我們比鬼都不如！」小說主人公趙惠明說，要想在這個魔窟裡生存下去，就「需要陰險，需要卑鄙，——一句話，愈不像人，愈有辦法」。這就是當年「狐鬼滿路」的重慶的真實寫照。

在國民黨蔣介石發動第二次反共高潮時，國民黨軍隊在江蘇圍攻新四軍陳毅支隊，一九四〇年十一月便製造了「蘇北事件」。小說寫道：「消滅『異黨』的武力，這次已經下了決心，而且軍事部署，十分周密，勝利一定有把握。」小說披露了蔣汪勾結製造一椿「駭人聽聞的陰謀，正在策動」，於是在重慶的特務們奉命「加緊工作」，「就是為了要使後方和前線配合起來」，因此在重慶「血腥氣倒又在『太平景象』下一點一點濃重起來」。一位國民黨要員在給特務訓話時，宣布「奸黨」的罪惡，三十分鐘內就宣布了五十多個「奸黨」分子。他重複蔣介石的訓令：「寧可枉殺三千，決不使一人漏網。」於是，「各式各樣的毒蚊，滿身帶著傳染病菌的金頭蒼蠅，張網在暗陬的蜘蛛，伏在屋角的壁虎：嗡嗡地滿天飛舞，嗤嗤地爬行嘶叫，一齊出動，世界是他們的」。如此大規模的出動、檢舉，「光是 X 市，一下子就是兩百多」。

一九四一年一月，國民黨頑固派勾結汪偽投降派策劃了突襲新四軍的震驚中外的「皖南事變」。小說描述了事變之前汪偽特務舜英的一段自白：「方針是已經確定了。大人大馬，好意思朝三暮四麼？不過，也因為是大人大馬，總不好立刻打自己嘴巴，防失人心，總還有幾個過門。」這已形象地交代了蔣記、汪記合伙陰謀策劃事變的內幕。小說描述了這兩個特務組織：一個是 R、陳胖子、G、小蓉、老俵、F、N 和趙惠明等蔣記特務；另一個是希強、D、松生和舜英夫婦等汪記特務。松生原本是蔣記某省委員，希強也是前蔣記的政工人員，這說明蔣汪本是一丘之貉，而蔣汪合流是以「和平反共」、投降日寇為基礎的。舜英說得很明白，「剿共軍事，已都布置好了」，「從此可以和平了，

而且分裂的局面，也可以趕快結束了」。所以像何參議這類國民黨要員，在紀念會上「咬牙切齒，義憤填膺，像煞只有他是愛國，負責，埋頭苦幹，正經人」，背地裡卻與汪記特務舜英夫婦、松生密談「久分必合」的投敵賣國的機要，他們舉杯共祝「快則半年，分久必合，咱們又可以泛舟秦淮，痛飲一番了」。

皖南慘案在國統區人民中引起了極大的義憤。這年一月十七日《新華日報》刊載了周恩來的詩和「為江南死國難者誌哀」的悼詞以後，百姓冒著生命危險紛紛購買當日的報紙，小說真實地記錄了那感人的一頁。就在特務們「滿街兜拿，──搶的搶，抓的抓，撕的撕」的時候，竟有人在電線欄上貼一張紙，願給十元法幣徵購這天的報紙。「一個小鬼不知怎樣藏了十多份，從一元一份賣起，直到八元的最高價，只剩最後一份了，這才被我們的人發現。可是，哼，這小鬼真也夠頑強，當街不服，大叫大嚷，說是搶了他的『一件短衫』了，吸引一大堆人來看熱鬧。那小鬼揪住我們那個人不放。他說，有人肯給十一元，可不是一身短衫的代價？看熱鬧的百幾十人都幫他。弄得我們那個人毫無辦法，只好悄悄地溜了」。從特務這些驚慌失措的舉止中，小說也暴露了國民黨色厲內荏的虛弱本質。

《腐蝕》成功地塑造了主人公蔣記女特務趙惠明的形象。趙惠明出身於封建官僚家庭，中學時代曾參加抗日反蔣的活動，有一年上海大中學生雪夜開車去南京請願，她和同學們還整隊出城去慰勞他們。在一次學潮中，她參與發起「擇師運動」，封閉教員預備室，表現頗激烈，鬧得她父親斷絕了她的經濟供給，不得不離開了學校，後來她心安理得地從事戰地服務工作。在愛情生活上，趙惠明與小昭有一段甜蜜的過去，但是她的虛榮和貪圖「生活得舒服些」，使她離開了「沒有男子氣」的小昭而投入「佛面蛇心」的前國民黨「政工人員」希強的懷抱裡。在特務的誘惑下，她失足而墮入萬劫不復的深淵，在鬼蜮世界裡混過五、六年，她的政績受過上級的「表揚」，「手上沾過純潔無辜者的血」。

關於趙惠明失足以前的生活經歷，以及她和小昭、希強的關係，作者採用虛寫的方法，只作簡要的交代。小說著重描寫趙惠明加入特務組織以後，根據上級的指示，在 E 區執行三項特別任務：「注意最活躍的人物，注意他們中間的關係，擇定一個目標作為獵取的對象。」R 指揮她盯梢小昭，「你去找他，和他恢復舊關係，注意他的行動」。在小昭被捕入獄以後，她負責勸小昭

悔過自首，供出同黨。她勸小昭「虛虛實實，半眞半假來這麼一份」，「你想出這麼幾個沒甚緊要的人來，或者是早已到了人家權力所不及的天涯地角的人們，虛虛實實來一手，也就成了」。她想藉此和小昭編織起「第二夢」。小昭給她開了一個「單子」，「舉報」了鄉長、保長、地主、紳士。她的工作因此受到上級的批評。在危急關頭，爲了保全自己，也爲了推脫與小昭的干係，她告發了 K 和萍。但過後她對自己無恥的行爲感到內疚和痛心。「這一個事實，像毒蛇一樣天天有幾次咬我的心，使我精神上不得安寧」，後來她向 K 和萍透露內部有奸細，叫她們「躲開一個時期」。小昭終被特務機關殺害了，她得知後，悵然若失。不久她被派到學生區，結識了初經下水，涉世不深的女學生 N，她不願看到這位天眞、純潔的女青年和她一樣「與狐鬼爲侶」，成爲「沒有靈魂的狗一樣的女人」，她決心「救出一個可愛的可憐的無告者」，「從老虎的饞吻下搶出一隻羔羊」。經她周密安排，N 終於逃離了特務的虎口；而趙惠明也「準備著三個月六個月乃至一年之計」，再「拔出一個同樣的無告者——我自己」，她也決定了要走一條自新的路。

　　爲什麼作者要給女特務趙惠明一條自新的出路呢？按照階級論的觀點，這是宣揚階級調和，認敵爲友，混淆敵我界限。因此在建國初期根據小說改編的電影《腐蝕》便遭到禁演，因爲它宣揚了反馬克思主義的「人性論」、「階級調和論」的觀點。那時占主導的意見是：「不該給趙惠明這樣一個滿手血污的特務以自新之路。因此，『這是一本對特務同情的書』。」〔註 22〕茅盾說起他的寫作計劃時是打算寫到小昭被害，全書告結束。但是《大眾生活》要求作者多「拖」幾期，即拖至第二十六期結束連載；更重要的是許多讀者來信，「要求給她一條自新之路」。茅盾指出：「一九四一年的讀者爲什麼要求給予趙惠明以一條自新之路呢？是不是爲了同情於趙惠明的『遭遇』？就我所知，因同情於趙惠明而要求給她以自新之路的讀者，只是很少數；極大多數要求給以自新之路的讀者倒是看清了趙惠明這個人物的本質的，——她雖然聰明能幹，然而虛榮心很重，『不明大義』（就是敵我界限不明），雖然也反抗著高級特務對於她的壓迫和侮辱，然而她的反抗動機是個人主義的，就是以個人的利害爲權衡的，而且一到緊要關頭，她又常常是軟下來的；但是，一九四一年的極大多數的讀者既然看清了趙惠明這個人物的本質，而又要求給以自新之路，則是因爲他們考慮到：（一）既然《腐蝕》是通過了趙惠明這個人物

〔註22〕茅盾《我走過的道路》（下），第 264 頁。

暴露了一九四一年頃國民黨特務之殘酷、卑劣與無恥，暴露了國民黨特務組織只是日本特務組織的『蔣記派出所』（在當時，社會上還有不少人受了欺騙，以爲國民黨特務組織雖然反共，卻也是反日的），暴露了國民黨特務組織中的不少青年份子是受騙、被迫，一旦陷入而無以自拔的，那麼，（二）爲了分化、瓦解這些協從者（儘管這些協從者手上也是染了血的），而給《腐蝕》中的趙惠明以自新之路，在當時的宣傳策略上看來，似亦未始不可。這種種，是當時的很大一部分讀者提出他們的要求的論據，而作者的我，也是在這樣的論據上接受了他們的要求的」〔註23〕。作者不是憑空地給小說添上一條「光明」的「尾巴」的。如此結構，既符合人物的身份、處境、思想、性格和生活遭際，是她在坎坷的人生路上可能邁出的一步；而且，從政治功利主義考慮，作者給一個協從的特務以生路，在當時腐蝕與反腐蝕的政治鬥爭中，對於幫助廣大青年瞭解特務組織黑暗恐怖的內幕，以及爭取和挽救一些失足的青年，給他們以重新做人的機會，都是會起到積極的社會作用的。

「我做好人嫌太壞，做壞人嫌太好」。這是趙惠明的自我評估。趙惠明的手沾染了革命者和純潔無辜者的血，她出賣 K 和萍，她也和其他特務一樣，在盡著秘密殺人的職業；但她的內心世界是空虛的，「覺得自己是在曠野，與狐鬼爲侶，沒有一個『人』想念我，雖然我也可以不想念誰；但這樣的一生，究竟算什麼呢？自己嘴硬，說『不需要溫暖，寧願冰森』，可是眼淚卻往肚子裡吞，這又何嘗是快樂呢？」她還有「一顆帶滿了傷痕的心」，所以她不寬恕自己，不自絕於人民，不願死心塌地去做秘密殺人的劊子手。在她接到父親的來信後，感情的微瀾還泛起了她對光明、溫暖的渴望：

> 人生畢竟還不如我們所想像那樣冷酷麼？我眞想抓住凡我所憶念的人，抱住了他，低聲告訴他道：噯，這世間有冷酷，但仍舊有溫暖。任何人有他一份兒，只要他不自絕於人，只要在他心深處有善良的光在閃爍。

人性的復歸，使趙惠明在出賣 K 和萍以後，良心受到了強烈的譴責。所以當上級派她去偵探 K 和萍，她捫心自問：「難道我就讓他們將我這一點點最後留存的『人之所以爲人』的東西也都剝奪了，墮落到牛頭馬面的那一伙去？」這是她所不願意的。「我還有靈魂，我的良心還沒有死盡，我也還有羞恥之心，我怎麼能做了香餌去勾引小昭的朋友？一定不能。我自己不許！」

〔註23〕 《腐蝕‧後記》，《茅盾文集》第 5 卷，第 305～307 頁。

　　茅盾懷著深厚的人道主義精神，向社會各界人士發出呼籲，拯救像趙惠明這些雖墮入魔窟但還存有幾份人性的青年，注意他們「如此這般的難言之痛」，幫助他們逃出魔鬼的羅網，讓他們和我們一樣過著正常人的生活。

　　有的評論者已經指出：「《腐蝕》作為一部暴露書，寫了爆炸性題材，增強了小說的黝暗恐怖的氣氛和神秘感，足以激發當時讀者的驚愕之心和憤慨之情。但是止於此，是很難具有傳世之力的。《腐蝕》更重要的是一部懺悔書，一個『心靈破碎了的人』的懺悔書，這使它具有傳世不衰的藝術魅力。」〔註24〕把《腐蝕》概括為一部「暴露書」、「懺悔書」，這無疑是對的；但倘若我們更深一層去開掘小說的內涵，就不難發現，女主人公趙惠明的懺悔，實際上蘊蓄著作者那博大而美麗的人道主義的胸懷，顯示了人性最終戰勝獸性的偉大的人格力量。應該說，人性的光輝，才使這部長篇小說具有不朽的撼人魂魄的藝術魅力。

　　這也說明，反映具有尖銳的、現實的政治性主題的文學作品，並不盡然就是圖解政治，公式化和概念化，它照樣可以寫得有聲有色，感人肺腑。關鍵在於作者對於生活熟稔的程度，以及作者是否以他那誠摯的「心力」去感染讀者。不論茅盾後來如何解釋，他對於趙惠明「不明大義」而失足是懷著同情心的，所以他要在小說卷首提醒關心青年幸福的社會人士，多加注意那些受著「莫大的精神痛苦」煎熬的失足青年，以及設法挽救他們衝出重重魔障。正是這種拳拳之心，使作者不再像以往那樣藉小說進行政治說教和抽象議論，而是注重對主人公的細膩的心理剖析，在人物的心理刻劃上達到了驚人的藝術成就。因此，《腐蝕》已經超出了它的文學價值，它同時也是我國不可多得的一部「犯罪心理學」的書。

　　趙惠明的懺悔，是以內心獨白的日記體裁形式表現的；對主人公複雜心理的多側面刻劃，構成了《腐蝕》的重要特點。作者調動了一切心理描寫的手段，加以綜合地運用，寫了趙惠明正常的、變態的、清醒的、夢魘的、得意的、悔恨的心理形態，以表現人物心理活動的豐富性和複雜性。例如趙惠明對汪偽特務希強欺騙她，佔有她的身體，而在她有了身孕以後又棄絕她並挾款潛逃的卑鄙行為，恨之入骨，一心想著「向我所憎恨的，所鄙夷的，給以無情的報復」；但對新生的嬰兒，卻表現了一種矛盾的心態：一方面惟恐失去這孩子，另一方面覺得「這孩子的父親是他」便毛骨悚然。她的心「在兩

─────────────────────────────

〔註24〕楊義《中國現代小說史》第 2 卷，第 120 頁，人民文學出版社 1988 年版。

極之間搖擺」，終於把嬰兒丟在醫院裡，而又給這棄嬰取名「小昭」，以寄託自己渺茫的希望。又如趙惠明告發 K 和萍以後，她的心境也是很不平靜的。有時她把這種行為說成是出於對萍的嫉妒：「萍的影子卻遮蔽了我心頭的明淨；久已生根的嫉妒突然蓬勃發長，並且牽累到 K，凝成一團，橫梗在胸內」。有時她又把這種行為說成是為了保護小昭：「我那天把 K 和萍說了出來，也還是為了保護小昭；我借他們兩位證明了小昭不是『刁』得很的。自然也證明了我不是毫無『成就』。這，表面似乎為自己，但此時來反省，也還不是為了小昭麼？」有時她要設法減輕自己的罪責，擺脫負疚之心：「然則我之告發了他們，似乎也不算什麼，……因為他倆早已被列入『黑名單』」；「是不是我在棺材上再加了釘呢？我怎麼能承認有那樣嚴重」；「哦，對了，我沒有理由一點也不負責任，但也沒有理由負全部的責任」；她要求他倆能「原諒我的不得已的苦衷」。她後來雖然做了掩護 K 和萍的工作，卻又進一步告發 K「確負有重要的組織任務」，「萍是他的愛人」，但她又千方百計地安慰自己：「如果說昨夜上我又做了對他們不利的事，那才是笑話。幾句話算得什麼，而況我也是箭在弦上，不得不發。」這些都揭示了她作為特務已經變得冷酷的陰暗心理的一面。

小說對那個鬼蜮世界給主人公帶來的心理壓力，有一段精彩的描寫：

> 那一天熱度最高的時候，幻象萬千，真把我顛弄得太苦。現在還不能忘記的，就是許多人面忽然變成了髑髏：好像是在曠野，但又好像依舊在這間囚籠似的小房，一些人面，認識的和不認識的，老鼠一樣從四面八方鑽出來，飄飄蕩蕩，向我包圍來了，我也被他們擠小了，氣悶非凡，可又不能喘口氣；然後，那些人面似乎滿足了，不再進逼，卻都張開了大嘴，突突地跳，愈跳愈快，終於不辨為人面，簡直是些皮球了，這當兒，我又回覆到原來那樣大，在這些「皮球」的當中找路走；我努力搬動兩腳，撥開那些滾上來的「皮球」，——卡拉拉，卡拉拉，聲音響得奇怪，突然，我發現原來又不是「皮球」而是白森森的髑髏，深陷的眼眶，無底洞似的，一個個都向上，……我恨恨地踢著撥著走，想從這髑髏的「沙灘」上闖一條路，卡拉拉，卡拉拉。……

這裡描寫的是主人公在夢魘中出現的幻象，是主人公由「生理的瘧疾」引發出來的「精神上的瘧疾」。作者以象徵的藝術手法，通過那象徵惡魔的「白森

森的髑髏」向她包圍，而她卻無力突圍，寫出了主人公內心深處隱伏的憂鬱症與恐懼症。

在《腐蝕》裡，作者著意追求社會歷史的剖析與人物心理剖析的統一。在國統區，特務的包圍、腐蝕把主人公引向墮落，而一些進步青年對真理的執著追求和無畏的鬥爭精神，又使她感到愧疚和不安，並成為激勵她悔過自新的力量。作者寫出了主人公既墮落又悔恨的多元的性格組合：在被蹂躪、被地獄之火煎熬下，還深藏著「一個破碎的心」；當她「窺見了前途有些光明的時候，每每更覺得過去的那種不堪的生活是靈魂上一種沉重的負擔」。通過「蘇北事件」、「皖南事變」、小昭被害……這一塊塊撞擊心靈的巨石，小說成功地展示了主人公心理發展的歷史。

「五四」以來，許多偉大的作家都以自己的特長在做「拯救國人靈魂」的工作。如果說，魯迅以他的人道主義精神，表示了他對貧苦而麻木的農民的命運的關懷，揭出病苦，以引起療救的注意，出色地完成了他那一代人的歷史使命；那麼，到了四十年代，塵海茫茫，狐鬼滿路，茅盾則把目光投向妖魔盤踞的都市，他像一個仁慈的長者，努力地拯救都市青年墮落了的靈魂，給他們以溫暖和慰藉，顯示了作家對時代變遷的理解，對人和對人的心理、道德、人生觀的理解。在這個意義上《腐蝕》可以說是一部「拯救人的靈魂」的書。

3. 《霜葉紅似二月花》：蘊蓄「紅樓」神韵的小說

一九四二年四、五月間，茅盾寫完《劫後拾遺》以後，自六月始醞釀另一部長篇小說《霜葉紅似二月花》。

如前所說，茅盾對他的問世作《蝕》三部曲並不滿意，然而又不能忘情於那一九二七年轟轟烈烈的大革命的題材。抗戰前夕，他曾打算寫一部從辛亥革命到「五四」運動的長篇小說，因抗戰爆發而未能實現。這次客居桂林，使他想起了那「未竟的事業」。茅盾說，「我想，既然許多當前的現實生活不能寫，一九二七年大革命或許因其已成歷史，反倒引不起國民黨圖書檢查官的注意。我在桂林是客人，許多社會活動可以不參加，這也給了我靜心寫作的可能。於是我著手寫《霜葉紅似二月花》。」

按照茅盾先前的計劃，此書規模較大，大約又是屬於三部曲一類的書：第一部寫「五四」前後，第二部寫北伐戰爭，第三部寫大革命失敗以後。但是只

完成了第一部，「還沒有沾著大革命的邊」，這年十二月初旬，茅盾與妻子就離開了桂林去重慶，「不料到了重慶，環境變化，竟未能繼續寫下去」〔註25〕。

《霜葉紅似二月花》反映了「五四」前後江南某縣城的社會變動和新舊勢力錯綜複雜的鬥爭。它和茅盾過去的長篇小說喜歡選取眼前的重大政治題材有所不同，它與現實保持了一段的心理距離。如此迴避，固然是國民黨的文化專制主義造成的結果，但這倒也給茅盾對二十多年前的社會動盪進行歷史反思提供了一個很好的機會。不過，在小說裡，作者沒有正面反映「五四」前後新舊勢力在政治、思想、文化、經濟領域的尖銳鬥爭，而是以代表新興民族資產階級的王伯申與封建豪紳代表者趙守義之間的鬥爭為貫穿線，從側面反映了「五四」前後社會思潮和經濟結構的重大變化給江南城鄉帶來的深刻影響。

世世因襲的傳統的力量，把這個古舊城鎮壓抑得沒有一點活氣。辛亥革命以後，這裡仍沒有什麼異樣。小說裡的張恂如發過這樣的牢騷：「即如這廳堂裡的陳設，我從小見的，就是這麼一個擺法，沒有人想去變換一下，你要變動變動，比修改憲法還困難。前面院子那株槐樹，要不是蛀空了心，被風吹倒，恐怕今天還是不死不活賴在那裡罷？我什麼都提不起勁兒來。」然而「五四」的春風終於吹進了這個暗昧、沉悶的地方。從外號「剝皮」的當地豪紳趙守義嘴裡傳出，「孝廉公從省裡來信，說起近來有一個叫做什麼陳毒蠍（按指陳獨秀）的，專一誹謗聖人，鼓吹邪說，竟比前清末年的康梁還要可恨可怕。咳，孝廉公問我，縣裡有沒有那些姓陳的黨徒？」幾個遺老還佯裝正經攻擊「男女平等，婚姻自由」的口號，批評「當街晒女人的褲子」，「女學生的裙子，天天縮短，總有一天會縮到沒有的。其實沒有倒也罷了，偏偏是在有無之間，好比隔簾花影，撩的人太心慌啦」，這是「冶容誨淫，人心大壞」，「比禽獸都不如」，所以他們「礙難坐視」，要「敦風化俗會」出來整頓風紀。惠利輪船公司經理王伯申同樣攻擊「家庭革命的胡說」，「學風越弄越壞」，「貽誤人家的子弟」；他還包辦兒子與馮家女子（綽號「老南瓜」）訂婚，為的是維持與馮梅生這個遺老的「交情」。當然，這股春風只是泛起了湖面的一層漣漪：豪紳照樣耀武揚威，地主依然統治著農村；黃和光還是大口大口地抽大煙；幾個遺老還有閑心鑒賞「紙紮舖新糊成的三樓三底外帶後花園的一座大冥屋」，而且在爭論著「陰間買賣地皮是否也跟我們陽間一樣常有糾

〔註25〕茅盾《我走過的道路》（下），第300頁。

紛」；恂少奶奶因包辦婚姻在張家裡得不到愛情與溫暖，她明知丈夫「整天沒精打采是為了一個女的」，卻只能忍氣吞聲，不敢有任何反抗的表示，而恂如也只不過把家比做「監牢」，把妻子比做「看守人」，發點牢騷而已。

雖然如此，民國初年，中國資本主義得到了迅速的發展，民族工商業正在崛起，它畢竟給封建宗法社會以有力的衝擊，並在一定程度上打破了或改變了封閉的、田園風味的農村生活的寧靜。縣城的市面因輪船公司的開辦而振興起來，「現在哪一樣新貨不是我們的船給運了來？上海市面上一種新巧的東西出來才一個禮拜，我們縣裡也就有了」。王伯申除了開辦輪船公司，還打算動用被趙守義長期把持的善堂的存款，創辦「貧民習藝所」，招募本縣無業游民，發展民族工業。趙守義當然不會輕易交出十多年來善堂積存的巨款，反告王伯申占用學產公田；他串通校長曾百行，強令王伯申把堆在公田裡的千把噸煤搬走。此外，在河水暴漲季節裡，王伯申的輪船在河裡駛行，沖毀沿河的一些堤壩和農田，趙守義便勾結小曹莊地主曹志誠，煽動農民砸輪船，結果是一個農民的孩子喪了命，後來他又串通官府在官司上打贏了王伯申。這場鬥爭，生動地反映了中國民族工業經濟在開始衝破農村自給自足的小農經濟時存在的尖銳衝突，以及改變中國農村經濟結構之艱難。結局是王伯申和趙守義言歸於好：王伯申不要求清算善堂的公款，也不開辦「貧民習藝所」；趙守義也不再追究那鄉下孩子的命案。民族資產家與封建豪紳相互妥協，被出賣的是農民。

小說主人公錢良材是一個年青的開明鄉紳，他剛毅豪邁，仗義疏財，像他父親那樣，「最看不起那些成天在錢眼裡翻筋斗的市儈，也最喜歡和一些偽君子鬥氣」。但是，他把父輩創立的「佃戶福利會」停辦了，他要走自己的路。他說：「……老人家指給我那條路，難道會有錯麼？可是，可是，如果他從前自己坐了船走的，我想我現在總該換個馬兒或者車子去試試罷？」他知道村裡農民之所以服從他，「因為他是錢少爺，是村裡唯一的大地主，有錢有勢，在農民眼中一向就是個土皇帝似的」。在王、趙的鬥爭中，錢良材走了第三條路線，他和縣裡幾個紳商企圖聯名向官府上遞「公呈」，要求疏浚河道和加高堤岸，款子由善堂公款和王伯申捐助，這個議案王、趙雙方都礙難允承。所以，錢良材從縣城歸來的路上，一心想著自己給農民誇下了大口，如今卻還沒有解決的辦法。他既不願與小曹莊聯盟去砸輪船，也不想因此得罪王伯申。他的辦法是動員全村農民，連夜在錢家莊距河灘半里地築起一道堤堰。他主

張被犧牲了的田，由全村農民攤派負擔，而他自己的田則不需要賠償。但是，民族資產者向封建豪紳妥協，小曹莊農民上了當，他非常氣憤。他說：「不管是便宜了哪一個，我多少給他們一點不舒服，不痛快！他們太不把別人放在眼裡了，他們暮夜之間，狗苟蠅營，如意算盤打的很好，他們的買賣倒順利，一邊的本錢是小曹莊那些吃虧的鄉下人，再加上一個鄉下小孩子的一條命，另一邊的本錢是善堂的公積，公家的財產，他們的交換條件倒不錯！可是，我偏偏要叫他們的如意算盤多少有點不如意，姓王的佔了便宜呢，還是姓趙的，我都不問，我只想藉此讓他們明白：別那麼得意忘形，這縣裡還有別人，不光是他們兩個！」小說末尾提到錢良材還想繼續與王、趙一類橫行霸道的人作鬥爭，不讓他們的世界太如意、太舒服，但未能展開。

《霜葉紅似二月花》具有多義性主題的特點。從王伯申與趙守義的鬥爭中，小說主要揭示了新興資產階級與封建豪紳勢力的衝突與妥協；從張恂如、黃和光、錢良材這些地主階級出身的知識青年，他們的苦悶、彷徨和不甘寂寞、謀求新路的心境中，說明了「五四」新思潮在青年一代的投影，等等。但是，屬於小說主線的那個富有象徵意義的事件，即小火輪沖決堤岸所引起的騷動，在茅盾的心目中是作為一種社會力量而出現的，而且在他以往的作品中也反覆出現過。如在散文《鄉村雜景》中，茅盾就提到小火輪在農村引起的反響：「它們軋軋地經過那條小河的時候總要捲起兩道浪頭，潑剌剌地沖打那兩岸的泥土。這所謂『浪頭』，自然麼小可憐，不過半尺許高而已，可是它們一天幾次沖打那泥岸，已經夠使岸那邊的稻田感受威脅。大水的年頭兒，河水快與岸平，小火輪一過，河水就會灌進田裡。就在這一點，鄉下人和小火輪及其堂兄弟柴油輪成了對頭。」〔註26〕茅盾一方面對受害的農民表示同情，把小火輪、柴油輪稱作「惡霸」，另一方面，作為一種社會力量，他又認為輪船闖入農村，也在迅速改變農村閉塞、落後的面貌，促使農村自然經濟的解體。在小說裡，「小火輪出現帶來的騷動已成為事件的中心，這種象徵性意象引起茅盾極大的興趣，他藉此表現西方技術侵入所帶來的社會變化，並且與風雨雷電等自然現象交織在一起，表現了一種動盪不安和迷惘惶惑的社會心理」〔註27〕。

作為長篇小說的第一部，《霜葉紅似二月花》描寫了數十個人物，雖然顯

〔註26〕載《申報月刊》第 2 卷第 8 期（1933 年 8 月 15 日）。
〔註27〕邱文治《茅盾小說的藝術世界》，第 106、107 頁。

現了它的恢弘的氣勢和複雜的社會關係，但都有待於深入開掘和橫向拓展；其中主要人物如錢良材、張婉卿、王伯申、趙守義等，有的只勾勒了一個輪廓，有的只平面地作了交代，有的性格剛剛展開，所以很難說成功地塑造了哪一個人物形象，更不必說繪製了一幅人物系列畫廊了。不過，有的人物形象卻也寫得眉目清晰、個性分明，給讀者留下了較深刻的印象。如張恂如，他軟弱、懶散、消沉；年少時曾愛上表妹許靜英，但在祖母與母親包辦之下，三年前與寶珠結婚，婚後感情不合，他感到厭煩，想衝出束縛他的牢籠，去追求自由的愛情。他說，「輸儘管輸，我的這股悶氣總得出一下：我打算放它大大的一炮！」然而這也只不過是空嚷嚷而已。在事業上，在家庭地位上，無論是長輩還是妻子，都不承認他是「紳縉」，而是一個「什麼也不懂也不會的傻瓜」；他「從沒幹過一件在太太們眼裡看來是正經的事：這是他在家裡人心目中的『價值』」。他本想接受王伯申的邀請，參與發起成立貧民習藝所，卻遭到長輩們的反對。祖母說，「恂兒，你要出場去當紳縉，還嫌早一點……目前我只要你留心店裡的事務，守住了這祖業，少分心去管閑事，莫弄到我們這幾十年的源長老店被人家搬空了你還睡在鼓裡。」他因此變得空虛、無聊，不知道該怎樣去排遣時光，真正成了那社會變革期的「多餘人」了。

至於那個曾是清末的維新人物，現在被人們視為「呆頭呆腦不通時務」的老頭兒，發霉而背時的紳縉朱行健，寥寥幾筆，也寫得神情畢肖。他喜歡出頭說話，但誰也不覺得他的話有多少分量。但他的性格也還有可愛的一面。他慨嘆著雨水太多，今年的收成不堪設想，就在自家堆放著破舊瓶罐缸甕的小天井內，搬弄著幾個大甕和玻璃酒瓶，這就是自製的「量雨計」。他還用火炮來進行「化學研究」。他想出高價從石保祿那裡買來一架顯微鏡，他「從『微生蟲』之以恒河沙計，說到『微生蟲』之可怕，因而又說到灰塵之類就是『微生蟲』的家」；有一架顯微鏡，「那我們的眼界就會大大不同了……我們那時才能知道造物是何等神妙」。滔滔不絕，欲罷不能。他兒子糾纏著向義女要錢，還想把她摟在懷裡，逼得義女落淚，他卻囑咐義女：「就是灰塵迷了，也該用硼酸水洗一下。」這位「連蒼蠅眼睛裡的奧妙都要看一看的父親，卻永遠不想朝女兒的心裡望一眼」。朱行健的種種「試驗」，很像是一個「趨時」的人物，而他的迂腐又給人以隔世之感。茅盾運用了諷刺的手法，對諷刺對象那滑稽可笑的一面，加以伐膚剔髓，頗以《儒林外史》，體現了「戚而能諧，婉而多諷」的美學風格。

　　人物形象塑造得最成功的要算是張婉卿了。張婉卿這位女性，穿戴都很講究，上海買來的繡花鞋，外國料子做的褲子──「淡青色，質料很細，褲管口鑲著翠藍色的絲帶」，用的是上海康乃馨的名牌爽身粉。在寶珠眼裡，她是很享福的，「上無姑嫜，下無妯娌叔伯，姑爺的性子又好，什麼都聽她」。寶珠誇婉卿精明能幹，「裡場外場一把抓」；又讚她能以樂天的情態去應付人世間一切酸甜苦辣，「辛苦是夠辛苦了，心裡卻是快活的」。然而，婉卿也有她的煩惱和痛苦。他對寶珠說：「嫂嫂，你說我裡場外場一把抓，可又有什麼辦法？和光成天伴著一盞燈，一枝槍，我要再不管，怎麼得了？這叫做跨上了馬背，下不來，只好硬頭皮趕。……嫂嫂，一家不知一家事。我心裡有什麼快活呢，不過天生我這付脾氣，粗心大意，傻頭傻腦，老不會擔憂罷哩！嫂嫂你想想：這位姑爺，要到下午二三點鐘才起床，二更以後，他這才精神上來，可是我又倦得什麼似的，口也懶得開了。白天裡，那麼一座空廓落落的房子，就只我一個人和丫頭老媽子鬼混，有時我想想，真是又好氣又好笑：我算是幹麼的？又像坐關和尚，又像在玩猴子戲！可是坐關和尚還巴望成佛，玩猴子戲的，巴望看客叫好，多給幾文，我呢，我巴望些什麼？想想真叫人灰心。嫂嫂，你說，我有什麼可以快活的呢！」孤寂而迷惘的生活環境把婉卿鍛鍊得成為理財管家的女強人了。從小伺候她的阿巧也摸不清她的喜怒。她立過規矩，天黑以後男僕不許進後院子門。阿壽犯規了，嚇得丟魂，「只覺得婉小姐的尖利的眼光時時在他身上掠過」。她每天要聽取阿壽報告家裡收支的賬目。「阿壽！這個月裡，大街上那幾間市房，怎麼還不交房租來？你去催過了沒有？」「阿壽，你得好好兒做事，莫再忘了我定下的規矩！」阿巧曾在女主人背後給阿壽做了兩次手勢，勸他快走。過後女主人便教訓了這個聰明乖巧的女佣：「阿巧，你得記住我背後也有眼睛……你得安分些，阿巧！剛才你和阿壽做什麼鬼戲？下次再犯了，定不饒你！」洗澡時她還要叫嚷著提醒丈夫不要忘了明天去祥茂發雜貨店提出存放的千把塊錢股金。她與丈夫黃和光本是美滿的一對，原以為鴉片煙可治癒丈夫的生理缺陷，不料卻鑄成了終身大恨：三年光景，丈夫就像一條「蜷伏在牆腳的老蚯蚓」，終日躺在煙榻上，萎靡不振，偶爾念誦幾句杜詩，浩然一悲吟。丈夫面對眼前艷妻那「洋溢著青春熱力的肉體」而自慚形穢；而婉卿擺脫性苦悶的辦法，則是把丈夫當做自己的孩子加以撫愛。「和光，告訴你罷，從前有好多時候我是把你當作我的孩子的……有時候半夜醒來，摸一下身邊，噯，身邊有你，蝦子似的躺

在那裡，一想到這是我的丈夫，噯——心裡就有點冷，可是馬上念頭一轉，我就喜孜孜地看著你的紋絲兒不動的睡相。」黃和光雖未能曲盡丈夫的天職，婉卿卻給他以妻子的溫馨和母親般的體貼，「宛然是一個母親在看護她的病中的小寶寶」。這是把「母子」情結維繫在夫妻關係中。她幫助丈夫戒煙、治病，相信丈夫會重新成為一個壯男子漢，她鼓勵丈夫振作精神，走出這個偏陬的縣城，遊山玩水，享受大自然賜予的歡樂；但是，她同樣未能擺脫傳統的迷信觀念的束縛，她坐船去錢家莊附近的大士廟燒香許願、抽籤求子。她深信老太太新年求籤後說過的話，「我們要抱外孫也不會太遲，就是明後年的事」。同時，她不耐寂寞，抱養了一個女孩，一個用她「那白胖胖的小手摸著我的面孔呀呀地學著叫媽的孩子」，還特意辦了五桌酒席設宴抱養「螟蛉」。有些研究者把婉卿與《紅樓夢》的某些女性形象作比。有的說她精明幹練、辦事果斷、獨立主持家務如王熙鳳，有的說她「會做人」如薛寶釵，「善理家」如賈探春，並稱讚她具有「東方女性賢惠明禮、負重前行的品行」等等。如作者所說，「張婉卿的性格還有待發展」〔註28〕，我們還無法判斷人物的性格走向，無法瞭解人物形象的全貌，但就這部長篇而言，以上評論張婉卿「會做人」、「善理家」等，應該說只是人物外在的行為表現，而她其實是一個性苦悶、性變態者。如她規定天黑以後男僕不准進後院子門；她把失去性功能的丈夫當做自己的孩子加以愛戀；她拜佛、求醫渴望丈夫能再現男子漢的本事；丈夫黃和光懷疑自己的生理缺陷能否治癒，「怎麼不能！」婉小姐毅然回答。「事在人為！包在我身上，兩年三載，還你一個……」她忽然低了頭，吃吃地笑。這些或含蓄或明快的人物描寫，都真實地反映了一個青春女性在失去正常的夫妻生活後的煩悶、寂寞與苦痛，然而它卻被那有說有笑的開朗的外表掩蓋住了，使人不易覺察出她的內心深處的隱痛。如此委婉細密地描寫具有中國古典風韻的現代青年女性的內心世界，在中國現代小說裡也是不多見的。

　　茅盾說他寫《霜葉紅似二月花》「是用了一番心思的」，「我企圖通過這本書的寫作，親自實踐一下如何在小說中體現，中國作風和中國氣派」〔註29〕。作者明顯地吸收了《紅樓夢》等中國古典小說的長處，一改過去那種理性剖析的寫法，把小說從描述社會政治的動盪和金融、企業界的活動的大千世界

〔註28〕茅盾《我走過的道路》（中），第301頁。
〔註29〕茅盾《我走過的道路》（下），第301頁。

轉向表現幾個舊式家庭的倫理、人情、風俗和習慣的狹小的生活格局裡，在王伯申與趙守義兩股勢力鬥爭這一主線的牽動下，一些男女愛情的葛藤，家庭日常生活和平凡瑣事，寫得纏綿細膩，曲折迴旋。在那裡，母子、父子、夫婦、兄弟、姊妹、婆與媳、主與僕，他們的愛與憎、喜與怒，無不反映了古老中國文化傳統與現代社會力量之間的衝突與抗爭。

譬如寫恂如夫妻間口角那精彩的一幕：

> 恂少奶奶進房來，也沒向恂如看一眼，只朝窗前走去，一邊把那白地小紅花的洋紗窗簾盡量拉開，一邊就嘰嘰咕咕數說道：「昨夜三更才回來，醉得皂白不分；姑太太今早起又問過你，我倒不好意思不替你扯個謊，只好回說你一早有事又出去了；誰知道——人家一早晨的事都做完了，你還躺在床上。」

> 恂如只當作不曾聽見，索性把剛披上身的短衫又脫掉了，他冷冷地看著帳頂，靜待少奶奶再嘮叨；但也忍不住忿然想道：「越把人家看成沒出息，非要你來朝晚嘮叨不可，人家也就越不理你；多麼笨呵，難道連這一點也看不出！」可是恂少奶奶恰就不能領悟到這一點。……

恂如夫妻無聊的爭吵，無不潛伏著包辦婚姻帶來的家庭生活悲劇。此外，如恂如對室內陳設的牢騷，恂少奶奶對婉卿穿戴的欽羨，婉卿見張老太太行大禮的家規，婉卿燒香求子的虔誠，淑貞為自己嫁給一個「花痴」的嗟嘆，鮑德新等遺老關於買賣冥屋地契的議論……作者把那個幾乎凝固了的舊式家庭生活，寫得如涓涓溪水，徐紆從容，暗喻著舊時代的漸漸逝去。有的研究者因此稱這部小說的描寫藝術，具有民族傳統的「紅樓」神韻。

《霜葉紅似二月花》問世以後，桂林文藝界人士特意舉辦了一次座談會，與會者指出它像《紅樓夢》，並致電茅盾祝賀他的成功，「公認此作已為中國文藝之巨大收穫」。沙汀在紀念茅盾五十壽辰時也說，「先生還在精進不已，並未局限於已往二三十年已有的成就，就只需讀一讀先生戰後寫作的《霜葉紅似二月花》的上卷，便會相信我是沒有胡說。」〔註30〕今人也認為這是「一部富於東方審美情調的作品，它顯示了中國古典文化的審美趣味一經現代作家點化，會釋放出精醇芳香的藝術魅力」〔註31〕。「這部長篇，作為歷史發展

〔註30〕沙汀《感謝之辭》，1945 年 6 月 30 日《新華日報》。

〔註31〕楊義《中國現代小說史》第 2 卷，第 124、125 頁。

的畫卷和社會風情的華章，就和茅盾其他的長篇不同。它具有《紅樓夢》般的現實主義的藝術魅力，至今能保持其思想的藝術的生命」〔註32〕。即使如夏志清在他的那部帶有嚴重政治偏見的《中國現代小說史》中也承認，「在這本小說中，我們可看到茅盾驚人潛力的復蘇」。

　　作為人生派的大師，茅盾不僅習慣於展示在動蕩的政治、經濟戰線上人與人之間驚險的大搏鬥，以理性的、思辨的方式去歌頌新生的社會力量與新時代人性的覺醒，而且還擅長表現那些薰染著濃重的封建文化氣氛的舊式家庭的種種糾葛與悲哀，以及在封建宗法制度壓抑下錯綜的人際關係，寫出具有傳統風格的「家譜式」的小說。它反映了茅盾深厚的藝術修養和多元的美學選擇。

　　《霜葉紅似二月花》不是政治小說，而是充滿人情味的小說。它的成功說明了作者一旦從「為政治」轉回「為人生」，避開政治說教、抽象議論，寫出各階層的人的靈魂，人的喜怒哀樂，顯現複雜多樣的人性，複雜多樣的中國人的家庭，並不再急迫地去貼近現實，而是把自己同時代以及活躍著的各色人物保持一定的心理距離，冷靜而深入地加以窺探，就可以獲得驚人潛力的復蘇，小說也因之釋放出精醇芳香的藝術魅力。這是《霜葉紅似二月花》獲得成功的根本原因之所在。

　　這裡順便說及中篇小說《走上崗位》和長篇小說《鍛煉》。

　　一九四三年八月，茅盾在重慶，把中篇小說《走上崗位》交給了《文藝先鋒》連載。茅盾後來追憶道：「小說寫抗戰初期上海某愛國的民族資本家在工人的支持下把工廠遷往內地的故事。我原來想寫中國的民族資產階級在抗戰中的辛酸史，但寫完遷廠的故事我就擱筆了，因為再往下寫勢必要觸及官僚資本的罪惡，揭露其在抗戰中借政治軍事特權而迅速膨脹，壟斷戰時經濟，掠奪人民財富，以及對民族工業摧殘和扼殺的種種罪行。而這樣的內容在一九四三～一九四四年的重慶是不可能發表的。……在《文藝先鋒》上已經連載的那一部分，我也是不得不避開對國民黨在抗戰初期所作所為的正面揭露，而全部採用了側筆或暗示。」因為是帶著鐐銬在跳舞，所以茅盾稱它是「特殊環境下的特殊產品」。「對它我是不滿意的。後來，一九四八年我在香港，就把它否定了，採用了《走上崗位》中的部分故事和人物，另起爐灶，

〔註32〕丁爾綱《茅盾作品淺論》第 203 頁，青海人民出版社 1983 年版。

寫成了《鍛煉》」〔註33〕。即將《走上崗位》的第五、六章稍加修改，移作《鍛煉》的第十四、十五章；人物姓名也把阮仲平改為嚴仲平，阮孟謙改為嚴伯謙。

《走上崗位》與長篇《鍛煉》一樣，都是反映上海抗戰初期遷廠與反遷廠的鬥爭。「八・一三」戰火彌漫上海之際，某廠老闆阮仲平根據當局的指令，決定把工廠遷往武漢；而強民製造廠老闆朱競甫，嘴裡唱著愛國的高調，則暗中將工廠遷入租界堆棧。朱競甫唆使本廠工頭徐和亭去誘騙阮仲平工廠的領工李金才、高級職員蔡永良，以及工人周阿梅、石全生，阻撓阮仲平工廠內遷，但徐和亭的詭計被工人們識破，未能得逞，蔡永良也被阮仲平強令首批隨船出發。《走上崗位》在處理資本家內部在遷廠問題上的鬥爭，略嫌粗疏，一些人物形象也較模糊；對國民黨當局積極反共、消極抗日的政治路線也未能進行有力的揭露。所以作者後來把它否定了。

一九四八年，茅盾在香港，仍然耿耿於抗日戰爭的題材，應香港《文匯報》之約，創作了長篇小說《鍛煉》。據作者後來的說明，「《鍛煉》是五部連貫的長篇小說的第一部。原擬第二部寫保衛大武漢之戰至皖南事變止，包含保衛大武漢時期民主與反民主的鬥爭，武漢撤守，汪精衛落水，工業遷川後之短期繁榮，重慶大轟炸（五三、五四），國民黨政府『防範奸黨、異黨條例』之公佈，國民黨人之『不抗戰止於亡國，抗戰則將亡黨』之怪論等等。第三部預定內容為太平洋戰爭之爆發，中原戰爭，湘桂戰爭，工業之短時繁榮已成過去，物價高漲，國民黨特務活動之加強，檢查書報之加強，發國難財者甚多，國際風雲對中國戰局之影響等等。第四部包含經濟恐慌之加深，國民黨與日本圖謀妥協，民主運動之高漲，進攻陝甘寧邊區之嘗試，國際反動派之日漸囂張。第五部為『慘勝』（當時人們稱抗日戰爭的勝利為慘勝）至聞、李被暗殺。各部的人物大致即第一部《鍛煉》的人物，稍有增添。這五部連貫的小說，企圖把從抗戰開始至『慘勝』前後的八年中的重大政治、經濟，民主與反民主、特務活動與反特鬥爭等等，作個全面的描寫。」〔註34〕作者關於五部連貫小說的構想，蔚為大觀，倘能完篇，堪稱抗日戰爭的史詩了。後因作者於當年十二月離香港去大連，未能如願。

比起《走上崗位》，《鍛煉》雖然也以上海「八・一三」戰事為背景，但

〔註33〕茅盾《我走過的道路》（下），第330頁。
〔註34〕《鍛煉小序》，《茅盾全集》第7卷，人民文學出版社1984年版。

在題材的拓寬、人物形象的描寫和結構的組織上，顯得充實、嚴密、清晰得多。上海國華機器製造廠經理嚴仲平，在戰爭爆發後，打算遷廠至漢口，但在他大哥、政府要人嚴伯謙的勸誘下，又企圖把機器搬進租界，認為這是「公私兩全」的辦法。嚴伯謙那時暗中在做走私生意，還讓漢奸胡清泉疏通與日本浪人的關係。後因工人的奮力鬥爭，嚴仲平才決定工廠內遷。小說還描寫寄居在胡清泉家中的大學教授陳克明克服困難創辦《團結》周刊，宣傳抗戰，老醫生蘇子培積極地為前線傷病員治病，女學生蘇辛佳在傷兵醫院當護士，向傷病員發表抗日救國的演說，被國民黨當局誣以「不服從政府領導」、「別有企圖」的罪名逮捕入獄，嚴仲平女兒嚴潔修還打算去北方投奔八路軍。⋯⋯

　　研究者們幾乎都肯定了《鍛煉》在謀篇佈局上環環相扣的整體性，以及注重人物心理透視，較好地勾畫了人物在特定環境下的情緒波動等特點；小說揭示的主題，也無不反映了作者敏銳而明晰的政治眼光，於人物的褒貶揚抑中帶有鮮明的政治傾向和抗戰熱情。應該說，練鎔裁而曉繁略，精要義而斟濃淡，這是茅盾得心應手駕馭長篇小說的功力，也是《鍛煉》在藝術上取得的成就。但是，在塑造人物形象上，小說雖然寫了眾多人物，卻沒有一個能給讀者留下鮮明而深刻的印象，也沒有鑄造出一個充滿生命活力的、富有個性色彩的人的靈魂。這不能不說是《鍛煉》的重大缺陷。它其實更像記事性的報告文學。

　　從《霜葉紅似二月花》到《鍛煉》，說明了茅盾很不情願使自己與現實拉開距離。這種時空的、心理的距離，確曾給他的小說創作帶來許多益處——使他有可能對歷史進行冷靜而深刻的反思，從容地對每一個人物和事件加以考察與分析，並自由地發揮藝術的創造力。然而茅盾在更多的時候卻拒絕了它。

　　茅盾的強烈的政治責任感與注重反映重大的社會現實題材的思維模式，形成了難以改變的從理性的、觀念的視角（即從黨派的、集團的政治與政策為出發點）去醞釀與製作小說，而不是從創造典型的人物形象出發。與《鍛煉》有相似之處，魯迅的《阿 Q 正傳》也是應孫伏園之約，在《晨報》副刊上連載的；雖然也是邊寫邊載，匆忙應對，但魯迅是把創造藝術典型作為根本的任務的，而阿 Q 也是他經過長期觀察、體驗，在心目中逐漸醞釀成熟並活躍起來的人物形象。魯迅說，「我要給阿 Q 做正傳，已經不止一兩年了」[註35]；「阿 Q 的影像，在我心目中似乎確已有了好幾年，但我一向毫無寫他出

〔註35〕魯迅《吶喊·阿 Q 正傳》。

來的意思。經這一提，忽然想起來了，晚上便寫了一點，這就是第一章：序」〔註36〕。這說明創造人物形象在魯迅小說創作中是占據很重要的位置的，而這恰恰被茅盾所忽略了。這恐怕也是茅盾許多小說未能獲得成功的原因之一。

此外，茅盾喜歡反映具有史詩性質的重大的社會現實的題材；但是面對如此波瀾壯闊的社會生活畫面，他是難於在較短的時間內積累足夠的生活經驗去加以反映的，因此他的許多小說不可避免地採用記實性的敘述方法，刻板地交代人物和事件，人物形象和性格都不具鮮明的個性特色，他筆下的資本家、青年知識份子形象常給人以雷同的感覺。作者那心高力絀的一面，讀者從他的許多小說裡是不難體察到的。魯迅在上海時期給友人的信中，承認自己「新作小說則不能，這並非沒有工夫，卻是沒有本領，多年和社會隔絕了，自己不在漩渦的中心，所感覺到的總不免膚泛，寫出來也不會好的」〔註37〕。魯迅那時自感對現實的社會生活缺乏深入的觀察與體驗，所以他只寫雜文而不寫小說，他是有自知之明的。

我們從毛澤東、丁玲對郭沫若與茅盾的比較分析中，也可以略知一斑。丁玲在一九四八年六月十五日的日記中寫道：「毛主席評郭（沫若）文，有才奔放，讀茅（盾）文不能卒讀。我不願表示我對茅文風格不喜，只說他的作品是有意義的，不過說明多些，感情較少。郭文組織較差，而感情奔放。」〔註38〕這「不能卒讀」，我以爲就是毛澤東對茅盾小說存在的理性化、概念化最直截了當又是最深刻的批評，可謂一語中的。丁玲的「說明多些，感情較少」的意見，較爲委婉，但也屬於批評茅盾小說過多的理性剖析的傾向。這些來自政治家和專業作家的批評意見，是很值得研究者們重視的。

4.《清明前後》：話劇創作的得失

茅盾於一九四五年抗戰勝利的歡呼聲中寫完五幕話劇《清明前後》，然而他是懷著一腔悲憤寫出這個劇本的：

> 我以爲這次在戰爭中的其他民族都還沒有像我們似的經得起這樣慘酷的考驗呢，我們怎能不引以自傲？然而，一看到那些專搶桌

〔註36〕 魯迅《華蓋集續編・阿Q正傳的成因》。
〔註37〕 魯迅致姚克信（1933年11月5日）。
〔註38〕 丁玲《四十年前的生活片斷》，《新文學史料》1993年第2期；蔣祖林致《新文學史料》編輯部信（《來信照登》），《新文學史料》1995年第1期。

子底下的骨頭，舐刀口上的鮮血的人們也是我們的同胞，也有我們
的同業，我恨得牙癢癢地，我要聲明他們不是中國人，他們比公開
的漢奸還要可惡。但是，非但這樣的聲明曾無發表之可能，甚至在
所謂盟邦眼中，這班人還正是中國人的代表，還正是往來的對
象！……我不相信有史以來，有過第二個地方充滿了這樣的矛盾，
無恥，卑鄙和罪惡；我們字典上還沒有足量的詛咒的字彙可以供我
們使用。〔註39〕

一九四五年清明前後，重慶報刊紛紛報導了轟動整個山城上、中、下層社會
的「黃金案」。黃金提價的消息被洩漏了，國民黨政府爲了保護「大人物」，
撤職查辦了幾個「小人物」，當時市民把它稱之爲「縱容老虎，專打蒼蠅」〔註
40〕。茅盾的劇本就是寫「這一事件中幾位『可敬的人』以及二三可憐的人，
他們的喜怒哀樂」。

劇本以揭露官僚資本摧毀民族工業爲主題，寫了民族工業家、更新機器
廠廠主林永清，抗戰以來把工廠從上海遷往武漢，再遷重慶，使工廠一度有
所發展，但是「統制管制，就是腳鐐手銬，糧食飛漲，原料飛漲，就是壓在
背上的千斤重閘」，使工廠陷入困境。在金融市場投機致富的誘惑下，林永清
借款一千二百萬元做黃金生意，幻想藉此找到一條生路。但是黃金夢很快就
破滅了。林永清從工業轉向投機，自以爲跳出了萬丈深淵，豈料在金融資本
家金淡庵加緊箝制下，林永清爲償還那一千二百萬元的債而百般焦炙。他只
能嘆息：「焦頭爛額的我，走投無路！」

茅盾是比較熟悉我國民族工商業者的生活的。作爲劇中主人公、民族工
業家林永清，在「黃金案」中出場，他與官僚集團及金融資本家的矛盾，比
之《子夜》裡吳蓀甫與趙伯韜的矛盾，就顯得更加尖銳和嚴重了。作者對林
永清基本上是同情的，同情含著理解，同情寓有批評。茅盾在作品中雖然也
不斷地批評了民族工業家對於官僚買辦的種種忍讓、妥協，但他一向懷著憂
患的意識和同情心，關心著民族工業家的命運與出路，以及我國民族工業如
何在逆境中生存發展。當林永清決定停辦工廠，他的妻子趙自芳表示要代表
廠裡的員工控告他的不負責任時，林永清的答覆，便是喊出了四十年代「守
株待兔」的民族工業家共同的心聲：

〔註39〕《清明前後‧後記》，《茅盾文集》第 6 卷，第 416、417 頁。
〔註40〕1945 年 4 月 23 日《新華日報》第 3 版《讀者來信》。

　　那麼，我也要控訴！我要向社會控訴！我要代表我這一工業部門向千千萬萬有良心的人民控訴！……我沒有做過對不住國家的事。八年前，戰爭剛一開始，我就響應政府的號召，把工廠遷來內地，我不曾觀望，更不曾兩面三刀，滿口愛國愛民，暗中卻和敵人勾勾搭搭，我相信我對於國家民族，對於抗戰，也還盡過一點力，有過一點用處。可是現在怎樣？焦頭爛額的我，走投無路！我不是早已給拋在馬路上了？自芳，你說你要控告我忘記了從前約許的話，你說我要把全廠員工不管他們的死活扔到馬路上，可是，先要請你也替我伸一伸冤呀！

　　嗯，事情就是這樣，工業界不是沒有組織的，然而還不夠堅強，不夠行動化；政治不民主，工業就沒有出路，我們不是沒有認識，我們從痛苦的經驗中早就認識得明明白白了，然而我們的決心還不夠，我們大部分同業還以為談政治是狗捉耗子，多管閒事！

　　我以為，茅盾筆下的林永清，是三十年代初期吳蓀甫的形象與性格的重複，作為民族工業家，他們的艱難處境及其軟弱、妥協的性格，都大致相同，林永清這個戲劇形象並無鮮明的個性色彩；只不過隨著四十年代民主運動的高漲，作者也讓他喊出了一些具有民主意識、反映時代精神的話來。如「唉、自芳，你這一番話，都是太平世界的想法！你是用了外國的標準來看中國的事情了！」「中國有所謂中國的『特別國情』，這特別的國情便是嘴巴上說得好聽，文字上寫得漂亮。重床疊架的法令，何嘗不嚴密堂皇，然而，解決了問題麼？」林永清之妻趙自芳也在抨擊那國民黨統治的重慶「還不是講法律的世界」，而她現在「決心再做律師，就因為這世界上太不尊重法律了」。還有那個像是林永清的高參、經濟學教授陳克明勸告林永清，要騰出一些時間和精力，去反對當局制訂的不合理的法令規章，「聯合工業界人士來要求民主」；「您和您的同業就是社會的一根臺柱，你們要拿出主人翁的身份來，向那些公僕們算賬」；「世界已經變了，中國再不變，可就完了」。作者藉這些人物的慷慨陳詞在舒憤懣，並讓主人公走上民主鬥爭的道路，然而它像是貼上去的時評、社論性質的標語口號，卻無助於豐富和補充主人公的戲劇典型的塑造。

　　茅盾寫《清明前後》，並不是在他心目中有哪些抹不掉的人物形象觸發了他的創作激情，而是轟動一時的「黃金案」使他憤慨不已，使他急切地要提

筆，並通過藝術形式加以暴露和鞭撻。茅盾說，「我把那一天報上的新聞剪下來，打算用什麼方式寫成一天的記錄片那樣的東西。但是，朋友們鼓勵我寫劇本的空氣，又使我不好意思再不試試。於是從那天報上的形形色色中揀取一小小插曲來作為題材，而仍然稱之曰《清明前後》。」〔註41〕作者從報紙的社會新聞中揀取材料，原本只想搞成「紀錄片」一類的東西，但終於寫成了話劇；而作者從「清明」某一天獲得素材，到八月間五幕話劇完稿，「正式寫作時間不過兩個月」〔註42〕，說明劇本是倉促寫成的。作者那時把注意力放在如何挖掘題材的尖銳的、積極的社會意義，即如何通過黃金案去揭示抗戰勝利前夕國民黨戰時首都黑暗、醜惡的一幕，而沒有對這一時期的民族工業資本家作更透徹的瞭解和更細密的審視，沒有把創造戲劇典型放在創作的首位。這是劇本犯了與小說《第一階段的故事》、《鍛鍊》等同樣的毛病。

　　《清明前後》的演出，在重慶文藝界曾引起一場爭論。有兩種對立的意見。一種意見認為，「現實主義的藝術不必要強調所謂政治傾向」，而要「強調作者的主觀精神緊緊地和客觀事物溶解在一起」，《清明前後》恰恰相反，它不是「實際生活鬥爭的呼聲」，而只是「失去了生活基礎的抽象概念」和「勉強湊合事實的空洞口號」，所以《清明前後》是「標語口號公式主義的作品」。另一種意見認為，《清明前後》雖然還存在著這樣那樣不夠逼真不夠細膩的缺點，但它不是標語口號公式主義的作品，而是一部有著強烈政治傾向的現實主義作品。作者以純真的感情，樸實的筆觸，「在觀眾眼前展露出了一幅幅人生的畫面。通過人物，尖刻、無情地攻擊著、控訴著這個不合理的社會和那些吃人的黑暗勢力；同時，也明確地指出了如何才能求得生存的道路。這是代表了大後方千千萬萬人的呼聲」。因此，《清明前後》的演出，「標幟出了大後方劇運的一個新的起點，一個好的傾向和好的作風的範例」〔註43〕。第一種意見反對在文藝作品中表現作者的政治傾向，這當然是錯誤的。古今中外任何文藝作品，都無例外地直接地或間接地表示了作者的政治傾向。問題在於：這個政治傾向，是通過典型人物和事件自然而然地流露出來，藉藝術形象的魅力傳達給讀者、觀眾呢，還是作者把人物當做他表現政治傾向的傳聲筒，生硬地灌輸給讀者、觀眾？《清明前後》似乎是用灌輸的方式，讓讀者、觀眾去接受作者的政治傾向的。

〔註41〕茅盾《清明前後・後記》。
〔註42〕茅盾《我走過的道路》（下），第380頁。
〔註43〕參見茅盾《我走過的道路》（下），第384、385頁。

我們已經很熟悉恩格斯在致敏‧考茨基的信中所表述的觀點。恩格斯並不反對具有政治傾向的作品，但是他認為「傾向應當從場面和情節中自然而然地流露出來，而不應當特別把它指點出來」〔註44〕。恩格斯在致瑪‧哈克奈斯的信中還表示他不反對作家藉小說來鼓吹自己的社會觀點和政治觀點，但是，「作者的見解愈隱蔽，對藝術作品來說就愈好」〔註45〕。實際上，以往的評論者肯定《清明前後》，多是從它所揭示的「強烈的政治意義」〔註46〕，從它「有著尖銳而豐富的現實意義」，以及它「又是一個舊中國的罪人們的罪行錄」〔註47〕去承認它的社會價值的。但是，如果我們用恩格斯的觀點重新加以審視，就會發現劇本在藝術上是有著明顯的缺陷的。

黃金舞弊案在全國掀起了軒然大波，國民黨當局迫於輿論的壓力，不得不由監察院出面查賬，但是對那些搶購幾千兩黃金的金融大戶，卻只是退款了事，不加追究，倒霉的則是幾個挪用公款合伙買了幾十兩黃金的銀行小職員，他們被送進了監獄，充當了替罪羊。在劇本裡，這個「銀行小職員」便是在「某半官事業駐渝辦事處」的助理會計李維勤。他秉性忠厚，埋頭苦幹，但生活艱辛，他與唐文君結婚快一年了，卻只能分開過著職員宿舍的生活。當妻子哀嘆命苦時，李維勤是不相信「命」，也不甘屈服於命運的。他說：

> 不是命！文君，把我們弄得這樣苦的，不是命，是人！是那些不管別人死活只顧自家升官發財喪盡了天良的人們！
>
> ……我們做好人也做夠了，落得了什麼？結婚快一年，兩地分開，苦中作樂，個把月借一次旅館，偷偷摸摸，比狗還不如。我們倆的血汗錢，每月每月，餵肥了債主！我們安分守己，一心要做好人，──哼，有誰說過我們一聲好麼？沒有！人家笑我們，人家罵我們是膿包，是傻瓜！

妻子有身孕，想賣掉冬衣拼湊兩萬塊錢去打胎，李維勤堅決反對：「幹麼我們就不應該有個孩子？我們貪吃懶做嗎？沒有。我們搶過人家，詐過人家嗎？沒有。我們是安分守己的好人，我們不留個後代，難道倒讓那些搶人的，詐人的，漢奸賣國賊的孽種，布滿這世界麼？不，不，不！文君，打胎這件事，從此不提。」

〔註44〕《馬克思恩格斯選集》第4卷，第454頁，人民出版社1972年版。
〔註45〕《馬克思恩格斯選集》第4卷，第462頁，人民出版社1972年版。
〔註46〕葉子銘《論茅盾四十年的文學道路》，上海文藝出版社1959年版。
〔註47〕何其芳《〈清明前後〉的現實意義》，1946年2月16日《解放日報》。

　　李維勤算是看透了那個齷齪的社會：安分守己，落得死無葬身之地；偷天換日，卻一天天飛黃騰達。既然這是一個不讓人學好的社會，他李維勤就不想再做一個任人欺侮的傻瓜、好人了。在嚴幹臣主任的誘惑下，經總務科長方英才出主意，李維勤挪用了銀行40萬公款買黃金，得彩頭，四六拆賬（方科長得六，他得四）；事發後，方英才逍遙法外，嚴幹臣卻把他撤職法辦，他鋃鐺入獄，成了「黃金案」的犧牲品。他的妻子唐文君因此發瘋。她那半瘋半醒的話是振聾發聵的：

> 　　你們說他做錯了事，他做了什麼了！他做的，還不是大家天天都在做麼？幹麼他做了一次就算是犯了罪呵！哦，你們欺我年紀輕，是一個女人，你們打量我看不透你們的心腸麼？……你們就是不許我們輕輕鬆鬆過日子，不許我們有個溫暖的家！

> 　　……哦！今天你從哪兒來？還是從地獄裡來罷？看見我的丈夫麼？看見我的維勤麼？呵，我知道維勤也在地獄——他替代了方科長、嚴主任，哦，成百成千的人，進了地獄！

　　作者寫這兩個小人物的處境和遭遇，是飽蘸著血淚的，是從悲劇人物的塑造和悲劇氣氛的渲染上，通過戲劇衝突去揭示這些屬於被損害的弱者的悲劇形象的性格特徵的。作者接觸過許多像李維勤這樣的小職員，熟悉他們的生活，瞭解他們的疾苦，尤其在「黃金案」中所遭受的不公道的處置，更激發了作者的人道主義的同情。隨著戲劇情節的展開，劇本通過人物的行動和語言去表現他們在岩石重壓下的痛苦的呻吟，以及控訴那個不公道世界的淒厲的呼叫，給悲劇形象賦予了血肉的生命。當唐文君在瘋癲地叫嚷著「哦，醫院？哪一個醫院？……不錯，我得進醫院，我快要生孩子。……好一個又白又胖的孩子。你不知道娘為你擔了多少心呢！你不知道，娘和爸爸為了要不要留下你來，吵過多少次架呢……」時，縈繞在觀眾腦海裡的是難於平復的心靈的創傷和無盡的沉思，從而增加了這一悲劇題材的美學韻味。按照作者原先的構想，安分守己、窮困潦倒的小職員在「黃金案」中如何變成了替罪羊，是作為劇本的副線來寫的，但由於小人物的不幸遭遇和受損害的、不平靜的內心世界，得到了充分的、立體的展示，因而更能打動觀眾的心，更能引起觀眾的強烈共鳴。劇本在重慶連續演出四個星期，取得了轟動山城的社會效應，我以為通過小人物的悲慘遭遇，更生動地揭露「一個舊中國的罪人們的罪行錄」，是起了主導的作用的。當觀眾懷著一腔悲憤走出劇場時，留

在他們腦海裡難於抹去的是李維勤夫婦的悲劇形象。這是作者始料所不及的。

圍繞著這兩條線索，劇本還寫了形形色色的人物，如屬於上流社會的金淡庵、嚴幹臣、余為民、方英才。在這個魔鬼群裡，余為民的形象顯得活龍活現。這是一個學會了「七十二般變化」的、「矮方巾而兼流氓」的投機家。當他勸說林永清放棄工業改做黃金投機生意時，那一副流氓相便暴露無遺：「送佛送到西天，既然金滄老通融這筆款子，其中也有區區幫襯的微勞，而且區區已然向永清兄獻了地圖，剩下來這一點小事，不用說，當然是兄弟跑腿了。」他想方設法讓林永清落入圈套。他雖是身份卑微的小丑，卻野心很大。他誇口「為國為民講求百年久安之計，不貪目前小便宜」，那部花了一年時間編成的百萬言的《建都問題論戰大全集》，自詡是「民族百年大計的結晶品」。他領導著「統一民主協進會」，卻要終生壟斷會長的職位，說是要實現「第一，發展會員到三萬萬七千五百萬人，第二，收復外蒙，重領越南，第三，消滅奸黨，肅清異黨……」五件大事以後才「潔身引退」。作者對余為民無恥、卑劣的靈魂的刻劃，可謂淋漓盡致，但誇張過分，筆無藏鋒，多少減弱了諷刺的社會效果。

由於茅盾初次嘗試著寫話劇，《清明前後》的小說化傾向是比較明顯的。如情節推進緩慢，人物對話冗長，舞臺形象塑造顯得粗糙，人物性格刻劃過多地借助於作者的文字解釋。這好比善於使槍未必會耍刀，茅盾後來不再寫話劇了。

第五章　絢麗多彩的散文世界

1.「行文每不忘社會」的議論性散文

　　茅盾是以「人生派」的小說家著稱的，但他同時也是一位優秀的「人生派」的散文家。

　　在「五四」文學革命的濫觴期，茅盾便開始寫「隨感錄」；他的散文，無論是時評、政論、遊記、雜感，敘事狀物，寫景抒懷，都表現了他參與變革現實的熱情和毀壞舊物的決心，都顯現了他自始就嚴肅地執著現實人生的現實主義精神。早在一九一七年十二月發表在《學生雜誌》第四卷第十二號的《學生與社會》一文，反映了茅盾對國家興亡盛衰的關切。他要求學生於求學時代就「常注眼光於社會，縝密觀察，詳細分析，以吾所研求之學識，合之社會之現狀而伸縮；他認為學生要確立「擔當宇宙之志」，「尤須有自主心，以造成高尚之人格，切用之學問，有奮鬥力以戰退惡運，以建設新業」。在《我們為什麼讀書》一文裡，茅盾反對「為做官，為掙錢，為漂亮，做個上流人」而讀書，而是「欲盡『人』的責任去謀人類的共同幸福」。茅盾還寫了許多關於提倡男女社交公開、組織勞工運動團體、女子參政、戀愛與貞操等問題的雜感。在一些雜感裡，反映了茅盾思想的敏銳與活躍。如《佩服與崇拜》一文，茅盾提出了一條破除迷信的原則：「我們不論對於古人或今人，只有佩服沒有崇拜；而且佩服的也決不是這『人』，卻是這人的『某話』，『某行為』。換一句話，即是佩服的是真理，不是其人。」茅盾是針對「中國人是富於崇拜性」而發的，他希望現代青年能去掉偶像崇拜的思想束縛，做一個懂得理性思考的人。茅盾批評了「五四」以後關於婦女解放運動存在的「浮面的，

無系統的，無秩序的」，「無方法，不徹底，無目的」等問題，著重闡述了婦女如何才能在物質上和在精神上都獲得解放，其中涉及到「性道德」。茅盾強調在新世紀「要創造新道德，男女共守的新道德」，包括廢止娼制、改良婚制等（《我們該怎樣預備了去談婦女解放問題》）。茅盾對中國傳統的「貞操」觀念進行了尖銳的批判，指出「中國的貞操主義就是吃人的主義，就是騙人自騙的主義。許多不合理的慘事都是受了貞操主義的毒——強制或引誘——而做出來的」；所以他把「打倒貞操觀念」作爲宣傳婦女解放的頭等大事（《戀愛與貞操的關係》）。茅盾對於中國婦女在封建宗法制度壓迫下所遭受的痛苦與災難，表示了深厚的同情。他指出：「歷史遺傳的許多偏見把婦女生生地造成異樣的人了。現在我說『女性的自覺』，只是希望女性從這些『異樣的』『非人的』外殼裡自覺過來，獻出伊『眞人』的我來。」（《女性的自覺》）茅盾早期的這些「隨感錄」，都是以《新青年》同人引爲同調的，也是他「爲人生」而參與文學活動邁出的堅實的第一步。

茅盾此時還寫了一些記事性散文，語氣迂緩，舒卷自如。《茅盾全集·散文一集》首篇《不幸的人》，很像魯迅的《一件小事》，反映了作者對人力車夫的人道主義的同情。「車夫靜默了。看熱鬧的卻愈聚愈多，我擠在群衆中，氣悶不過。只得擠出去，仍舊走我的路。可是凄慘與恐怖總驅逐不去。在人們的無盡的生命流中，我永遠紀念著這個臉色灰敗，眼白上翻，嘴唇時時張闔的不幸的人！」這種對勞動者眞摯的、深沉的同情心，成了茅盾日後在文學活動中刻意追求的關注人生、描寫人生的主題，也是培育他的創作情緒、激發他的創作靈感的酵母。

茅盾是一九二一年的中共黨員，他參加了共產黨早期領導的革命活動，對現實人生採取了積極參與、銳意革新的態度；艱苦的鬥爭環境，又使他能以冷靜的頭腦去思索和批評人生的污濁和醜惡，而不具有浪漫派的羅曼蒂克的情調。《一個青年的信札》便是對那些叫嚷著「要睡在大自然母親的懷抱裡」，「個個女郎是詩人的好伴侶」的浪漫主義文人的刻毒的諷喻與批評，表現了作者同這個文學流派的一貫的對立。在《一個女校給我的印象》一文裡，茅盾稱頌私立景賢女子中學，全仗著盡義務的教員維持著。「大概他們的新設施，雖極溫和，不免也惹起四周的驚視罷。我很佩服他們有勇氣排斥一切冷淡的、固拒的、沒有抵抗力的壓迫的空氣，而火剌剌做自己的事」。這所景賢女子中學是由革命者侯紹裘創辦的。一九二二年秋，茅盾曾在那裡講過課，

感觸是很深的，他敬佩「那幾位朋友的奮鬥精神」。他後來的許多散文，對於那些為催促新事物進化發展而踏實工作、艱苦奮鬥的戰友，一直是給予熱情的鼓勵與頌揚的。因為他自己就是積極參加社會活動的戰士。

郁達夫在《中國新文學大系・散文二集》的「導言」中說過：

> 現代的散文之最大特徵，是每一個作家的每一篇散文裡所表現的個性，比從前的任何散文都來得強。古人說，小說都帶些自敘傳的色彩的，因為從小說的作風裡人物裡可以見到作者自己的寫照；但現代的散文，卻更是帶有自敘傳的色彩了，我們只消把現代作家的散文集一翻，則這作家的世系，性格、嗜好，思想，信仰，以及生活習慣等等，無不活潑潑地顯現在我們的眼前。這一種自敘傳的色彩是什麼呢，就是文學裡所最可寶貴的個性的表現。

茅盾一生寫了許多散文，結集的有《宿莽》、《茅盾散文集》、《話匣子》、《速寫與隨筆》、《印象・感想・回憶》、《炮火的洗禮》、《見聞雜記》、《時間的記錄》、《歸途雜拾》、《白楊禮讚》、《生活之一頁》、《脫險雜記》、《蘇聯見聞錄》、《躍進中的東北》、《茅盾散文速寫集》、《我的學生時代》等。如若我們把這大量的散文作系統的考察。就可以知道茅盾的身世及其走過的坎坷的道路；而貫穿在散文裡的便是他那關注人生、不忘社會的鮮明的活躍著的個性。

郁達夫在「導言」中還說：

> 茅盾是早就在從事寫作的人，唯其閱世深了，所以行文每不忘社會。他的觀察的周到，分析的清楚，是現代散文中最有實用的一種寫法，然而抒情練句，妙語談玄，不是他的所長。試把他前期所作的小品，和最近所作的切實的記載一比，就可以曉得他如何的在利用他的所長而遺棄他的所短。中國若要社會進步，若要使文章和實生活發生關係，則像茅盾那樣的散文作家，多一個好一個；否則清談誤國，辭章極盛，國勢未免要趨於衰頹。

郁達夫剴切地指出了茅盾散文創作的長處與弱點，及其向「切實的記載」的發展趨向。由於現實主義在我國文學長河中一直處於「正宗」的、主導的地位，所以茅盾的揚長避短，自覺地密切與現實生活的關係，這就使他的散文更具「時間的記錄」、「生活的一頁」的特性而發揮著重要的社會作用。

茅盾的散文，如同他的小說一樣，總是及時地反映社會現實的重大題材

的。「不忘社會」可以說是茅盾散文最本質的特徵。譬如一九二五年爆發「五卅」反帝愛國運動，茅盾是以戰士的身份參加了這場偉大的鬥爭，而且熱情謳歌了中華兒女大無畏的英雄氣概：

> 誰肯相信半小時前就在這高聳雲霄的「太太們的樂園」旁曾演過空前的悲壯熱烈的活劇？有萬千「爭自由」的旗幟飛舞，有萬千「打倒帝國主義」的呼聲震盪，有多少勇敢的青年灑他們的熱血要把這塊灰色的土地染紅！誰還記得在這裡竟曾向密集的群眾開放排槍！誰還記得先進的文明人曾卸下了假面具露一露他們的狠毒醜惡的本相。〔註1〕

在《「五卅」走近我們了！》一文中，茅盾闡述了「五卅」反帝愛國運動在中國革命史上的偉大的歷史意義：

> 呵！雄壯的五卅！你像戀人一樣惹人罣念！你像金鼓之聲，使人興奮！你是許多烈士的偉大的創作，使人百讀不厭！你是民族解放的豐碑！你是革命運動的聖經！我們從你得了可寶貴的教訓，可寶貴的認識！〔註2〕

此外，《暴風雨》、《街角的一幕》、《疲倦》等文，也是對「五卅」運動的追思與反省。茅盾批評了某些文人鼓吹的「逆來順受」的哲學，譏諷這種人只有強暴的棍子打在他身上後才可能醒悟；茅盾還批評了某些中國人患了「脊柱衰弱症」──普遍的疲倦狀態，要醫治他們的病，只有「換進紅潤多血的新脊髓」，注入新的生命的活力，否則「不死不活不動」。

一九三一年「九‧一八」事變以後，茅盾的社會性散文，更多的是揭露日本帝國主義的侵略罪行和國民黨政府奉行的不抵抗政策。在《第二天》一文裡，作者批評了國民黨報紙登載的欺蒙民眾的消息，如「日本海軍司令部已經被我方佔領了，上海義勇軍下緊急命令了，上海全市罷市了，罷工了，閘北大火燒……」，但事實是「在我們頭上飛翔示威的五六架飛機全有紅圈兒的太陽記號」。作者尖銳地指出：「有了海陸空軍總司令又有海陸空軍副司令的我們中國，光景只有十九路軍還『抵抗』一下。」而這「抵抗」竟惹怒了國民黨最高當局，這使打了敗仗的日本陸戰隊能夠得到喘息的機會，第二天日本飛機就「放硫磺彈燒了閘北最繁盛的寶山路」，民眾只有失望與憤恨，「新

〔註1〕《五月三十日的下午》，《文學週報》第177期（1925年6月14日）。
〔註2〕1927年5月25日漢口《民國日報》副刊第22號。

歷史的舞臺上，他們早不是主角兒；呀，背裡咒詛公婆而又死心塌地看著公婆臉色的童養娘似的他們」。在《血戰後一週年》一文裡，茅盾回憶了一年前上海血戰譜成的「可歌可泣可嘆的時代交響曲」——「大火燒毀了繁盛的閘北，炮彈掃平了江灣吳淞大場，租界內傷兵難民滿坑滿谷，資產者憂慮著公債庫券變成廢紙，憂慮著閘北地皮永遠跌價，內地的小商人爲了上海『錢莊不通』而愁眉蹙額，沿鐵路線的農民忍痛看著自己的田地被圈作飛機場，被挖掘作了戰壕……」。但是，一年以後的上海之所以仍是一個「太平世界」，這是因爲「英法對日有密約，日本不再來騷擾上海，那交換條件就是英法默認日本在熱河榆關的軍事行動」。於是上海出現了反常的現象：「『救濟東北難民遊藝會』在『花選』的歡呼中閉幕了，復興閘北災區的獎券正以頭彩三十九萬元大事號召，天堂的租界裡新開了幾家影戲館，大減價的百貨商店顧客潮擁，梅博士來上海奏藝……」；倘若不是「新聞紙頻傳熱河告急，山海關頭炮響，誰又肯信我們的國難仍是未已」。作者一方面揭露了國民黨政府「所謂『長期抵抗』事實上乃是長期『不』抵抗」的投降賣國的行徑；另一方面也抨擊那些富豪「朝朝暮暮酣歌醉舞」，在製造一個「繁華的上海」。在「九‧一八」週年到來之際，茅盾預料國民黨政府屆時會發佈「放假一天下半旗」之類的告示，報紙出紀念號，登七言絕句，五言古風，名人要人題字，也會煞有介事地做紀念活動；但是，也有人做不成紀念週年，如「東北義勇軍攻占瀋陽而軍火苦不足，士兵們想殺賊而上官命令『鎮靜』」。作者還進一步預料到國民黨權勢者們那時還會「從『攘外必先安內』以至『述祖德』式的捧捧古代抗日英雄戚繼光之類的詩古文辭」〔註3〕，藉此愚弄百姓。

在《學生》一文裡，針對權勢者和社會輿論對進步學生的種種誣蔑，作者據理進行反駁。東北三省淪陷以後，國民黨當局叫嚷「鎮靜」、「不抵抗」、「攘外必先安內」，然而反帝愛國的學生運動卻如火如荼開展起來，於是有人就攻擊學生「狂躁妄動，被人利用」；「一‧二八」上海戰事後，有人竟說這是「學生鬧出來的」，「叫老百姓頂罪」，還責備學生「也要逃難」，等等。作者指出，「他們不是把學生看成搗亂分子，就是把學生看成三頭六臂不怕刀槍的天人」；其實他們才是自己不抗日又不准百姓抗日的民族的罪人。《漢奸》一文，對國民黨權貴們的投降主義本質的揭露，可謂淋漓盡致。有的報紙故意爲湯玉麟臨陣逃跑開脫罪責，把熱河淪陷的原因怪罪於百姓，「是以日軍進

〔註3〕 茅盾《九一八週年》，《文學月報》第1卷第3號（1932年10月5日）。

犯，非特不得後方民眾之協助，動輒發生阻礙」；「熱河的老百姓簡直襲攻熱
河軍隊的後方，而且爲日本軍作嚮導，所以自開魯至赤峰，不下千里，日本
軍走了五六天就到了」。言下之意，熱河的老百姓充當了漢奸！作者因此聯想
到「一‧二八」上海戰爭，正當大軍全師而退，有人號召前線士兵繼續堅守，
據說這是肆意破壞「長期抵抗計劃」，故以「漢奸」問罪，「當即抓住了幾個，
軍法從事」。作者風趣地說，「做漢奸賣國原是大人先生們的專利品」，然而他
們現在卻要向老百姓推銷，漢奸有種種，「不肯協助國軍抗日的，固然是漢奸，
硬要幫著抗日的，也是漢奸，因爲或抗，或不抗，或只抗一月，或希望能抗
一月，都是『長期抵抗』政策之巧妙的運用，有敢不服從者，自然是漢奸無
疑。」所以作者希望有人來編一部《何爲漢奸》的書，「庶幾將來古北口或者
平津的老百姓不至於像去年上海那幾個傻瓜似的糊裏糊塗做了漢奸，又冤冤
枉枉送了性命」。這時國民黨政府奉行的投降主義的叛賣實質的剖析，可謂深
入腠理，切中肯綮。

　　一九三三年一月，日本侵佔我山海關進逼華北以後，國民黨政府以「減
少日軍目標」爲理由，慌忙將歷史語言研究所、故宮博物院等收藏的古物約
三千箱分批從北平運往南京、上海。魯迅曾發表雜文《崇實》、歷史小說《理
水》等，給予了辛辣的諷刺。針對國民黨當局在平津尚未陷落忙於裝箱運走
古物，卻不准大學生逃難一事，茅盾在《歡迎古物》一文裡，也鞭辟入裡地
揭露了國民黨大人先生們不可告人的目的：

　　　　古物雖有三千箱之多，但到底只有三千箱，四列車也便運了走。
　　比不得平津的地皮是沒有法子運走的。至於平津的老百姓，──幾
　　百萬的老百姓，更其犯不著替他們打算，他們自己有腿！

　　　　況且就價值而言，也是老百姓可憎而古物可貴。不見洋大人撰
　　述的許多講到中華古國的書麼？他們嘲笑豬一樣的中華老百姓，卻
　　讚賞世界無比的中華古物呢！如果爲了不值錢的老百姓而丟失了值
　　錢的古物，豈不被洋大人所嘆，而且要騰笑國際？於此，我們老百
　　姓不能不感謝大人先生們盡瘁國事的苦心！

從忙於古物南運一事，茅盾看透了國民黨官僚的逃跑主義，他們準備放棄平
津，「平津的老百姓眼見古物車南下卻不見兵車北上，而又聽得日軍步步逼
進」。作者因之嘲諷道：「讓大人先生們安安穩穩守在那裡『長期抗戰』，豈不
是曠世之奇勛！」這就是國民黨權貴們的價值觀和「長期抗戰」的實質。

　　抗戰全面爆發以後，鼓吹「寬容」、「中庸」，又甚囂塵上。這並不是抗戰以後的新病，只不過在抗戰的熱浪中，這種陳年老病發作得更加頻繁和露骨罷了。茅盾因此想起魯迅，希望大家學習魯迅對敵人決不寬容的精神：「他對於敵人決不寬容；對於巧妙地掩護著敵人的人，也決不寬容；對於居心混淆『是』『非』界線的人，也決不寬容；對於披著各種僞裝來欺世欺人引誘青年的傢伙，也決不寬容；對於翻雲覆雨，毫無操守，而偏偏儼然自居的丑角，也決不寬容！」茅盾說魯迅採取的戰術：「一是攻刺，二是剝露。」〔註4〕面對艱苦抗戰的現實，剝掉那些勸人寬容的人的假面具，教育青年堅持不妥協的戰鬥精神，這對於激發青年旺盛的鬥志，是起了積極作用的。在艱苦的抗戰歲月裡，茅盾還希望大家來學習魯迅韌性的戰鬥精神。這是一種持久戰，是「掃蕩積久的渣滓和新生出來的毒瘤」的法寶。「我們必須有韌性的鬥爭，才能使廣大的民眾深切明瞭抗戰建國的重任；必須有韌性的鬥爭，才能把貪污土劣托派漢奸種種阻礙抗戰、破壞抗戰的惡勢力從抗戰路上掃除出去；必須有韌性的鬥爭，才能消滅失敗主義、盲目的樂觀、以及潛伏著絕望意識的但求拼死的心理」。茅盾認爲，這種韌的精神，來自於「對於最後勝利有確信，而又能夠正確地估計到當前的困難」；他希望廣大青年確立韌戰意識，做一個「從容不迫的韌性的戰士」〔註5〕。

　　茅盾自稱這些帶有「隨筆」性質的雜感是「大題小做」，即在較短的篇幅和較小的格局內去反映重大的社會現實的問題，或揭露抨擊，或嘲諷調侃，或議論，或縱談，表現了作者開闊的視野、博大的胸襟、敏捷的思路和豪放的筆觸，行文猶如天馬行空，縱橫自如。例如根據報載希特勒要法國獻出拿破崙當年侵俄時的一切文件的消息，茅盾分析希特勒於一九四二年預感失敗的心態，並發了一通議論：

　　　　歷史上有一些人，每每喜以前代的大人物自喻。歐洲歷史上第
　　一次出現了一個大野心家亞歷山大，後來凱撒就一心要比他。而拿
　　破崙呢，又思步凱撒的遺規。從拿翁手裡掉下來的馬鞭子，實在早
　　已朽腐不堪，可是還有一個蹩腳的學畫不成的希特勒，硬要再演一
　　次命定的悲喜劇。

作者認爲，希特勒是不能與拿破崙相提並論的。「拿破崙風暴」在歐洲歷史上

〔註4〕茅盾《「寬容」之道》，《文藝陣地》第2卷第1期（1938年10月）。
〔註5〕茅盾《韌性萬歲》，《文藝陣地》第2卷第1期（1938年10月）。

起過進步的作用。「拿破崙是失敗了，但不失為一個英雄」；希特勒注定要失敗，但他給歐洲人民帶來的「是中世紀的黑暗，是瘟疫性的破壞，是梅毒一般的道德墮落」。希特勒注定失敗，但不配稱作「英雄」，「希特勒連拿翁腳底的泥也不如」〔註6〕。在這裡，作者的歷史的眼光、睿智的分析和深刻的政治預見，是在從容裕如的放談中得到生動的表現的。

茅盾的社會性散文，不拘於一種格調，或敘事，或議論，都是作者人格的顯現，心靈的投影。從國際國內大事，時代風雲，社會動態，民間習俗，乃至作者自我一時的感念或強烈爆發的心情意緒，都能隨手拈來，形諸筆墨。散文《阿Q相》的奇妙處，並非一般化地重複描述阿Q精神的特徵，而是賦予了它特殊的時代的涵義，因而給人面目一新的感覺。「九‧一八」國難後，作者敏銳地觀察到，「阿Q相」的「精神勝利」和「不抵抗」，已經被當今的權勢者發揮得淋漓盡致了。作者在撮舉「阿Q相」的「反敗為勝」和「不敢抵抗」的特點以後，雖然也說這是「身受數千年來堯、舜、禹、湯、文、武、周、孔、孟嫡傳教育的中華國民的普遍相」，但注意到了在繼承傳統中也還有「中國的脊樑」在，並劃清了權勢者與老百姓之間的界限：

> 那麼「阿Q相」也可以說是中國民族的民族性罷？此又未必然！因為同是黃臉孔的中國人不盡是那樣之。不見東北義勇軍過去一年來的浴血苦戰麼？這原因大概就在那些投身義勇軍的東北老百姓們沒有受過堯，舜，禹，湯，文，武，周，孔，孟嫡傳的心法。
>
> 在這一點上，「阿Q相」的別名也就可以稱為「聖賢相」或「大人相」。

這些議論，沉鬱而雄健，卻無劍拔弩張之勢；作者善於用簡約、生動而準確的言詞，把思想形象化，把尖銳的社會現實問題寓於風趣的談笑之中，寫來揮灑自如，莊諧雜陳。

總之，這些根據報載、電訊的新聞和消息，或根據自己對形勢、時事的思考、判斷而寫出的針砭時弊、縱橫議論的散文，把嚴肅的人生哲理和進步的政治宣傳，鑲嵌在淋漓酣暢的文字裡，形成了海闊天空，範圍廣大，氣勢恢弘，筆鋒犀利，嬉笑怒罵，自成一家的格局。它不僅在當時的對敵鬥爭中發揮了「匕首」和「投槍」的作用，而且它的嚴密的邏輯力量，它的深邃的

〔註6〕 《雨天雜寫之一》，《茅盾文集》第10卷，第10、11頁。

哲學意蘊和廣博的文化涵蓋，都給讀者以豐富的精神營養和深刻的思想啓迪。錢杏邨對此早有精到的論述：「在中國的小品文活動中，爲了社會的巨大目標的作家，在努力的探索著這條路的，除茅盾，魯迅而外，似乎還沒有第三個人。」〔註7〕三十年代初、中期，把散文作爲戰鬥的武器，開闢散文、雜文的戰場，茅盾是起了開路先鋒的作用的。他的許多議論性的散文，迄今仍不失爲時評、社論寫作的典範。

2. 探頤索隱的藝術結晶

茅盾雖然以理性剖析見長，議論性散文在他的散文創作中占據主導的地位，但他不囿於一種模式、一種風格；他的寫景抒懷的散文，也自有獨異的藝術魅力。由於作者眞實地敞開了自己的心扉，微妙地寫出了自我情感、情緒的波動與變化，抒發了自己對大自然的感悟和對人間滄桑的慨嘆，因此這類散文也博得了廣大讀者的青睞。

一九二七年大革命失敗以後，茅盾經歷了許多從政治戰線上敗退下來的知識份子相同的幻滅的悲哀，這些精神的創傷和纏綿的低吟，不僅反映在長篇小說《蝕》三部曲裡，而且在抒情性散文中也留下了許多深深的印痕。

《嚴霜下的夢》，寫於一九二八年一月間。作者說：「在我尖銳的理性，總不肯讓我跌進了玄之又玄的國境，讓幻想的撫摸來安慰了現實的傷痕。」作者借助幾個夢，去清理紊亂了的思緒和再現昔日血火的恐怖。首先，作者夢見的是出師北伐的情景——「悲壯的歌聲，激昂的軍樂，狂歡的呼喊，春雷似的鼓掌，沉痛的演說。」但那壯嚴、熱烈的現實霎時轉化成了另一場夢，它被血淹沒了，被火焚燒了：

　　　　——好血腥呀，天在雨血！這不是宋王皮囊裡的牛羊狗血，是眞正老牌的人血。是男子頸間的血，女人的割破的乳房的血，小孩子心肝的血。血，血！天開了窟窿似的在下血！青綠的原野，染成了絳赤。我撩起了衣裾急走，我想逃避這還是溫熱的血。

作者同時夢見了「地獄的火」——轟轟的火柱捲上天空，太陽駭成了淡黃色，山岩熔成了半固定質，填平了地面上的一切坎坷。「而我，我也被膠結在這坦蕩蕩的硬殼下」。接著便是那使人戰慄的惡夢：「我覺得有一股鉛浪，從我的

〔註7〕阿英（錢杏邨）編校《現代十六家小品·茅盾小品文·序》，上海光明書局 1935年版。

心裡滾到腦殼。我聽見女子的歇斯底里的喊叫，我彷彿看見許多狼，張開了利鋸樣的尖嘴，在撕碎美麗的身體。我聽得憤怒的呻吟。我聽得飽足了獸欲的灰色東西的狂笑。」這是一幅一九二七年蔣介石實行大屠殺的真實的圖畫，我們從中感受到了作者那顆「完全迷亂」了的、卜卜跳動的心，他在企盼著「Aurora 的可愛的手指來趕走凶殘的噩夢的統治」。

《叩門》和《賣豆腐的哨子》是寫夢醒後的空虛和悵惘。一陣「答，答」的叫門聲，把作者從睡夢中驚醒。「然而巨聲卻又模糊了，低微了，消失了；蛻化下來的只是一段寂寞的虛空」。第三次叩門聲更帶有凄厲的氣氛。「鐮刀形的月亮在門前池中送出冷冷的微光，池畔的一排櫻樹，裸露在凝凍的空氣中，輕輕地顫著」。此時作者已流亡到了日本京都，在異國他鄉，他有難於言狀的寂寞感和失落感。同樣，每天清晨從窗外吹來的「嗚嗚」的賣豆腐的哨子聲，「並不是它那低嘆暗泣似的聲調在誘發我的漂泊者的鄉愁」，「也不是它那類乎軍笳然而已頗小規模的悲壯的顫音，使我聯想到另一方面的煙雲似的過去。這哨子聲引發的是什麼呢？「然而每次我聽到這嗚嗚的聲音，我總抑不住胸間那股回蕩起伏的悵惘的滋味」。作者細細地咀嚼著這無法排遣的心中的悵惘：

> 嗚嗚的聲音震破了凍凝的空氣在我窗前過去了。我傾耳靜聽，我似乎已經從這單調的嗚嗚中讀出了無數文字。
>
> 我猛然推開幛子，遙望屋後的天空。我看見了些什麼呢？我只看見滿天白茫茫的愁霧。

這些散文，真實地描述了從大革命戰場上敗退下來的作者的痛苦的呻吟，寫得幽瓊哀婉，感人肺腑。

在散文《霧》裡，茅盾給讀者展示了在他心靈深處彌漫著的那層「白茫茫的愁霧」：

> 我自然也討厭寒風和冰雪。但和霧比較起來，我是寧願後者呵！寒風和冰雪的天氣能夠殺人，但也刺激人們活動起來奮鬥。霧，霧呀，只使你苦悶，使你頹唐闌珊，像陷在爛泥淖中，滿心想掙扎，可是無從著力呢！

雖然無力掙扎，但他依舊要「詛咒這抹煞一切的霧」。這些心靈的呼喚，是作者親歷了如魯迅所說的被嚇得「目瞪口呆」的那一幕以後的自我剖白，格調雖然顯得低沉，但決不是絕望的嚎啕。經過理性思索以後，作者仍然以戰士的姿態奮然前行。

《光明到來的時候》是一篇仿童話的散文，它用對話的形式，寫出了久處黑暗的人們對光明的渴望。那位年輕人全身的熱血在沸滾，「一向是無窮無盡的黑暗，墳墓一樣，而現在我看見了有一些活躍的東西，彩色的東西了」；他相信「這古老的堅牢的墳墓早已應該崩坍，早已有了裂縫，而現在，外邊的光明鑽進這裂縫來了」。他對爭取光明有足夠的勇氣和不耐等待的緊迫感：「……這墻當真就要倒了！火，火也就要燒過來了！哈！來罷！燒毀了舊世界的一切渣滓！來罷！我要在火裡洗一個澡！」那位年長者雖然閱歷要多些，他見過險惡的坑，「坑邊是刀山，坑底是成萬的毒蛇」，思想也顯得沉穩些，但他卻過於世故而不敢動彈，他說話辦事都要有本本的根據。「我讀過的書本子只許給我自由，快樂，沒有說過先得受痛苦！先要給人痛苦的，那就不是理想的極樂世界！」他只好繼續留在黑暗的地牢裡。作者對於現實的關注，使他即使在仿童話的散文裡也要影射社會現實。如「書本子早被他們燒光了，嚴密的文化封鎖」，便是暗喻著三十年代初期國民黨政府對進步文化界實行的殘酷的「文力」和「武力」的「圍剿」，並由此形成了「文網密極，動招罪尤」的大恐怖的氛圍。正是在這種高壓政治的險惡環境下，茅盾無法直抒胸臆，只能寫這樣委婉曲折的散文，去吐露人們渴望光明的心聲。所以，雖是仿童話，卻也飄落在現實的土壤裡生根發芽。

《雷雨前》和《〈黃昏〉及其他》〔註8〕是運用象徵主義創作方法而具有獨特的藝術韻味的散文。它曲折、含蓄地反映了三十年代中期中國的政治與社會的矛盾，並隱約地暗示了一場蕩滌人世間污泥濁水的暴風雨即將來臨，光明已經不是很遙遠的了。

在《雷雨前》裡，那「灰色的幔」，象徵著黑暗勢力的統治，象徵著三十年代中期國民黨當局對人民群眾實行專制統治的嚴密與可怖。這灰色的幔滿天裡張著，「沒有一點點漏洞」，百姓被「罩在這幔裡」，連呼吸都很困難，「吸進來只是熱辣辣的一股悶氣」。在幔裡活躍的蒼蠅、蚊子，暗射著在國民黨統治區內橫行霸道的官吏、政客、買辦資本家、反動文人等一切寄生蟲和吸血鬼。「戴紅頂子像個大員模樣的金蒼蠅剛從糞坑裡吃飽了來，專揀你的鼻子尖上蹲」，蚊子哼哼叫，「像老和尚念經，或者老秀才讀古文」。你趕它們，「可是趕走了這一邊的，那一邊又是一大群乘隙進攻」。至於那吊在樹梢頭的蟬唱

〔註8〕　《〈黃昏〉及其他》包括《黃昏》、《沙灘上的腳迹》、《天窗》三篇，最初發表於《太白》第1卷第5期（1934年1月20日）。

起高調「要死嘞！要死嘞」，便是無聊文人的呻吟。散文形象地描述了人們對鬱熱凝重氣氛的厭倦、對作威作福的權貴的憎惡和渴望擺脫那悶熱天氣的心緒；末尾描寫暴風雨夾著雷電從天而降的場面，大有力劈蒼穹之勢：

> 然而猛可地電光一閃，照得屋角裡都雪亮。幔外邊的巨人一下子把那灰色的幔扯得粉碎了！轟隆隆，轟隆隆，他勝利地叫著。胡——胡——擋在幔外邊整整兩天的風開足了超高速度撲來了！蟬兒噤聲，蒼蠅逃走，蚊子躲起來，人身上像剝落了一層殼那麼一爽。
>
> 霍！霍！霍！巨人的刀光在長空飛舞。
>
> 轟隆隆，轟隆隆，再急些！再響些吧。
>
> 讓大雷雨沖洗出個乾淨清涼的世界！

作者寫出了在國民黨政府政治高壓下喘息的百姓盼望著有一場大雷雨來劈開那黑幕重重的靛青色的天，沖洗出一個光明的世界。

瞿秋白在一九三一年十二月曾寫了一篇題為《暴風雨之前》的散文，同樣呼叫著「暴風雨呵，只有你能夠把光華燦爛的宇宙還給我們！只有你！」當時文化人都遭到來自國民黨文化專制主義的壓迫，所以都有著同樣的歡迎暴風雨前來襲擊的心態；這些藝術描寫雖然不同程度地重複著高爾基散文詩《海燕》所設置的「讓暴風雨來得更猛烈些吧」的意境，然而因為它鎔鑄了作者自己的生命、人格、意志和情緒，所以也還耐人咀嚼。

在一些散文裡，茅盾熱情地歌頌了人民群眾在日本軍國主義鐵蹄下的民族覺醒以及中華兒女這個偉大的群體正在進行的神聖的、堅韌不拔的反侵略的鬥爭。如在《黃昏》裡，作者凝視著那「海的跳躍著的金眼睛重重疊疊一排接一排，一排怒似一排，一排比一排濃溢著血色的赤，連到天邊，成為紺金色的一抹」。作者以雄渾的筆觸，寫出了大海跳躍的壯美的景色，人們伴隨著滾動的海浪，聽到了雷鳴，看到了閃電，窺測到了革命風暴即將來臨：

> 遠處有悲壯的笳聲。
>
> 夜的黑幕沉重地將落未落。
>
> 不知到什麼地方去過一次的風，忽然又回來了；

這回是打著鼓似的：勃侖侖，勃侖侖！不，不單是風，有雷，風挾著雷聲！

> 海又動蕩，波浪跳起來，轟！轟！
>
> 在夜的海上，大風雨來了！

比之《雷雨前》，作者在這裡不只是寫出被窒息了的人民的鬱悶與煩躁，而且

還以「夕陽都噴上了一口血焰」，「海塘下空隆空隆地騰起喊殺」的富有色彩和聲音的文字，表示了人民的憤怒與抗爭。

散文《沙灘上的腳跡》是《雷雨前》的姊妹篇。主人公「他」，像是一個正在探尋真理與光明的青年人。他在黃昏的沙灘上彳亍，用心火來照亮前進的路，從縱橫重疊的腳跡中，去辨認哪些是人的腳跡，哪些是禽獸的腳跡；他發現了「穿著人的靴子的妖魔的足印」，天真的、上過當的「小小的孩子們的腳印」；他看見了「無數青面獠牙的夜叉從海邊的黑浪裡湧出來」，看見了「妖嬈的人魚」坐在海灘的鵝卵石上唱著迷人的歌曲，他還看見了由光點結成的「光明之路」四個大字。在尋覓中，他終於發現了真的人的足跡：

……

> 然而他也在重重疊疊的獸跡和冒充人類的什麼妖怪的足印下，發見了被埋藏的真的人的足跡。而這些腳跡向著同一方向，愈去愈密。
>
> 他覺得愈加有把握了，等天亮再走的念頭打消得精光，靠著心火的照明，在縱橫雜亂的腳跡中他小心地辨認著真的人的足印，堅定地前進！

這些激勵鬥志的文字，曲折而生動地反映了正在尋求光明道路的年輕一代的心志；那真的人的足跡，「向著同一的方向，愈去愈密」，似乎暗喻著廣大民眾正沿著抗日救亡的共同方向奮然前行。這使我們想起魯迅散文《過客》裡那位在孤獨而勞頓的旅途中不停頓地向前走的過客的形象，即使前面是墳地，過客仍然繼續前進。這些不同時期塑造的藝術形象，都同樣展示了一種奮發、自信、樂觀、豪邁的人格力量，具有中國人民不折不撓的精神品質的象徵意味。

茅盾說他的散文《天窗》，「向人們暗喻，國民黨的文化禁錮政策，只能走向自己的反面」〔註9〕。這篇散文的構思與意境是較奇特的。風雨天，或北風呼嘯的冬天，人們被禁錮在「地洞似的小屋裡」，被剝奪了與大自然的接觸，這是文化禁錮的象徵；但是人們懂得開「天窗」，學會了反禁錮、反剝奪。這剝奪產生了剝奪者所料想不到的作用和影響：

> 從那小小的玻璃，你會看見雨腳在那裡卜落卜落跳，你會看見

〔註9〕茅盾《我走過的道路》（中），第267頁。

帶子似的閃電一瞥；你想像到這雨，這風，這雷，這電，怎樣猛烈
地掃蕩了這世界，你想像它們的威力比你在露天眞實感到的要大這
麼十倍百倍。小小的天窗會使你的想像銳利起來！

作者以纖敏的感覺和傳神的文筆，借那小小的天窗，開闢了一個優美的、神
奇的世界：「……一粒星，一朵雲，想像到無數閃閃爍爍可愛的星，無數像山
似的雲，馬似的，巨人似的，奇幻的雲彩；你會從小玻璃上面掠過的一條黑
影想像到這也許是灰色的蝙蝠，也許是會唱的夜鶯，也許是惡霸似的貓頭鷹，
──總之，美麗的神奇的夜的世界的一切，立刻會在你的想像中展開。」奇
詭而豐富的想像，蘊藉著作者美麗而博大的胸襟，末尾，作者想告訴讀者，
禁錮適得其反，人們反倒學會了「怎樣從『無』中看出『有』，從『虛』中看
出『實』」。在這裡，借景抒情已經昇華到了辯證法的哲學高度。

有些抒情性的散文，作者似乎有意地與社會現實保持一段心理的距離，
例如《公墓》一文，便是在探討人性的弱點時，批評了畸形的、變態的社會，
並對傳統的「文明」的標準提出了異議。作者觀光了萬國公墓以後，對人類
的自私欲念和行爲發出了許多感慨──生時恨不能盡天下以供一己，死後明
知朽骨無知卻也要占據湖山佳境之一角。「世界上人類無論文野，把死屍當一
隻破鞋子似的扔了就算那樣的事，簡直是沒有的」。但從這屍骨的安排，產生
了多少「文化」來。「埃及的法老因爲寶愛他的遺體，興出了金字塔的偉大建
築；不單是金字塔，埃及的一切文化幾乎全同『死』有關係，從『死』出來」。
中國何嘗不是如此呢？「伐爾加曾說中華民族幾千年來財富的積蓄是長城運
河，祠堂，墳墓，寺廟；我想來我們幾千年來費在死人身上的人力財力大概
百倍千倍於長城，運河罷？」當炎黃子孫們迄今仍是虔誠地去占用越來越少
的耕地去修築墳墓時，茅盾在六十多年前的感喟是發人深省的。

《健美》一文也是從社會學、美學的意義上，作者對於人性美──女性
美發表了自己的見解。作者從希臘神話關於歐羅巴命名的由來，說到德國表
現派作家凱撒（Kaiser）的劇本《歐羅巴》，凱撒把宙斯化身的「牛」說成是
代表了剛健的肉體，歐羅巴自願選擇了宙斯，因爲她厭倦了那文縐縐跳舞求
婚的人，而中意了那剛健的獸。凱撒的這個美學觀點，便是「健美」。提倡「健
壯活潑的女性美」，適應著資本主義社會動的、冒險的、刺激的社會心理的需
要。但是，那些促進肉感的頹廢的影片，也是「健美」的提倡者，反映了在
「健美」幕後資產階級「所瘋狂地追逐著的肉感的刺激，荒淫，頹廢」；如此

「健美」並不能改變女子被侮辱的地位。「眞正意義的『健美』要在女子被解放而且和男子共同擔負創造新生活那責任的時候！」這是作者對於普遍的社會心理極正確的解析和對於開展有益於人的身心健康的「健美」運動的科學的預見。

　　《狂歡的解剖》不同於前者，是屬於理性思辨的散文，但它也借助於故事去表現作者的見解的。開首先講了十三世紀歐洲一些青年學生尋求快樂的故事。這些年青人唱的《放浪者的歌》是「心的覺醒」，他們既不同於以前羅馬人的縱樂，也不同於十九世紀的世紀末的頹廢，他們是「當時束縛麻醉人心的基督教『出世』思想的反動」，「他們只要求生活得舒服些，像一個人應該有的舒服生活下去」。茅盾肯定了這些青年學生的狂歡，是「向上的健康的有自信的朝氣蓬勃的作樂」。茅盾由此聯想到一九三五年陽曆除夕上海「百樂門」舞廳的「狂歡」──瘋狂的音樂，瘋狂的跳舞，瘋狂的歡笑；「然而我聽去那喇叭的聲音，那混雜的笑聲，宛然是哭，是不辨哭笑的神經失了主宰的號啕！」他最痛惡的是某些中國人在「一‧二八」火燒了的廢墟上一邊舞布獅子、一邊狂笑，他覺得這種笑「是原始的，蒙昧的」，「正像他們肩上閃閃發光的鋼叉和關刀」。中國人常常用這種「狂笑」來麻醉自己的中樞神經。末尾，茅盾綜覽全球，對於「狂歡」作了宏觀的、世界性的剖析：

> 　　「今日有酒今日醉」的「狂歡」，時時處處在演著，不過時逢「佳節」更加表現得尖銳罷了。我好像聽見這不辨悲喜的瘋狂的笑，從倫敦，從紐約，從巴黎，柏林，羅馬，也從東京，從大阪，……我好像看見他們看著自己的墳墓在笑。然而我也聽得還有另一種健康的有自信心的朝氣的笑，也從世界的各處在震盪；我又知道這不是爲了「現世」的享樂而笑，這是爲了比《放浪者的歌》更高的理想，因爲現在到底不是「中世紀」了。

這裡洋溢著作者的革命熱情與信念，也反映了他對資本主義世界理性批判的精神。

　　不爲人們注意的散文《談月亮》〔註10〕，其實是一篇借景抒懷的想像力豐富而奇妙的佳作。作者在文中提出什麼是月亮「文化」，什麼是月亮「哲理」的問題。作者說他對月亮一向沒有好感：看著那彎彎的新月，詩人們把它比作「美人的眉光」，他卻覺得「這一鈎的冷光正好像是一把磨的鋒快的殺人的

〔註10〕《申報月刊》第 3 卷第 10 期（1934 年 10 月 15 日）。

鋼刀」；望著一輪滿月，作者覺得它「裝腔作勢地往浮雲中間躲」，它「像一個白痴人的臉孔，只管冷冷地呆木地朝著我瞧」，很難和「廣寒宮」、「嫦娥」一類縹緲的神話聯想在一起。作者認為，月亮是「借光」來「欺騙漫漫長夜中的人們，使他們沉醉於空虛的滿足，神秘的幻想」。作者回憶了幼時的兩件事：一是與老人辯論月亮有多大時發現月亮「欺小」；二是中秋的月亮勾起了一個逃出了封建家庭牢籠的女子復又想家的心，把她原本鐵硬的性格變得脆弱了。作者因此得出了兩條結論：「月亮是一個大騙子」；「月亮是溫情主義的假光明」。

中國自古以來的月亮「文化」、月亮「哲理」，幾乎全是幽怨的，恬退隱逸的，或者縹緲遊仙的。跟月亮特別有感情的，好像就是高山裡的隱士，深閨裡的怨婦，求仙的道士。他們藉月亮發了牢騷，從月亮得到了自欺的安慰，又從月亮想像出「廣寒宮」的縹緲神秘。作者對使人消極、頹唐的月亮「文化」、「哲理」是取批判態度的；他還告誡人們要警惕那「迷人的、麻醉人的」月光對人的潛在影響：

> 人在暴風雨中也許要戰慄，但人的精神，不會鬆懈，只有緊張；人撐著破傘，或者破傘也沒有，那就挺起胸膛，大踏步，咬緊了牙關，沖那風雨的陣，人在這裡，磨煉他的奮鬥力量。然而清淡的月光像一杯安神的藥，一粒微甜的糖，你在她的魔術下，腳步會自然而然放鬆了，你嘴角上會閃出似笑非笑的影子，你說不定會向青草地下一躺，眯著眼睛望天空，亂麻麻地不知道想到哪裡去了。

這篇散文當然不純是描述自然界現象（月光）對人的情緒的感應；作者想藉此去批評那些慣於吟風弄月、顧影自憐的文人所製造的月亮文學，因為這種文學容易「把凹凸不平的地面幻化為一片模糊虛偽的光滑」，引人上當，容易「把黑暗潛藏著的一切醜相幻化為神秘的美」，使人忘記提防。所以作者不是拒絕月亮，他所需要的是沒有那些傷感情趣的「粗人」眼中的月亮。這便是茅盾的理性的月亮「文化」。

在《談鼠》一文裡，作者生動地描述了老鼠的猖獗：朋友 A 夜間睡覺腳指頭被老鼠咬得「血污斑駁」；朋友 B 的不滿周歲的嬰兒也被「嚙破了鼻囱」；還有在 K 城，一位難產而死的少婦的屍體停放在太平間內，第二天發見少了兩顆眼珠；至於從母雞翅膀下強攫它的雛雞，更是常有的事。於是「掃蕩老鼠是個社會問題」。報載倫敦的警察和市民合作，舉行了大規模的掃蕩，全市

於同一日發動，用去鼠藥數萬噸，糧食數噸，廚房、陰溝等全放了藥，結果得死鼠數百萬頭。作者因此說，雖然鼠患不可能從此滅絕，但「鬥爭總能殺殺它們的威」。作者還說，貓本是老鼠的天敵，但「在鼠患嚴重的地方，貓是照例不稱職的。換過來說，也許本來是貓不像貓，這才老鼠肆無忌憚，而且又因為鼠患太可怕了，貓被當作寶貝，貓既養尊處優，借鼠以自重，當然不肯出力捕鼠了；不要看輕它們是畜生，這一點騙人混飯的訣竅似乎也很內行的呢！」那弦外之音，聰明的讀者是會聽得出來的。

　　茅盾在總結自己的散文創作的經驗時說過，他寫散文固然有「個人筆調」，卻不是靠「性靈」，而是出於「需要」──「特殊的社會需要」，這是由作家的社會使命感和嚴肅的現實主義精神所決定的。然而，一九三五年前後，他已經不滿於自己過去寫的評論體的雜感，覺得有不少的雜感「太像硬梆梆的短評了」，於是，他要轉變風格，改換形式，「寫寫通常所謂隨筆，以及那時很風行的速寫」〔註11〕。上舉《談月亮》、《狂歡的解剖》、《談鼠》等散文，便是轉變風格後的產物。一，它側重於敘事而不多發議論，故事也講得娓娓動聽而不像「硬梆梆的短評」了；二，它不再強調寫緊迫的、現實的重大題材，而是對人性、人的本質的弱點有著更多的解剖了。

　　至於《瘋子》、《阿四的故事》、《小三》、《上海──大都市之一》、《全運會印象》、《交易所速寫》等篇散文，更具上述兩個特點而成為嚴格意義上的速寫。在封建的「小姑政權」的家庭裡，那個帶點性苦悶、性變態的小姑，挾父母之令壓制阿四和弟媳，甚至干涉他們的床笫之私，致使阿四發瘋（《瘋子》）。小三是黃公館大廚房裡的助手，可是他卻裝模作樣，把自己打扮得如紳士一般，挺起胸脯，凸出肚子，眼朝著天，「橐橐」地在馬路上走；小三的得意，是因為老爺派了一個新差使，讓他從鯽魚的剖面用鑷子小心地拔出每一根刺，小三接手這新差使已經三個多月，做得很熟練了（《小三》）。作者觀看了兩天的全運會，第一次的收穫是看了「看運動會」的人們，看了「會場的建築」；第二次的收穫是看了兩種並非選手而是觀眾的「運動」──「奪門和搶車」（《全運會印象》）。至於那華商證券交易所熱烈、緊張的拚搏的場面，更令人莫名其妙：

　　　　正在午前十一時，緊急關頭，拍到了「二十關」。池子裡活像是
　　一個蜂房。……人全站著，外圈是來看市面準備買或賣的──你不

〔註11〕《茅盾文集》第 10 卷後記。

> 妳說他們大半是小本錢的「散戶」，自然也有不少「搶帽子」的。他
> 們不是那吵鬧得耳朵痛的數目字潮聲的主使。他們有些是仰起了
> 頭，朝臺上看……他們是看著臺後像「背景」似的顯出「××××
> 庫券」，「×月期」……之類的「戲目」（姑且拿「戲目」作個比方罷），
> 特別是這「戲目」上面那時時變動的電光記牌。……這小小的紅色
> 電光的數目字是人們創造，是人們使它刻刻在變，但是它掌握著人
> 們的「命運」。

激起交易所債券漲落的大風波竟是「無稽的謠言」。來到這裡的人如果沒有對
謠言的敏感，公債市場就不成其為公債市場了。「人心就是這麼一種怪東西」
（《交易所速寫》）。這些速寫，或記事狀物，或諷喻調侃，雖然表示了作者的
人生態度，但並非都有什麼「微言大義」；就風格而言，有的雍容，有的淡雅，
有的峭拔，有的明麗。比之過去那些嚴肅的議論體的散文，這些速寫更顯得
輕鬆活潑，無拘無束，更具有隨意性與靈活性。

在茅盾的描寫景物的散文中，《風景談》〔註12〕是最為讀者稱道的一篇。
一九三九年初，作者乘飛機由蘭州到新疆哈密，越過著名的猩猩峽，這是當
時被渲染上一層神秘色彩的從陸路進新疆的唯一關隘。散文側重寫峽外的沙
漠──「平坦」，沒有隆起的沙丘，不見有半間泥房，四顧只是茫茫一片；「純
然一色」，即使偶爾有些駝馬的枯骨，它那微小的白光，也早溶入了周圍的蒼
茫；「寂靜」，似乎只有熱空氣在作闃闃的火響。寫到這裡，作者筆鋒一轉，
便給讀者展現了一幅大西北戈壁的壯美的風景畫：

> 當地平線上出現了第一個黑點，當更多的黑點成為線，成為隊，
> 而且當微風把鈴鐺的柔聲，丁當，丁當，送到你的耳鼓，而最後，
> 當那些昂然高步的駱駝，排成整齊的方陣，安詳然而堅定地愈行愈
> 近，當駱駝隊中領隊駝所掌的那一欄長方形猩紅大旗耀入你眼簾，
> 而且大小丁當的諧和的合奏充滿了你耳管，──這時間，也許你不
> 出聲，但是你的心裡會湧上這樣的感想的：多麼莊嚴，多麼嫵媚呀！

其次是作者筆下的西北黃土高原，這也是一幅使人心曠神怡的風景畫：

> ……三五月明之夜，天是那樣的藍，幾乎透明似的，月亮離山
> 頂，似乎不過幾尺，遠看山頂的小米叢密挺立，宛如人頭上的怒髮，
> 這時候忽然從山脊上長出兩支牛角來，隨即牛的全身也出現，掮著

〔註12〕《文藝陣地》第 6 卷第 1 期（1941 年 1 月 10 日）。

犁的人形也出現，並不多，只有三兩個，也許還跟著個小孩，他們姍姍而下，在藍的天，黑的山，銀色的月光的背景上，成就了一幅剪影，……這幾位晚歸的種地人，還把他們那粗樸的短歌，用愉快的旋律，從山頂上飄下來，直到他們沒入了山坳，依舊只有藍天明月黑魆魆的山，歌聲可是繚繞不散。

第三幅風景畫，是作者根據一幀照片而回憶的「五月的北國：

……空氣非常清冽，朝霞籠住了左面的山，我看見山峰上的小號兵了。霞光射住他，只覺得他的額角異常發亮，然而，使我驚嚇叫出聲來的，是離他不遠有一位荷槍的戰士，面向著東方，嚴肅地站在那裡，猶如雕像一般。晨風吹著喇叭的紅綢子，只這是動的，戰士槍尖的刺刀閃著寒光，在粉紅的霞色中，只這是剛性的。我看得呆了，我彷彿看見了民族的精神化身而為他們兩個。

這三幅風景畫，都顯現了大西北粗獷渾樸的壯麗景觀，但又分別以莊嚴、神秘、沉毅的獨異個性構成各自的特點。作者巧妙地運用了色彩和聲調，使沉睡的大自然充溢著生機。請看，駱駝隊從沙漠的盡頭，伴隨著鈴鐺的柔聲，由遠及近，向你走來；藍天，月夜，扪犁的農夫唱著山歌，牽著耕牛，從山脊上漸漸出現，然後又漸漸消失在山坳裡，歌聲繚繞不散；在不遠的山峰上，霞光映照著小號兵與荷槍的戰士，呈現出粉紅的霞色，晨風送來了喇叭嗚嗚的號聲。茅盾這些遊記性的散文，深文隱蔚，餘味曲包；生動的景物描寫，給讀者以身臨其境之感。

當然，作者不止於談風景，「自然是偉大的，然而人類更偉大」；作者要繪出的是「靜穆的自然」與「彌滿著生命力的人」的和諧統一的「美妙的圖畫」。延安之行使作者感悟到了人的偉大，所以他要歌頌西北黃土高原的蘇醒，歌頌「充滿了崇高精神的人類的活動」；從小號兵挺直的胸膛和高高的眉棱上，從荷槍的戰士如雕像一般嚴肅地面向東方站立，作者說這才是「真的風景，是偉大中之最偉大者」。人與自然的融合，人在大自然中迸發出來的強大的生命的活力，這是作者來到西北解放區以後重要的生活感受和藝術體驗，也是作者要衷心歌讚的人類文明史上不曾有過的革命精神。

《白楊禮讚》收在《如是我見我聞》集內，最初發表在一九四一年四月香港《華商報》副刊《燈塔》上，又單獨刊於《文藝陣地》第六卷第三期。《白楊禮讚》是茅盾散文的代表作，也是中國現代散文的名篇。

這篇只有一千四百字的散文，卻蘊含了豐富而深湛的思想內容。

首先，作者塑造了白楊樹的不平凡的形象。它的外部特徵是：筆直的幹，筆直的枝，一丈以內絕無旁枝，椏枝也一律向上，緊緊靠攏，成為一束，絕無橫斜逸出，它的寬大的葉子也是片片向上，幾乎沒有斜生，更不用說倒垂了，那怕它只有碗來粗細，卻努力向上發展，高到丈許，二丈，參天聳立，不折不撓，對抗著西北風。在描述了白楊樹的外部形象以後，作者進一步寫道：「它沒有婆娑的姿態，沒有屈曲盤旋的虬枝，也許你要說它不美麗，──如果美是專指『婆娑』或『橫斜逸出』之類而言，那麼白楊樹算不得樹中的好女子。」然而作者的審美選擇，卻認定白楊樹是美的，它「偉岸，正直，樸質，嚴肅，也不缺乏溫和，更不用提它的堅強不屈與挺拔，它是樹中的偉丈夫」。作者欣賞的是白楊樹的陽剛之美，它的「堅強不屈與挺拔」的精神品質。

作者寫白楊樹的外表形象與內在品質，是有著明顯的象徵意義的，即它的意象內涵的多義性。作者稱白楊樹是「力爭上游的一種樹」，是「雖在北方的風雪的壓迫下卻保持著倔強挺立的一種樹」，這是把生命力頑強的白楊樹人格化了。它的樸質、嚴肅和堅強不屈，「象徵了北方的農民」，象徵著在敵後傲然挺立守衛他們家鄉的哨兵，也「象徵了今天在華北平原縱橫激蕩用血寫出新中國歷史的那種精神和意志」。作者的美學理想，決定了他所讚美的白楊的天然品質，已經融匯了自己對那些在民族解放戰爭中苦鬥的戰士和勤勞而倔強的北方農民的精神意志的禮讚。

散文和詩似乎是密不可分的，好的散文就是一首詩，一首能撥動讀者的感情之弦的抒情詩。《白楊禮讚》不僅它的簡約凝練具有詩的語言的特點，它的委婉曲折也無不帶有抒情的色彩。作者在讚美白楊樹之前，用了整整一大自然段去描寫西北高原的景色──除了「雄壯」或「偉大」，更主要的是「單調」；然而，作者筆鋒一轉，給讀者展現了遠遠的一排──或許只是三五株，一二株傲然聳立的白楊樹。如此曲折的描寫，意在突出白楊樹的形象美；末尾作者用自己驚奇的叫聲來喚起讀者的感奮。散文的後半部分雖然插入一些議論，但是這些議論蕩漾著作者感情的微波。例如「白楊不是平凡的樹。它在西北極普遍，不被人重視，就跟北方農民相似；它有極強的生命力，磨折不了，壓迫不倒，也跟北方的農民相似。我讚美白楊樹，就因為它不但象徵了北方的農民，尤其象徵了今天我們民族解放鬥爭中所不可缺的樸質，堅強，

以及力求上進的精神」。在這裡，狀物、抒情、議論，有機地組合在一起，概括了這篇散文的主題思想。作者的哲理性議論，不是靠枯燥的概念推理，也不是靠公式化的政治說教，而是將議論融於抒情之中，讓感情的溪流在讚美精神力量的哲理議論中回蕩，議論隨著情緒的波瀾而展開，哲理的火花隨著情緒的發洩而閃爍。作者以現實主義的筆觸，把讀者帶到了一個具有崇高美的理想境界中去。它感情熱烈，格調高昂，文筆峭峭，舒卷自如；它沒有硬梆梆的政治說教，也沒有華麗的詞藻堆砌；它像那顆白楊樹一樣，具有樸實、雄渾的藝術風格。

中華人民共和國成立後，茅盾偶爾也寫了像《盲從和「起鬨」》、《關於要求培養》、《談「獨立思考」》等能給人以智慧和啓迪的議論性的好散文，但像《風景談》、《白楊禮讚》這類感人肺腑的抒情散文，似乎不見了，所以我們連嘗鼎一臠的機會也沒有了，實爲憾事。

3. 探索心靈的樂章

茅盾還寫了不少屬於人事回憶、紀念的散文。魯迅曾經推崇高爾基的《回憶雜記》，說高爾基「用極簡潔的敘述，將托爾斯泰的眞誠底和粉飾的兩面，都活畫出來，彷彿在我們面前站著，而作者 Corky 的面目，亦復躍如」〔註13〕。茅盾的回憶、紀念性質的散文，同他的小說一樣，以寫人物見長。有的是記事散文，但作者以傳神之筆，刻劃出人物的性格特徵；有的是議論性散文，但在議論中穿插生動的描述，以極省儉的筆墨，勾畫出活生生的人物形象。而且在各種人物身上，都滲透著作者的感情色彩，作者的愛憎褒貶，喜怒哀樂，蘊含在往昔的人事中，因而使這些散文帶有較多的傳記文學的性質。

在《蕭伯納來遊中國》一文裡，作者介紹英國文壇老將蕭伯納在環遊世界途中將要訪問上海一事，是從回憶十年前「五四」時期在文壇上曾熱烈介紹過蕭伯納，以及蕭在劇作《華倫夫人之職業》中所提出的問題——資本主義文明下所包孕的矛盾說起，然後從幾個方面去說明蕭的偉大：一是他的全部著作是批判資本主義文明的。他以兼含幽默和冷諷的筆觸，透過那一縷酸冷的笑，「暴露了帝國主義代言人對於近代戰爭的一切阿諛粉飾！一切騙人的大謊——什麼爲世界文明而戰，爲公理而戰，蕭老先生輕輕地笑著就一古腦

〔註13〕魯迅《集外集·〈奔流〉編校後記（七）》。

兒戳穿」。二是通過與英國劇壇負有盛名的諾貝爾文學獎獲得者高司華綏比較，「高司華綏的作品雖然表面上似乎也是抉發現代資本主義社會的矛盾腐敗，可是根底裡他還肯定著現制度並且替現制度辯護的」。三，仍是比較了歐戰以來歐洲人生派的老文豪，許多人開了倒車了，「不開倒車而更向光明猛進的，在法有羅曼羅蘭，在英有蕭伯納」。茅盾寫蕭的偉大，是依據事實的，眞實可信，毫無誇張與渲染。

茅盾回憶、紀念的故人，多是與他過從較密的文化人。作者把散落在記憶中的友人的音容笑貌，栩栩如生地再現在他的散文裡，眞實、細膩，樸實無華，它像是江水在月光下緩緩地流動，滴滴點點滋潤著讀者的心田。在《憶錢亦石先生》一文裡，保留在作者腦海裡的錢亦石的儀容──

> 不怎麼高，然而石寶塔似的凝重；方臉，闊而高的眉棱，眼神和嘴巴雖不笑時亦藹然使人親愛，口音沉著，略帶些湖北腔，我未嘗見過他疾言屬色，然而他的不快不慢，鎮定而有條理的談吐，無時不給人以嚴肅之感。這是身經困阨而愈磨煉愈堅貞的象徵。他今年不過四十多歲罷，像他那樣的人，熱血而又沉著，不論從哪一點看，都不像是沒有「壽」的。……

作者於幾個月前在上海西藏路一家旅館裡見過錢亦石先生，他那時忙於組織戰地服務團，準備赴嘉湖一帶工作。不久，報載錢亦石患痢疾返滬就醫。「痢疾何至於不起？然而竟告不治，這不能不說是錢先生病中的心情悒憤與亦有關」。作者推想，「錢先生雖在病中，一定不忘祖國的危難」，「病中的錢先生是如何的憂憤而焦灼」。作者並因之推想，錢亦石的臨終遺言或一念，「一定是救亡工作的未來，一定也因敵人封鎖消息而不得了知我們全國同胞之如何再接再屬與暴亂拚死命而感得沉悶，彌留之頃他一定不放心罷」。這篇散文並無一般悼文的淒惘之情，作者把觀察錢亦石得來的凝重、嚴肅、堅貞、熱血而沉著的外部印象加以剖析，從推想中描述了死者生前爲國家爲民族的命運而憂憤、焦灼的崇高品質。

《永遠年輕的韜奮先生》一文，茅盾用「年輕」、「天眞」的字眼兒概括了鄒韜奮的主要性格特徵，這也是作者認爲鄒韜奮最可寶貴的文化品格。文章開頭是從鄒韜奮的年齡說起，他是一位飽經憂患的五十左右的人了，然而初見時總覺得他不過三十多歲，「和他相處稍久，你便會覺得估量他有三十多歲也還太多，實在他好像只有二十來歲」。文章接著分析了產生這種反差現象

的原因，即鄒韜奮在言談舉止上還保留青年人「活潑和熱情」的特點，但在精神、氣質上青年人卻「未必能有韜奮先生這樣的天眞」。作者接著指出：

> 對人的親切，熱情，對事的認眞，踏實，想到任何應該辦的事
> 便馬上想辦，既辦以後便用全副精神以求辦得快，辦得好，想到人
> 世間一切的黑暗和罪惡便憤激得坐立不定，看到了卑劣無恥殘暴而
> 又慣於說謊的小人，滿嘴漂亮話而心事不堪一問的僞善者，便覺得
> 難與共戴一天——這些都是韜奮先生的永遠令人敬仰之處，然而，
> 我以爲最可愛者仍是他那一點始終保持著的天眞！

作者寫出了鄒韜奮所具有的耿直、正派的品質，雷厲風行、一絲不苟的工作作風，光明正大、嫉惡如仇的本色。但是，鄒韜奮還有不同於其他文化人的特殊品格，那就是「始終保持著的天眞」。

接著，作者像是絮語、淺唱，歌吟著鄒韜奮的天眞：「不計利害，不計成敗，只知是與非，正與邪」；「對於畏首畏尾的朋友，他有時會當面不客氣地批評」；「辦一件事，有時會顯得過於操切」；「爲了忘記疲勞，會在噱頭主義的歌舞影片之前消磨數十分鐘而盡情大笑」。作者不認爲「天眞」是鄒韜奮的「盛德之玷」，「我覺得這正是他的可愛之處；我們現在太多了一些人情世故圓熟得像一個『太平宰相』似的青年」。作者寫出了鄒韜奮那眞實的人格，它不是深不可測的海洋，而是清澈透明的溪流；這清澈透明，恰是鄒韜奮人格的可愛之處。「要他在一個惡濁的社會中裝聾作啞，會比要了他的命還難過。他需要自由空氣，要痛快的笑，痛快的哭，痛快的做事，痛快的說話。他這樣做了，直到躺下，像馬革裹屍的戰士」。正因爲社會上裝聾作啞的人太多，鄒韜奮的「天眞」就更顯得難能可貴了。有人可能會認爲，作者通篇反覆吟詠「天眞」，顯得過於單純和平淡了。然而，它正是從複雜的社會人生中提煉、篩選出來的單純；那平淡也正是經過極度絢爛卻包裹著虛僞和醜惡而終於返璞歸眞、顯露出眞正的人的本色的平淡。所以這單純和平淡，在散文裡並不是缺點，運用得好，它同樣可以寓藉著深長的韻味。

在《悼六逸》一文中，作者同樣用這種單純的、平淡的人物素描，畫出了一位文化人的「呆」而「重」的性格特點。謝六逸是作者二十多年前相識的朋友，對於他的逝世，作者說不上是悲哀或是憤怒，而是「一種不大可以名狀的難受的味兒」——對一位因貧困與勞累而倒下的文化人表示的無盡的憐憫。

文章通過回憶的記事，描述了人物艱難的處境與個性特點。據作者模糊

的記憶，謝六逸「在民國十六（或十五）年以前，曾有一個時期在商務印書館編譯所『呆』過」，他那時確是「呆呆」而已，「書館編譯所當局光景亦只覺得這二百多人的編譯所中多一個人，而六逸當然也只有裝傻，叫做什麼就做什麼。這樣的『呆』當然不會長久。於是在某次的照例的『人事異動』時，六逸被辭退了」。這被辭退不只是丟了飯碗，而且感到被侮辱。後來湊巧某私立女校務長因與校長意見不合，急思脫離，便介紹謝六逸自代。「此後二三年，六逸大概就『呆』在這私立女校了」。這「呆」字的語義是雙關的。回憶的第二部分是一九四二年十二月，作者由桂林去重慶，途經貴陽，去探望在貴陽文通書局擔任編輯主任的謝六逸。「他還是那麼肥胖，說話也還是謹慎小心，有分寸。不過，神情卻也有點憔悴，家累太重，他很忙」。他有子女七人，為了餵飽這幾張嘴，「身兼四職，每天排定時間逐一應付」，他的工作「實在沉重得可怕」。謝六逸於抗戰勝利前夕因心臟病不治而死。作者分析，「生活負擔太重，而心情又未必愉快，是他致死的主要原因」。在這裡，「重」同樣具有沉重的生活負擔和心理負擔雙關的語義。作者在文末對謝六逸、魯彥等五六位文藝界同人相繼去世發出了感慨：「有所不為，而又不能有所為，這是我們這一代的知識份子最大的悲劇，在這樣的矛盾和折磨中，若干人已經倒下去了，這一筆損失真不知道怎麼算法？」這個感慨頗能引起有為的知識份子的共鳴。

《悼佩弦先生》是一篇很精彩的悼念文字。散文開篇用「盛德君子無疾言厲色」來概括朱自清的為人，是非常準確的。雖然他取字「佩弦」，似乎「自憾秉性舒緩」，「可是多少登壇演說，慷慨激昂者，其赴義之勇，卻遠不及朱先生」。這幾句進一步描述了朱自清的氣質與品質。說起朱自清在新文學史上的成就與貢獻，茅盾作了如下的描述：

> 文如其人，早有定論。在新文藝運動中，朱先生的貢獻不在衝鋒陷陣，而是潛研韜略，埋頭練兵。他的著作不多，但我深信這都是經得起時間的考驗，在新文藝史上卓然自有其地位。我最欽佩而心折的，是他的《歐遊雜記》。這樣清麗俊逸的文字，行雲流水的格調，是他的品性和學問的整個表現，別人想學也不大學得像的。

寥寥數語，朱自清那種恬淡、忠厚、樸實、自然的人格和風格，已經生動地呈現在讀者眼前。茅盾在散文裡所追懷的雖是一些極平凡的人事，但字裡行間傳染給讀者的，卻是一種真摯的感情，以及滲透在這感情的內世界的思想力量和道德力量。

此外，在《憶冼星海》中，茅盾寫下了他對冼星海的永久的懷念——「一個生龍活虎般的具有偉大氣魄，抱有崇高理想的冼星海，永遠坐在我對面，直到我眼不能見，耳不能聽，只要我神智還沒昏迷，他永遠活著。」在《我們有責任使他們永遠不死》一文裡，茅盾在痛悼陶行知時，提到了遭國民黨特務暗殺的聞一多而抒發的悒憤的情懷：「我們這一輩，命定的要掮十字架，而我們也堅決地掮起來了，然而優秀的下一代也仍然得掮，真是太殘酷了。這對於中華民族的元氣實在斷喪得太多了。……」這裡除了反映茅盾的沉重的社會使命意識外，他的感情世界更多的是投向青年，為下一代人仍舊要掮十字架而發出悲傷的感嘆；作者以他崇高的道義與責任，同廣大青年進行了心靈的交流。

值得一提的是，茅盾一生寫了許多紀念魯迅、研究魯迅的文字，但最準確、最深刻地闡釋魯迅的偉大的人格力量，並迄今仍為讀者傳誦的是他為紀念魯迅逝世五週年而作的《最理想的人性》〔註14〕一文。當茅盾稱古往今來偉大的文化戰士，都是偉大的 Humanist（人文主義者）、都是「最理想的人性」的追求者、陶冶者、頌揚者時，尤其要提到魯迅。他們要拔掉「人性」中的蕭艾，培養「人性」中的芝蘭，而魯迅的獨特之處，在於他對古老中國歷史沿革中形成的國民性的探索、揭露和分析。茅盾指出：「魯迅先生三十年工夫的努力，在我看來，除了其他重大的意義外，尚有一同樣或許更重大的貢獻，就是給這三個相聯（按即怎樣才是最理想的人性？中國國民性最缺乏的是什麼？它的病根何在？）的問題開創了光輝的道路。」魯迅為我們全方位地探討了中國國民性的問題，並明確了探討的方向。綜觀茅盾的小說、散文，茅盾似乎在努力地遵循著魯迅的方向，繼續做「最理想的人性」的探求者。

茅盾是一位學貫中西、博古通今的文人學者。他的議論、抒情、追憶的散文，是一個絢爛多彩的世界。它開闢了無限廣闊的天地，作家所描述的一段人生、一絲回憶、一聲啼哭、一縷情懷，無不揭示著深刻的社會意義，無不寄寓著對自己的國家、民族命運的關注。這些散文，有色彩明麗的世態畫，有濃淡相間的風俗畫，有的像銀光閃閃的匕首，有的像餘音裊裊的洞簫，它導引讀者更自覺地執著於現實，也給他們留下許多沉思與遐想；文筆於清峻中見恣放，於通脫中見沉穩。有的研究者對茅盾散文的演變作了精闢的概述：「從迷霧茫茫的境界到天高地闊，明麗宜人的天地；從較多沉緬於內心積鬱

〔註14〕香港《筆談》半月刊第 4 期（1941 年 10 月 16 日）。

的抒發到和人民大眾一起來禮讚革命，這不僅意味著藝術的進展乃至成熟；而且標誌著思想變化的歷程。」〔註15〕但我仍要補充一句，比之小說，茅盾的散文更富有人性美和道義美；這是茅盾散文的內在的美。

日本帝國主義投降後，茅盾參加社會活動更加頻繁了。九月下旬的一天，茅盾見到剛從延安來重慶的版畫家劉峴夫婦，談話間，劉峴不經意地說出茅盾女兒沈霞在延安去世的消息。事情發生在八月二十日，因人工流產，手術不慎，出了事故。茅盾悲慟欲絕，想起來，「她只活了二十四個春秋啊！她還沒有嘗到人生的歡樂，就這樣驟然離開了我們，而且死得又如此的不值得，她怎能瞑目於九泉啊！」〔註16〕孔德沚聽說女兒死了，也號啕慟哭。直至一九四六年八月，沈霞逝世一週年，茅盾在《蕭紅的小說——〈呼蘭河傳〉》一文中，還含蓄地寄託著他對早逝的女兒的思念。

> 二十多年來，我也頗經歷了一些人生的甜酸苦辣，如果有使我憤怒也不是，悲痛也不是，沉甸甸地老壓在心上，因而願意忘卻，但又不忍輕易忘卻的，莫過於太早的死和寂寞的死。爲了追求眞理而犧牲了童年的歡樂，爲了要把自己造成一個對民族對社會有用的人而甘願苦苦地學習，可是正當學習完成的時候卻忽然死了，像一顆未出膛的槍彈，這比在戰鬥中倒下，給人的不知如何的感慨，似乎不是單純的悲痛或惋惜所可形容的。這種太早的死，曾經成爲我的感情上的一種沉重的負擔，我願意忘卻，但又不能且不忍輕易忘卻，因此我這次第三回到了香港想去再看一看蝴蝶谷這意念，也是無聊的；可資懷念的地方豈止這一處，即使去了，未必就能在那邊埋葬了悲哀。〔註17〕

一九四六年一至二月，茅盾忙於參加籌備「政治協商會議陪都各界協進會」的工作。二月十日在慶祝政治協商會議勝利閉幕的大會上，流氓特務大打出手，釀成了「較場口事件」。這是國民黨當局蓄意製造的一起政治事件，是他們的反民主的挑釁性行動。

三月十六日，茅盾夫婦離開重慶去廣州；四月十三日由廣州去香港；五月二十六日再由香港抵上海。茅盾在上海，到處可以聽到老百姓在罵國民黨

〔註15〕孫中田《論茅盾的生活與創作》第214頁，百花文藝出版社1980年出版。
〔註16〕茅盾《我走過的道路》（下），第388頁。
〔註17〕1946年10月17日上海《文匯報》副刊《圖書》第24期。

的接收大員，罵「五子登科」，罵搖身一變成爲地下工作者的漢奸，罵在街頭上駕著吉普車橫衝直撞的盟軍，也罵物價的飛騰，房子的奇缺……茅盾感慨良多，政治協商會議的決議雖然簽訂了，卻只是一紙空文，蔣介石在忙於部署全面內戰。爲了悼念李公樸、聞一多兩位死難的烈士，茅盾發表了《對死者的安慰和紀念》一文，指出：「李公樸、聞一多先生以身殉民主，這告訴了反民主份子：暴力不能摧毀人民之要求。也告訴：不流血而實現民主，在中國是一種幻想！」在《一年間的認識》一文裡，茅盾說：「去年『雙十』，正是『國共會談紀要』公佈，人民對於國內的和平民主，覺得有了希望了。現在只過了一年，這種希望就已經被法西斯份子的槍炮打得粉碎。……這一年中，中國人民流的血實在不少了，然而有了眞切認識的中國人民是不怕流血的！中國的法西斯分子和美國軍閥在這一年中顯然還沒認識到中國人民已經不是飛機大炮所能威脅，也不是漂亮言詞所能欺騙。」作爲和平民主戰士，茅盾這一時期寫了許多雜文，揭露蔣介石和美國相互勾結發動全面內戰的眞相，茅盾還在《上海文化界反內戰爭自由宣言》、《爲李聞血案致聯合國人權委員會書》、《我們要政府切實保障言論自由》等宣言和呼籲書上簽名，抗議蔣介石法西斯獨裁的統治。

　　一九四六年十二月五日，茅盾夫婦應蘇聯對外文化協會（VOKS）之邀請，乘「斯摩爾納號」海輪前往蘇聯訪問，於一九四七年四月二十五日結束訪問歸國抵上海。茅盾後來寫了《蘇聯見聞錄》（上海開明書店一九四八年四月出版）一書，爲後人留下了許多彌足珍貴的史料。蘇聯歸來，全國開始爆發反飢餓反內戰反迫害的鬥爭運動。此時國民黨政府頒佈了「維持社會秩序，臨時辦法」，「戡亂動員令」，用以鎮壓學生運動，限制人民的言論自由。茅盾只能寫些介紹蘇聯的文章，並根據英文本翻譯西蒙諾夫的劇本《俄羅斯問題》。十月下旬，國民黨政府宣布民主同盟爲「非法團體」，下令解散。茅盾等無黨派民主人士也得到中共方面的通知，迅速離開上海，轉移到香港，再奔赴解放區，茅盾於十二月上旬離滬去香港，孔德沚也在兩個星期後趕來了。此時聚集在香港的各界民主人士和文化人達千餘人，大家都關心各路解放軍的戰果，興奮地議論毛澤東的重要報告《目前形勢和我們的任務》。茅盾在一九四八年元旦獻詞《祝福所有站在人民這一邊的！》中預言，「反帝反封建的革命事業，有在本年內完成的希望」，期待著我們的兒孫輩不再流血而只是流汗來從事新中華民國的偉大建設。這年下半年，茅盾續寫報告文學《生活之一頁》，還寫了長篇小說《鍛煉》（五卷連續長篇之第一卷），此外還爲香港《小說月

刊》寫了《驚蟄》、《一個理想碰了壁》、《春天》三個短篇小說。

《驚蟄》〔註18〕雖然採用童話的形式，但仍然是針對著尖銳的社會現實
問題的，即對「民主個人主義者」標榜的「中間路線」的批判。短篇的主人
公是善於裝出一副「心氣平和」模樣的豪豬，它在林中與朋友總是保持一個
相當的距離；它對「和平」的解釋是在左右相持之時用政治方式解決問題，
以達到「溫和的目標」。但是，豪豬那霹靂似的一聲噴嚏（朋友們誤認為是
原子彈爆炸）和那紅冕金袍的蒼蠅的嗡嗡聲（朋友們聽成是轟炸機的聲音），
以及它們內部的一場廝殺，豪豬的骨針刺得黃鼠狼狂叫，便撕破了那虛偽的
「和平」的面具。不過，把嚴肅的政治諷喻鑲在童話體的小說裡，未免過於
生硬，童話在這裡已失去了它原有的生動、活潑、天真、有趣的特性。

短篇《一個理想碰了壁》〔註19〕。描寫一九三八年發生在廣州灣的一個
故事。職業文化人 L 與詩人 C 在廣州某旅館裡，遇到一個中年老鴇正在強迫
一個十八九歲的姑娘賣淫接客，那姑娘堅決拒絕，並懇求 L 君救她脫離苦海。
L 君終於替她贖身，並帶她去香港。L 君打算讓她進補習學校讀半年書，然後
替她找一個合適的工作，做一個自食其力的女人。那姑娘卻執意要嫁給 L 君
做小老婆，她並不在乎 L 君在家裡已有妻室。那結局是：L 君設法溜走，她回
到了廣州灣。通過 L 君的理想碰壁的故事，作者想要說明的是，人們多麼難
於改變頑固的傳統習慣和傳統觀念；「一個女人天生是靠丈夫的」這個信念，
使得那個姑娘寧願回老家，「再被人家騙去再賣一次」，而不肯走自我解放的
道路。乍看起來，這是一個與抗戰無關的題材，然而作者那時知道了廣州於
抗戰初期曾有過千餘人的女壯丁隊，廣州棄守之時，女壯丁隊奉令隨軍撤退，
可是到了清源把她們解散了，這一千多女性就為「抗戰」而遭遇到各種慘痛
的迫害和蹂躪。作者由此引申到那位姑娘脫離苦海以後拒絕讀書做工的故
事。小說藉婦女的兩種遭遇說明，無論來自強暴的摧殘迫害，還是來自封建
傳統觀念的禁錮，都是現代婦女悲劇命運的根源，只有敢於向命運挑戰，才
有新生的出路。

短篇《春天》〔註20〕，別具一格，不同於茅盾以往的小說，它不是反映
那已經發生的現實，而是寫了一個未來的故事──全國解放以後的故事。這

〔註18〕香港《小說月刊》第 1 卷第 1 期（1948 年 7 月）。
〔註19〕香港《小說月刊》第 1 卷第 3 期（1948 年 9 月）。
〔註20〕香港《小說月刊》第 2 卷第 1 期（1949 年 1 月）。

是解放已四年的北方國營第七農場正在舉行一年一度的迎春大會，農場場長、原國民黨起義將領鄭洞國向新華社記者表示：「半生戎馬，今始知生產之興趣，而尤以得爲人民服務，深感慶幸。」新解放的江南鐵工廠，也搞得熱火朝天。然而蟄伏著的國民黨「毒蟲」們也在伺機活動。華威先生以提倡「自由主義」運動的民主人士身份，仍然活躍在各種社團、各種集會上，而且照例要發言，但現在這一套已經行不通了，他像一隻老鼠縮在一角窺察會議的風向。他參與影梅等秘密成立的「政團」的活動，還拉攏了不得意的私立中學校長小趙參加「政團」。可是當頭頭們爲一個「糊塗蟲」忽然良心發現向人民政府自首而惶恐不安時，華威先生也有點慌張了。他也想自首，但並無生活技能，又好逸惡勞，如改過自新，做什麼好呢？小說結尾寫道：「春來了，一切有生機的都在蓬蓬勃勃發展，呈獻它們的活力；但陳年的臭水溝卻也卜卜地泛著氣泡。」作者以飽滿的政治熱情，預言春天即將來臨，翹企人民共和國的成立。

第六章　建國後的文化心態與文學活動

1. 自我封閉與調整適應度

　　根據中共中央的部署，在香港的黨外民主人士，分批地秘密地進入東北解放區，參加新政治協商會議的籌備工作，爲成立中華人民共和國臨時中央政府作準備。茅盾夫婦是第三批北上，於一九四八年除夕秘密上船，同行的有李濟深、章乃器、鄧初民、朱蘊山、洪深等二十餘人。元旦那天，《華商報》發表了茅盾在香港寫的最後一篇文章，題爲《迎接新年，迎接新中國》。作者寫道：

> 　　新中國誕生了，這是五千年來中華民族的第一件喜事，這也是亞洲民族有史以來第一件喜事！
>
> 　　這是人民力量必然戰勝貪污暴戾的特權集團的有力證據；這是民主力量必然戰勝反民主力量的有力證據！
>
> 　　新民主主義的新中國將是一個獨立，自主，和平的大國，將是一個平等，自由，繁榮，康樂的大家庭。在世界上，中國人將不再受人輕侮排擠。人人有發展的機會，人人有將其能力服務於祖國的機會。

爲迎接即將成立的中華人民共和國，茅盾那喜悅、興奮之情，溢於言表。

　　一九四九年一月七日，輪船抵大連港，茅盾夫婦由大連到瀋陽，居一個月；二月二十五日，北平和平解放不久，即與沈鈞儒、李濟深、郭沫若等百餘人來到了北平。

　　這年七月，第一屆全國文學藝術工作者代表大會在北平召開，茅盾作了題爲《在反動派壓迫下鬥爭和發展的革命文藝》的報告，總結了十年來國統區革命文藝運動的經驗。在會上茅盾當選爲中華全國文學藝術界聯合會副主席，同時被選爲中華全國文學工作者協會（中國作家協會前身）主席。十月一日，中華人民共和國成立，茅盾出任中央人民政府文化部部長職，並主編《人民文學》雜誌；後又當選爲歷屆全國人民代表大會代表，歷屆政協全國委員會常務委員和第四屆、第五屆全國委員會副主席。

　　茅盾滿腔熱情地迎接人民共和國的成立，然而他那時已是知命晉四之年了，不願做官，無心躋身於政界去拚搏，只想有一個清靜的生活環境，繼續撰寫他那幾部沒有寫完的長篇小說，並潛心研究學術。所以建國初年當周恩來動員他出任文化部長時，他婉言推辭，說自己「不會做官」，打算繼續他的創作生涯。後來，毛澤東主席親自出面找茅盾談話，「聽說你不願意做官，這好解決，你可以掛個名，我給你配備個得力的助手，實際工作由他去做。」茅盾不好再推辭了。這個文化部長職，至一九六五年一月被免去，共任十五年。〔註1〕

　　共和國成立後，知識界一批多年追隨共產黨的知識份子入了黨，楊之華（瞿秋白夫人）等人曾建議茅盾重新申請入黨。性格內向、謹言愼行的茅盾，憑著他豐富的社會經驗和政治磨煉，「他回憶了自己走過的三十多年的道路，愼重考慮了再三，覺得在那最艱苦的年代裡，自己雖然一直和黨同一步調，但畢竟不在黨內；現在黨執政了，黨的威信空前提高了，自己不應該去分享黨的榮譽。他決定：仍然留在黨外，追隨於黨的左右。他眞正這樣做了。」〔註2〕甚至在擔任文化部長期間，茅盾還兩次向周恩來總理遞交辭呈，均未獲准。可以看出，茅盾一反過去民主革命時期那種責任感與緊迫感，有意地同現實政治、同執政黨保持一段心理的距離。有人因此說他自持頗嚴，也有人說他世故較深。其實茅盾自有他難言之苦衷。自批判電影《武訓傳》以來，無休止的政治運動、階級鬥爭，直至毀滅人性、毀滅文化的十年「文化大革命」，廣大知識份子一直是作爲被批判、鬥爭、改造的對象，他們戰戰兢兢，如履薄冰，實際上已經失去了做人（更不必說是主人）的資格了，「臭老九」的諢號已經說明了這一切。翻讀茅盾一九四九年以後的論著，像「擁護共產黨的領導」，「加強思想改造」，幾乎成了他的口頭禪。一九七六年茅盾在給友人的信中還如此自責：「白吃人

〔註1〕　參見韋韜，陳小曼《茅盾晚年生活（一）》，《新文學史料》1995年第1期。
〔註2〕　徐民和胡穎《巨匠的遺願──茅盾在最後的日子裡》，《瞭望》1981年第2期。

民糧食，忽焉遂至八十，中夜內疚，撫膺自悲。……惟有加緊學習，改造世界觀，以冀熳爛餘年，少犯錯誤。」〔註3〕知識份子的這種遭遇，是包括茅盾在內的、曾經爲追求科學與民主而奮鬥過來的老一代知識份子所不曾預料的。所以實踐證明了茅盾於建國初年的自我心理設計是正確的、有遠見的。

一九四九年以後，茅盾是熱情參與了人民共和國的文化建設事業的，但他不會像郭沫若那樣燃燒到白熱化的程度，他的文字也不會像郭沫若那樣汪洋恣肆，他對現實政治一直採取審慎的、謹嚴的態度。這除了性格原因外，還由於一九五○年首次遭遇的心靈撞擊的創傷。那年根據茅盾同名小說改編的電影《腐蝕》上映以後，受到觀眾的歡迎，但不久卻突然無緣無故地被停映了。後來據說是因爲《腐蝕》的女主角特務趙惠明引起了觀眾的同情，影片牽涉到危險的立場問題，因此遭「封閉」、「入庫」。茅盾對此事「始終不置一詞，若無其事」〔註4〕。然而這對茅盾來說眞是當頭棒喝，這使他後來靜觀多於言動，思考多於著述是有關係的。這一時期茅盾的文學，眞正敞開心扉、敢於直言不諱、顯現自我的個性與價值的，爲數不多。如在《盲從和「起鬨」》一文裡，作者呼籲「現在開始要大力糾正『盲從』了，但尤其要大力譴責『起鬨』」——不明辨是非的亂起鬨。在《關於要求培養》中，作者尖銳地批評了有的青年首先學會的是「揣摩風氣的『本領』」。針對一九五六年在貫徹「百花齊放，百家爭鳴」方針而倡言「獨立思考」時，作者精闢地指出：

教條主義是獨立思考的敵人，它的另一個敵人便是個人崇拜。

如果廣博的知識是孕育獨立思考的，那麼，哺育獨立思考的便應是民主的精神。

井底之蛙恐怕很難有獨立思考的能力。應聲蟲大概從沒有感到有獨立思考之必要。而日馳數百里的驛馬雖然見多識廣，也未必善於獨立思考。

茅盾批評了儒家文化教育出來的知識份子是「犬儒」，「是精神上失去平衡的畸形人，是經不起風霜的軟體人。當然也不會是具有獨立思考能力的人」〔註5〕。

茅盾於一九五六年五、六月間在中共中央統戰部召開的民主黨派負責人

〔註3〕　致王亞平信（1976年7月6日），孫中田、周明編《茅盾書信集》第301頁，
　　　　　文化藝術出版社1988年版。
〔註4〕　參見柯靈《心嚮往之——悼念茅盾同志》，《憶茅公》第285頁。
〔註5〕　《談獨立思考》，1956年7月3日《人民日報》，署名玄珠。

和無黨派人士座談會上的發言，可謂直言敢諫，肝膽相照。那時中共中央號召人民群眾幫助共產黨整風，克服黨內存在的宗派主義、教條主義和官僚主義，茅盾不顧利害，大膽指出造成這三個壞主義的根源是「缺乏民主」。他批評某些共產黨領導幹部存在的宗派主義，真是析理精微，剗刺入骨。他說：

> 比方說，一位非黨專家在業務上提了個建議，可是主管的領導黨員卻不置可否。於是非黨專家覺得這位黨員的領導者有宗派主義。可是在我看來，這是冤枉了那位黨員了，事實上，這位黨員不精於業務，對於那位非黨專家的建議不辨好歹，而又不肯老實承認自己不懂（因為若自認不懂便有傷威信），只好不置可否。這裡的確並無宗派主義。可是隔了一個時期，上級黨員忽然也提出同樣的主張來了，——就是和前些時那個非黨專家的建議基本上是一樣的。這時候，曾經「不置可否」的黨員（一個小領導）就雙手高舉，大力宣揚，稱頌上級黨員英明領導，但是壓根兒不提某非黨專家也提過基本上相同的建議。是不是他忘記了呢？我看不是。我看仍然是因為若要保住威信，不提為妙。在這裡，就有了宗派主義。如果那位非黨專家不識相，自己來說明他也有過那樣的建議，但未被重視。於是乎，百分之九十很可能，那位黨員會強詞奪理，說那位專家的建設基本上和這次上級的指示不同，或甚至給他一個帽子：誹謗領導，誹謗黨……云云。這裡，宗派主義就發展到極嚴重的地步！〔註6〕

這些根據事實發表的意見，今天看來，微不足道，但在那時也可算是「反黨言論」了；不過茅盾這類言論不多，他基本上是實行自我封閉策略的，他憑藉自己的社會影響和政治經驗，不斷地調整自己與社會、時代、政黨、領袖的適應度。例如在參加上述座談會不久，爆發了反對資產階級右派份子的運動，茅盾便立即掉轉方向，積極投入文藝界反右派的鬥爭。茅盾在一九五七年九月十七日中共中國作家協會黨組擴大會上，作了題為《明辨大是大非，繼續思想改造》的發言，涉及到「章羅聯盟」、「丁陳反黨集團」、馮雪峰、江豐、鍾惦棐、吳祖光、劉紹棠等人，批判了他們「反抗黨的領導」、「反對思想改造」、「否定八年來國家建設的成績」的罪行。此後茅盾又熱情歌頌「大躍進」，說「反右派鬥爭的勝利為文藝界的思想大躍進奠定了基礎。現在從各

〔註6〕《我的看法》，《茅盾全集》第17卷，第538～540頁，編者注明此發言稿「未公開發表，現據手稿編入」。

方面都可以看到群眾性的文藝運動，用一種我們想像不到的氣勢蓬勃地出現了」〔註7〕。茅盾甚至跟著鼓吹「幾個月來，全國各地熱火朝天，捷報是每一秒鐘就有幾千幾百」；「技術革命在全國範圍內鬧得滿天飛紅，全國人民熱情洋溢的發明創造一天有幾萬件」〔註8〕。茅盾在稱讚充滿浮誇風的大躍進民歌時，還把民歌中的毛病歸咎於「多讀了不好的詩歌集無意中傳染來的。我們有些壞詩集卻還名氣很大呢，例如號稱已有國際聲譽的右派份子艾青，我看他詩集中，裝腔作勢的東西就很多」〔註9〕。應該說，茅盾那時是努力緊跟形勢，努力去適應「左」的社會思潮的需要的，並多少參與貫徹執行了「左」的文藝路線。

茅盾有時在詩文裡也發點牢騷，如一九六二年九月二十二日作的一首《七絕》，作者在短序中說，「閱情況簡報，見翻譯家羅稷南說，紀念梅蘭芳逝世一週年，規模之大遠遠超過紀念魯迅逝世二十週年，而且說梅是理論家，是畫家，是詩人，讀之頗覺肉麻云云。羅論甚是，但彼不知舉辦此事者，有大力者作後臺，因非可以口舌爭也。戲成一絕以記之。」

知人論世談何易？
底事鋪張作道場。
藝術果能為政治，
萬家枵腹看梅郎。〔註10〕

一九六二年全中國老百姓正在忍受著飢餓的痛苦。作者譏諷道，讓飢餓的百姓都去看梅蘭芳的戲，這就是藝術為政治服務嗎？這個批評是擊中要害的。雖然作者生前並不打算公開發表，但我們藉此可以知道他在反右派運動後沒有停止過對社會現實進行冷靜的觀察和思考，還多少保留著自己獨立的人格和意志。

茅盾雖然身居高位，但在「以階級鬥爭為綱」的不正常的年代裡，他同許多黨外人士、知識份子一樣，仍然無法避免被批判的厄運。茅盾於一九六五年初被免去文化部長職，便是同毛澤東關於文藝問題的兩個批示有直接關係。

〔註 7〕茅盾《文藝和勞動相結合》，《鼓吹集》第 263 頁，作家出版社 1960 年版。
〔註 8〕茅盾《文藝大普及中的提高問題》，《鼓吹集》第 281、282 頁。
〔註 9〕茅盾《工人詩歌百首讀後感》，《鼓吹集》第 232 頁。
〔註10〕《茅盾全集》第 10 卷，第 425 頁。

　　毛澤東於一九六三年十二月十二日的第一個批示，指責了「許多共產黨人熱心提倡封建主義和資本主義的藝術，卻不熱心提倡社會主義的藝術，豈非咄咄怪事」。一九六四年六月二十七日的第二個批示，更嚴厲地批評了「這些協會和他們所掌握的刊物的大多數（據說有少數幾個好的），十五年來，基本上（不是一切人）不執行黨的政策，做官當老爺，不去接近工農兵，不去反映社會主義的革命和建設。最近幾年，竟然跌到了修正主義的邊緣。如不認真改造，勢必在將來的某一天，要變成像匈牙利裴多菲俱樂部那樣的團體」。身爲文化部長、中國作協主席的茅盾，得悉這兩個批示，頗覺震驚，預感到了自己「罪責難逃」。在免職前一個月，周恩來曾對茅盾說，「文化部的工作這些年來一直沒有搞好，這責任不在你，在我們給你配備的助手沒有選好，一個熱衷封建主義文化，一個又推崇資本主義文化。我知道你從一開始就不願意當這部長，後來又提出過辭職，當時我們沒有同意，因爲找不到接替你的合適人選。現在打算滿足你的要求，讓你卸下這副擔子，輕鬆輕鬆，請你出任政協副主席，你有什麼意見嗎？」茅盾沒有意見，並要求把他的中國作家協會主席職務這次「也一起調換調換」，周恩來未能同意。事後，韋韜曾問過茅盾：「這次文化部長的變動，恐怕與毛主席的兩個批示有關罷？」茅盾點頭道：「那當然。」卻沒有再講下去。〔註11〕

　　茅盾於一九六四年六月發表文學評論文章《讀陸文夫的作品》（《文藝報》一九六四年第六期）以後，緘默了十二年。一位終生辛勤筆耕的老作家，即使在國民黨統治最黑暗、最殘酷的年代都不曾擱筆，如今卻沉默了，而且竟長達十二年。在這漫長的歲月裡，他內心承受的屈辱和痛苦，是我們難以想像的。

　　緘默的原因是大批判的矛頭已經隱約地指向了茅盾。一九六四年十二月，江青指令批判《林家舖子》、《不夜城》、《紅日》、《兵臨城下》等影片。一九六五年初，報刊開始批判「中間人物論」，作協常務書記邵荃麟首當其衝，批判他於一九六二年八月在大連舉辦的「農村題材短篇小說創作座談會」上散佈的資產階級文藝觀點，以提倡寫中間人物來反對寫英雄人物。其實這是對邵荃麟觀點的歪曲，而邵荃麟的觀點即是茅盾在會上發言的觀點，邵荃麟只不過代爲受過罷了。這年五、六月間，夏衍改編的電影《林家舖子》作爲毒草在報刊上進行批判，矛頭指向茅盾是顯而易見的。這年初冬，中共中央

───────────────

〔註11〕韋韜陳小曼《茅盾的晚年生活（一）》。

宣傳部部長陸定一在一次文藝界小範圍的內部會議上，點名批評了茅盾，稱茅盾是「資產階級文藝路線的代表人物」。茅盾後來說，「那時候，報紙上批判夏衍和邵荃麟，卻始終沒有把我推到前臺，後來『文革』中也終始沒有公開批鬥我，想來，就是群眾中傳說的，受到周總理的保護吧！不過，讓我感到遺憾和不安的是夏衍和邵荃麟代我受了罪，荃麟還爲此付出了寶貴的生命！」〔註12〕

　　「文化大革命」爆發不久，茅盾傳聞老舍在太平湖飲恨自盡，長嘆「平日見老舍隨和、幽默、開朗，想不到還是一個性格剛烈、自尊極強的人」，他以爲，老舍自殺在太平湖，「顯然是對這種不公正的無聲的抗議」。在紅衛兵瘋狂抄家的日子裡，茅盾家也未能幸免。八月三十日清早，一群紅衛兵闖進茅盾住宅，領頭的小伙子舉著一把剛從張治中家抄來的日本軍刀。他們翻箱倒篋，無法無天。茅盾問他們的行動得到了哪一部門允許？那領頭的拍拍臂上的紅袖箍說：「毛主席說，紅衛兵的革命行動是天然合理的。」茅盾給統戰部打電話，得到的答覆卻是「無可奈何」，「根據大家的經驗，最好的辦法是以禮相待，表示歡迎」。此外，在文化部院內、中國作家協會院內，也時有批判茅盾的大字報。

　　茅盾那時雖然深居簡出，卻對社會現實仍保持著冷靜觀察與思考的習慣，他注意研讀「兩報一刊」（即《人民日報》、《解放軍報》，《紅旗》雜誌）社論和「最高指示」。那時，毛澤東一發佈「最新指示」，北京的大街小巷便鑼鼓喧天，以示慶祝，報刊上也連篇累牘地發表了表態、捧場的詩文，茅盾卻不寫。他說：「我是不寫這種文章的。一個人的信仰是否忠貞，要看他一生的言行，最後要由歷史來作結論。我不喜歡趕浪頭，何況我對『最新指示』有的還理解不了。」一九六八年八月二十八日夜，茅盾的弟媳、已故沈澤民的妻子、現任紡織工業部副部長張琴秋，從被隔離的紡織工業部四樓男廁所窗戶摔下去，慘死在東長安街上，噩耗傳到茅盾那裡，這沉重的打擊是難以言狀的。這位早年參加革命、經歷了萬里長征的老幹部，最後卻在人民共和國的首都、在任職的崗位上遭到如此慘絕人寰的殺害。茅盾因此更加沉默了。「這是他唯一能採取的抗議的方式」〔註13〕。

　　一九七〇年一月二十九日，茅盾夫人孔德沚在北京醫院病逝。茅盾於當

〔註12〕韋韜陳小曼《茅盾的晚年生活（一）》。
〔註13〕同上。

日凌晨三時二十分趕到醫院，不禁放聲痛哭。「蓋想及她的一生，確是辛辛苦苦，節約勤儉。但由於主觀太強，不能隨形勢而改變思想、生活方式，故使百不如意而人亦對她責言甚多」；茅盾與大孫女小剛（沈邁衡）談起奶奶之為人，「過後思之，我倒很對不起她；因為我不善於教育她，使她思想能隨時代變化，因而晚年愈見主觀、躁急，且多疑也」。茅盾與原配夫人相依為命度過了五十個春秋；老伴謝世後不久，他也因勞累與憂傷病倒了。〔註14〕茅盾後來在給他人信中說，「去年德沚病中，我強打精神照顧病人，但自她故世，我安定下來，就顯得不濟了。現在上樓下樓（只一層而已），即氣喘不已，平地散步十分鐘，也要氣喘……如此已成廢人，想亦不久於世矣。」〔註15〕「德沚死後的一年裡（她逝世將滿三週年了），我確精神悶悒，而且接連生了幾次不大不小的病」〔註16〕。茅盾晚年喪偶，在政治上已不被當局所信任，心境倍感孤獨和淒涼。

　　一九七○年秋，茅盾為紀念母親陳愛珠逝世 30 週年寫下了一首七律：

　　　　鄉黨群稱女丈夫。

　　　　含辛茹苦撫雙鶵。

　　　　力排眾議遵遺囑，

　　　　敢犯家規走險途。

　　　　午夜短檠憂國是，

　　　　秋風落葉哭黃壚。

　　　　平生意氣多自許，

　　　　不教兒曹作陋儒。〔註17〕

茅盾對母親撫養教誨之恩，銘肌鏤骨；末句「不教兒曹作陋儒」，寓意較深，茅盾大概為自己沒有充當「陋儒」而感到欣慰罷！

　　在「四人幫」猖獗之時，大約從一九六九年十月一日起，茅盾不再被邀請出席重大群眾聚會和紀念活動，停發各種內部文件，甚至連林彪叛逃的消息都已家喻戶曉，他卻始終聽不到任何傳達。他此時實際上已失去了中國公民的資格，正受到秘密的政治審查。到一九七三年，國內形勢小有轉機，茅

〔註14〕　參見葉子銘《夢回星移——茅盾晚年生活見聞》第 104、105 頁，南京大學出版社 1991 年版。

〔註15〕　茅盾致陳瑜清信（1970 年 10 月 15 日），《茅盾書信集》第 223 頁。

〔註16〕　茅盾致胡錫培信（1974 年 1 月 21 日），《茅盾書信集》第 234 頁。

〔註17〕　《茅盾全集》第 10 卷，第 437 頁。

盾不想消極靜觀下去，終於在七、八月份前後兩次給周恩來去信，陳述自己的現實處境以及過去的經歷，要求澄清種種不實之詞，均無回音。但不久增補第四屆全國人民代表大會代表時，在上海選區代表中卻有茅盾的名字。茅盾當時曾向前來通報消息的全國政協秘書長詢問關於自己究竟出了什麼問題，秘書長答曰：「你已是人大代表了，過去的事就不必管它了，也不必查問了！」〔註18〕茅盾的公民權、參政權糊裏糊塗地被剝奪，又糊裏糊塗地被恢復。中國有許多事就這般糊塗地過去了。

就在糊裏糊塗被剝奪、在家賦閑的時候，茅盾漸漸恢復了讀書的興趣。茅盾讀英國詩人拜倫的《哈爾德·哈洛爾德遊記》（楊熙齡譯）後，稱頌「原作上下古今，論史感懷，描寫大自然，包羅萬有，洋洋灑灑，屈原《離騷》差可比擬，而無其宏博。在西歐，亦無第二人嘗此格」。身處逆境的茅盾，此時正醞釀續寫長篇小說《霜葉紅似二月花》和為撰寫回憶錄進行口述錄音。不過，小說只寫了一份較詳細的提綱和若干章節便擱下了；回憶錄則從一九七五年至一九七六年錄製了二十多盤磁帶，回憶自己一生的坎坷道路。

一九七六年七月四日，茅盾八十壽辰，寫了一首《八十自述》：

> 忽然已八十，始願所未及。
> 俯仰愧平生，虛名不副實。
> 昔我少也孤，慈母兼父職。
> 管教雖從嚴，母心常戚戚。
> 兒時偶遊戲，何忍便撲責。
> 旁人冷言語，謂此乃姑息。
> 眾口可鑠金，母心亦稍惑。
> 沉思忽展顏，我自有準則。
> 大節貴不虧，小德許出入。
> 課兒攻詩史，歲終勤考績。

茅盾感嘆自己有許多事沒有做完，卻已進入耄耋之年，聊以欣慰的是「大節貴不虧」。此詩寫到少年稟承慈訓，便戛然而止；「其所以綴筆，大約在當年的情勢下，這樣的自述難以終篇」〔註19〕。

〔註18〕轉引自葉子銘《夢回星移》第 93～97 頁。
〔註19〕參見葉子銘《夢回星移》第 123～130 頁。

　　粉碎「四人幫」以後，茅盾再次獲得思想解放，在「萬眾歡呼天又晴，徹夜鑼鼓慶新生」的喧囂中，接連寫了《粉碎反革命集團「四人幫」（四首）》、《十月春雷》、《過河卒》等詩。「真相於今大白，謀害創業柱石。黨紀國法難容，國人皆曰可殺。」揭露了「四人幫」的滔天罪行，表示了作者的革命義憤。

　　一九七九年十月三十日至十一月十六日，中國文學藝術工作者第四次代表大會在北京召開。茅盾在開幕詞中指出，這次大會是第三次文代會之後相隔十九年召開的，它「宣告林彪、『四人幫』在文藝戰線中所推行的極左路線和陰謀文藝已經永遠結束，社會主義文藝的歷史翻開了新的一頁」；並闡明這次大會將討論「如何進一步解放文藝生產力，繁榮社會主義文藝事業，更好地為四個現代化服務」的問題。大會選舉茅盾為全國文聯名譽主席，中國作家協會主席。

　　一九八一年二月二十日，茅盾住進北京醫院，病情日趨惡化。彌留之際，茅盾口授簽名給中共中央的信：

　　耀邦同志暨中共中央：

　　　　親愛的同志們，我自知病將不起，在這最後的時刻，我的心向著你們。為了共產主義的理想我追求和奮鬥了一生，我請求中央在我死後，以黨員的標準嚴格審查我一生的所作所為，功過是非。如蒙追認為光榮的中國共產黨員，這將是我一生的最大榮耀！

　　　　　　　　　　　　　　　　　　　　　　　　　　沈雁冰

　　　　　　　　　　　　　　　　　　　　　　一九八一年三月十四日

中共中央於三月三十一日作出決定，「根據沈雁冰同志的請求和他一生的表現，決定恢復他的中國共產黨黨籍，黨齡從一九二一年算起」。

　　三月十四日，茅盾還口授簽名致中國作家協會信，將自己積存的二十五萬元稿費捐獻給中國作家協會，作為設立一項長篇小說文學獎金的基金。

　　三月二十七日五時五十五分，茅盾在北京逝世，中國文壇又一顆巨星殞落了。四月十一日下午，茅盾的追悼會在人民大會堂西大廳隆重舉行。胡耀邦在悼詞中說：「沈雁冰同志是在國內外享有崇高聲望的革命作家、文化活動家和社會活動家。他同魯迅、郭沫若一起，為我國革命文藝和文化運動奠定了基礎。」胡耀邦還熱情歌頌了茅盾自一九一六年以來，在漫長的六十餘年文學生涯中，「始終不懈地以滿腔熱情歌頌人民、歌頌革命、鞭撻舊中國黑暗勢力，創作了大量傑出的文學作品。這些作品刻劃了中國民主革命的艱苦歷

程，繪製了規模宏大的歷史畫卷，爲我國文學寶庫創造了珍貴財富，在文學史上留下了不可磨滅的功績」。

　　毛澤東稱頌魯迅是「五四」以後中國文化新軍的最偉大和最英勇的旗手；胡愈之認爲，「和魯迅相比，茅盾同樣是這個文化新軍的創始者和指揮者。和魯迅一樣，茅盾對古代中國文學和十九世紀以來的世界文學作過長期的深刻的研究、介紹和批判，最後才找到現代中國自己的文學道路，這就是共產黨領導的革命現實主義的道路」〔註20〕。丁玲在評論茅盾文學創作的業績時指出：「他在半個世紀裡，寫了約一千多萬字宏文鉅著，其辛勞勤奮，足爲後代楷模。他的作品反映現實生活，緊扣時代脈搏；他總是力求以感人的藝術形式描繪出社會的激劇動蕩，以及在動蕩變革中的形形色色的人物。他是名副其實的巨將大師，他的作品裡的人物總是給讀者以眞實切膚的感覺。三十年代初，他寫了我國民族資產階級在帝國金融資本的壓力下的掙扎與鬥爭。這一題材在當時是沒有另外的什麼人敢於涉獵問津的。直到現在，反映我國新興民族資本家的生活史的文學作品，還是很少，而足以與《子夜》比美的更是寥寥。茅盾同志的很多短篇如《林家舖子》、《春蠶》等也都高高豎立在我國文學史壇之上，成爲我國文學寶庫的珍品。茅盾同志和他的作品在國際上享有的崇高聲譽，決不是偶然的。」〔註21〕總之，茅盾一生在文化運動和文學創作上所做出的具有劃時代意義的偉大的貢獻，已經彪炳史冊；雖然我們也批評了他的某些小說存在的毛病，但是瑕不掩瑜，他在中國現代文學史上的地位與成就，是不可抹煞的。隨著時間的推移，茅盾的「爲人生」的文化觀念，他的那些充滿人性、人情的文學作品，將會繼續給後人以充實的精神營養。

2. 文藝思想與主張的搖擺反覆

　　中華人民共和國成立後，茅盾在繁重的國家事務和社會活動中，仍然辛勤筆耕，著述計有《鼓吹集》、《鼓吹續集》、《夜讀偶記》、《關於歷史和歷史劇》、《讀書札記》、《茅盾評論文集》、《茅盾近作》、《世界文學名著雜談》、《茅盾詩詞》（含建國前詩詞近二十首），以及回憶錄《我走過的道路》上、中、下三冊等。

〔註20〕　胡愈之《早年同茅盾在一起的日子裡》，《憶茅公》第 8 頁。
〔註21〕　丁玲《悼念茅盾同志》，《憶茅公》第 20 頁。

　　茅盾是擅長於長篇創作的，但在以上著述中卻唯獨沒有小說。為什麼不再寫小說了呢？這是廣大讀者普遍關注的問題。公務纏身，年事已高，這固然是茅盾擱筆的原因，但更重要的是，自一九四二年毛澤東發表《在延安文藝座談會上的講話》以來，共產黨的文藝方針就是提倡寫工農兵，文藝為工農兵服務，開國以後，共產黨作為執政黨，把這個適應於過去解放區工農幹部文化心理需要的權宜性政策，發展成為全國的具有普遍指導意義的社會主義文藝方針，描寫工農兵，塑造工農兵英雄形象，成了所有文藝家創作必須嚴格遵循的文藝路線。對於妨礙貫徹這個文藝方針、路線的思想、理論和文藝作品，都毫不留情地加以批判、肅清。從批判《武訓傳》開始，這項工作就不曾間斷過。電影《林家舖子》正因為「歌頌」了一個小商人（林老闆）而被當作「毒草」遭到了嚴厲的批判。雖說是批判夏衍，但對茅盾來說，無疑也是極大的傷害，茅盾所熟悉的人物是民族資本家和知識份子，他們是被教育、改造、限制、利用的對象，都不是國家的棟樑，決不允許把他們作為文藝作品的主人公加以表現，更不允許對他們有絲毫的美化。這實際上是制約了包括茅盾在內的來自國統區的許多作家的創作自由。在很長的時間內，茅盾忍受著創作個性受到壓抑的苦痛；但是，理性思考的習慣、使他寧願緘默，寧願把時間耗費在家務勞動中，卻不願意俯就去寫那些歌功頌德的詩文。待到茅盾想續寫《霜葉紅似二月花》時，卻已進入垂暮之年，力不從心了。這就是在中國文壇上長期存在的悲劇現象；許多老一代作家在扮演著悲劇角色。

　　茅盾寫過一篇題為《揭露矛盾時的「矛盾」》的短文，多少說明了產生這種悲劇現象的原因。當讀者們責備作家或編輯不敢揭露社會現實的矛盾和衝突，作品千篇一律、公式化時，並不曾知道其中「內幕故事」，即對那些稍稍揭露了矛盾的作品，領導幹部粗暴地干預、查究，這使作家們有顧慮，沒有干預生活的足夠的勇氣。茅盾因此呼籲：

　　　　所以，責罵作者或編輯部勇氣不夠，作者或編輯部確實無以自解。但是，作為公民，作為切盼國家的社會主義建設必須在絕不「諱疾忌醫」的鬥爭中英勇地前進的每一個公民，卻有責任為作者及編輯部撐腰。如何撐腰呢？要造成輿論：作家或編輯部要對之負責的，應當是作品所反映的生活矛盾是不是真實的社會現象，而不應當是任何人，而任何人碰到那樣「不愉快」的事，也應當抱著「有則改

之，無則加勉」的態度，不要神經過敏，甚至於弄到「怒髮衝冠」
的地步。〔註22〕

茅盾呼籲每一個公民在輿論上給作家們撐腰，反映了他對粗暴的行政干預的
不滿情緒。

　　建國以來，茅盾的文藝思想和文學批評經歷了一個曲折發展和變化的過
程。

　　建國初年，茅盾的評論文章，適應著共和國創立初期的開國氣象，要求
文藝家們把工人、農民、戰士作為最主要的描寫對象，熱情歌頌他們的勞動
熱情和嶄新的精神風貌。茅盾那時的文藝主張，著眼於政治利益，而不去認
真考慮文藝自身的特性。例如關於文藝作品的結構和人物公式化問題，讀者
和觀眾已經不滿於故事由寫鬥爭開始而後大團圓，人物也不外是過左者碰了
釘子而得糾正，落後者受到教育而成為進步等等。茅盾卻要為之辯護：「經過
鬥爭而後『大團圓』，正是今天的現實，如果我們嫌它公式化，嫌它千篇一律，
難道我們去寫鬥爭以後是一個『悲劇的結束』麼？人物之有積極，落後，過
左三種類型，也是今天實際存在著的，如果為了避免千篇一律而不寫，那又
寫些什麼？」茅盾不去思考這些所謂「悲劇」、「落後」的實質，而寧願保留
這些毫無藝術價值的創作模式。又如對待文藝家配合政策、完成某種政治任
務的「趕任務」之作，茅盾雖然也承認趕任務和提高作品的思想性與藝術性
會有矛盾，但他卻說，「我們思想上應當不以『趕任務』為苦，而要引以為榮。
有任務交給我們趕，這正表示了我們對人民服務有所長，對革命有用，難道
這還不光榮？情緒高，工作就會做好，特別是精神勞動如文藝創作，需要廢
寢忘餐如醉如痴那樣的專心一致和高度熱忱，方能使作品生動而有力。」〔註
23〕這顯然是從政治功利主義出發而不顧及藝術質量的文學主張；因為單憑文
藝家高漲的政治熱情而去「趕任務」，是不可能寫出「生動而有力」的作品的。
具有豐富藝術經驗的茅盾，不會不懂得這個道理。

　　一九五六年至一九五七年上半年，由於在文化學術領域提倡「百花齊放，
百家爭鳴」的方針，在知識界出現了比較寬鬆的文化氛圍，茅盾的文藝思想
和文學主張也出現了明顯的變化。例如關於文藝創作普遍存在的公式化概念

〔註22〕《新觀察》1956 年第 15 期。
〔註23〕茅盾《文藝創作問題——一月六日在文化部對北京市文藝幹部的講演》，《人
　　　　民文學》第 1 卷第 5 期（1950 年 3 月）。

化問題，茅盾就不再一味地批評文藝深入生活、改造思想不夠的毛病，而是注意到了在領導上「思想方法的主觀主義」和「工作方法流於粗暴、武斷」的問題。以戲曲而言，《十五貫》的改編和演出，給了人們以深刻的教育。茅盾指出，傳統劇目，何止數千，「遺產如此豐富，英雄盡有用武之地。那末，爲什麼現在還有捧著金碗討飯的情況呢？可以說，因爲捧著金碗的人們腦子裡還有不少清規戒律」，「例如丑角戲就曾經在（而且部分也還繼續在）『侮辱勞動人民』的標籤下，以『尚待研究，必須愼重』等等方式，被封存起來」。這是茅盾建國後首次對文藝界存在的機械論和教條主義的「左」的錯誤提出公開的批評。茅盾還批評了文藝創作題材範圍狹窄和單調的現象，認爲文藝家既要把反映社會重大事件作爲主要方面來描寫，也不要排斥其他的題材；「只要不是有毒的，對於人民事業發生危害作用的，重大社會事件以外的生活現實，都可以作爲文藝的題材」。茅盾強調社會主義文藝應該提倡品種與風格的多樣化，「愈多愈好」。「應當容許文藝上有不同的派別，而且通過自由討論，互相競爭，來考驗它們的存在的價值」；至於在文藝理論和文藝創作中存在一些紛爭未決的問題，「完全應當採取自由討論的方式，既不應強求一致，也不必匆促地作出結論」。那種用簡單粗暴的方式、庸俗社會學的觀點進行文藝批評，其不良影響是「妨害了作家們（特別是青年作家）的自由活潑的創造力，不敢追求新的形式和風格」〔註24〕。

這一時期，茅盾還發表了一些符合藝術規律的觀點和主張：

一，關於文藝家的形象思維的問題。茅盾在講到知識份子出身的文藝家的世界觀存在矛盾現象時，說「作家的概念中的現實和他筆下的形象的現實，並不能常常一致」，「主觀上要批判的事物和人物，在作品中卻給讀者以相反的印象」。茅盾揭示了產生這種矛盾現象的原因：「當其進行形象思索的時候，一個作家會不期而然地爲自己的潛伏意識情感所驅使，不自覺地流露於筆端，而這些違反他的理智認識的意識情感在他進行邏輯思維的時候本來是深藏而不露的。」〔註25〕茅盾要求作家克服這種矛盾現象，做到「從心所欲，不逾矩」，但他承認並分析了違反理性認識的潛在意識情感在作家進入創作階段時所發揮的主導作用，如果硬要強迫作家用理性去壓制潛意識的奔流，那麼寫出來的作品就會成爲毫無藝術感染力的理念的東西了。

〔註24〕茅盾《文學藝術工作中的關鍵性問題──在第一屆全國人民代表大會第三次會議上的發言》，1956 年 6 月 20 日《人民日報》。
〔註25〕茅盾《在已有的基礎上繼續努力》，《人民文學》1957 年 5、6 月號。

二，反對行政干涉藝術。茅盾在中國畫院成立致祝祠時，要求畫院辦成一個包括研究、創作和教學的學術機構，希望師生們敢於同「可能發生的『衙門化』的傾向作鬥爭」。他明確地指出：

> 中國畫院的主體是畫家，而不是少數的行政人員。如果將來也發生了像大學裡發生的系秘書指揮系主任，行政干涉藝術創作、研究、教學等等，我以作家身份，願奮禿筆，用雜文這武器，為各位後盾。

> 同時，我也願意以雜文為武器，同社會上的議論——例如要求花卉翎毛也用社會主義思想教育人民等等，作鬥爭！〔註26〕

行政干預和衙門化傾向，一直是文藝管理部門存在的問題，身為文化部長的茅盾，有膽有識，明確表示反對不良傾向和作風，願作藝術家們的後盾，實是難能可貴。

三，關於文藝家與時代保持一段時間的、心理的距離問題。建國初年，茅盾並不反對文藝家為配合某個政策需要而去「趕任務」——創作一些應時的宣傳品，這是他的政治熱情所驅使的。但是，熱情冷卻以後，茅盾便自覺地遵守文藝創作的規律。例如《詩刊》編輯部提出「詩的時代感」問題，並以毛澤東的詩詞為例，說明沒有時代感是不好的。茅盾不以為然。他指出：「詩可以有時代感，也可以沒有時代感，如果強求時代感，又可能陷到公式化、概念化中去。古時候有一種『應制詩』，這種詩的時代感強得很，但這種詩又實在不好。我看我們對時代感不必強求。」〔註27〕茅盾顯然是傾向於「距離說」的。雖然理論的闡釋還欠周密、深透，但是如果結合考察茅盾的創作道路，就會發現，這是他正在努力實現的自我突破。

四，反對粉飾太平的「臺閣體」文學。雖然這是茅盾在給外國讀者介紹中國文學發展的歷史時提到的問題，但茅盾之所以要特別批評「臺閣體」，是有著現實的針對性的。十五世紀中葉至十七世紀初，中國正盛行「臺閣體」詩文。茅盾說，「這是一種平正典雅、不痛不癢、虛偽地歌功頌德、不敢觸及現實的文風。」所謂「臺閣體」，照字面解釋，就有「宮廷文學作風」的意思，是「閉著眼睛粉飾太平」。後來明前後七子針對「臺閣體」而發動的「古文運

〔註26〕茅盾《中國畫院成立祝辭》，1957 年 5 月 15 日《人民日報》。
〔註27〕茅盾《在編輯工作座談會上的發言》，《作家通訊》1957 年第 1 期。

動」，才扭轉了風氣。〔註 28〕反對歌功頌德、粉飾太平的「臺閣體」文風，也是值得我們注意的茅盾文藝思想的一個特異的問題。

但是，這些閃耀著真理的思想火花，如同曇花一現。一九五七年下半年，席捲全國的反右派鬥爭如火如荼開展起來，風向變了，茅盾的文藝思想和主張也隨即發生了變化。

一，在反對「寫真實」的熱浪中，反對暴露陰暗面。為著維護人民共和國的形象，如同建國初年不承認現實生活中存在著悲劇一樣，茅盾在反右派鬥爭開始後也竭力反對暴露陰暗面。茅盾認為，「把暴露社會生活的陰暗面作為寫真實的要求，在舊社會裡，也還說得過去，可是在我們這新社會裡，卻是荒謬透頂的。……我們已經消滅了人剝削人的制度，我們正在建設社會主義，我們的政治、社會制度是最優越的，我們社會裡的主導力量是勤勞、勇敢、樂觀的勞動人民，因此，我們的社會的真實性就是進步和光明。當然也有陰暗的一面。但這是前進中的缺點，這是舊社會的殘餘，同時也是我們鬥爭的目標。如果我們的文藝作品寫我們的一切都非常順利，沒有困難，沒有鬥爭，那就是粉飾現實，就是無衝突論；但是，像右派分子那樣專找陰暗面來寫，而且認為不這樣寫就不真實，那就不但是歪曲了我們的社會現實，而且是誹謗了我們的社會制度。」〔註 29〕茅盾此時不惜用「歪曲」、「誹謗」這些字眼去反擊「暴露陰暗面」的鼓吹者。

二，宣揚政治標準第一，甚至是政治標唯一了。茅盾曾一度批評過文藝創作題材過於狹窄和單調的毛病，也曾主張藝術品種和風格的多樣化，甚至認為不是重大社會題材只要無毒無害的也可以寫；但是反右派鬥爭以後，茅盾改變了自己的觀點，他聯繫批判胡風「到處有生活」的理論，認為「寫真實」論是以似是而非的觀點來「抵抗黨所號召的描寫火熱的階級鬥爭和生產鬥爭以及鬥爭中的新人新事」。茅盾還著意表示了他和「寫真實」論者在原則立場上劃清了界限：

> 我們堅決地說：這些不很成熟的表現社會重大事件的作品，儘管藝術性差，在故事結構和人物描寫上有一千個不對，可是在主要一點上他們是完全正確的，即是堅持了工農兵方向，體現了文藝工

〔註 28〕《一幅簡圖——中國文學的過去、現在和遠景》，《茅盾文藝評論集》第 265頁，文化藝術出版社 1981 年版。

〔註 29〕茅盾《關於所謂寫真實》，《鼓吹集》第 222 頁。

作的無產階級黨性原則！而且這些作品實在是反映了我們社會現實
的眞實的，只可惜它們的藝術性差些。〔註30〕

茅盾此時對「有一千個不對」的「藝術性差」的「藝術品」（如果我們也可以
承認它爲「藝術品」的話），竟然如此寬宏大量，這決不是一個嚴格的現實主
義作家應取的態度；茅盾這種宣揚政治標準第一、甚至是唯一而放棄藝術的
理論主張，應該說是他爲迎合反右派鬥爭需要的順風的違心之論。

　　三，鼓吹「破除迷信，敢想敢做」的「革命浪漫主義」。這是發生在一九
五八年「大躍進」的年代——中國公民從官員到百姓都失去理智而處於癲狂
的年代，茅盾受著浮誇風的影響，也相信了那類「一天等於二十年」的神話。
茅盾說：「今天我們國家的現實生活，就是有史以來從沒有過的壯麗的革命浪
漫主義的時代。我們做著我們的先人從來沒有做過、甚至也沒有夢想過的大
事，我們破除迷信，大膽創造，使我們國家的工農業生產、文化活動，一天
一天飛躍地除舊布新，創造著奇跡，我們祖先的最美妙的幻想，在今天我們
國家裡，都變成了現實。這就是今天我們面對著的空前偉大壯麗的革命浪漫
主義的現實生活。我們如果沒有革命浪漫主義的精神，能夠反映出這樣偉大
壯麗的革命浪漫主義的現實麼？」〔註31〕其實，鼓吹創造歷史奇跡的人，到
頭來卻遭到歷史最無情的嘲弄和最嚴屬的懲罰。茅盾也是在「浮誇風」刮過
之後便不再泛論革命浪漫主義了。

　　不過，茅盾也有清醒、冷靜的時候。例如對待社會主義現實主義的創作
方法，茅盾既要捍衛它，又注意到了這是一個複雜的理論問題，「特別是對於
社會主義現實主義的某些作品的評價，問題尤其複雜」。如「有些作品當其發
表時，獲得相當高的評價，後來不久就被遺忘了」。這是爲什麼呢？茅盾不諱
言自己是功利主義者，「首先是從作品對於當時當地所產生的社會效果來評價
一部作品的」，但他認爲不能因此忘記了它的長遠的效果。茅盾指出：「眞正
有價值的作品應當是在當時當地既產生了社會影響而且在數十年乃至百年以
後也仍然能感動讀者。……在一個變動得很快的社會內，短時期內能夠大量
產生的，是對於當時當地會發生影響但不一定能夠長久受到注意的作品。這
也許是新社會的新文學藝術在發展中不能避免的一個過程，我們的責任在於

〔註30〕　《關於所謂寫眞實》，《鼓吹集》第 224、225 頁。
〔註31〕　《關於革命浪漫主義》，《鼓吹集》第 251 頁。

創造條件使這過程縮短。」〔註32〕顯而易見，茅盾並不滿足於大躍進年代那些浮誇的、過眼煙雲的「作品」，他探索著在社會主義現實主義理論指導下如何才能有超越時空的、保持久遠藝術魅力的作品問世。這說明茅盾那時的矛盾心態，既不願意否定和低估眼前出現的「新生事物」，卻又堅持著他的注重長遠社會效果的藝術價值的判斷。

這裡我想順便評介茅盾的兩部文藝理論專著：「夜讀偶記」（一九五八年）、《關於歷史和歷史劇》（一九六二年）。

一九五六年九月，《人民文學》發表了何直的《現實主義──廣闊的道路》以後，在文壇上引起強烈的反響。何直（秦兆陽）以現實主義為中心論述了教條主義對當時文學理論和創作的束縛，並批評「社會主義現實主義」定義本身是不科學的，似乎客觀真實不是絕對重要而某種抽象的「精神」才是更重要的；這個定義將文學的藝術性、真實性、思想性與典型化的原則割裂開來了。何直還認為，由這定義本身的缺點引起的庸俗社會學思想在我國與另外一些庸俗社會學思想結合起來了，這就是把文藝為政治服務的原則簡單化地理解為配合政治任務或配合一時一事的政策。「實際上，在不同的程度上離開了、縮小了、歪曲了現實主義的原則」。這篇論文在反右派鬥爭中被當作資產階級文藝思想和「右派」觀點加以批判。

正是在這一社會背景下，為了批判「文藝界的修正主義思想」，捍衛社會主義現實主義的創作方法，茅盾從理論和歷史的角度撰寫了《夜讀偶記》，主要闡述了「創作方法和世界觀的關係」、「現實主義與反現實主義的鬥爭」這兩個問題。《夜讀偶記》於一九五八年發表後，在文藝界和學術界引起了一場爭論，主要是對「偶記」提出的論點──中國文學發展的規律是現實主義與反現實主義的鬥爭有不同的意見。茅盾這一理論是建立在承認階級和階級鬥爭的現實基礎上的，即被剝削階級按其階級本能及其鬥爭的性質規定了它的文藝是人民性的、真實性的，形式是群眾性的，「這就產生了現實主義的創作方法」；反之，剝削階級為了鞏固它的地位、制度而製作的文藝，是歌頌剝削階級的恩德，宣揚剝削階級的神武，把剝削制度描寫成宿命的不可變革的永恒制度，這就成了虛偽、粉飾、歪曲現實的「各種各樣的反現實主義的創作方法」。「在階級社會內，文學的歷史基本上就是這樣的現實主義與反現實主

〔註32〕致〔美國〕阿爾伯特‧馬爾茲信（1959 年 3 月 22 日），《茅盾書信集》第 189、190 頁。

義的鬥爭」。茅盾對這一基本觀點作過補充說明：「但是，這並不等於說，階級社會內一切的文學作品和文學作家都可以這樣簡單地劃分為若非現實主義的，就必然是反現實主義的了。正如上面所論證，作家的世界觀的複雜性常常要同樣複雜地表現在他的創作方法上，而且作家的創作要求又常常引導作家去找尋他自己認為最滿意或最合適的表現方法。因此，在文學史上就出現了既非現實主義但也不是反現實主義的創作方法。例如浪漫主義，以及像波特萊爾那樣的被稱為頹廢主義的作家和作品（連同他的創作方法）。這些非現實主義的作家和作品，有進步的，也有反動的；有在當時起了進步作用的，而在時代環境變換以後就失卻了或減弱了它們的進步意義的。如果把它們簡單化，想用一個一成不變的公式來處理，那就陷入了教條主義的泥坑」。但是，作為一個規律、一條主線，茅盾仍然認為是現實主義與反現實主義的鬥爭。

茅盾這一論斷，存在著簡單化、片面化的毛病。

一，茅盾是根據列寧關於兩種文化的學說，提出了一部中國文學史就是被剝削階級的、人民大眾的文學——現實主義的文學和剝削階級的文學——反現實主義的文學的鬥爭的歷史。這是把複雜、多元的文學現象簡單化、一元化了。實際上，許多出身於奴隸主階級、地主階級的作家的作品，並不能簡單地歸入「反現實主義」範疇內便可了事的，這些作品至今仍閃耀著富有人民性、真實性的現實主義光芒，而為今日廣大讀者所接受，我們繼承古代文學傳統，是包括繼承這一部分遺產的。

二，茅盾對反現實主義作過這樣的解釋：「所謂反現實主義，不能理解為一種創作方法，而應當理解為各種各樣、程度不同的反人民和反現實的各不相同的若干創作方法。它們有一共同點是脫離現實，逃避現實，歪曲現實，模糊了人們對於現實的認識；因此，在政治上說來，它們實在起了剝削階級的幫閒的作用。」我們通常說的創作方法，是指藝術描寫的方法，茅盾卻給它賦予了政治的、思想的內涵，即「寓於創作方法鬥爭之中的是範圍要大得多的思想鬥爭在文藝上的反映」，這就把政治混同於藝術，搞亂了「思想鬥爭」與「創作方法」之間的界限。而且，根據茅盾的解釋，「唯有現實主義植根於現實，忠於現實」，因此浪漫主義、新浪漫主義、超現實主義或現代派等等，這些「反人民和反現實的各不相同的創作方法」，都要被劃入反現實主義的範圍裡去，在政治上「起了剝削階級的幫閒的作用」。有人已經指出這種觀點是不符合文學發展的歷史事實的，如此探索文學發展規律也是不科學的。茅盾

晚年仍然堅持這個觀點，甚至為「有幾所大學的師生運用這個論點集體編寫了幾部中國文學史」而自得。然而，眾所周知，在「插紅旗，拔白旗」，批判資產階級學術權威高潮期出臺的那幾部文學史，都未能經得起時間的考驗，只幾年工夫就被師生們自己否定（不作為教科書採用）了。這原因如茅盾所承認的「簡單化」的毛病。北京大學中文系文學專門化五五級集體編著的《中國文學史》的再三修訂，便是最有力的證明。

一九六二年十一月，茅盾的學術著作《關於歷史和歷史劇──從〈臥薪嘗膽〉的許多不同劇本說起》問世。茅盾在這部著作裡剖析了十幾部古典歷史劇，考證史實，權衡得失，著重探討兩個問題：一是歷史劇古為今用的問題，二是歷史真實與藝術真實如何統一的問題。

關於歷史劇古為今用的問題。茅盾認為，「我們的先輩取材於歷史都抱有『借古諷今』或『借古喻今』的目的；為古（歷史）而古（歷史）的作品是絕無僅有的。既然要古為今用，他們就覺得不能不對史實有所取捨，有所更改」。茅盾在考察了許多古典歷史劇以後得出的結論是：「我們的前輩為了歷史劇的『古為今用』做過多種不同的修改歷史的方法，但是，結果表明，如果能夠反映歷史矛盾的本質，那末，真實地還歷史以本來面目，也就最好地達成了古為今用。像《桃花扇》這樣的劇本可以視為這一類的最高峰。」不過，在「古為今用」問題上，茅盾強調當今劇作家只能選取那些有正面教育意義的歷史題材；對於我們的前輩採用的諷喻的方法（借古諷今，借古喻今），「如果在他們那時代是可取的或者是不得不然的，那麼，在我們今天，就是不可取的，就是不必要的了」。這個意見就未必妥當了。

關於歷史真實與藝術真實如何統一的問題。首先，允許虛構。茅盾指出，「自有歷史劇以來，都是有虛構的。」「歷史劇不是歷史書，歷史劇容許而且需要虛構，只要這種虛構的人和事不會超越當時歷史條件的可能，只要這些虛構不是以今變古，以今人思想強加於古人的反歷史主義」。茅盾還指出，「歷史家不能要求歷史劇處處都有歷史根據，正如藝術家（劇作家）不能以藝術創作的特徵為藉口而完全不顧歷史事實，任意捏造。歷史劇無論怎樣忠實於歷史，都不能不有虛構的部分，如果沒有虛構就不成其為歷史劇。」正是在這個意義上，茅盾認為「歷史真實與藝術真實之統一」這個提法比較含混，主張把「藝術真實」改為「藝術虛構」，即「歷史真實與藝術虛構的結合」，這樣「也突出了藝術虛構在歷史劇（以及一切歷史題材的文學作品）中的重

要性」。茅盾認爲，歷史劇創作要經歷兩個過程：一是劇作家以歷史學家身份做科學的歷史研究工作，掌握史料，甄別史料，嚴格地探索歷史眞實；二是從歷史學家的身份還原爲藝術家（劇作家），「在自己所探得的歷史眞實的基礎上進行藝術構思，並且要設身處地、跑進古人的生活中來進行藝術構思，否則，就不免會不自覺地把現代人的意識形態強加於古人身上了」。昔人謂「畫鬼易，畫人難」。如果我們要畫的是歷史上的眞鬼而不是作家想像中的鬼，那麼茅盾以爲「畫鬼（古人）更難」，「因爲要畫歷史上的眞鬼，就不得不認眞地先做一番歷史研究工作」。

總之，茅盾主張歷史劇「既應虛構，亦應遵守史實；虛構而外的事實，應盡量遵照歷史，不宜隨便改動。當然，爲了某種目的而有意改動史實，自當別論。如果並無特定目的，對於史實（即使是小節）也還是應當查考核實。因爲歷史劇的附帶目的是給觀眾以正確的歷史知識。歷史劇非爲傳佈歷史知識而作，但無論如何，歷史劇不應當傳佈錯誤的歷史知識」。文學史家們普遍公認，茅盾這部著作，是五十年代末、六十年代初關於歷史劇問題討論的最具權威性的科學總結；其中許多觀點，迄今仍是那些取材於歷史而創作的作家們遵循的原則。

粉碎「四人幫」以後，茅盾的思想再次獲得解放，文學主張也隨著發生變化。例如關於暴露陰暗面問題，茅盾的認識比過去就有所進步。他說，「在題材問題上，應該是什麼都可以寫。現實生活中有些不好的東西，我們自然可以寫，目的是暴露它，指出來讓大家注意它，改革它。如果意圖如此，那麼作品中暴露即使多了一點，也還是可以的」。在創造人物形象方面，茅盾此時主張「什麼人物都可以寫，只要寫得深刻」，正面人物、反面人物、中間人物都可以寫；過去主張寫中間人物的人大受批評，「這個禁區，現在也應該打破」〔註33〕。「文化大革命」帶來的深重災難，使茅盾對暴露與歌頌的問題，有可能進行再認識與再評價。他承認在新時期出現的「傷痕文學」、「感傷文學」、「暴露文學」、「確是反映了一個時代的作品」，「長留教訓，是有非常重大的積極意義的」。茅盾認爲，如果擔心暴露過多會產生副作用，那麼，「『歌德的』或者寫光明面的作品，難道就沒有副作用麼？我以爲未必然。『殷鑒』不遠，就在最近的十多年」。「所以，持論者如果認爲表現了社會的落後與黑暗面，便是『缺德』，那就恰好說明他自己對現實的認識不全面。他不理解，

〔註33〕茅盾《在中、長篇小說座談會上的講話》，《新文學論叢》1979年第1期。

一味給人吃甜東西，會把人的胃口弄壞，甚至有害於人的健康的發展」。關於「文藝民主」問題，茅盾指出，「百花齊放與百家爭鳴，就是文藝民主的具體表現」，「沒有文藝民主而要求文藝繁榮，那是南轅而北轍。所以，文藝民主不應成爲作家與領導之間爭論的話題」〔註34〕。

綜上以觀，建國以來，茅盾的文學批評和理論主張，在「左」的社會思潮影響下，出現過搖擺和反覆。這是我國理論批評戰線普遍存在的問題，也是在那個不正常年代制約下文壇的悲劇現象。撥亂反正以後，年邁的茅盾雖已無力總結他的豐富的文學經驗，重新建構他的現實主義的理論體系，但是他的爭取「文藝民主」的呼喚卻給後來者開啓了一條通向文藝新生之路。

當我們回顧茅盾一生在文學事業上的豐功偉績時，還不可忘記他爲培養人材、建設新文學隊伍而無私奉獻六十餘年寶貴光陰的重要貢獻。早在文學研究會時期，茅盾主編《小說月報》，就把原先爲鴛鴦蝴蝶派所控制的刊物改造成爲推荐新人新作、活躍白話小說創作的陣地。二十年代，茅盾對魯迅、郭沫若、葉聖陶、王統照、許地山、王魯彥、廬隱、徐志摩、冰心等人的作品進行過評論，爲中國新文學在反封建鬥爭中健康成長而吶喊助威。三十年代，在左翼文藝團體領導下，一大群文藝青年都得到茅盾的關懷、指導和扶植。如丁玲、張天翼、陳白塵、沙汀、艾蕪、曹禺、吳組緗、蕭紅、周文、歐陽山、臧克家、端木蕻良、周而復、碧野、草明、姚雪垠、田間、以群、羅蓀……在他們成名的文學道路上，都留有茅盾爲他們奠基鋪路的蹤跡。人民共和國成立後，更有一大批文學青年在茅盾的愛護、幫助和支持下成長起來。如王願堅，正是在茅盾評論了他的短篇小說《七根火柴》以後，「藉著這親切的激勵，我這支火柴繼續燃燒起來，幾天以後，在十三陵工地勞動的空隙裡，在一棵苦楝的樹蔭下，我寫出了《普通勞動者》的初稿」〔註35〕。王汶石認爲，那時評論家評論作品，側重其政治思想內容的評述，而不注意作品的藝術優劣，茅盾則不隨時尚，把評論的重點放在作品的藝術分析上。茅盾曾用「峭拔」二字概括王汶石的創作風格，使王汶石的思想認識從朦朧走向清晰。「這是因爲我的作品風格雖然還未達到他所說的那個境界，但他通過作品卻恰巧說到了我在寫作的那一時刻，自己所追求的和經過醞釀而形成的

〔註34〕茅盾《解放思想，發揚文藝民主》，《人民文學》1976 年第 11 期。
〔註35〕王願堅《他，灌漑著……》，《憶茅公》第 398 頁。

那種藝術心境，那種情緒狀態，那種意象和氣氛」〔註36〕。茅盾在茹志鵑的
坎坷的人生道路上竟起到「轉折的，奠基性的」作用。茹志鵑的小說《百合
花》，多次因「調子低沉」被雜誌社退回，一九五八年三月終於在《延河》月
刊上發表。此時她攜帶幼女去南京，來到戴上右派帽子的丈夫的身邊。這年
六月，茅盾在《人民文學》發表的《談最近的短篇小說》一文裡，肯定了《百
合花》的結構細緻嚴密，富於節奏感，人物描寫由淡而濃，風格清新俊逸。
茅盾說：「我以為這是我最近讀過的幾十個短篇中間最使我滿意，也最使我感
動的一篇。」在這時候，茅盾的熱情鼓勵給茹志鵑以巨大的精神力量。她說：
「已蔫到頭的百合，重新滋潤生長，一個失去信心的、疲憊的靈魂，又重新
獲得了勇氣、希望。重新站立起來，而且立定了一個主意，不管今後道路會
有千難萬險，我要走下去，我要挾著那個小小的卷幅，走進那長長的文學行
列中去。我從丈夫頭上那頂帽子的陰影下面站立起來，從『危險的邊緣』上
站立起來，我從先生二千餘字的評論上站立起來，勇氣百倍。」〔註37〕

　　茅盾說自己「血管中尚留存著青年的情熱，常常還有些『狂戀』的舉動」
〔註38〕，所以常常愛和青年談文藝問題。他關心青年的思想修養和藝術修養，
他的《創作的準備》、《雜談文學修養》等論著，都是針對著文學青年在創作
中存在的問題而寫的，其中包含著作者自己的寶貴經驗。五十年代末至六十
年代初，茅盾為了推動短篇小說創作的發展，讀完了全年全國文學期刊上的
全部短篇小說，寫下了《談最近的短篇小說》、《一九六○年短篇小說漫評》
等論文。

　　茅盾對年輕人的缺點和弱點，從愛護出發，敢於提出坦率的批評和誠懇
的忠告，而不姑息遷就。例如他勸告有的學生要安心讀書，「不要急於為自己
的終身之『志』下結論，也不要憑主觀，或感情衝動就認為自己在文學寫作
方面更有才能」〔註39〕。有一個愛好文學的青年學生想寫一部長篇小說，茅
盾表示不贊成，「第一，寫長篇小說要花很多腦力和時間，這一定會影響你現
在的學習，而你現在的責任是把功課學好，成為一個有文化的人。第二，你
想寫的東西絕大部分是聽父母講的，沒有親身經歷過，而十八歲的你，也還

〔註36〕王汶石《哀悼茅盾導師》，《憶茅公》第325、326頁。
〔註37〕茹志鵑《說遲了的話》，《憶茅公》第392、393頁。
〔註38〕茅盾《致文學青年》，《中學生》第15期（1931年5月）。
〔註39〕致陳端杰信（1956年11月3日），《茅盾書信集》第162頁。

說不上有舊社會的生活經驗，這樣地單靠傳聞和想像，是寫不好的」〔註40〕。還有一個十九歲的青年，被「作家」這個稱號迷住了，不安心在農村勞動，想到北京來。茅盾在回信中批評他這個「荒唐的想法」，說：「你只有十九歲，應當好好地勞動鍛鍊七八年，然後再談做什麼『作家』。」〔註41〕可以看出，茅盾不僅對王願堅、茹志鵑等一代作家，精心培養，熱情扶植，對許多想涉足文學的青年，也是苦口婆心，循循善誘。茅盾為這些青年不知消耗了多少寶貴的光陰，他的生命的血就這樣一點一滴地流逝了。這種對文學青年奉獻的精神，是茅盾的高尚人格的具體表現，也是他一生的文學業績的組成部分。陳白塵作過這樣的綜述：「茅公啊，作為文學評論家，他是二十年代作家的朋友，三十年代以至七八十年代之間一代又一代作家們的導師！這是他六十餘年來為中國文壇建立的豐功偉績中一個極其重要的貢獻！」〔註42〕六十餘年（茅盾生命的 3／4）自覺自願地、始終不懈地甘當文學青年的引路人、園丁的，在中國現代文學史上茅盾以外無第二人。

魯迅為培養和扶植一代作家也耗盡了畢生的精力。魯迅把自己的奉獻精神比作「梯子」，為造就更多的新的文化戰士，他心甘情願地充當人梯。他說：

　　……梯子之論，是極確的，對於此一節，我也曾熟慮，倘使後起諸公，真能由此爬得較高，則我之被踏，又何足惜。中國之可作梯子，其實除我之外，也無幾了。所以我十年以來，幫未名社，幫狂飆社，幫朝花社，而無不或失敗，或受欺，但願有英俊出於中國之心，終於未死……〔註43〕

茅盾堪稱是繼魯迅之後甘當「梯子」的第二人，他和魯迅一樣都具有「俯首甘為孺子牛」的精神品質。現在，魯迅、茅盾一代文學大師已經離我們而去了。為著「願有英俊出於中國」這個共同目標的實現，在新時期的文學評論戰線上，有誰自願地甘當這個「梯子」呢？我們期待著。

〔註40〕致杜郁芳信（1958 年 4 月 16 日），《茅盾書信集》第 185 頁。
〔註41〕致袁宗銑信（1957 年 12 月 28 日），《茅盾書信集》第 184 頁。
〔註42〕陳白塵《中國作家的導師──敬悼茅盾同志》，《憶茅公》第 119 頁。
〔註43〕魯迅致章廷謙信（1930 年 3 月 27 日）。

後　記

　　我的《魯迅──「民族魂」的象徵》、《郭沫若──「青春型」的詩人》相繼出版以後，山東人民出版社宋強同志建議我再寫一本關於茅盾研究的書，那熱情而誠篤的態度，使我深受感動。應該說，這部書稿是在她以及山東人民出版社副總編尹銘同志的支持和鼓勵下寫出來的。

　　一九六四年二月，我在《北京大學學報》上發表了一篇題為《試論茅盾的短篇小說創作》的論文；粉碎「四人幫」以後，又寫了《〈子夜〉淺談》一文。但過去一向沒有寫書的想法。現在，我已年過花甲，一九九六年又是茅盾百年誕辰，所以也想把長年積累的資料作系統的整理與思考了。這是我一改初衷的原因。

　　我的學界朋友，如葉子銘、邵伯周、孫中田、查國華、莊鍾慶、邱文治、丁爾綱、丁亞平先生等都已先後出版了茅盾研究的專著；作為後來者，我在吸取他們的研究成果的同時，應該有所補充、有所發展。至於這個補充和發展的工作做得對不對、好不好，就另當別論了。

　　茅盾是中國現代著名的文學家。他和以他為代表的文學研究會開闢了我國「為人生」的現實主義創作道路。魯迅與茅盾，在中國現代小說領域，都是首先確認和實踐「文學是人學」這個具有劃時代意義的文學主題的。茅盾更是一位為中國現代長篇小說從幼稚走向成熟奠定了基礎的偉大的作家。本書在全方位考察、分析茅盾的社會思想和文學活動的演進歷程的基礎上，側重論述茅盾小說創作的成敗得失及其顯現的個性特色。

　　在構思這部書稿時，我確定了以下三個自以為值得深入探討的課題：

　　第一是茅盾從事小說創作的社會原因和主觀動機。茅盾是自幼即接受了

嚴格的傳統教育而步入社會人生的，他給自己提出了崇高而又艱鉅的「以天下爲己任」的社會使命。從一九一七年發表社會批評的文章，到一九二一年加入中國共產黨，茅盾是從參與社會批評走向參與社會政治活動的，他那時雖然在商務印書館工作，但興趣卻在政治，這同他較早接觸馬克思主義學說有直接的關係，馬克思主義指引他參加現實的政治活動和黨派鬥爭。所以茅盾早年立志要當政治家、社會活動家，而不是文學家。「那時候，我的職業使我接近文學，而我的內心趣味和別的許多朋友——祝福這些朋友的靈魂——則引我接近社會運動」（《從牯嶺到東京》）。但是，時代並沒有給茅盾提供充分施展政治才幹和獲取較高職位的機會，中國的政治舞臺似乎也很難給文人知識份子在仕途上有一個誘人的、光明的前景。大革命失敗促使茅盾進行深刻的反省，他終於激流勇退，離開政界轉向文學創作，用筆來實現「反映人生，改良人生」的社會使命。今天看來，茅盾這種心理的自我調整和職業的重新選擇，是適時的，正確的。

第二是如何評價茅盾那些及時反映社會現實重大題材的小說，即人們習慣地稱之爲「社會小說」、「政治小說」的問題。這也是本書要重點研討的問題。茅盾雖然離開了政界，但他的社會使命意識和對社會政治活動的濃厚興趣，使他的小說在反映社會生活時具有濃重的政治色彩，這形成了他那種側重從政治的、黨派的活動方向去把握社會生活的審美原則。我以爲，「政治的小說化」，「小說的政治化」，「政治與文學的一體化」，是茅盾小說創作的重要特色。只是由於作者善於宏觀把握作品涉及的廣闊的社會生活畫面，以及作者駕馭長篇的特殊本領和高超的藝術表現手法，才使《子夜》等長篇小說避免了千篇一律而仍具有某些藝術感染的力量。有人批評茅盾的小說創作不是從生活出發，不是從創造典型的人物形象出發，「茅盾的方法顯然是貫徹了文藝爲政治服務的原則，是從政治原則出發的」。茅盾也承認自己在小說創作構思中「老是先從一個社會科學的命題開始」。我在書中也批評道：「茅盾喜歡反映具有史詩性質的重大的社會現實的題材，但是面對如此波瀾壯闊的社會生活畫面，他是難於在較短的時間內積累足夠的生活經驗去加以反映的，因此他的許多小說不可避免地採用記實性的敘述方法，刻板地交代人物和事件，人物形象和性格都不具有鮮明的個性特色，他筆下的資本家、青年知識份子形象常給人以雷同的感覺。作者那心高力絀的一面，讀者從他的許多小說裡是不難體察到的。」毛澤東對丁玲說「讀茅（盾）文不能卒讀」，我以爲

就是毛澤東對茅盾小說存在的理性化、概念化最直截了當又是最深刻的批評，可謂一語中的。丁玲表示了茅盾小說「說明多些，感情較少」的意見，同樣也是批評茅盾小說過多的理性剖析的傾向。這些來自政治家和專業作家的批評意見，是很值得研究者們重視的。

第三是關於茅盾在建國後的思想情緒和文學活動的情況。在相當長一段時間內，我們這些從事作家研究的人，都把包括茅盾在內的這一時期的作家活動視為禁區（茅盾寫回憶錄也如此，寫到一九四九年便戛然而止），諱莫如深，不敢涉及；因此，作家的研究就像斷了尾巴的蜻蜓，無法給人一個整體的認識。我以為這種不正常的現象不應該持續下去。我在書中分析了人民共和國成立後茅盾幾次辭官和十二年沉默的悲劇心理，指出了茅盾雖然熱情參與了人民共和國的文化建設事業，「但他不會像郭沫若那樣燃燒到白熱化的程度，他的文字也不會像郭沫若那樣汪洋恣肆，他對現實政治一直採取審慎的、謹嚴的態度」；論述了茅盾無法繼續寫他的長篇小說，如何忍受著創作個性受到壓抑的痛苦；批評了在變幻不定的政治氣候中，茅盾的文學批評和理論主張，出現過搖擺和反覆；也肯定了茅盾為培養人才、建設新文學隊伍而無私奉獻六十餘年寶貴光陰的重要貢獻。

茅盾晚年在給友人的信中寫道：「白吃人民糧食，忽焉遂至八十，中夜內疚，撫膺自悲。……惟有加緊學習，改造世界觀，以冀風燭餘年，少犯錯誤。」讀到這裡，我禁不住潸然淚下。我彷彿看到了一位在建黨時期為傳播馬克思主義真理而勤奮著譯的老共產黨員的低吟，彷彿看到了一位在共和國旗幟下戰戰兢兢、如履薄冰的老知識份子可憐的面影。這位已進耄耋之年的老人，為什麼要有這許多「內疚」、「自悲」，為什麼要自責「白吃人民糧食」，為什麼要如此苦苦地折磨自己？這就是一代中國知識份子的悲劇心理和悲劇命運。但願此後在我們的人生舞臺上不再重演這類悲劇。

放下筆，我要藉這明媚的春天到郊外踏青，去尋找能使我平靜的一片土地了。

我寫這本書時，承蒙陳漱渝、唐天然、王世家、丁亞平、周靖波等摯友給予的熱情的幫助，謹此致謝。

作者
1995 年 4 月 18 日於北京車公莊